Arno Lustiger
Sing mit Schmerz und Zorn

# Arno Lustiger

# Sing mit Schmerz und Zorn

## Ein Leben für den Widerstand

Aufbau-Verlag

Mit 41 Abbildungen

Von diesem Buch erscheinen aus Anlaß des 80. Geburtstages
Arno Lustigers 100 numerierte und signierte Exemplare.

ISBN 3-351-02579-3

1. Auflage 2004
© Aufbau-Verlag GmbH, Berlin 2004
Einbandgestaltung Henkel/Lemme
Druck und Binden Ebner & Spiegel, Ulm
Printed in Germany

www.aufbau-verlag.de

# INHALT

*Sing, sing! hejb ojf zewehtokt un gebrochn hojch dein stim.*
*Such! such ihm ojf dort ojbn, ojb er is noch do –*
*un sing ihm … sing dos letzte lied vun letztn jidn ihm,*
*gelebt, gestorbn, nischt bagrobn un nischto …*


Sing, sing mit Schmerz und Zorn! Erhebe deine gebrochene
   Stimme!
Such, such IHN dort oben, ob ER noch da ist –
Und sing IHM … sing IHM das letzte Lied vom letzten
   Juden
Gelebt, gestorben, nicht begraben, er ist nicht mehr …*

   Jizchak Katzenelson,
   *Dos lied vunem ojsgehargetn jidischn volk*
   *Der Gesang vom ausgerotteten jüdischen Volk*
   Erster Gesang, dritte Strophe

* Jizchak Katzenelson, Dos lied vunem ojsgehargetn jidischn volk. Erst-
ausgabe mit Einführung und Anmerkungen von Nathan Eck, Paris, Mai
1945; phonetische Transkription und freie Übersetzung aus dem Jiddischen von Arno Lustiger.

# I. FINSTERNIS UND LEITSTERNE

## MEINE GEBURTSSTADT BĘDZIN

Będzin (jiddisch Bendín) wurde gegen Ende des 10. Jahrhunderts gegründet und zählt damit zu den ältesten Städten Westpolens. Sie liegt am Fluß Czarna Przemsza im Dombrowa-Kohlenrevier (polnisch Zaglębie Dąbrowskie).

König Kasimir der Große gewährte Będzin Stadtrechte nach dem Magdeburger Kodex und ließ 1358 eine große, festungsartige Schloßanlage bauen. Die Grenzstadt an der wichtigen Handelsstraße, die Schlesien mit Großpolen verband, war den polnischen Königen direkt unterstellt, die ihren Bürgern zahlreiche Privilegien gewährten. Bei der dritten Teilung Polens 1795 wurde Będzin durch Preußen annektiert und zwölf Jahre später Teil des Großherzogtums Warschau. Vom Jahre 1815 an gehörte Będzin zu dem durch Personalunion mit Rußland verbundenen Königreich Polen, dem sogenannten Kongreßpolen. Seit 1859 Station der Eisenbahnlinie Wien–Warschau, konnte sich die Stadt zu einem wichtigen Handelszentrum und Umschlagplatz entwickeln. Hier wurden Kohle, Zink und Blei in großem Umfang gefördert und verarbeitet.

### *Die Juden von Będzin*

Seit Gründung der Stadt im 14. Jahrhundert lebten dort auch Juden. Kasimir der Große dehnte 1334 die Privilegien, die Bolesław der Fromme den Juden verliehen hatte, auf ganz Polen aus. Sie waren damit allein der Gerichtsbarkeit der Fürsten unterworfen, ihnen wurde Schutz vor Übergriffen von Christen zugesagt; auch ihre Synagogen, Friedhöfe und Siedlungen standen unter besonderem Schutz. Von entscheidender Bedeutung war die gewährte Handelsfreiheit. In einem 1368 herausgegebenen Statut normierte Kasimir zudem das Bergbau-Gewohnheitsrecht. Seine Nachfolger, die Könige Stefan Batory, Jan Sobieski und Stanisław August, bestätigten die Sonderrechte der Juden, die bis zum Untergang der polnischen Adelsrepublik galten.

Będziner Juden unterhielten geschäftliche Beziehungen zu deutschen Handelsherren und besuchten die Messen, z. B. in Leipzig und Breslau. Sie waren Groß- und Einzelhändler, Handwerker und Obstbauern. Mit der Entwicklung des Kohlebergbaus, des Hüttenwesens und der Leichtindustrie wuchs die jüdische Bevölkerung stark an. Im Jahre 1880 stellten die Juden mit 4687 Einwohnern 77 Prozent der Gesamtbevölkerung der Stadt. 1913 lebten in Będzin 27396 Juden, die Hälfte der Bevölkerung. Im 19. Jahrhundert wurden mehrere Juden Inhaber oder Pächter von Kohlengruben, Eisenhütten und Metallgießereien. Sie gründeten ein Zinkwalzwerk, Wasser- und Dampfmühlen, Fabriken für Beschläge, Draht, Kabel, Ölprodukte, Farben, Seife, Zuckerwaren, Bekleidung und so bedeutende jüdische Handelshäuser und Banken wie Meitlis und Potok.

Im Zuge der wirtschaftlichen Entwicklung entstand zunächst ein Netz von religiös ausgerichteten karitativen Einrichtungen: Altersheime, Kranken- und Pflegeheime, Armenküchen, Kindergärten und auch ein Verleih für Brautausstattung. Zudem wurden jüdische Handwerkerzünfte, eine Darlehenskasse, »Cheders« (Bibelschulen) sowie mehrere städtische Grundschulen für Jungen und Mädchen gegründet. Im großen Gebäude des jüdischen Waisenhauses »Sierociniec« lebten viele Kinder in der Obhut erfahrener Pädagogen.

Zu Beginn des 20. Jahrhunderts bildeten sich weltliche Vereine, so u. a. der Musikverein *Hasomir* und der Sportverein *Hakoach*. Eine Leihbücherei wurde aufgebaut und die jiddische Wochenzeitschrift *Zaglembier Zeitung* gegründet, die bis zum Beginn des Zweiten Weltkriegs erschien. Später kamen der *Najer Arbeiter Weg, Unser Volksblatt, Zaglembier Leben* und andere jiddische Zeitschriften hinzu.

Die deutschen Besatzungsbehörden schafften 1915 die zaristischen Gesetze ab, die die Juden benachteiligt hatten, und ermöglichten so einen Aufschwung des gesellschaftlichen Lebens. Nach dem Ersten Weltkrieg wurden Verbände von Handwerkern, Kaufleuten und Hausbesitzern, orthodoxe, zionistische und sozialistische Parteien, Gewerkschaften und viele genossenschaftliche Betriebe gegründet. Es gab sogar einen Verein jüdischer Lastenträger. Der Verein *Muza* unterhielt ein jiddisches Theater, die *Kultur-Lige* förderte linke jiddische Kultur und Literatur.

Będzin wurde bald ein wichtiges Zentrum der polnischen und jüdischen sozialistischen Bewegung. Viele Bundisten und Poale-Zionisten aus der Stadt, die an der Revolution von 1905 teilnahmen, wurden nach Sibirien verbannt. Im Ersten Weltkrieg kämpften Będziner Juden als Freiwillige in den polnischen Legionen. Izak Jungerman, Samuel Szwajcer und andere sind für Polens Unabhängigkeit gefallen.

Als 1919 die ersten Stadtratswahlen im unabhängigen Polen stattfanden, konnten die Juden in Będzin 21 von 26 Stadtverordneten stellen. Dr. Salomon Weinzieher vertrat jahrelang die jüdischen Einwohner im Sejm, dem polnischen Parlament. Wie in anderen Städten des Landes erlebte das politische Leben der Juden einen Aufschwung: Die orthodoxen Juden waren in der *Agudas Isroel* organisiert, die Zionisten unter ihnen im *Mizrachi*. Es gab ein breites Spektrum zionistischer Parteien mitsamt den dazugehörigen Jugend- und Sportvereinen: *Betar, Hanoar Hazioni, Dror Gordonia, Hitachtdut Poale Zion, Haschomer Hazair, Haschomer Hadati*, um nur einige zu nennen. Zum sozialistischen *Bund* gehörte die Jugendorganisation *Zukunft* und die Kinderorganisation *Skif*, der auch ich eine Zeitlang angehörte. Da viele Parteien eigene Kandidaten aufstellten, war die Konkurrenz bei Wahlen groß.

Będzin war vor dem Zweiten Weltkrieg das bedeutendste geistige, kulturelle und wirtschaftliche Zentrum der Juden in Westpolen. 1938 lebten hier etwa 23 000 Juden von insgesamt rund 60 000 Juden der Region Zagłębie. Die meisten von ihnen waren Handwerker, Arbeiter und Kaufleute.

Daß unter den jüdischen Einwohnern auch bedeutende Industrielle, Philantropen, Rabbiner und Künstler waren, belegt eine illustrierte Beilage der *Nasz Przegląd*. Diese wichtige jüdische Tageszeitung in polnischer Sprache widmete 1937 unserem Gebiet eine spezielle Ausgabe. Neben den Fotos von 40 »Vertretern der gesellschaftlichen, industriellen und kulturellen Welt der Juden von Zagłębie« wurde unser Gymnasium abgebildet. Jeder der dort aufgeführten Namen ist ein Programm: Szymon Fürstenberg: Inhaber der größten Zinkhütte Polens und eines Walzwerks, Szajn: Inhaber einer Drahtfabrik, Sercarz: Inhaber von Kabelfabriken, Potok: Inhaber von Fett- und Margarinefabriken, die Industriellen Troppauer, Goldfein, Klein, Fajerman. Die Familie Rechnic besaß die Kohlengrube »Helena«, Lustiger war Inhaber der Seifenfabrik; dazu kamen die Großkaufleute Liwer, Gutman, Lubelski, Pinczewski, Welner, der Parlamentsabgeordnete Dr. Salomon Weinzieher, der stellvertretende Bürgermeister von Będzin Rubinlicht, die Künstler, Schriftsteller und Zeitungsredakteure Cygler, Ehrman, Wygodzki und Szpigelman.

Mein Vater war gewählter Stadtrat im Magistrat von Będzin, mein Großvater Obermeister der jüdischen Bäckerzunft der Stadt. Am Haus in der Uliza Kollontaja 34, in dem ich geboren wurde, brachte man 1997 eine Gedenktafel mit folgender Inschrift an:

In diesem Hause wohnte mit seiner Familie Aron Lustiger,
Obermeister der jüdischen Bäckerzunft,
Großvater des Kardinals von Paris
Jean-Marie Lustiger
26. 10. 1997   Die Gesellschaft der Freunde Będzins

Neben den religiös orientierten Lehranstalten gab es zwischen den Weltkriegen in Będzin mehrere säkulare staatliche Schulen für jüdische Jungen und Mädchen. Die größte Rolle im jüdischen Erziehungswesen der Stadt spielte das Fürstenberg-Gymnasium. Bereits 1916 gründeten Kaufleute und Industrielle, darunter Salomon Gutman und Mosche Szajn, das Gymnasium »Jawne«. 1925 mußten alle Mitglieder des Kuratoriums beträchtliche Summen spenden, um die Schule am Leben zu halten. Als Szymon Fürstenberg ein neues Schulhaus bauen ließ, wurde das Gymnasium 1928 vom Staat anerkannt. Zwei Jahre später wurde das prächtige, große Gebäude auf Wunsch des Stifters ohne jeglichen Pomp eingeweiht. Die Schule, der eine Volksschule angegliedert war, verfügte über mehrere Labore, Turnsaal, Aula, Sportplatz, Bäder, Pausenplatz, Garten. Dem hohen pädagogischen Standard entsprechend wurde das Gymnasium seitens der polnischen Schulbehörde mit der höchsten Kategorie »A« versehen, auch wurden der Schule polnische und hebräische Abiturrechte zugesprochen. Der Elternbeirat unter Vorsitz von Helena Fürstenberg, Gattin des Patrons, erließ begabten Schülern das Schulgeld.

1938 sollten Tennisplätze und ein Bootshaus für Kajaks – in der Nähe der Schule floß die Czarna Przemsza – gebaut werden. In den nahen Beskiden unterhielt die Schule eine Skihütte; es gab auch einen eigenen Radiosender und eine Blaskapelle. Dr. David Einhorn, ein namhafter Pädagoge und Wissenschaftler, sorgte als Direktor für das hohe Unterrichtsniveau. Das Schuljahr begann immer mit einem Marsch der über 500 Schülerinnen und Schüler durch die ganze Stadt zur Hauptsynagoge, wo uns der Rabbiner des Schulbezirkes, Hauptmann Chamajdes, der zugleich Militärrabbiner war, in einem feierlichen Gottesdienst segnete.

Nur einige Absolventen des Gymnasiums seien hier kurz vorgestellt. Jehoschua Prawer, Abiturient des Jahres 1936, emigrierte direkt nach der Abiturprüfung nach Palästina, um an der Hebräischen Universität in Jerusalem zu studieren. Bereits zehn Jahre später erschien sein Standardwerk über das Kreuzfahrer-Königreich Jerusalem von 1099 bis 1291. Meine Klassenkameradin Halinka Goldblum kam auf abenteuerlichen Wegen Anfang 1943 nach Palästina, wo sie ausführlich über das bisher unbekannte Schicksal der Juden von Będzin berichtete. Sie hat sich als Medizinerin später große Verdienste um die Krebsforschung in Israel erworben. Ihr Bruder Professor Goldblum war engster Mitarbeiter von Professor Salk, der den Impfstoff gegen Polio entwickelte. Aus einem ganz anderen Milieu stammte Isaak Meir Levin, Sohn des Oberrabbiners von Będzin Zvi Hanoch Levin, der zur chassidischen Dynastie des Zadiks von Góra Kalwaria gehörte. Isaak Levin wurde auf dem Weltkongreß der orthodoxen Bewegung *Agudas Isroel* 1929 in Wien zum Präsidiumsmitglied und 1937 zum Vizepräsidenten gewählt. 1940 gelang ihm die Flucht aus Polen nach Palästina. 1949 wurde er Mitglied der ersten Knesset und Minister für Soziales in der ersten israelischen Regierung unter David Ben-Gurion.

Der Maler und Graphiker Samuel Cygler war unser Nachbar in der Uliza Kollontaja 34. Er wurde 1898 in Będzin geboren, studierte in Krakau, Hamburg und in Paris Malerei. 1926 schuf er in der Hauptsynagoge mit seinem Malerfreund Maurycy Apfelbaum farbenfrohe Wandfresken nach Motiven der jüdischen Volkskunst. 1932 heiratete er in Paris Rachela Ehrlich. Das Ehepaar lebte seitdem in Będzin. Cyglers Werke wurden häufig in Polen und im Ausland ausgestellt. Kurz vor der Befreiung beging Cygler im KZ Mauthausen Selbstmord, nachdem er erfahren hatte, daß seine ganze Familie umgebracht worden war. Er konnte zu diesem Zeitpunkt noch nicht wissen, daß seine kleine Tochter Tamara den Holocaust überlebt hatte. 1993 wurde im Städtischen Museum in Będzin eine Retrospektive seiner Werke mit Leihgaben aus vielen Ländern gezeigt.

## Der Krieg

Nach dem Einmarsch der Wehrmacht am 4. September 1939
wütete in ganz Oberschlesien das Einsatzkommando z. b. V.
unter SS- und Polizeigeneral Udo von Woyrsch, der ein Duz-
freund Himmlers war. Die SS-Männer verübten furchtbare
Verbrechen, denen viele Juden und ehemalige polnische Auf-
ständische zum Opfer fielen. Am 8. September 1939 setzten
die SS-Leute die Hauptsynagoge und die umliegenden jüdischen Häuser in Będzin in Brand, so daß viele Menschen bei
lebendigem Leib verbrannten. Der Pfarrer der Gemeinde der
Heiligen Dreieinigkeit in Będzin, Mieczysław Zawadzki, beschrieb diese schrecklichen Greuel:

»Am 8. September 1939 gegen 8 Uhr abends hörte ich starke Detonationen. Über der in Flammen stehenden Synagoge hatte sich
eine gewaltige Säule aus Rauch und Feuer gebildet. Man hörte
wieder Detonationen und schreckliche Schreie und ahnte: hier
mordeten die Deutschen die Juden. Das Feuer breitete sich aus,
die Deutschen gingen von Haus zu Haus, von der Synagoge bis
zur Boczna Straße, systematisch die Häuser anzündend. Sie trie-
ben die Bewohner aus den Häusern, warfen Brandgranaten und
schon standen die Häuser in Flammen. Eine ganze Weile vernahmen wir das Brüllen der Deutschen, den Krach der explodieren-
den Granaten und die Schreie der gemordeten Juden. Wir waren
überzeugt, daß die Deutschen ganz Będzin verbrennen und zerstören wollten. Der Pfarrgarten, die Pfarrei und andere Gebäude
waren umgeben von jüdischen Wohnblocks, die nun in Flammen
standen. Immer mehr Schüsse fielen, immer mehr Häuser brannten. Die aus den Häusern verjagten Juden, geschlagen, vom Tode
bedroht, flüchteten in Richtung der Kirche. Sie füllten die ganze
Straße des Vikariats bis zum Tor der Pfarrei, flehentlich um Rettung bittend. Ich habe keine Sekunde überlegt, lief zu ihnen, beru-
higte sie; dann öffnete ich eigenhändig die Tore der Kirche und geleitete sie zum Schloßberg, wo ihnen keine Gefahr mehr drohte.

Um die Mittagszeit des nächsten Tages kam ein uniformierter Deutscher mit einem Dolmetscher zu mir. Auf meine Frage, was sie wünschten, antwortete mir der Dolmetscher, daß sie ein Grab für 42 Christen brauchen, die erschossen wurden, weil sie Będzin anzündeten. Was für eine Perfidie, was für eine Lüge, denn sie selbst, die Deutschen, hatten Będzin angezündet und unschuldige Polen ermordet.«

Mit Himmlers Dekret vom 8. Oktober 1939 wurde der Regierungsbezirk Kattowitz geschaffen und das ganze Gebiet als Ost-Oberschlesien ans Deutsche Reich angeschlossen. Będzin hieß nun Bendsburg und Sosnowiec Sosnowitz. Alle Handwerksbetriebe, selbst der kleinste, und sämtliche Ladengeschäfte unterstanden einem deutschen Treuhänder, alle Maschinen und Warenbestände wurden konfisziert. Später stabilisierten sich die Verhältnisse ein wenig. Es wurden mehrere große Holz-, Bekleidungs- und Schuhfabriken sowie Betriebe aus anderen Branchen errichtet, in denen Tausende von Juden an den ihnen früher gehörenden Maschinen für die deutsche Kriegswirtschaft arbeiten mußten. Für die Zwangsarbeit erhielten sie nur einen Hungerlohn.

Die Juden wurden dem *Ältestenrat der jüdischen Gemeinden in Ost-Oberschlesien* unterstellt. Die mit der *Reichsvereinigung der Juden in Deutschland* vergleichbare Organisation wurde von Moniek Merin geleitet. SS-Oberführer Albrecht Schmelt war Himmlers Sonderbeauftragter »für den fremdvölkischen Arbeitseinsatz in Ost-Oberschlesien«. Bereits 1940 ließ er zahlreiche Zwangsarbeiterlager errichten; bis 1942 waren es 93 in Oberschlesien, in denen Zehntausende von jüdischen Arbeitssklaven schufteten. Die Unternehmen mußten Schmelts Dienststelle 4,50 Reichsmark pro Arbeitstag abtreten, die 90 Pfennig für Verpflegung pro Tag einbehielt.

Ost-Oberschlesien war das einzige Gebiet in Polen, in dem es bis Anfang 1943 kein Ghetto gab. Die im Vergleich zum

Generalgouvernement erträglichen Verhältnisse und die Hoffnung, daß die kriegswichtigen Arbeiten die Juden vor Schlimmerem bewahren würden, trugen dazu bei, daß sich zu Beginn der Besatzung unter den Juden kein Widerstand formierte. Weitere Gründe waren die Übermacht des Feindes, mangelnde Unterstützung seitens der polnischen Bevölkerung und die topographische Lage: dichte städtische Ansiedlungen, ähnlich wie im Ruhrgebiet, direkt an der deutschen Vorkriegsgrenze. Die vom Ältestenrat ausgegebene Losung »Rettung durch Arbeit« leuchtete vielen ein – auch mangels Alternativen, denn ein bewaffneter Widerstand erschien als romantisches, gefährliches und die ganze Gemeinschaft bedrohendes Unterfangen.

Die zionistischen Jugendorganisationen setzten ihre Bildungs- und Sozialarbeit zunächst fort. Sie betreuten mehr als 2000 Jugendliche. Das Zentrum der Aktivitäten in Będzin war die *Farma*, ein landwirtschaftliches Gut. Unter dem Vorwand der beruflichen Umschulung konnten hier zahlreiche Jugendliche zusammenkommen, um Versammlungen abzuhalten, zionistische Lieder zu singen und Pläne für eine ungewisse Zukunft zu schmieden. Der spätere Führer des Widerstandes Korzuch war Leiter der Zentralen Jugendberatungsstelle beim *Ältestenrat*.

Die relative Ruhe fand ein abruptes Ende, als im Mai 1942 die ersten Juden ins nahegelegene Auschwitz transportiert wurden. Die Deportation wurde als »Aussiedlung« getarnt. Am 12. August 1942 mußten sich alle Juden der Städte Będzin und Sosnowiec an einem zentralen Ort einfinden – angeblich, um ihre Papiere abstempeln zu lassen. 13 000 Juden wurden selektiert und in den Tod geschickt.

In jenen Wochen hielt sich der spätere Kommandant der *Jüdischen Kampforganisation* (Żydowska Organizacja Bojowa, ŻOB) in Warschau, Mordechai Anielewicz, in Ost-Oberschlesien auf; auch Elieser Geller, der Führer der Jugendorganisation *Gordonia*, kam aus Warschau nach Będzin. Beide berieten tagelang mit Widerständlern in der *Farma* über mögliche Aktionen.

1942 hatten verschiedene Jugendorganisationen Dreier-Kampfgruppen gebildet. Die gemeinsame Leitung der *Tajna Organizacja Bojowa* (Geheime Kampforganisation) bestand aus Frumka Plotnicka, Herschel Springer, Zvi Brandes, Israel Diamant, Józek und Bolek Korzuch, Samek und Lola Majtlis, Karol Tuchschneider, Leon Blat und Chajka Klinger. Nur die beiden letzteren überlebten, die anderen starben im Kampf.

Der Untergrund hielt Verbindung mit dem Emissär der *Zionistischen Weltorganisation* in Genf, Natan Schwalb. Durch eine Fülle von kodierten Briefen gelangten wichtige Nachrichten ins Ausland.

Zwischen Moniek Merin und den Widerstandsgruppen kam es ständig zu Auseinandersetzungen. Als dem Vorsitzenden des *Ältestenrates* gemeldet wurde, daß Frontsoldaten in Stiefeln und Uniformen, die in Będzin hergestellt worden waren, Zettel mit Antikriegspropaganda gefunden hatten, ließ er zwei Führer des Widerstands, Dunski und Minz, verhaften und übergab sie der Gestapo. Nach der von ihm angeordneten Festnahme weiterer Kämpfer drohte ihm die Untergrundbewegung mit dem Tod, worauf er diese Gefangenen wieder freiließ.

In den Widerstandsgruppen wurde über die Alternativen – Rettung durch Flucht oder Kampf im Ghetto – heftig diskutiert. Zvi Brandes und Frumka Plotnicka, die Verbindungsleute zur ŻOB in Warschau, riefen zum bewaffneten Widerstand auf. Dem konnten sich andere erst anschließen, nachdem der Pole Socha Kontakt zum polnischen Untergrund hergestellt hatte. Die Partisanen nahmen nur Kämpfer auf, die gut ausgerüstet und bewaffnet waren. Socha brachte eine erste Gruppe von zehn Kämpfern zu polnischen Partisanen. Da er nach seiner Rückkehr von der angeblich glücklichen Ankunft der Gruppe berichtete, sollte sich die zweite

Zehnergruppe bald in Marsch setzen. In Wahrheit war die erste Gruppe aus dem Hinterhalt beschossen worden, neun Jugendliche starben im MG-Feuer. Nur einer, Eisik Neumann, der gerade seine Notdurft verrichtet hatte, konnte sich retten. Er marschierte die ganze Nacht nach Będzin zurück und bewahrte die zweite Gruppe vor dem Tod. Ihr hätte auch mein Schulkamerad Siegmund Pluznik angehören sollen. Socha wurde nach dem Krieg zum Tode verurteilt und hingerichtet.

Zu Beginn des Jahres 1943 wurden die Juden von Będzin in ein Ghetto in Kamionka eingewiesen. Auf dem Gelände baute die Kampforganisation drei Bunker zu Stützpunkten aus, der Kommandobunker diente offiziell als Wäscherei des Ghettos.

Die kommunistischen, trotzkistischen und linkszionistisch orientierten Widerstandsgruppen gerieten bald in die Fänge der Gestapo. Am 29. März 1943 wurden acht Juden, unter ihnen mein Schulkamerad, der 20jährige Bobo Graubart, nach langer Folter wegen Hochverrats zum Tod verurteilt und laut amtlicher Mitteilung in Auschwitz durch Erschießen hingerichtet. Eine Gruppe wurde beim Drucken von Antikriegsflugblättern für die Frontsoldaten entdeckt.

Nach der Niederschlagung des Aufstandes im Warschauer Ghetto, zu dem enge Verbindungen bestanden, entschlossen sich linkszionistische Jugendliche zum Widerstand im Będziner Ghetto, während Mitglieder der zionistischen Jugendorganisation *Hanoar Hazioni* die Flucht nach Palästina vorbereiteten. So phantastisch es auch anmuten mag: Während der Liquidation des Ghettos gelang einer Gruppe von 60 Jugendlichen, darunter Siegmund Plunik, die Flucht. Leon Blat und Chaim Tannenwurzel hatten Waffen und falsche Papiere beschafft, und Samek Meitlis hatte für Unterkünfte in den Bergen nahe der slowakischen Grenze gesorgt. Fredka Mazia suchte Arbeitsplätze für die zukünftigen »Arier«. Kuba Rosenberg fuhr in die Slowakei, um die Grenzübertritte mit den örtlichen Schmugglern zu organisieren. Die Gruppe gelangte über Wien, die Slowakei und Ungarn nach Rumänien. Von dort fuhren sie mit drei Schiffen in die Türkei, eines der Schiffe wurde während der Überfahrt versenkt. Im August 1944 kamen 45 Mitglieder der *Nasza Grupa* (Unsere Gruppe), wie sie sich noch heute nennen, in Palästina an. Ihre unglaublichen Abenteuer, ihre Beteiligung am Widerstand in Ungarn und Rumänien, ihre mehrmalige Inhaftierung in Wien und Budapest sind Gegenstand eines Dokumentarfilms von Ferdinand Kroh, den das ZDF in sechs Ländern an den Orten des Geschehens drehte. In dem Film berichten u. a. Siegmund Pluznik, Kuba Rosenberg und Leon Blat von ihren Kämpfen und Erlebnissen. Fast alle Mitglieder der *Nasza Grupa* nahmen später am Unabhängigkeitskrieg in Israel teil.

Für das Beschaffen und den Transport der Waffen der Widerständler waren meist junge Frauen zuständig. Bei riskanten Unternehmungen konnten sie einige Dutzend Pistolen besorgen. Einmal gelang es Kuba Rosenberg und Olek Gutman mit Hilfe von Jadzia Spiegelmann, aus der Wohnung eines deutschen Beamten Waffen zu stehlen. Der aus Wien stammende Harry Blumenfrucht, der bei einer Aktion den Rückzug decken sollte, wurde auf der Straße von einem deutschen Beamten erkannt und überwältigt, da seine Waffe eine Ladehemmung hatte. Auch unter der Folter verriet er niemanden. Nach seiner Ermordung wurde er zur Symbolfigur des jüdischen Widerstandes in Będzin.

Geld für den Widerstand erreichte die Juden von Będzin erst am 17. Juli 1943, zwei Wochen vor der Zerstörung des Ghettos. Ein deutscher Kurier brachte 50000 Mark vom zionistischen Verbindungsbüro in Konstantinopel. Er ließ sich den Empfang bestätigen. Fast alle, deren Namen auf dieser Quittung standen, waren wenige Wochen später nicht mehr am Leben – auch Frumka Plotnicka. Sie fiel im Kommandobunker der Widerstandsorganisation am 3. August 1943. Auf der Liste der 50 von der polnischen Regierung am 19. April

1945 mit dem höchsten militärischen Orden »Virtuti Militari« ausgezeichneten Ghettokämpfer steht ihr Name an vierter Stelle.

## Das Ende

Der 1. August 1943 ist der dunkelste Tag in der Geschichte der Juden von Zagłębie, denn an diesem Tage begann die gewaltsame Liquidation der Ghettos von Będzin und Sosnowiec. Einheiten der SS und der Polizei (insgesamt 775 Mann) umstellten die beiden benachbarten Ghettos von Będzin und Sosnowiec, da alle Juden des Gebiets in den bereitgestellten Zügen abtransportiert werden sollten. Für die Aktion waren vier Tage eingeplant, sie dauerte aber wegen des Widerstandes zwei Wochen. Auf dem Sammelplatz spielten sich schreckliche Szenen ab. Dr. Ferber, ein ehemaliger Militärarzt der österreichischen Armee, im Ersten Weltkrieg mit höchsten Tapferkeitsmedaillen ausgezeichnet, beging Selbstmord, nachdem er seine Frau und seine Tochter mit Giftspritzen getötet hatte. Sein Sohn Dzidek, mein bester Freund im Gymnasium, konnte fliehen. Eines Tages stand er mit Siegmund Pluznik am Stacheldrahtzaun des Zwangsarbeiterlagers in Małobądz, in das ich mit meiner Familie geflüchtet war. Die Aufforderung meiner Freunde, mit ihnen in den Widerstand zu gehen, lehnte ich ab; ich wollte meine Angehörigen nicht noch mehr gefährden. Über den Zaun hinweg mußten wir voneinander Abschied nehmen. Dzidek wurde wenige Tage später gefaßt und erschossen.

Für die Deutschen völlig unerwartet, wurde aus mehreren Baracken auf dem Ghettogelände auf sie geschossen. Zu den Waffen griffen Janek Zimerman, Hipek Glicenstein, Zvi Brandes, Bolek Korzuch, Chajka Klinger, Frumka Plotnicka, mein Cousin Heniek Lustiger, Pola Strochlitz und Baruch Gaftek. Nur wenige von ihnen überlebten diese Aktion. Der Beschuß aus dem Kommandobunker dauerte eine halbe Stunde. Andere Bunker mußten die Deutschen mit Gewalt erobern.

Im Bericht des Polizeipräsidenten von Sosnowiec an den Inspekteur der Polizei im Wehrkreis VIII in Breslau am 7. August 1943 heißt es u. a.:

»Abtransportiert bis 7. 8. 1943: rund 30 000 (Männer, Frauen, Kinder) Erschossen wegen Fluchtversuchs oder Widerstand: rund 400 Juden. Aktion noch nicht abgeschlossen. Die Polizeikräfte bleiben noch bis zum 18. 8. 1943 im Einsatz.

Bemerkungen:

Auf eine derartige Aktion waren die Juden von langer Hand vorbereitet, nur der Tag blieb geheim. Ein großer Teil von ihnen hielt sich außerhalb der Wohnungen in Bunkern, gut getarnten Erdlöchern oder vermauerten Kellern versteckt und konnte erst nach und nach festgenommen werden. Teilweise versuchten die Juden unter Waffenanwendung, Widerstand zu leisten … Die Täter konnten erst im Feuerkampf überwältigt werden.

In der Nacht vom 2. und 3. August wurden die um das Judenghetto Sosnowiec aufgestellten Absperrketten aus mehreren Häusern des Ghettos beschossen. Unter Führung eines Offiziers drang ein mit Handgranaten bewaffneter Stosstrupp in den Häuserblock ein und holte 27 Juden, darunter 2 Tote, heraus.«

Die letzte Spur der Juden von Będzin findet sich im »Kalendarium« von Auschwitz, das Danuta Czech erstellte. Dort ist vermerkt, daß zwischen dem 1. und 27. August 1943 30 500 Juden aus Będzin, Sosnowiec und Zawiercie nach Auschwitz-Birkenau transportiert wurden. 3 579 Männer und 2 949 Frauen wurden ausgesondert; ihnen tätowierte man Nummern ein, da sie im KZ bleiben sollten. Die anderen – fast 24 000 Juden – wurden sofort vergast. Am 12. August traf ein Transport mit etwa 1 000 Frauen, Männern und Kindern ein. Nur 46 Männer von ihnen ließ man am Leben. Wahrscheinlich war dies eine Strafaktion für den Widerstand.

Schaja Ehrlich, Mosche Wygnanski und andere Będziner Juden spielten beim Aufstand des Sonderkommandos in

Auschwitz am 7. Oktober 1944 eine führende Rolle. Ala Gertner aus Sosnowiec und Regina Sapirstein aus Będzin wurden mit zwei anderen Frauen gehängt, da sie Sprengstoff, mit dem die Krematorien zerstört werden sollten, ins Lager geschmuggelt hatten. Es waren die letzten Hinrichtungen in Auschwitz.

Am 1. September 1993 wurde in Będzin ein Denkmal für die im Holocaust umgebrachten Juden eingeweiht. An der Kirche der Heiligen Dreieinigkeit wurde zum Andenken an Pfarrer Mieczysław Zawadzki eine Gedenktafel angebracht. Der Text der Tafel lautet:

»Zur Ehrung des Gedenkens an den Pfarrer Prälat Mieczyslaw Zawadzki, eines ›Gerechten der Völker‹, der am 8.9.1939 während des Brandes der durch die Deutschen angezündeten Synagoge Juden durch Öffnen des Tores der Kirche rettete. Von den Juden Będzin«

Am gleichen Tage wurde auch eine Gedenktafel am Gebäude des früheren jüdischen Fürstenberg-Gymnasiums enthüllt. Die rührige *Gesellschaft der Freunde von Będzin* hatte die Errichtung des Denkmals und die Herstellung der Gedenktafeln angeregt.

Zu den Feierlichkeiten hatte die Stadt 100 Będziner Juden aus Israel, den USA und Australien eingeladen. An der Spitze der Delegation stand Dr. Arie Ben-Tov, der Vorsitzende des *Weltverbandes der Juden von Zagłębie.* Mein Cousin Aron Jean-Marie Lustiger, Kardinal von Paris, dessen Vater in Będzin geboren wurde, war Ehrengast. Mit Arie Ben-Tov besuchte ich den Bunker der Widerstandskämpfer im früheren Ghetto. An dem Gebäude hängt eine Gedenktafel mit folgendem Text in jiddischer, hebräischer und polnischer Sprache:

»Am 2. August 1943 fielen im Bunker in diesem Hause im ungleichen Kampf gegen die hitleristischen Besatzer die Mitglieder des

›Dror‹ und der ›Poale Zion‹ Frumka Plotnicka, Herszel Szpryn-
gier, Baruch Gaftek und ihre Genossen, treue Mitglieder der zionistischen Bewegung, im Kampf um die Freiheit und Ehre des jüdischen Volkes, um das unabhängige Polen und für die Freiheit
der ganzen Menschheit. Ewig wird das Gedenken an sie
währen.«

## Die Fotos der Juden von Będzin

Siegmund Pluznik entdeckte in einem polnischen Archiv Fotos von Juden aus Będzin, die im Auftrag deutscher Behörden
1940 bis 1942 aufgenommen und auf Karteikarten mit Nummern registriert wurden. Sie sollten wahrscheinlich in dem
»Museum einer ausgestorbenen Rasse« – ein ungeheuerlicher
Euphemismus für den millionenfachen Mord –, das die Nazis
nach dem »Endsieg« einrichten wollten, ausgestellt werden.

Im Jahre 1980 brachte Arie Ben-Tov 4714 Paßfotos mit den
Geburtsdaten und Adressen der Będziner Juden auf der Rückseite aus Polen nach Israel. Solche Paßfotos mußten 1941 auf
Befehl der Nazi-Behörden mit einem Antrag auf einen Perso-
nalausweis, auf dem auch die »Palcówka« (der Fingerabdruck)
war, eingereicht werden. Ein kleiner Teil von ihnen, eben 4714
von ca. 20000 Fotos, war nach dem Krieg gefunden und im Archiv des *Jüdischen Historischen Instituts* in Warschau deponiert
worden. Ben-Tov flog von Warschau über Frankfurt nach Tel
Aviv. Er rief mich an und zeigte mir im Hotel die Fotos. Ergriffen schaute ich sie an. Auf keinem von ihnen war eine Spur
von Freude oder gar ein Lächeln zu sehen. Zufälligerweise fand
ich das Foto meiner Großmutter Mindla Lustiger. Diesen
Augenblick werde ich nie vergessen, denn ich besaß bis dahin
kein einziges Bild von ihr. Ein Jahr später überreichte Ben-Tov
in Paris Kardinal Lustiger dieses Foto unserer gemeinsamen
Großmutter, die in Auschwitz ermordet wurde. Kopien der in
11 Aktenmappen alphabetisch geordneten Sammlung wurden
in alle Länder verschickt, in denen Będziner Juden leben.

Nach der Befreiung von Auschwitz im Januar 1945 wurden dort etwa 2400 Fotos gefunden. Sie wurden in primitive Alben geklebt, im Archiv des Lagers deponiert und vergessen. Fast alle Fotos stammen aus Familienalben von Będziner Juden, die in Auschwitz ermordet wurden. 1988 wurde die amerikanische Fotografin Ann Weiss auf die Fotos aufmerksam. Sie veröffentlichte einige Hundert von ihnen in ihrem Buch *The Last Album*. Die 2001 erschienene zweibändige Edition *Vor der Auslöschung ... Fotografien, gefunden in Auschwitz* enthält alle 2400 Fotos; für den Textband konnte ich einen Essay beisteuern. Im Rahmen eines gemeinsamen Forschungsprojekts des Fritz Bauer Instituts und des Staatlichen Museums Auschwitz-Birkenau gelang es in sechsjähriger Recherchearbeit, die Identität von etwa 600 der auf den Fotos abgebildeten Personen zu ermitteln und ihre Lebensgeschichten zu rekonstruieren.

Das vom Kehayoff Verlag in München verlegte Werk wurde in Auschwitz, München, Frankfurt, Zürich, Wien, London und Paris vorgestellt. Ich nahm an allen Präsentationen außer der in Auschwitz teil. Bei der Veranstaltung im Pariser Musée Juive waren auch mein Cousin Kardinal Lustiger und Simone Veil anwesend. Viele der Fotos sind auf der Rückseite beschriftet, und so lesen wir Namen, Widmungen, Grüße und Daten in verschiedenen Sprachen.

Die Fotos des Albums dokumentieren die versunkene und zerstörte Welt des osteuropäischen Judentums, das vor dem Zweiten Weltkrieg sieben Millionen Menschen zählte. Sie zeigen, wie die meisten Juden Polens vor 1939 aussahen, wie sie lebten, wo und wie sie ihre Freizeit verbrachten und sich vergnügten. Wir sehen Feste, Hochzeiten, jüdische Pfadfinder in den Zeltlagern und auf Ausflügen, Sportler, Soldaten, Schauspieler, Dichter, elegante Männer und Frauen, die in den Straßen ihrer Stadt Będzin oder in Kurorten promenieren.

Das visuelle Gedächtnis vieler Menschen, die nie in Polen und seinen jüdischen Metropolen waren, ist durch die Bilder von Vishniac, Kacyzne und anderen Fotografen geprägt. Das

Werk *Vor der Auslöschung … Fotografien, gefunden in Auschwitz* hat zur Korrektur der einseitigen Wahrnehmung der polnischen Juden und anderer osteuropäischer Länder beigetragen.

Leider gibt es neben dem opulenten jiddischsprachigen Gedenkbuch *Pinkas Bendín*, das 1959 erschien, nur wenige Publikationen, die über das jüdische Będzin Auskunft geben. Hier gilt es, eine Lücke auszufüllen, denn das jüdische Oberschlesien wurde, vermutlich weil das Gebiet schon 1939 ans Deutsche Reich angegliedert worden war, von polnischen *und* deutschen, aber auch von den jüdischen Historikern stark vernachlässigt.

Was wurde aus den lachenden und fröhlichen Menschen, die wir auf den Bildern des Bandes *Vor der Auslöschung …* sehen? Die meisten von ihnen wurden nach Auschwitz deportiert. Die Fahrt war kurz, denn Auschwitz ist nur 40 Kilometer von Będzin entfernt. Die polnische Nobelpreisträgerin Wisława Szymborska hat über diese Fahrten in den Tod das Gedicht *Noch* verfaßt, dessen erste Strophe, von Karl Dedecius übertragen, lautet:

> In plombierten Waggons, bewacht
> fahren Namen durch Land und Nacht.
> Wohin sie fahren in Herden
> ob sie einmal aussteigen werden,
> fragt nicht, ich sag's nicht, ich weiß nicht.

## AUS MEINEM LEBEN

### *Kindheit*

Ich wurde am 7. Mai 1924 in Będzin geboren. Die Kreis- und Garnisonsstadt mit mehr als 40 000 Einwohnern im Dambrowa-Kohlerevier in der Nähe von Katowice (Kattowitz) war ein wichtiges jüdisches Zentrum Westpolens.

In meiner Familie spielte die Religion keine besondere Rolle. Meine frommen Großväter und Großmütter waren sehr tolerant. Ob ihre Enkel gläubig waren oder nicht, war deshalb kein Gegenstand von Vorwürfen oder Polemiken. Dennoch hielt sich die Familie an die Traditionen und beging die jüdischen Festtage, von denen viele eher einen nationalen als religiösen Ursprung haben.

In Będzin wurde das öffentliche Leben von Juden bestimmt. Der Samstag war ein Feiertag, niemand arbeitete, alle Geschäfte waren geschlossen, selbst die Christen öffneten ihre Läden nicht.

In meinem Elternhaus gab es nur Koscheres. Auf dem Schulweg kam ich jeden Tag an einem polnischen Fleischerladen vorbei. Der Anblick und der Geruch der geräucherten Schinken verleiteten mich oft dazu, von meinem Taschengeld eine der köstlichen Schinkensemmeln zu kaufen. Sie schmeckten mir besser als die Schulbrote, die mir meine Mutter einpackte.

Die Eltern redeten miteinander jiddisch und mit uns Kindern polnisch. Fromme Juden sprachen meist jiddisch; säkulare und gebildete dagegen polnisch. Einige Bundisten gründeten Zirkel zur Pflege des Jiddischen als Kultursprache.

Mit polnischen Einwohnern hatten wir kaum Umgang. Wir wohnten Tür an Tür mit ihnen, doch blieb jeder in seiner eigenen Lebenswelt. Vom Antisemitismus spürten wir sehr wenig; die Juden bildeten in unserer Stadt ja die Mehrheit. Ab und an wirkten sich allerdings die Feindseligkeiten aus, die von der Kirche geschürt wurden, so zum Beispiel während der Karfreitagsprozession. Meine Eltern gaben uns den guten Rat, an diesem Tag zu Hause zu bleiben, denn die Prozessionsgänger könnten uns verprügeln.

Bei den Demonstrationen am 1. Mai spielten Polizeispitzel als Provokateure eine unrühmliche Rolle. Es kam zu Krawallen oder gar zu Schießereien; viele Leute wurden festgenommen. Der *Bund* sorgte deshalb für einen Selbstschutz bei Demonstrationen.

Ich hatte nur sehr wenige nichtjüdische Freunde. Die Mitgliedschaft bei den zionistischen Pfadfindern, mein Lesehunger, Hausaufgaben und Sport füllten meine Freizeit aus. Es gab auch kaum Gelegenheiten, Schüler der polnischen Gymnasien bei Sportwettbewerben und anderen außerschulischen Veranstaltungen zu treffen.

Meine Kameraden vom Fürstenberg-Gymnasium und ich fuhren öfter mit dem Fahrrad ins große Schwimmbad nach Katowice. Nach dem Schwimmen trafen wir uns im Café des deutschen Konditors Otto Liborius; dort gab es die besten Kuchen weit und breit. Die Gymnasiasten mußten eine Schuluniform tragen. Bei solchen Anlässen zogen wir andere Sachen an, da Gymnasiasten in Polen der Besuch öffentlicher Lokale untersagt war.

In Będzin und Umgebung hatten Juden Eisen- und Metallwarenbetriebe, Konfektions-, Schuh- und Lebensmittelfabriken und zahlreiche Handwerksbetriebe aufgebaut. Jedes Handwerk hatte eine eigene jüdische Zunft mit Vereinslokal, Fahnen etc. Einer meiner Großväter war Obermeister der jüdischen Bäckerzunft, der andere Schmiedemeister und Mechaniker. Mein Vater besaß ein Unternehmen, das Maschinen für Bäckereien und Konditoreien vertrieb.

Bei Kommunal- und Sejm-Wahlen kandidierten Vertreter verschiedener jüdischer Parteien und Vereine. Mein Vater wurde vom *Verein jüdischer Kaufleute* aufgestellt und zum Stadtrat gewählt. Er wirkte auch eine Zeitlang im Aufsichtsrat und später im Vorstand der jüdischen Genossenschaftsbank mit. Stets hat er sich für seinen Berufsstand und andere Menschen, vor allem Bedürftige, engagiert, so beispielsweise Ende der zwanziger/ Anfang der dreißiger Jahre, als den polnischen Juden sehr hohe Steuern auferlegt wurden, mit denen man sie aus dem Land vertreiben wollte. Damals wurden vor allem bei kleinen jüdischen Handwerkern, die ihre Bücher nicht wie verlangt führten, oft Steuerschätzungen durchgeführt. Diese gnadenlosen Schätzungen zwangen Tausende Juden, nach Palästina auszuwandern.

Die Konfektions- und Schuhfabriken beschäftigten viele Heimarbeiter, die nur einen kargen Lohn erhielten. Wurde die Nähmaschine eines Schneiders wegen seiner Steuerschulden gepfändet, verlor er seine Arbeit und konnte die Familie nicht mehr ernähren. Was für Szenen spielten sich auf der Straße ab, wenn der Gerichtsvollzieher mit dem Handwagen eine Nähmaschine zum Finanzamt zog! Mein Vater fuhr mehrmals nach Warschau und setzte sich im Finanzministerium für Familien ein, die wegen der Steuern ihre Existenzgrundlage verloren hatten. Manchmal wurde zu Hause darüber gesprochen.

Sehr viele Arme litten damals Not, doch die große jüdische Gemeinschaft übte Solidarität. Fromme Będziner Juden gründeten mehrere Selbsthilfeorganisationen, auch der *Bund* hatte verschiedene soziale Einrichtungen, darunter Ferienkolonien.

Daß Juden eine komplette Infrastruktur aufbauten, zu der auch Kultur- und Bildungseinrichtungen gehörten, war nicht typisch im damaligen Polen. In Będzin war das jüdische Schulsystem breit gefächert: Es gab säkulare und religiöse Schulen, von der Kinderbibelschule (Cheder) bis zur Jeschiwa und Fach- und Berufsschulen. Die Hauptfächer wurden überall in Polnisch unterrichtet, daneben wurde Jiddisch oder Hebräisch unterrichtet. In den staatlichen Schulen für Juden standen außer dem staatlichen Lehrprogramm die Geschichte der Juden und die Bibel auf dem Stundenplan.

Ich absolvierte das private jüdische Fürstenberg-Gymnasium, eine säkulare Gemeinschaftsschule. Sie vermittelte mir die geistigen Grundlagen für mein weiteres Leben. Ich war meinen Eltern immer dankbar dafür, daß sie das Schulgeld aufbrachten.

Die jüdischen politischen Organisationen hatten unterschiedliche Programme. Es gab sehr viele zionistische Vereinigungen, Parteien, Jugendverbände und Pfadfinderorganisationen, darunter den *Bund* mit dem Jugendverband *Zukunft* und der Kinderorganisation *Skif* (eine Abkürzung für *Sozialistischer*

*Kinderfarband*), der ich zeitweise angehörte. Die Bundisten beschworen die »Do'igkejt« (das Hiersein). Im Gegensatz zu den Zionisten, die sich für einen jüdischen Staat in Palästina als künftige Heimstatt einsetzten, vertraten sie die Meinung, die Juden müßten dort, wo sie leben, für die Revolution und die soziale Gerechtigkeit kämpfen.

Zum politischen Spektrum gehörten auch die illegale kommunistische Partei und die antizionistische *Agudat Israel*, eine Partei orthodoxer Juden. *Agudat*-Abgeordnete unterstützten im Sejm die Regierungsparteien.

Heute haben vor allem im Westen viele Menschen Probleme mit ihrer jüdischen Identität. In Będzin machte sich darüber niemand Gedanken. Auch ich verschwende bis heute keine Minute für diese Frage. Ich weiß genau, wer ich bin, woher ich komme, wofür ich einstehe, und sorge dafür, daß jeder andere das auch erfährt.

### *Jugendjahre als Zwangsarbeiter*

Nach dem Überfall der Wehrmacht wurden die 1922 Polen zugeschlagenen Gebiete der Provinz Schlesien und der urpolnische Kreis Będzin in das Deutsche Reich eingegliedert.

Fortan mußte sich die Bevölkerung hier den gleichen Gesetzen unterwerfen wie in Nazideutschland. Sie wurde von Polizeieinheiten, SS, Gestapo, Zollbehörden und Feldgendarmerie der Wehrmacht überwacht. Gegen Juden wurden zwar nicht so brutale Maßnahmen ergriffen wie in Polen und später in Rußland, aber auf jeglichen Widerstand stand der Tod. Ich erinnere mich an eine Szene auf der Hauptstraße von Będzin, der Uliza Małachowska. Der Kreisleiter der NSDAP hatte sich dort in der Stadtvilla eines reichen jüdischen Industriellen einquartiert. Ich sah, wie sein Sohn, ein kleiner Hitlerjunge in Uniform, Passanten, vor allem ältere Juden, am Bart zupfte und schlug. Niemand wagte es, dagegen einzuschreiten. In solchen Situationen konnte man nur die Faust in der Hosentasche ballen. Wäre dem Jüngelchen nur ein Haar gekrümmt worden, hätten die Nazis wahrscheinlich die ganze Familie nach Auschwitz deportiert.

Die im Oktober 1939 begonnenen Deportationen aus dem Raum Katowice in den östlichen Teil des Generalgouvernements wurden bald abgebrochen und Tausende von Juden zur Zwangsarbeit rekrutiert. Dies war unsere vermeintliche Lebensrettung. Alle Maschinen und Werkzeuge jüdischer Handwerker wurden konfisziert und in große neuerrichtete Fabriken gebracht. Dort mußten Schuster und Schneider Sklavenarbeit leisten – zum Teil an Maschinen, die ihnen gehört hatten. Sie erhielten einen geringeren Lohn als Nichtjuden. Ich arbeitete in einer Holzwarenfabrik, die 400 Arbeiter beschäftigte, darunter jüdische Tischler- und Schreinergesellen sowie Handwerksmeister. Später wurden junge Juden auch nach Deutschland zur Zwangsarbeit gebracht. Im Sommer 1940 waren in der deutschen Kriegswirtschaft bereits über eine Million Polen beschäftigt.

Im Sommer 1942 begannen die Massendeportationen nach Auschwitz. Allein im August 1942 wurden 15 000 Juden aus Będzin und Sosnowiec in das Vernichtungslager transportiert. Der spätere Kommandant des Aufstandes im Warschauer Ghetto, Mordechai Anielewicz, hielt sich in dieser Zeit einige Wochen in unserem Gebiet auf, um den Aufbau von jüdischen Widerstandsgruppen zu unterstützen. In dieser Industrieregion operierten nur wenige Partisanen. Ein Teil der Aktivisten versuchte dennoch, sich ihnen anzuschließen. Für die Einsätze gegen die Besatzungsmacht und zur Selbstverteidigung wurden Waffen benötigt. Den Kauf und Transport der Waffen übernahmen junge Mädchen; die meisten von ihnen waren unsere Schulkameradinnen gewesen. Sie fuhren als Kuriere in alle Gebiete Polens, auch ins Generalgouvernement.

Zu Beginn des Jahres 1943 mußten die Juden von Będzin

ins Ghetto Kamionka. Sie wurden in neugebaute primitive Baracken gepfercht oder in heruntergekommene Werkshäuser von Grubenarbeitern, die auf dem Gelände standen. Das Ghetto wurde umzäunt und bewacht. Die Bewohner marschierten in Kolonnen zur Arbeit und zurück. Sie wurden zum großen Teil in Rüstungsbetrieben eingesetzt. Wer sich aus dem Ghetto entfernte, mußte mit der Todesstrafe rechnen; auch wer den Judenstern nicht trug, hatte Konsequenzen zu befürchten. Unsere Familie hatte im Ghetto eine Bleibe, in der wir jedoch aus Sorge vor einer Deportation nie übernachteten.

### Będzin wird »judenrein«

Mein Großvater und seine Familie besaßen ein großes Grundstück samt einer großen Eisenhandlung in der Nähe des Bahnhofs. Auf dem Gelände hatten wir einen Bunker errichtet, der uns als Versteck dienen sollte.

Da wir mit polnischen Eisenbahnbeamten gut bekannt waren, informierten sie uns Ende Juli 1943 darüber, daß auf den Gleisen um Będzin Hunderte von Eisenbahnwaggons stünden und auf ihre »Ladung« warteten. Wir alle waren also nicht im Ghetto, sondern in unserem Bunker, als am 1. August 1943 Polizei- und SS-Einheiten das Ghetto abriegelten. Rings um uns herrschte Terror.

Es gibt einen Polizeibericht über diese Aktion, die zwei Wochen dauerte, da sich die Juden nicht wie Vieh in die Waggons treiben ließen. In dem Bericht heißt es, daß vierhundert Menschen an Ort und Stelle wegen Widerstands und Fluchtversuchen erschossen wurden. Alle Mitglieder der Kampforganisation, die aus einem Bunker im Ghetto auf SS-Männer schossen, wurden sofort getötet.

Die Juden, die sich nicht in irgendein Versteck flüchten konnten, wurden in die bereitstehenden Waggons gepfercht und ins nahegelegene Konzentrationslager Auschwitz transportiert. Viele von ihnen starben bereits während der Fahrt. Fast 24000 Juden aus dem Gebiet wurden unmittelbar nach ihrer Ankunft in Auschwitz vergast.

## Wie wir zunächst überlebten

Ein Mitglied unserer Familie, der deutschstämmige Onkel Moritz Bittner aus Beuthen, verließ den Bunker, um eine Bleibe für uns zu organisieren, in der wir längere Zeit überleben konnten. Wir wußten, daß in der Nähe, auf dem Areal einer früheren Rüstungsfabrik, ein Zwangsarbeitslager errichtet worden war. Mein Onkel ging dorthin und konnte die Lagerleitung dazu überreden, uns aufzunehmen. Als es am geheimen Eingang klopfte und wir die Stimme unseres Onkels hörten, waren wir erleichtert: »Kommt raus, wir gehen in ein Lager.« So lief die ganze Familie, vierzig Personen, unter Bewachung von zwei SS-Leuten mit Karabinern durch die Stadt in dieses Lager. Dort blieben wir kurze Zeit.

Eines Tages standen Dzidek Ferber und Siegmund Pluznik, zwei meiner engsten Kameraden aus dem Gymnasium, am Zaun und forderten mich auf, aus dem Lager zu flüchten. Es wäre nicht schwer gewesen; ich hätte das Zaungeflecht durchschneiden können, denn ich hatte die nötigen Werkzeuge. Ich dachte aber an meine Eltern und an meine kleinen Geschwister, Samuel und Erna, die damals dreizehn Jahre alt waren. Wenn man mich fassen würde, würde man sich an meiner Familie rächen. So hatten sie vielleicht eine Chance zu überleben.

Dzidek Ferber wurde kurz nach unserem Treffen denunziert und erschossen. Siegmund Pluznik, Mitglied der Kampforganisation in unserer Stadt, hatte ursprünglich zu den Partisanen gehen wollen, schloß sich aber jener Gruppe von Jugendlichen an, die über die Slowakei, Ungarn, Rumänien und die Türkei nach Palästina flohen. Von ihren unglaublichen

Abenteuern, ihrer Beteiligung am Widerstand in Ungarn und Rumänien, den Verhaftungen und der Flucht aus KZ in Ungarn, berichten zwei Dokumentarfilme des ZDF.

Mein Vater David, die Mutter Gitta, die Schwestern Hella, Mania, die Zwillinge Erna und Samuel und ich wurden zunächst in das Zwangsarbeiterlager Annaberg in Schlesien deportiert, in dem es auch Frauenbaracken gab. Dort stellte Polizeihauptwachtmeister Stroh, ein Mitarbeiter der Lagerverwaltung, anhand der Kartei fest, daß entgegen der Anordnung, Familien aufzuteilen, unsere ganze Familie, Eltern und fünf Kinder, im Lager war, und verteilte uns auf verschiedene Lager. Mein Vater, mein kleiner Bruder und ich kamen jeweils in andere KZ. Meine Mutter kam mit den drei Schwestern nach Ludwigsdorf in Niederschlesien.

### Im KZ Auschwitz-Blechhammer

Meine nächsten Stationen waren die Lager Otmuth und Blechhammer, ein Nebenlager von Auschwitz, wo mir die Auschwitz-Nummer A 5592 eintätowiert wurde. Blechhammer war eines der kriegswichtigsten Hydrierwerke Deutschlands, in dem Benzin aus Kohle hergestellt wurde. Dort arbeiteten neben den wenigen zivilen deutschen Arbeitern etwa 20 000 Zwangsarbeiter: Strafgefangene, kriegsgefangene Franzosen und Engländer, auch Juden aus Palästina, die in der britischen Armee gewesen waren, Polen und wir, die 4000 KZ-Häftlinge. Sie alle verrichteten sehr schwere Arbeit. Im August 1944 bombardierten Hunderte von alliierten Flugzeugen das Werk mehrmals. Die Bombardements begannen immer um elf Uhr, wenn die Anlage hochgefahren war und durch die Rohre Dampf strömte. Auf dem Gelände gab es Luftschutzräume für die Deutschen und die Zwangsarbeiter; für Werkzeuge gab es sogar Bunker. Die KZ-Häftlinge standen in der Lagerhierarchie an letzter Stelle: Wir lagen auf dem Feld und sahen zu, wie der Bombenhagel niederging. Nach einem Bombenangriff wurden die ins Lager zurückkehrenden Häftlinge gefilzt. Wir trugen fast alle Pantinen mit Holzsohlen und Schäften aus Segeltuch. Oft fehlten Schnürsenkel, denn sie waren Mangelartikel. Mit offenen Schuhen konnte man sich die Füße leichter verletzen und auch das Schrittempo nicht einhalten. Nach den Bombenangriffen hingen viele Telefondrähte mit farbigen Isolierungen herum. Einige Häftlinge, die sich die Schuhe mit solchen Drähten zugebunden hatten, wurden beim Einmarsch wegen Plünderung ausgesondert. Dann kam aus Berlin per Fernschreiben die Anweisung, daß alle 4000 Häftlinge zum Appell antreten mußten. Die »Plünderer« wurden gehängt, darunter auch einige Jugendliche. Ein holländischer Kapo, der für einen Minderjährigen zu intervenieren versuchte, wurde auch gehängt.

Blechhammer war jedoch kein Vernichtungslager. Die SS-Lagerleitung war nicht darauf bedacht, uns zu töten. Man wollte so lange wie möglich unsere Arbeitskraft ausbeuten. Wer nicht arbeiten konnte, wurde in ein Krankenrevier verlegt. Regelmäßig kamen Lastwagen aus Auschwitz und holten diese Leute. Ich verfehlte meinen Vater um zwei Wochen. Als ich in Blechhammer eintraf, wurde mir berichtet, daß er sich die Füße kaputtgemacht hatte. Er war ein sehr großer Mann, für ihn gab es keine passenden Schuhe, so daß er die vielen Kilometer zum Werk barfuß laufen mußte und seine Füße während der Arbeit nicht geschützt waren. Als er nicht mehr arbeiten konnte, mußte er ins Revier und wurde nach Auschwitz gebracht. Mein Vater hätte wahrscheinlich hundert Jahre gelebt. Er war kerngesund und vor der Deportation nie beim Arzt gewesen.

## Erster Todesmarsch nach Groß-Rosen
## und Buchenwald

Im Januar 1945 näherte sich die Rote Armee dem Gebiet. Der Befehl lautete: Evakuierung des Lagers. Es lag hoher Schnee bei minus zwanzig Grad. Man bekam einen Kanten Kommißbrot, ungefähr ein Pfund, als Marschverpflegung, und dann marschierten 4000 Menschen los. Darunter waren auch Frauen, die für die SS-Mannschaft gearbeitet hatten. Wir mußten etwa 30 Kilometer pro Tag zurücklegen. Es war sehr schwierig, im Schnee zu gehen. An den Holzsohlen hatten sich Eisklumpen gebildet, man konnte sich leicht den Knöchel ausrenken. Wer nicht marschieren konnte, war des Todes. Er wurde mit einer Maschinengewehrsalve erschossen und am Wegrand liegengelassen. Übernachtet wurde in zugigen Scheunen. In der zweiten Nacht hatte ich mir mein kleines Säckchen mit dem Brot als Kissen unter den Kopf gelegt. Ich war so müde, daß ich nicht merkte, wie es mir gestohlen wurde. Nun war ich praktisch ohne Verpflegung, im Schnee, in der Kälte. Da wir nur gestreifte Anzüge trugen, die überhaupt nicht wärmten, keine Kopfbedeckung und auch keine Strümpfe hatten, erfroren vielen Kameraden die Ohren und Zehen. Ich verstehe bis heute nicht, daß ich nicht erfroren bin.

Als wir durch ein Dorf marschierten, sah ich eine Hütte und eine Lücke zwischen zwei Wachleuten. Ich rannte in die Hütte. Die Familie saß gerade beim Essen, und eine große Schüssel mit dampfenden Kartoffeln stand auf dem Tisch. Ich sagte kein Wort, rannte zu der Schüssel und schob mir zwei heiße Kartoffeln unter die Jacke. Draußen stand ein SS-Mann vor mir. Er versetzte mir mit dem Gewehrkolben einen starken Hieb auf die Stirn. Die Narbe habe ich noch heute. Ich fiel hin, mit Hilfe eines Kameraden kam ich wieder auf die Beine. Wäre ich liegengeblieben, hätte man mich sofort erschossen.

Eines Nachts kam die Kolonne im Konzentrationslager Groß-Rosen an, ein schreckliches Lager, das schrecklichste, das ich bisher in meiner KZ-Häftlingskarriere erlebt hatte. Dort hatten kriminelle Kapos das Sagen, die Menschen ohne jeglichen Grund mit Stangen totschlugen. In Blechhammer waren dagegen in der Häftlingslagerleitung solidarische Leute gewesen. Nach einigen Tagen konnten wir diese Hölle verlassen, wurden in offene Waggons gesteckt und fuhren mehrere Tage, bis wir nach Weimar kamen. Als der Zug in Weimar stand, gab es Luftalarm. Der Bahnhof von Weimar wurde bombardiert. Die SS-Wachen flüchteten wie die Hasen, auch einige von uns versuchten sich zu verstecken, darunter ich. Ich stand hinter einer Mauer in der Nähe des Bahnhofs. Als es Entwarnung gab, wurde ich denunziert. Ich mußte wieder in den Zug. Der ganze Bahnhof war zerstört worden, aber das Nebengleis nach Buchenwald war intakt. Nach der Ankunft in Buchenwald wurden wir registriert und anschließend in das berüchtigte furchtbare »Kleine Lager« gebracht.

## Im KZ Langenstein

Nach einigen Tagen im Lager Buchenwald, die ich als »Sanatoriumsaufenthalt« empfunden habe, weil nicht gearbeitet wurde, stellte man einen Transport zusammen, zu dem auch ich gehörte. Wir wurden mit geschlossenen Eisenbahnwaggons nach Langenstein gebracht, einen kleinen Ort bei Halberstadt im Südharz. Dort mußten die entkräfteten Gefangenen unter Aufsicht von SS und zivilem Personal einen kilometerlangen Tunnel für eine unterirdische Flugzeugfabrik graben. Es war die Hölle. Ich erfuhr später, daß die SS damals die Parole »Vernichtung durch Arbeit« ausgegeben hatte. Es wäre einfacher gewesen, uns umzubringen, doch man wollte die Kugeln sparen. Die Häftlinge wurden während der Arbeit häufig geschlagen, nicht nur von der SS, sondern auch von den zivilen deutschen Meistern. Wir mußten im Tunnel bohren und sprengen, ohne Atemschutz und Schutzhelme. Man versuchte, alles aus uns herauszupressen und schikanierte uns zudem bewußt durch nutzloses Appellstehen vor und nach der Arbeit und beim Essenfassen einmal am Tag. Die Verpflegung war äußerst knapp, und wir konnten auch nichts aufsparen.

Bis zur Befreiung durch US-Truppen am 11. April 1945 starben beim Bau des 13 Kilometer langen Stollensystems mehr als 5000 Menschen aus fast allen Ländern Europas. 1982 habe ich mir die Anlage wieder angeschaut. In den Tunnel konnten Eisenbahnwaggons fahren, dort sollten Maschinen aufgestellt und Flugzeuge hergestellt werden. Dazu ist es nicht gekommen.

In Langenstein, wo wir etwa fünf Wochen blieben, waren Widerstandskämpfer, Kriegsgefangene und KZ-Häftlinge zusammengepfercht: Franzosen, Belgier, russische Kriegsgefangene, die ins Konzentrationslager gekommen waren, Zivilisten, die am Aufstand in Warschau 1944 teilgenommen hatten, sowjetische Offiziere, Italiener, Serben, Griechen. Unter den Angehörigen von 15 Nationen waren auch Jugendliche. Im Herbst 1944 waren auch französische Widerstandskämpfer, darunter mehrere Geistliche, in das Lager gekommen. Uns, den jüdischen Häftlingen, ging es am schlechtesten. Wir wurden zu den lebensgefährlichsten Tätigkeiten und Kommandos eingeteilt.

### Zweiter Todesmarsch

Anfang April näherte sich die amerikanische Armee dem Gebiet. Eines Tages mußten wir nicht mehr zur Arbeit. Das heißt, wir sollten zur Arbeit gehen, aber da Gerüchte kursierten, daß man uns alle im Tunnel einschließen und dann sprengen wollte, erschien niemand auf dem Appellplatz. Dann kam der Befehl zum Evakuierungsmarsch. Er sollte sich als Todesmarsch erweisen. In sechs Kolonnen zu je 500 Mann marschierten wir nur nachts. Während des über eine Wegstrecke von etwa 330 Kilometer führenden Fußmarsches kamen die meisten der völlig entkräfteten Häftlinge um. Wer das Tempo der Kolonne nicht mehr mithalten konnte, wurde erschossen. Weil die Bevölkerung die bis zum Skelett abgemagerten Gefangenen und die Toten am Wegesrand nicht sehen sollte, marschierten wir nur nachts und »ruhten« am Tage aus. In einer der Nächte flüchtete ich. Ich hatte ein seltsames Erlebnis. Die Chance zu überleben war sehr gering, weil die Bevölkerung uns durch die gestreifte Kleidung sofort als Häftlinge identifizieren konnte und uns verraten hätte. Aber ich wollte mich, bevor ich stürbe, noch einmal satt essen. Wir marschierten durch ein Dorf, wo fast vor jedem Häuschen ein Wehrmachtswagen, Last- oder Geländewagen stand. Es war vielleicht zwei Uhr nachts, als ich anklopfte. Ein verschlafener Offizier schaute heraus. Er war im Schlafanzug, halb angezogen. Er fragte mich: »Was wollen Sie?« Zum ersten Mal seit langer Zeit hatte mich jemand mit »Sie« angesprochen. Ich bat um etwas Essen. Ich wartete, und er kam mit einem Kanten Brot. Wann hatte ich zum letzten Mal ein so großes Stück Brot zum Essen? Ich verschlang es gleich. Dann versteckte ich mich in einer Gartenlaube. Ich wollte dort den Tag zubringen, aber Spürhunde entdeckten mich und Volkssturmleute führten mich ab. Zusammen mit acht weiteren Häftlingen, die ebenfalls in der Nacht in diesem Dorf zu fliehen versucht hatten, sollte ich in das Hauptlager zurückgebracht werden. Dort würde ich umgebracht. Was hatte ich noch zu verlieren? Es war schon hell, doch nach einer gewissen Zeit flüchtete ich wieder. Die Volkssturmmänner verschossen viele Kugeln, trafen mich aber nicht. Ich irrte durch den Wald und wußte nicht, welche Richtung ich einschlagen sollte. Ich traf auf einen deutschen Soldaten in Uniform, aber ohne Waffe. Es war ein Deserteur, der aus der Gegend stammte und nach

Hause wollte, wo schon die Amerikaner waren. Ich heftete mich an seine Fersen. Er hätte mich mit einem Schlag töten können, aber er wollte offenbar seine Freiheit nicht mit einem Mord beginnen und legte nur ein großes Tempo vor, um mich loszuwerden. Nach einer gewissen Zeit konnte ich nicht mehr und verlor das Bewußtsein. Später wurde ich von einer amerikanischen Panzerpatrouille halbtot aufgefunden. Da sie mich nicht durch die Luke in den Panzer befördern konnten, banden sie mich mit Seilen draußen fest. Ich wurde in ein Lazarett eingewiesen. Ich hatte das große Glück, daß ein Arzt genau wußte, wie jemandem wie mir zu helfen war. Ich hatte jahrelang kein Fleisch, kein Fett, kein Obst, keine Milch zu mir genommen. Mein Organismus war also nicht auf ein normales Essen eingestellt. In relativ kurzer Zeit wurde ich hochgepäppelt. Ich kam auf die Beine und nahm jeden Tag etwas zu.

### Bei der US-Army

Als ich einigermaßen bei Kräften war, wollte ich mich nützlich machen. Da ich Englisch, Deutsch und Polnisch beherrschte, meldete ich mich freiwillig als Armeedolmetscher. Zu meinem eigenen Schutz – in der Gegend gab es noch viele marodierende SS-Leute – bekam ich nach einer kurzen Ausbildung eine großkalibrige Pistole, eine Fortyfive, und arbeitete als Dolmetscher und Kurier.

Mehrere Wochen lang hatte ich keinen einzigen jüdischen Überlebenden gesehen. Ich dachte manchmal, ich sei der letzte Jude. Meine Einheit war in dem kleinen Harzstädtchen Hettstedt stationiert. Es waren kampferfahrene GIs, die von der Normandie aus den ganzen Feldzug durch Frankreich und Deutschland mitgemacht hatten. Sie brachten mir viel Gefühl und Solidarität entgegen. Ein älterer Unteroffizier frankokanadischer Abstammung spielte die Vaterrolle. Er versuchte mich immer aufzuheitern, wenn ich traurig war. Eines

Tages, es war der 8. Mai, kam ein Kamerad, ein amerikanischer GI polnischer Abstammung, mit dem ich auch etwas Polnisch sprechen konnte, zu mir und sagte: »Arno, ich habe gerade im Armeesender gehört, daß der Krieg zu Ende ist.« Kurze Zeit später ordnete der kommandierende Offizier einen Appell an und las die Kapitulationsurkunde vor. Anschließend gab es etwas zu trinken, und plötzlich erinnerte ich mich: Ich hatte ja gestern Geburtstag, am 7. Mai. Am Tag, als Nazi-Deutschland kapitulierte, war ich einundzwanzig Jahre und einen Tag alt. Dann gab es ein allgemeines Besäufnis zur Feier des Kriegsendes und meines Geburtstages.

Sechs Wochen später wurde, wie in den Abkommen von Jalta und Potsdam festgelegt, das von der US-Armee eroberte Gebiet um Leipzig, Halle, Halberstadt usw. an die Rote Armee abgetreten. Ich fuhr mit den GIs in die amerikanische Besatzungszone. Eines Tages hieß es, die Eisenbahn geht wieder.

### In Bergen-Belsen

In Northeim, wo ich vorläufig stationiert war, lief ich zum Bahnhof, als einige junge jüdische Frauen angekommen waren – die ersten Überlebenden, die ich damals traf. Sie sagten, sie wollten nach Bergen-Belsen, dort solle es ein Lager mit vielen Überlebenden, meist Frauen, geben. Ich ging zu meinem Kommandanten und bat ihn um Beurlaubung. Er gab einem Soldaten die Order, mich in einem Jeep nach Bergen-Belsen zu fahren. Ich trug noch immer eine Uniform, ich hatte keine andere Kleidung.

Seit dem März 1944 waren dort Tausende von arbeitsunfähigen Häftlingen aus anderen KZ inhaftiert. Ab August kamen Tausende von Frauen aus den Arbeitslagern im Osten hinzu; aus Auschwitz-Birkenau wurden etwa 8 000 Frauen dorthin deportiert. Ende 1944 war das bereits überbelegte Lager Ziel zahlreicher »Todesmärsche« aus den frontnahen KZ gewesen. Seuchen, Unterernährung und Erschöpfung kosteten allein zwischen Januar und April 1945 rund 35 000 Häftlingen das Leben, darunter auch Anne Frank. Am 15. April befreite die britische Armee in Bergen-Belsen 60 000 Menschen, von denen innerhalb weniger Tage und Wochen rund 14 000, meist Frauen, starben.

Britische Soldaten brannten das Lager wegen Seuchengefahr nieder und brachten die Überlebenden in Baracken auf dem früheren Truppenübungsplatz der Wehrmacht unter.

Bald nach meiner Ankunft in Bergen-Belsen traf ich Josef Rosensaft, den Gründer und Vorsitzenden des jüdischen Lagerkomitees. Er kam auch aus Będzin und hatte meinen Vater sehr geschätzt. Unsere Freude, überlebt zu haben, konnte nicht ungetrübt sein angesichts des ungewissen Schicksals meiner Familie. Als er von mir hörte, daß ich mit der US-Armee zusammengearbeitet hatte und Englischkenntnisse besaß, bat er mich, beim Aufbau der jüdischen Selbstverwaltung in Bergen-Belsen zu helfen. Ich konnte ihm nur für kurze Zeit meine Unterstützung zusagen, da ich weiter nach meinen Angehörigen suchen wollte. So wurde mir im Verwaltungsblock L 5 ein Büro zugewiesen.

Eines Tages kündigte ein britischer Offizier an, daß der berühmte Violinvirtuose Yehudi Menuhin ein Konzert für die Überlebenden geben wolle. Das Komitee stimmte sofort begeistert zu, denn nach Jahren der nazistischen Finsternis sollte es die Schrecken und das Leid wenigstens für kurze Zeit vergessen machen. Auch ich war an den Vorbereitungen dieses denkwürdigen Konzerts beteiligt.

In Bergen-Belsen trat Menuhin im sogenannten Rundbau, dem früheren Offizierskasino der Wehrmacht, auf. Die Schönheit und Harmonie seines Spiels rührte viele Zuhörer zu Tränen, erinnerte uns doch die Musik daran, daß Leben nicht allein Verfolgung, Not und Sterben sein mußte. Nie wieder bereicherte mich ein Künstler mit seiner Kunst so wie Yehudi Menuhin damals in Bergen-Belsen.

Nach dem Konzert lud das Lagerkomitee die britischen

Offiziere und die jüdischen Komiteemitglieder zu einem kleinen Empfang zu Ehren des Künstlers ein. Auf diesem Empfang fragte mich Menuhin, was denn einen amerikanischen
Soldaten an diesen Ort verschlagen habe. Ich sei ein ehemaliger Auschwitzhäftling, antwortete ich ihm, der wie durch
ein Wunder von den Amerikanern gerettet worden sei. Als er
die Nummer auf meinem Unterarm erblickte, kämpfte auch
er mit den Tränen. Das Konzert in Bergen-Belsen und die Begegnung mit uns Überlebenden hatten ihn tief beeindruckt.

Unbeschreiblich froh war ich über das Wiedersehen mit
meiner Tante Alicja, einer Schwester meiner Mutter. Sie
schaute aus dem Fenster einer Baracke, als ich durch das Lager ging. Sie berichtete mir, daß auch ihre Schwester Erna und
deren Mann Leon Lorie zu den Überlebenden gehörten. Der
Mann meiner Tante Erna war wie meine Tante Alicja aus dem
KZ Blechhammer nach Bergen-Belsen gekommen, von dort
brachte die belgische Repatriierungskommission ihn und
seine Frau nach Belgien, wo er vor dem Krieg gelebt hatte.
Beide Tanten und der Onkel waren mit uns in Będzin im Bunker gewesen.

### Das Wiedersehen

Da ich noch immer nicht wußte, ob meine Mutter und meine
Geschwister überlebt hatten, machte ich mich bald auf den Weg
und fuhr kreuz und quer durch Deutschland, um sie zu suchen.

Viele hofften vergeblich, ihre Angehörigen in ihrer Heimatstadt zu finden. In allen Orten, wo früher Juden gelebt
hatten, bildeten sich kleine jüdische Komitees. Bei ihnen lagen Listen mit den Namen von Überlebenden aus. Von den
Listen wurden viele Schreibmaschinenkopien gemacht. Wenn
jemand weiterging, nahm er eine Kopie mit, so daß überall Listen von verschiedenen Komitees auslagen. Ich suchte darin
fieberhaft nach meiner Familie.

Eines Tages erfuhr ich, daß jemand gehört hatte, meine

45

Familie sei bis zur Befreiung in dem von Polen annektierten Niederschlesien, nicht weit von der tschechischen Grenze, in einem Lager gewesen. Nach einer Odyssee quer durch die Tschechoslowakei, die ich dank meiner amerikanischen Uniform meist per Autostopp mit Fahrzeugen der Alliierten hinter mich gebracht hatte, kam ich in Ludwigsdorf bei Glatz an. Mir war nicht bewußt, in welcher Gefahr ich wegen meiner amerikanischen Uniform schwebte. Aber damals war die Waffenbrüderschaft zwischen den Sowjets und den Amerikanern offenbar noch intakt.

In der Nähe von Ludwigsdorf war das KZ, in dem meine Mutter und die Schwestern Hella, Mania und Erna waren.

Unser Wiedersehen war der glücklichste Moment meines Lebens. Meine Mutter und meine Schwestern hatten wie ich auf wundersame Weise überlebt, mein Vater und mein Bruder waren umgebracht worden. Meine Schwester Hella hatte eine Gehbehinderung, ein Bein war kürzer. Ihre orthopädischen Schuhe waren kaputtgegangen, und sie mußte vom Arbeitslager einen steilen Berg zu einer Munitionsfabrik hinaufgehen. Wie sie überleben konnte, ist für mich auch heute noch ein großes Rätsel. Sie war schwer gesundheitsgeschädigt. Mania hatte ohne Atemschutz arbeiten müssen, vom Pulver des Sprengstoffes hatte sich ihre Haut grün verfärbt. Die jüngste, nun fünfzehn Jahre alte Schwester Erna hatte die Zünder in den Granaten angelötet. Mit ihren kleinen Fingern konnte sie diese schwierige Arbeit machen. Meine Schwester Mania weckte mich mehrmals in der Nacht auf, um zu sehen, ob ich wirklich da sei, ob es nicht ein Traum sei.

## Wir verlassen Polen

Nun waren wir also zu fünft. In Polen konnte und wollte ich nicht leben. Ich war nicht einmal daran interessiert, nach Będzin zurückzukehren, weil ich wußte, daß es ein gigantischer Friedhof war. Viele Städte in Polen waren große Totenacker, aber ohne Leichen. Einige Juden hatten ihren Namen polonisiert; offenbar konnte man mit einem jüdischen Namen im kommunistischen Polen nichts werden, und es war in manchen Gegenden sogar lebensgefährlich, Jude zu sein. Man verschaffte sich also eine falsche Identität. Mein Vater war vor dem Krieg in Będzin unter seinem jüdischen Namen David Lustiger Stadtrat gewesen. Sollte ich – nach all dem, was ich erlebt hatte – eine falsche Identität annehmen, um entsprechend meinen Fähigkeiten studieren oder arbeiten zu können? Eine solche Manipulation konnte ich nicht mit meinem Selbstverständnis als Jude und Mensch in Einklang bringen. Außerdem hatten mich im KZ einige Offiziere der Roten Armee über das wahre Antlitz des in der Sowjetunion herrschenden Regimes informiert. Aus diesen Gründen beschloß ich, weder in Polen noch in einem anderen Einflußgebiet der sowjetischen Regierung zu bleiben.

Schon als ich auf der Suche nach meiner Familie war, hatte ich mich wie ein Dieb in der Nacht über die Zonengrenzen schleichen müssen. Diese Grenzen wurden von der Gendarmerie und Militärpolizei bewacht, selbst die zwischen der englischen und der amerikanischen Besatzungszone. Da wir keine Ausweise erhielten, mußten wir wieder Schleichwege suchen, um die vielen Grenzen zu überwinden. Als eine fünfköpfige Gruppe konnten wir die »Schmuggeltour« in die westlichen Besatzungszonen nicht wagen. So mußten wir uns wieder trennen. Ich brachte zunächst meine kleine Schwester und meine Mutter auf Schleichwegen über mehrere Grenzen. Nach vielen, teils sehr gefährlichen Abenteuern trafen wir endlich in Zeilsheim ein. Wir hatten diesen Vorort von Frankfurt am Main gewählt, weil wir gehört hatten, daß dort ein Lager für *displaced persons* errichtet worden war, für Leute wie wir, Überlebende der KZ und heimatlose Ausländer. Wir ließen uns im DP-Lager Zeilsheim registrieren.

Bald fuhr ich wieder nach Ludwigsdorf zurück und holte meine Schwestern Hella und Mania heraus. Im Zug nach Berlin

wurde ich vom sowjetischen Geheimdienst NKWD verhaftet.
Hella und Mania stiegen an der nächsten Station aus, um mich
zu suchen. Sie wußten nicht, daß ein Häftlingswaggon, wie in
der Sowjetunion üblich, am Ende des Zuges angehängt war. Ich
wurde verhört, meine Habseligkeiten wurden mir geraubt, und
dann wurde ich wieder entlassen. Meine Schwestern und ich
trafen uns durch Zufall im Auffanglager in Berlin-Schlachten-
see wieder. Nun waren wir zu dritt in Berlin, aber noch nicht in
der amerikanischen Zone. Wir gingen wieder über die grünen
Grenzen, und nach vielen Abenteuern war die Familie endlich
vereint. Die vier Reisen über unzählige Demarkationslinien
dauerten mehrere Wochen.

### Im DP-Lager Zeilsheim

Im Lager Zeilsheim lebten etwa 4000 Menschen. Zunächst
wollte die Flüchtlingsorganisation UNRRA alle DPs, jüdische
und nichtjüdische, zusammen unterbringen. Dieser Plan löste
unter den jüdischen DPs einen Sturm der Empörung aus, denn
die meisten nichtjüdischen DPs kamen aus Osteuropa, aus der
Ukraine und dem Baltikum, wo die Einheimischen teils mit
den Deutschen kollaboriert hatten. Es war bekannt, daß ehemalige ukrainische, litauische oder lettische SS-Männer ihre
Nazi-Uniform abgestreift hatten und sich als verfolgte DPs
ausgaben. Schon der Gedanke, vielleicht zusammen mit solchen Mördern, die manchmal noch brutaler als die Deutschen
gewesen waren, unter einem Dach leben zu müssen, war unerträglich. Deshalb erging von der amerikanischen Armee die Direktive, jüdische DPs in gesonderten Lagern unterzubringen.
   Das Lager Zeilsheim war nicht ganz typisch für die DP-Lager. Im bayerischen Raum wurden oft ehemalige Kasernen
oder sogar frühere KZ als Lager benutzt. Zeilsheim war ein In-
dustrievorort, in dem Tausende von Arbeitern der Hoechst-
Werke, Teil der IG Farben, wohnten. Die Arbeiter mußten uns

auf Anordnung der US-Armee innerhalb kürzester Zeit ihre Wohnungen samt Mobilar überlassen. Wir lebten zwar sehr beengt, aber immerhin in Wohnungen und nicht in Baracken.

Weil wir nichts besaßen, kein Geschirr, kein Besteck, wurde anfangs im Lager in einer Zentralküche gekocht. Nach und nach wurden Lebensmittel ausgegeben, und jeder konnte sich in seiner eigenen kleinen Küche die Mahlzeiten selbst zubereiten. Unsere Verpflegung erhielten wir von der UNRRA, hinzu kamen zusätzliche Rationen von amerikanisch-jüdischen Hilfsorganisationen. In vielen Lagern halfen auch *field workers* der amerikanisch-jüdischen Organisation *Joint* bei der Verwaltung und beim Verteilen der Hilfsgüter.

Später bildete sich ein fast autarkes Leben heraus, eine autonome Gemeinschaft mit Grundschule, Gymnasium, Berufsschulen, religiösem Leben, politischen Parteien, Jugendorganisationen, Sportclubs usw.

Meine 15jährige Schwester Erna besuchte dort ein Gymnasium. Die Schüler mußten in einem Jahr das doppelte Pensum absolvieren, um die Wissenslücken aus der Kriegszeit schnell zu schließen.

Die jiddische Zeitung *Unterwegs,* das Organ aller jüdischen DPs in Hessen, wurde in Zeilsheim redigiert und in Hoechst gedruckt. Auch ich war eine Zeitlang Redaktionsmitglied. Anfangs, 1946, gab es nicht genügend hebräische Lettern, so daß nur die erste und die letzte Seite in Hebräisch gesetzt wurden und der Rest in lateinischen Buchstaben in phonetischer Transkription, den Regeln der polnischen Orthographie folgend. Die fehlenden hebräischen Buchstaben erhielten wir aus Amerika.

Im Sommer 1947 mußte ich bei der amerikanischen Militärregierung in Frankfurt wegen der Zuteilung von Papier und Druckfarbe für die Zeitung vorsprechen. Im Vorzimmer des für die Presse zuständigen Offiziers empfing mich ein jüdischer Sergeant. Als er die Auschwitz-Tätowierung auf meinem linken Unterarm sah, fragte er mich provokativ, ob ich Kapo im KZ gewesen sei. Er wollte damit ausdrücken, daß seiner

Meinung nach jeder überlebende Jude der Kollaboration mit
den Nazis verdächtig oder schuldig war. Impulsiv versetzte ich
ihm einen mächtigen Boxhieb, woraufhin er zur Waffe griff und
mich von der Militärpolizei in Handschellen abführen ließ. Ich
mußte wegen Widerstandes gegen die Besatzungsmacht ins
Militärgefängnis. Angriffe ähnlicher Art habe ich später nicht
mit Boxhieben beantwortet, sondern mich bis vor wenigen Jahren in einen Kokon aus Schweigen gehüllt, weil ich zur Überzeugung gelangte, daß man die Wahrheit nicht glauben will.

Unsere Zeitung war sehr informativ. Wir waren an die *Jüdische Telegraphenagentur* JTA und andere Nachrichtenbüros angeschlossen und berichteten über das damals sehr dramatische
Weltgeschehen, aber auch über Ereignisse in den DP-Lagern.
Wir hatten hervorragende Journalisten. Der Chefredakteur war
ein ehemaliger Berufsjournalist aus Wilna. Alle Redakteure arbeiteten ohne Hilfsmaterial, ohne Handbibliothek und mußten
sich auf ihr Wissen verlassen. Als jüngstes und völlig unerfahre-
nes Redaktionsmitglied bewunderte ich die Bildung und das
phänomenale Gedächtnis meiner Kollegen.

Eine sehr wichtige Einrichtung war die *Zentrale Jüdische
Historische Kommission* in München. Lokale Kommissionen
in einzelnen DP-Lagern, so auch in Zeilsheim, sammelten
Tausende von Dokumenten, Fotos und Liedern aus den KZ.
Die Kommission gab auch eine eigene historische Zeitschrift,
*Fun letztn Churban*, heraus, die in München gedruckt wurde.

Die amerikanische Militärregierung hatte alle Bürgermeister und Ortsvorstände angewiesen, keine Dokumente zu vernichten, die mit der Verfolgung der Juden im Zusammenhang
standen. Die Mitarbeiter der lokalen historischen Kommissionen zeichneten Tausende von Zeugenaussagen auf; ein Teil davon wurde in *Fun letztn Churban* abgedruckt. Es gab eine spezielle Abteilung, die Aussagen von Kindern sammelte. Die
Interviewer von Kindern wurden geschult, damit diese see-
lisch nicht noch mehr geschädigt wurden. Die umfangreichen
Archivalien wurden nach Auflösung der DP-Lager 1949 nach

Israel transportiert. Diese Dokumente aus Deutschland bilden praktisch den Grundstock des Archivs von Yad Vashem.

Lange Zeit hatten wir das Gefühl, im Stich gelassen zu werden. Es gab keine ärztliche Betreuung und keine Möglichkeiten, sich etwas zu zerstreuen und zu unterhalten. Ein erster lebendiger Gruß von drüben, nach Jahren der kulturellen Wüste, in der zu leben wir gezwungen waren, waren die Theateraufführungen von jüdischen Schauspielern aus Amerika. Ich kann mich an diese Gastspiele sehr, sehr gut erinnern. Sie haben uns tief berührt und moralisch gestützt, weil wir spürten, daß wir nicht völlig vergessen waren.

Ein anderes Problem war unsere Kleidung. Ich war im Streifenanzug geflüchtet und hatte dann eine amerikanische Uniform bekommen. Wenn sich andere Überlebende nicht selbst irgend etwas organisiert hätten, hätten sie vielleicht das ganze Jahr in Häftlingskleidung herumlaufen müssen. Dann verteilte der *Joint* gebrauchte Kleider. Alte Klamotten – mehr hatte die große jüdische Welt nicht für uns übrig. Wir waren ja nicht mehr so viele, nachdem sechs Millionen ermordet worden waren.

Die amerikanische Militärregierung hatte in Frankfurt, im Hauptquartier der US-Armee in Europa, eine spezielle DP-Abteilung eingerichtet, an deren Spitze ein amerikanischer General stand. Die Militärs meinten, die DPs sollten nicht ohne Arbeit herumlungern, sondern sich lieber am Aufbau der deutschen Wirtschaft beteiligen. Den abstrusen Gedanken, daß wir den Deutschen helfen sollten, ihre Wirtschaft aufzubauen, deren Zerstörung sie sich durch eigene Schuld, durch ihre Verbrechen eingebrockt hatten, mußten die DP-Offiziere schnell aufgeben.

## Warum wir in Deutschland blieben

Das ist eine Frage, die mir oft gestellt wird. Sie schmerzt mich zwar, aber sie ist berechtigt. Unser Hierbleiben hatte existentielle und keine ideologischen Gründe, denn ich hielt mich

nicht für einen angehenden »deutschen Staatsbürger jüdischen Glaubens«. Deutschland und die DP-Lager, das war für
uns praktisch ein Nachtasyl. Niemand von meinen Angehörigen wäre damals auch nur im Traum darauf gekommen, hier
zu bleiben. Wir waren nach Deutschland gegangen, weil wir
glaubten, daß wir von hier aus am schnellsten auswandern
könnten. Wir wollten den verfluchten Kontinent Europa, dessen Bevölkerung uns soviel Unglück und Tod gebracht hatte,
auf schnellstem Wege hinter uns lassen.

Das DP-Lager Zeilsheim wurde, wie die meisten anderen,
1948 aufgelöst. Etwa 100 Leute waren übriggeblieben. Die
Frankfurter Stadtverwaltung weigerte sich, diesen Menschen,
die aus irgendwelchen Gründen nicht auswandern konnten,
eine Zuzugsgenehmigung zu erteilen. In einer Stadt, in der
früher 30 000 Juden lebten, hatten die sozialdemokratischen
Kommunalpolitiker Probleme, die wenigen Überlebenden
unterzubringen.

Meine Schwester Mania hatte 1948 geheiratet und war mit
ihrem Mann nach Amerika ausgewandert. Meine Schwester
Hella erkrankte an einer Hüftgelenkstuberkulose und wegen
der Arbeit mit den Chemikalien an Lungentuberkulose. Sie
lag zwei Jahre in einem Lungensanatorium, später in einer orthopädischen Klinik. Palästina kam für sie und meine herzkranke Mutter aus gesundheitlichen Gründen also nicht in
Frage. Für beide, meine Schwester Erna und mich blieb also
nur die Auswanderung nach Amerika.


### Die gescheiterte Auswanderung nach Amerika


In Ludwigsburg gab es eine amerikanische Dienststelle, in der
DPs, die in die USA auswandern wollten, sich einer politischen und einer medizinischen Prüfung unterziehen mußten.
Wir meldeten uns dort 1951 an. Zunächst wurde abgeklärt,
daß wir keine Kriminellen oder, Gott behüte, Kommunisten

waren – in einer Zeit, in der CIC und FBI nazistische Massenmörder beschäftigten, die Kommunisten aufspüren sollten.

Bei der Überprüfung der Röntgenbilder meiner Schwester Hella wurde festgestellt, daß ihre Lungentuberkulose ausgeheilt war. Dennoch erhielten sie und meine herzkranke Mutter vom *Department of Health and Human Services*, der Gesundheitsbehörde der Vereinigten Staaten, keine Genehmigung zur Einreise in die USA; die Anträge von Erna und mir genehmigte man hingegen. Einmal im Monat kam ein hoher Beamter dieser Behörde, um die abgelehnten Fälle zu bearbeiten.

Ich fuhr also mit allen Papieren, Attesten, Dokumenten usw. noch einmal nach Ludwigsburg. Ich erzählte Mr. Sullivan, was wir alles hinter uns hatten, und sagte ihm: »Ich bin gesund, 24 Jahre alt, und ich werde für meine Familie sorgen. Sie wird der amerikanischen Regierung niemals zur Last fallen. Außerdem hat die jüdische Organisation *Joint* Bürgschaften für jeden von uns übernommen.« Mr. Sullivan antwortete: »Bitte lehren Sie mich nicht Moral, das verbitte ich mir, und merken Sie sich, Ihre Mutter und Schwester können nicht einwandern, das ist absolut ausgeschlossen.« Obwohl ich sehr höflich, fast unterwürfig, zu ihm sprach und auch erwähnte, daß ich in der amerikanischen Armee freiwillig gedient hatte, sagte er: »Ich habe keine Zeit mehr für Sie und auch keine Geduld.« In diesem Moment wußte ich, daß die Sache für mich erledigt war und ich nicht nach Amerika auswandern würde, obwohl ich die Genehmigung in der Hand hielt. Vor seinen Augen zerriß ich dieses Papier und warf es auf seinen Schreibtisch. Er stand auf, wurde ganz rot und erregte sich immer mehr, er wollte mich fast schlagen! Für ihn war es ein Sakrileg, ein so kostbares Papier mit dem amerikanischen Siegel zu zerreißen! Er drohte mir auf englisch: »Sie werden nie mehr in Ihrem Leben nach Amerika einreisen dürfen. Merken Sie sich das!« Ich sagte: »Fuck you!« Er schrie:

»Was erlauben Sie sich da!« Ich antwortete ganz ruhig: »Fuck you again.« So endete die Geschichte meiner Einwanderung nach Amerika.

## In Frankfurt

Nach der Auflösung des DP-Lagers im Herbst 1948 lebten wir in Untermiete. Ich gehörte dem *Jüdischen Komitee* an, dessen Mitglieder ausländische, meist polnische Juden waren. Deutsche Juden hatten in Frankfurt sofort nach dem Krieg wieder eine jüdische Gemeinde gegründet. Beide Organisationen wurden vom *Joint* unterstützt. Sie fusionierten 1949 und bildeten einen gemeinsamen Vorstand. Ich wurde Mitglied des ersten Gemeinderates und später Vorstandsmitglied und Dezernent für Verwaltung, Soziales, Jugend, Kindergarten. Es war ein ständiger Kampf ums Überleben der Gemeinde. Das Budget – es gab noch keinen Staatsvertrag und keine Subventionen seitens der Stadt – betrug lächerliche zwei Millionen Mark. Damit mußten die Synagogen, ein Altenheim, der Kindergarten und das Jugendzentrum unterhalten werden. Nur durch Selbstausbeutung der ehrenamtlichen Mitglieder war dies zu gewährleisten. Ich bin übrigens das einzige noch lebende Mitglied des ersten Gemeinderates.

Alle jüdischen Weltorganisationen hatten zunächst den Beschluß gefaßt, daß es kein organisiertes jüdisches Leben in Deutschland mehr geben sollte, nur Liquidationsgemeinden. Die Juden in Deutschland waren die verstoßenen Parias der jüdischen Welt. Erst 1954 wurden die *Zionistische Organisation in Deutschland* und andere Organisationen, die Geld für Israel sammelten, gegründet. Gründungspräsident der ZOD wurde Karl Marx, Herausgeber der *Jüdischen Allgemeinen Wochenzeitung*. Einige Jahre später wurde ich als Bundesvorsitzender sein Nachfolger. Heute bin ich Ehrenpräsident der ZOD und Ehrenmitglied des ZK der *Zionistischen Weltorganisation* in Jerusalem, eines von 41 Mitgliedern weltweit.

## *Yehudi Menuhin trifft John McCloy*

Am 7. April 1951 trat Yehudi Menuhin in Frankfurt auf – ein großes Ereignis in der damals halbzerstörten Stadt. Da noch kein Konzertsaal existierte, fand es im »Filmpalast« in der Großen Friedberger Straße statt. Menuhin hatte während des Krieges Hunderte Male vor alliierten Soldaten gespielt. Im Dezember 1945 gab er auch ein Benefizkonzert für die hungernden Kinder von Berlin.

Sein Entschluß, schon 1945 im Land der Täter aufzutreten und sich für Frieden und Versöhnung einzusetzen, fand ein widersprüchliches Echo. Als Musiker und Humanist, der mit seiner Kunst auch eine Botschaft vermitteln wollte, ließ er sich durch die Kritik nicht beirren. Er fühlte sich der deutschen Kultur besonders verbunden und war stark von deutschen Komponisten beeinflußt. Sehr zugetan war er Wilhelm Furtwängler, den er vor den Anschuldigungen wegen angeblicher Sympathie für das NS-Regime verteidigte.

Während der Konzertpause suchte ich Menuhin in der improvisierten Künstlergarderobe auf. Er stutzte kurz und sagte dann: »You are the GI from Bergen-Belsen with the Auschwitz number.« Bevor wir uns in die Arme fielen, konnte ich nur »That's correct« sagen. Dann unterhielten wir uns auf deutsch. Er erzählte mir, daß es nach dem Konzert noch einen Empfang zu seinen Ehren in der Residenz des Hochkommissars für Deutschland John McCloy gebe, zu dem er mich einlud.

Am Ende seines Frankfurter Konzerts spielte Menuhin als Zugabe eine kurze Passage aus Max Bruchs Violinkonzert *Kol Nidre*; es ist das heiligste Gebet der Juden aus der Jom-Kippur-Liturgie. Er spielte das Stück speziell für mich.

Nach dem Konzert wartete vor dem Kino eine große Limousine auf uns. Ein uniformierter GI brachte uns nach Bad Homburg zur Villa des amerikanischen Hochkommissars, die zugleich dessen Amtssitz war. Nach einem Drink servierten livrierte Kellner ein vorzügliches Essen. Am Ende der Tafel präsidierte John McCloy, der Gastgeber; neben Menuhin nahmen mehrere Generäle und andere hohe Persönlichkeiten an dem Dinner teil.

An ihren Gesprächen konnte ich mich nicht beteiligen. Ich, der ehemalige KZ-Häftling der niedrigsten Kategorie innerhalb der Lagerhierarchie, saß im Olymp der alliierten militärischen Allmacht zwischen all den hochdekorierten Herren und hatte nur einen Gedanken: Warum hatte McCloy die Strafen so vieler verurteilter Kriegsverbrecher herabgesetzt und Todesurteile in Haftstrafen umgewandelt?

Die von ihm verfügte Begnadigungsaktion lag erst zwei Monate zurück. Ich fragte Menuhin, ob ich mich an den Hochkommissar wenden dürfe, denn ich wollte ihn nicht mit meiner Chuzpe bloßstellen. Er nickte bejahend, und dann stellte ich dem Hohen Kommissar eine Menge von unbequemen Fragen. McCloy schlug vor, deutsch zu sprechen, das er perfekt beherrschte. Der mächtige Vertreter Amerikas in Deutschland konnte seinen Zorn gegen mich, den kleinen Ex-DP, nur mit Mühe zügeln. Der geborene Gentleman aber blieb ruhig, offenbar aus Rücksicht auf seinen Ehrengast Menuhin. Am Ende sagte er, daß ihn der Deutsche Bundestag dringend um die Amnestie ersucht habe. Mit einer beiläufigen Bemerkung versetzte er mir den verbalen K.-o.-Schlag: »Auch ihr jüdischer Bruder Altmeier hat sich dafür eingesetzt.« Das stimmte. Der jüdische SPD-Abgeordnete Jakob Altmeier aus Hanau hatte zu der Delegation des umstrittenen Gnadenausschusses des Bundestages gehört, die McCloy Anfang Januar 1951 aufgesucht hatte. Altmeier, der während des Spanischen Bürgerkriegs als Journalist gearbeitet hatte, war dem grassierenden Begnadigungsfieber zum Opfer gefallen, das die bundesdeutsche Politik und Öffentlichkeit damals erfaßt hatte.

In den 13 Kriegsverbrecherprozessen, die zwischen November 1945 und April 1949 in Nürnberg stattgefunden hatten,

standen 198 Angeklagte vor Gericht. Die Anklage im Haupt-
kriegsverbrecherprozeß lautete auf Verschwörung und Verbrechen gegen den Frieden, Kriegsverbrechen und Verbrechen gegen die Menschlichkeit. In den Nachfolgeprozessen standen
Ärzte, Juristen, Industrielle und Bankiers, SS-Mitglieder und
Polizeibeamte, militärische Führer, Minister und hohe Regie-
rungsbeamte vor Gericht. Die wesentlichen Anklagepunkte
lauteten: Verbrechen gegen die Menschlichkeit (Ausführung
von grausamen medizinischen Experimenten an KZ-Häftlingen und Kriegsgefangenen, Ermordung von Kriegsgefangenen, Soldaten und Zivilisten, Verfolgung und Ausrottung von
Minderheiten), Planung und Durchführung von Angriffskrie-
gen, Ausraubung und Plünderung in den besetzten Ländern,
Deportierung zur Zwangsarbeit, Versklavung von Kriegsgefangenen, Deportierten und KZ-Häftlingen, Mitgliedschaft in
der SS und anderen verbrecherischen Organisationen. Von den
199 Angeklagten wurden bis 1950 38 freigesprochen. Nur 18
der 36 zum Tode verurteilten Verbrecher wurden bis zum Juni
1950 hingerichtet.

Am 31. Januar 1951 entschied McCloy über die Strafen der
89 noch Inhaftierten aus den Nürnberger Nachfolgeprozessen. In 32 von 54 Fällen reduzierte er das Strafmaß auf die bis
dahin verbüßte Haftzeit, was die sofortige Freilassung der
Verurteilten zur Folge hatte. Von 20 lebenslänglichen Haftstrafen setzte er 17 herab, meist auf 20 oder 15 Jahre. Von den
15 Todesurteilen wandelte er 4 in lebenslängliche und 6 in
Haftstrafen zwischen 25 und 10 Jahren um. Bis 1958 wurden
auch die übrigen Häftlinge entlassen. Nur die Todesurteile gegen den Chef des SS-Wirtschafts- und Verwaltungshauptam-
tes und vier Führer der Einsatzgruppen und -kommandos
wurden vollstreckt. Sie hatten neben den bereits Hingerichteten die grausamsten Verbrechen begangen.

Die Begnadigungsaktion trug McCloy in Deutschland viel
Sympathie ein. Wie umstritten sie im Ausland war, erfuhr ich
erst später. Als ich las, daß Ted Taylor, der Chefankläger der

Nürnberger Nachfolgeprozesse, von einem »Schlag gegen das Völkerrecht« und einem Verrat an den Prinzipien, für die die Alliierten Krieg geführt hatten, sprach, fühlte ich mich bestätigt. In der Tat waren mit einem Federstrich die jahrelange Arbeit der Gerichte zerstört und die vielen Tonnen der Gerichtsakten zu Makulatur verkommen. Zudem waren die deutschen Widerstandskämpfer, die ihr Leben für den Kampf gegen die Naziherrschaft geopfert hatten, desavouiert.

Hätte ich damals gewußt, daß McCloy, der während des Krieges stellvertretender, für die Luftwaffe zuständiger Kriegsminister war, zu jenen Militärs und Politikern gehörte, die die technisch mögliche Zerstörung der Gaskammern von Auschwitz durch Luftangriffe abgelehnt hatten, wäre es mir an jenem Abend noch schwerer gefallen, meine Empörung zu zügeln.

### Hochzeit in Israel

Die Gründung des Staates Israels 1948 war die Erfüllung des Traums meiner Kinder- und Jugendjahre, den viele Generationen von Juden geträumt hatten. Als zionistische Pfadfinder hatten wir am Lagerfeuer von Erez Israel geträumt, das wir oft besangen. Einmal hatte ich im KZ Langenstein einen Tagtraum über Palästina. Es war eine Hungervision.

Ich erinnere mich noch sehr gut an meine erste Reise nach Israel im August 1957 mit dem Schiff »Theodor Herzl«. Ich fuhr, um das Land meiner Jugendträume endlich zu sehen, um bei den jüdischen Weltsportspielen »Makkabiade« dabeizusein und um darüber für jüdische Zeitungen zu berichten. Als ich bei Sonnenaufgang aus der Ferne den Hafen und die Bucht von Haifa sah, konnte ich die Tränen nicht unterdrücken. Die gesamte Besatzung bestand aus Israelis. Ich hatte mich mit dem Kapitän, aber besonders mit dem Funkoffizier, der auch Überlebender der KZ war, angefreundet. Bei jedem Landgang feierten wir ausgiebig.

Mehrere Stunden vor unserer Ankunft im Hafen kamen Barkassen mit Paß- und Zollbeamten. Ich wollte mit meinem Schul-Hebräisch angeben und antwortete bei der Paßkontrolle in dieser Sprache. Der Beamte glaubte, ich wäre ein Israeli mit einem ausländischen Paß. Nach dem Gesetz aber durften Israelis nur mit ihrem israelischen Paß einreisen. Es gab eine lange Diskussion, denn ich mußte die Leute überzeugen, daß ich das erste Mal in meinem Leben nach Israel kam.

Nach der Ankunft in Tel Aviv akkreditierte ich mich bei der Presseabteilung als Korrespondent für die »Makkabiade«. An der Eröffnung nahmen auch Abordnungen der israelischen Armee teil. Zufällig saß ich neben einer hübschen Soldatin. Drora Jeger, so war ihr Name, hatte am Sinaifeldzug 1956 teilgenommen und wurde dann zum Kultur-Offizier der Luftwaffe befördert. Die aus Polen stammenden Eltern, die linken Kibbuzniks Lea und Abraham Jeger, gaben ihrer 1936 geborenen Tochter den hebräischen Namen Drora, der Freiheit (für Spanien) bedeutet. Es war Liebe auf den ersten Blick. Sechs Wochen später haben wir geheiratet. Die Stangen des Traubaldachins hielten ihre Waffenkameraden, Kampfflieger der Luftwaffe, unter ihnen der spätere Befehlshaber der Luftwaffe, General Mordechai Hod.

An der Hochzeit im Oktober 1957 in Tel Aviv nahmen mehrere Familienmitglieder teil, die erst vor kurzem aus Polen eingewandert waren: darunter auch Tante Alicja, die ich 1945 in Bergen-Belsen getroffen hatte. Ihr Mann Moritz Bittner, dem wir unser Überleben verdanken, wurde auf dem Todesmarsch von Langenstein erschossen. Mein Onkel Moritz Wellner, der den Todesmarsch von Langenstein überlebt hatte, und seine Familie feierten mit uns. Seine Tochter Nina überlebte als neunjähriges Kind, weil sie von einer polnischen Familie versteckt wurde. Auch mein Großvater Josef Wellner beehrte mich mit seiner Anwesenheit. Er war 1939 aus Będzin nach Lemberg geflüchtet, war dort 1941 vom NKWD verhaftet und nach Sibirien deportiert worden. Der ehemalige zaristische Soldat hatte den Krieg im Gulag überlebt und war 1946 nach Polen repatriiert worden.

## Jüdischer Club Voltaire

Als Inhaber eines Unternehmens für modische Damenbekleidung konnte ich in Deutschland eine Existenzgrundlage für meine Familie aufbauen. Daneben wirkte ich ehrenamtlich im Rat und Vorstand der Jüdischen Gemeinde in Frankfurt sowie in der *Zionistischen Organisation in Deutschland* mit.

Der Club Voltaire in der Frankfurter »Fressgaass« war damals Mittelpunkt des sich formierenden linken Deutschlands. Dort verkehrten Danny, Joschka, Gerd, Jonny, die Brüder Wolf und viele andere Leitfiguren des SDS und der APO. Unsere Wohnung am Westendplatz war Treffpunkt jüdischer Studenten und der jüdischen Ableger der Sponti-Szene. Sie wurde »Jüdischer Club Voltaire« genannt. Das Kibbuzkind Drora war beliebte Gastgeberin der rebellischen Jugend.

In der antiisraelischen Phase der deutschen Linken nach dem Sechs-Tage-Krieg tendierten auch viele jüdische Linke in eine antiisraelische Richtung. Für unsere ehemaligen Gäste wurde ich als Bundesvorsitzender der ZOD ein gehaßter Gegner. Wie Dr. Jekyll in Stevensons Roman verwandelte sich der antifaschistische Auschwitz- und Buchenwald-Häftling und Gemeindegründer Lustiger über Nacht in Mr. Hyde, der angeblich dazu beitrug, die friedliebenden, volksdemokratischen Araber Palästinas zu unterdrücken und zu vertreiben.

Noch viele Jahre später wurde ich von diesen ideologisch flexiblen jüdischen Linken gemobbt. Ein Beispiel: In der linksalternativen, von Danny Cohn-Bendit herausgegebenen Zeitschrift *Pflasterstrand* wurde ich in einem ganzseitigen Artikel von einem in Israel geborenen Autor attackiert, der sich hinter dem Pseudonym Emil Frankfurter versteckte. Dieser

»Freund«, der sich sonst so stark für die Multikultur engagierte, warf mir z. B. in einer Filmrezension meinen polnischen Akzent vor.

## Gila und Rina

1963 wurde meine Tochte Gila geboren, 1964 Rina. Beide
besuchten die jüdische Schule in Frankfurt, die erste in
Deutschland. Obwohl sie von ihren Eltern nie proisraelisch
oder zionistisch indoktriniert worden waren, entschlossen
sich beide, Deutschland vor dem Abitur zu verlassen. Rina
kam direkt vom jüdischen Carmel College bei Oxford nach
Tel Aviv. Gila zog mit einigen Freundinnen aus Frankfurt
nach Israel. Sie mieteten eine Wohnung in Tel Aviv. In dieser
WG paukten acht Schüler und Schülerinnen aus Deutschland
für das externe Abitur. Später studierte Gila Komparatistik
und Germanistik in Jerusalem. Sie traf an der Hebräischen
Universität den Schriftsteller Emmanuel Mosès, den sie später heiratete. Heute leben sie in Paris, in der Wohnung
im Montparnasse, wo vor dem Krieg Onkel Charles, Tante
Gisèle, Arlette und Jean-Marie Lustiger lebten. Gilas erster
Roman *Die Bestandsaufnahme* wurde in Deutschland, Frankreich, Amerika und in Israel veröffentlicht. Sie leitet das Lek-
torat für fremdsprachige Literatur eines bekannten Pariser
Verlages. Meine zehnjährige Enkelin Laura ist fleißige Schüle-
rin und Fechtmeisterin in ihrer Altersgruppe. Mein
polyglotter Enkel Jonas wurde an seinem 13. Geburtstag im
Februar 2004 Barmitzwa-Junge. An der bewegenden Feier
nahmen auch mein Cousin und meine Cousine mit ihrer Familie teil.

Rina besuchte eine Kunstakademie. Die Eröffnung ihrer ersten Ausstellung im Frankfurter Café Laumer, wo ich einmal
mit Theodor W. Adorno frühstückte, entwickelte sich zu
einem lokalen Skandal. Ältere Besucherinnen beschwerten
sich beim Inhaber des Cafés über Rinas pralle, farbenprächtige

Aktgemälde. Die Aufforderung des Besitzers, die Bilder ab-
zuhängen, lehnte sie mit dem Hinweis auf die vertragliche
Bindung von einem Monat ab. Das hessische Fernsehen hat
über den kleinen Skandal berichtet.

Die Filmdokumentaristen Malte Rauch und Eva Vossen
schufen für den WDR den Fernsehfilm *Einfach nur Lustiger
sein* [und nicht immer Tochter eines Schoa-Überlebenden;
A. L.]. Darin wird unsere polnisch-deutsche und französische
Familie porträtiert und meine Stadt Będzin gezeigt. Der Titel
des Films geht auf einen Ausspruch von Gila zurück. Eine
französische Fassung wurde im Jüdischen Museum in Paris in
Anwesenheit von uns allen sowie von Jean-Marie und Arlette,
Simone Veil, Theo Klein und vielen anderen vorgestellt. Rina
hat uns in diesem Film so charakterisiert: »Wir sind eine re-
bellische Familie. Unsere Cousins Arlette und Jean-Marie
haben sich taufen lassen. Gila wollte nicht in Deutschland
studieren und leben, mein Vater zerriß den Vorhang des Vergessens über den jüdischen Widerstand, und ich male nackte
Weiber.«

Wie bei vielen Überlebenden wurde in meinem Hause nicht
über die Vergangenheit gesprochen. Lange Zeit beschäftigte
man sich mit diesen Dingen überhaupt nicht. Die wahren
Begebenheiten, die ich zu erzählen hatte, hätten andere nicht
geglaubt. Mir hat einmal ein SS-Mann auf dem Todesmarsch
gesagt: »Du wirst nicht überleben, aber solltest du überleben,
dann wird man dir sowieso nicht glauben.« Er sollte Recht
behalten.

Wie viele schwieg ich noch aus einem anderen Grund: Ich
wollte nicht an die Zeit erinnert werden, ich wollte vergessen.
Auch mit meinen Töchtern Gila und Rina wollte ich nicht
über meine Erlebnisse reden, weil ich die Kinder, die in
Deutschland aufwuchsen, nicht belasten wollte. War es nicht
genug, daß mir meine Kindheit und Jugend durch die Nationalsozialisten geraubt worden war?

## *Ein Buch über den jüdischen Widerstand*

Oft werde ich gefragt, warum ich mehrere Jahre meines Lebens der Erforschung des jüdischen Widerstandes gewidmet habe. Ich war während des Krieges mit sehr vielen tapferen Menschen zusammen, Juden und auch Nichtjuden. Im KZ Auschwitz-Blechhammer ist ein ehemaliger jüdischer Spanienkämpfer mein enger Freund geworden. Von ihm hörte ich unglaubliche Geschichten über die Tapferkeit der Juden, die aus politischer Überzeugung oder aus jüdischem Selbstbewußtsein heraus kämpften. Aber was erfuhr man hierzulande darüber? Nichts. Es kursierten die Märchen von den feigen Juden, die sich wie die Lämmer zur Schlachtbank führen ließen. Das war und ist eine Beleidigung. Damals, im KZ Langenstein zum Beispiel, war man froh, wenn man am Ende des Tages immer noch am Leben war. Viele überlebten den Tag nicht. Ich träumte oft davon, ein dickes Buch über den Widerstand schreiben zu können, über jene wunderbaren Menschen, die in der nazistischen Hölle den Mut gefunden hatten, ihrem Gewissen zu folgen, um das zu tun, was sie für richtig hielten. Solche Menschen bewiesen eine unglaubliche Stärke. Nicht jeder ist dazu berufen, dazu fähig. Auch aus rein physischen Gründen war es für die meisten nicht möglich, Widerstand zu leisten. Es gab ja eine riesige deutsche Verfolgungsmaschine, und diese wurde von Millionen von deutschen Wehrmachtsangehörigen, meist unwissentlich, abgeschirmt. Unter solchen Bedingungen Widerstand zu leisten war eine großartige Sache. Das war lange Zeit unbekannt. Meine Bücher zu diesem Thema sind das Ergebnis meiner Hochachtung und Verehrung für diese wunderbaren Gestalten unserer Geschichte.

### Über Gott und die Welt

Im Laufe der Zeit wurde ich von Freunden und Journalisten nach meiner Gottgläubigkeit gefragt. Da unsere Familie nicht fromm war, hatte ich keine Barmitzwa. Ich besuchte auch keinen Cheder, aber trotzdem kann ich hebräisch »dawenen«, d. h. beten. Der Synagogenbesuch wurde mir in Będzin dadurch verleidet, daß ich oft von frommen Nachbarn höhnisch nach meinem beim Gebet abwesenden Vater gefragt wurde. Im sozialistischen Kinderverband *Skif* wurde versucht, mir meinen Rest an Gläubigkeit auszutreiben. Seit meiner Jugend habe ich also zwischen schwachem Glauben und Unglauben oszilliert. Auf mich trifft der Aphorismus von Stanisław Jerzy Lec zu: »Du fragst, ob ich *wirklich* ein Atheist bin. Das weiß nur der liebe Gott allein.« Der Massenmord an den Juden hat meinen Gottglauben stark geschwächt. Mich empört, daß bei Gedenkfeiern für die Opfer der Schoa die Rabbiner und Kantoren das Wort »Kiddusch haschem« deklamieren, also der Tod zur Heiligung Gottes. Das halte ich für eine Blasphemie. Kein Gott kann sich wünschen, daß der Tod von unschuldigen Menschen ihn heiligen soll.

Seit meiner Kindheit habe ich Respekt vor den jüdischen Feiertagen und respektiere fromme Menschen, Juden wie Nichtjuden. In der jüdischen Religion sagen mir besonders die universalistischen und sozialkritischen Lehren der Propheten Israels zu, die für die ganze Welt bestimmt sind und nicht nur für Juden. Aus diesem Grund wurden viele junge Absolventen der Talmud-Schulen Mitglied der kommunistischen Partei. So auch Henri Szulevic »Largo«. Er hatte in Polen die Jeschiwa-Schule besucht, trat in die Kommunistische Partei ein und war schon mit siebzehn Jahren als Freiwilliger in Spanien. Er kämpfte als Soldat in der jüdischen Einheit *Botwin* im Bestand der 13. Internationalen Dabrowski-Brigade. Seit 20 Jahren ist er mein bester Freund. Im Jahre 2002 wurde in Jerusalem eine Ausstellung über den Anteil der Juden am Spanischen Bürgerkrieg eröffnet, die fast ausschließlich aus Dokumenten und Fotos aus meinem Buch *Schalom Libertad!* bestand. Largo ist mit 94 Jahren zur Eröffnung als Ehrengast eingeladen worden.

In den jüdischen Schriften gibt es den hebräischen Begriff »Tikun Olam« (Verbesserung der Welt). *Diese* Welt ist nicht perfekt, sie muß verbessert werden. Man darf nicht auf die *zukünftige* Welt, »Olam Haba'a«, warten, sondern muß das Leben schon hier und heute, im »Olam Hasé«, verbessern. Abertausende idealistische jüdische Don Quijotes haben sich für die Verbesserung der Menschheit in allen sozialen und revolutionären Bewegungen aufgeopfert. Viele haben dies mit ihrem Leben bezahlt. Ihnen, die oft Opfer ihrer eigenen mörderischen Genossen wurden, gilt meine ungeteilte Verehrung.

## OFFIZIER DER *GRANDE ARMÉE* – MEIN URAHN JAKUB SZPOTT

Mehrere Jahre habe ich mich mit Recherchen für mein Buch *Schalom Libertad!* über die jüdischen Freiwilligen im Spanischen Bürgerkrieg 1936–1939 beschäftigt. Manchmal glaube ich, daß mein Interesse an und meine Begeisterung für Spanien und dessen Volk vielleicht genetisch bedingt sind, da einer meiner Vorfahren im Spanienfeldzug 1808 eine französisch-deutsch-polnische Kompanie befehligte.

Meine Großmutter Mindel Lustiger erzählte mir als einzigem Familienmitglied unter dem Siegel der Verschwiegenheit von ihrem Urgroßvater Jakub Szpott, der sich Anfang des 19. Jahrhunderts als polnischer Patriot freiwillig bei der polnischen Armee gemeldet hatte, die damals unter dem Befehl Napoleons stand. Sie schämte sich ihres Urahns, weil er als Soldat nicht die jüdischen Speisegesetze und andere religiöse Gebote und Verbote beachten konnte.

Jakub Szpott, der vor Beginn seiner Militärkarriere als Geselle in der Bäckerei der Familie gearbeitet hatte, diente sich durch Tapferkeit in der Armee zum Leutnant hoch. Meine Großmutter hatte erwähnt, daß in der polnischen Wochenzeitung *Jutrzenka* ein Artikel über unseren Urahn erschienen, der Ausschnitt aber bei einem Umzug abhanden gekommen sei.

Während der Recherchen für mein Buch über den jüdischen Widerstand entdeckte ich im Katalog der *New York Public Library* zu meiner Überraschung auch die *Jutrzenka*. In Nummer 15 des ersten Jahrgangs fand ich den Bericht über meinen Ururgroßvater Jakub Szpott. Die Originalvorlage des Textes, ein Brief des Polen Hieronim Borowski aus der Provinz Lublin vom 30. September 1861, befindet sich in der Pressesammlung der Bibliothek der Jagiellonen-Universität in Krakau (Signatur BJ 849 III/czas). Im ersten Teil seines Briefes beschreibt Hieronim Borowski den Heldentod des Obersten Berek Joselewicz, der ein jüdisches Freiwilligen-Reiterregiment in Polen befehligte. Der zweite Teil ist meinem Ururgroßvater gewidmet, der in Spanien unter General Chłopicki kämpfte.

Der historische Hintergrund: Während des Aufstandes gegen die zweite Teilung Polens im Jahre 1794 unter General Tadeusz Kościuszko gründete und befehligte der 1770 geborene Berek Joselewicz ein Reiterregiment, das aus 500 jüdischen Freiwilligen bestand. Die Niederschlagung des Aufstandes veranlaßte ihn, nach Frankreich zu emigrieren. Er kämpfte in Italien als Offizier der polnischen Legionen unter den Generälen Dąbrowski und Kniaziewicz in Schlachten Napoleons. Später wurde er als Kommandeur einer französischen Dragoner-Schwadron mit dem Kreuz der Ehrenlegion ausgezeichnet. Nach der Gründung des Großfürstentums Warschau 1807 durch Napoleon befehligte er unter dem damaligen Kriegsminister und Oberbefehlshaber der neuaufgestellten polnischen Armee Fürst Józef Poniatowski zwei Kavallerie-Schwadronen und wurde mit dem Orden *Virtuti Militari*, der bis heute höchsten militärischen Auszeichnung Polens, geehrt. Oberst Berek Joselewicz fiel am 5. Mai 1809 im Kampf gegen österreichische Truppen bei Kock im Alter von 39 Jahren. Er wurde als einer der ersten Juden in die Freimaurerloge *Bracia Polscy – Zjedoczeni* (Polnische Brüder – Vereinigt) aufgenommen und gilt als Symbolgestalt für die Beteiligung der Juden an den Kämpfen um die Freiheit und Unabhängigkeit Polens. Sie knüpften damit an eine Tradition an, die weit in die polnische Adelsrepublik zurückreichte.

Die militärischen Erfolge Napoleons um die Jahrhundertwende hatten die Hoffnungen der Polen auf Rückgewinnung der Unabhängigkeit beflügelt. Polnische Soldaten nahmen als Freiwillige an seinen Feldzügen teil, doch wurden Abertausende für die Interessen Bonapartes mißbraucht und geopfert. Józef Poniatowski führte 70 000 polnische Soldaten in die Schlacht der *Grande Armée* 1812 bei Moskau. In der Völkerschlacht bei Leipzig befehligte er ein polnisches Korps von 16 000 Mann, wurde schwer verwundet und ertrank in der Elster. Einen Tag vor Beginn der Kämpfe hatte ihn Napoleon zum Marschall von Frankreich ernannt. Im Spanienfeldzug kämpfte ein polnisches Armeekorps unter General Józef Chłopicki, dem Führer des gescheiterten Aufstandes gegen Rußland vom November 1830, der bis Januar 1831 Souverän des kurzlebigen polnischen Staates war.

JUTRZENKA/MORGENRÖTE
WOCHENZEITUNG FÜR POLNISCHE ISRAELITEN
Nr. 15. Warschau, den 11. Oktober 1861, 1. Jahrgang

Von Hieronim Borowski, ehemals Bürger aus der Gegend von Lublin
Warschau, den 30. September 1861

Als ich sodann die erwähnte Nummer der *Jutrzenka* nach den Namen der Israeliten durchsah, die in den ehemaligen polnischen

Truppen ruhmreich gedient hatten, stieß ich auf den erwähnten tapferen Szpott. Er war einer jener Krieger, deren glänzende Taten den Waffengefährten kaum bekannt sind und nach ihrem Hinscheiden in der Woge des Vergessens untergehen werden, denn sie haben keinen Sänger, der von ihnen künden, noch einen Historiker, der sie dem Gedenken der Nachwelt überliefern würde. Über ihn teilt einer jener Männer, die unter der Fahne des korsischen Riesen* die Gefilde Europas, die Steppen Afrikas und die Wüsten Asiens mit ihrem Blute tränkten, in seinen Memoiren das Folgende mit:

»Im Jahre 1808 diente mit mir Leutnant Jakub Szpott; er war einer der tapfersten Offiziere des Regiments und des ganzen Heeres; zugleich war er einer der anständigsten Männer, als erster ging er ins Feuer, und im größten Kampfesgetümmel kommandierte er so gelassen wie auf dem Paradeplatz; Vermögen besaß er nicht, und ein Viertel seines Soldes teilte er unter den Soldaten auf, die sich durch Tapferkeit und gutes Betragen ausgezeichnet hatten; von den zahlreichen Beispielen seines Mutes führe ich eines an:

Im Januar 1808 wurde er von General Chlopicki beauftragt, das kleine Städtchen Cuenca** zu besetzen, einen militärisch bedeutsamen Punkt, der unseren Vormarsch auf Saragossa decken sollte, mit dem Befehl, ihn bis zum letzten Blutstropfen zu verteidigen.

Szpott nahm die angewiesene Stellung an der Spitze von 200 Mann ein, unter ihnen waren 60 Franzosen, ein aus verschiedenen Regimentern zusammengewürfelter Haufen. Binnen kurzem kreisten ihn 3000 Spanier ein, und da sich die Einwohner mit ihnen zusammentaten, hatte Szpott mit einem zweifachen, inneren und äußeren Feind zu kämpfen; er wankte jedoch nicht; er nahm einige Häuser ein, die er durch Mauerdurchbrüche miteinander verband, trug alles, was an Verpflegung zu finden war, zu-

---

* Codewort für Napoleon, dessen Erwähnung die zaristische Zensur verbot.

** Die Stadt Cuenca südlich von Madrid hat heute 40 000 Einwohner.

sammen, und wartete auf den Ansturm. Die Spanier griffen erbittert an, denn sie wußten, was für ein kleines Häuflein die unseren waren; doch heldenhaft empfangen, zogen sie sich nach dreistündigem Kampfe auf den Marktplatz zurück, um ihre Verluste zu zählen; diese betrugen 300 Getötete und ebenso viele Verwundete. Aber auch Szpotts Abteilung nahm beträchtlichen Schaden, die Hälfte fiel oder wurde schwer verwundet, und er selbst erhielt einen Schuß ins Bein und einen Säbelhieb am Kopf; trotzdem kümmerte er sich eifrig um die weitere Verteidigung; als man ihn unterrichtete, daß die Franzosen im mittleren Haus nicht mehr kämpfen wollten, begab er sich dorthin, und von den 60 fand er 20 getötet und ebenso viele verwundet, die übrigen ermattet und entkräftet. Vergebens sprach er zu ihnen: ›Beugen wir uns nicht und erfüllen wir den Befehl des Generals.‹ Sie machten ihn auf die Spanier aufmerksam, die sich zu einem erneuten Angriff rüsteten und Material zusammentrugen, um die Häuser mit den Belagerten zu umzingeln und in Brand zu stecken; sie riefen diese herbei und ergaben sich.

Nur dreißig Soldaten blieben Szpott, mit denen er sich in den drei Häusern festsetzte und auf den neuen Kampf vorbereitete; der war schrecklich und dauerte drei Stunden. Nachdem sie aus zweien zurückgewichen waren, schlossen sich die Tapferen, von ihrem Anführer angespornt, im dritten Haus ein und setzten sich, auf 15 zusammengeschmolzen, mit übermenschlichen Kräften zur Wehr. Szpott erhielt zwei weitere Verwundungen, doch den Soldaten, die ihn bewegen wollten, sich einen Moment auszuruhen, hielt er entgegen: ›Ich habe dem General gelobt, bis in den Tod zu kämpfen.‹ Gegen Abend gelang es den wütenden Spaniern, das Haus in Brand zu stecken, doch obgleich das Dach prasselnd über den Köpfen der Kämpfenden einstürzte und die Feuersbrunst die oberen Stockwerke zerstörte, setzte man sich im unteren ohne jede Hoffnung auf Rettung noch zur Wehr, als wunderbarerweise das 7. Ulanen-Regiment erschien, das im Vorbeimarsch die Schüsse des Kampfes vernommen hatte und, zur Hilfe herbeigeeilt, Szpott mit seiner Abteilung rettete; das war nun freilich ein winziges Häuflein, nur 9 Schwerverwundete lebten noch, den Führer mitgerechnet.

Um die Tapferen für ihren Mut zu belohnen, zeichnete Napoleon sie alle mit der ›Legion d´Honneur‹ aus. Ich muß hinzufügen, daß Szpott jüdischen Glaubens war, Sohn eines armen Handwerkers aus dem Städtchen Będzin, und daß er beim Feldzug des Jahres 1812 vor Moskau den Tod fand.«

Der Text wurde, dem Polnisch des 19. Jahrhunderts nachempfunden, von Friedrich Griese übertragen.

## ARON UND JEAN-MARIE – MEIN COUSIN KARDINAL LUSTIGER

»Ich bin Jude und werde es bleiben, auch wenn das viele stören mag.« Dieses Credo äußerte der Bischof von Orléans Jean-Marie Lustiger nach dem Besuch des Trauergottesdienstes für die Opfer des Bombenanschlages in der Synagoge in der Rue Copernic in Paris im Herbst 1980. In einem Interview sagte er damals: »Indem die Christen die Juden verfolgen, verfolgen sie den Messias, Christus selber.«

Jean-Marie Kardinal Lustiger wurde am 17. September 1926 als Aron Lustiger in Paris geboren. Sein Vater Charles stammte aus Będzin in Polnisch-Oberschlesien und war der jüngere Bruder meines Vaters. Er emigrierte 1918 nach Paris, wo er die bereits in Paris geborene Gisèle Lustiger heiratete. 1926 wurde der Sohn Aron, 1930 die Tochter Arlette geboren. Die Kinder wurden säkular erzogen, jedoch mit Respekt vor dem Judentum. Aron füllte das spirituelle Vakuum durch heimliche Lektüre, insbesondere der Bibel, aus, da er sich Zugang zur verschlossenen väterlichen Bibliothek verschaffte.

Im Sommer 1936 wurde der zehnjährige Aron als der Austauschschüler Arno Lustiger zu einer Arztfamilie nach Ziegelhausen bei Heidelberg geschickt, wo er sein Schuldeutsch aufbessern sollte. Seine Gastgeber waren äußerst freundliche Christen, die die Nazis haßten. Aron kam 1937 noch einmal nach Deutschland, diesmal nach Freiburg. Die Kinder der Gastgeber trugen BdM- und HJ-Uniformen mit Dolchen und sangen Lieder wie »Wenn das Judenblut vom Messer spritzt«. Aron mußte große Ängste überwinden; aber dafür gehört Deutsch zu den fünf Sprachen, die er perfekt beherrscht.

Nachdem Frankreich Deutschland den Krieg erklärt hatte, wurde sein Vater als Reserveoffizier eingezogen und die Mutter brachte die Kinder in ein Internat nach Orléans. Am Karfreitag 1940 ging Aron an der Kathedrale der Stadt vorbei und folgte einer inneren Stimme, die ihm sagte, er müsse Christ werden. Ihm wurde klar, daß Jesus der gesalbte Messias der jüdischen Bibel war. Bischof Courcoux persönlich gab Aron und Arlette, sie waren zehn und vierzehn Jahre alt, Religionsunterricht. Als kurz darauf die Eltern während eines Fronturlaubes des Vaters nach Orléans kamen, teilte ihnen Aron seinen Entschluß mit: Er wolle Christ werden, ohne die jüdischen Wurzeln aufzugeben. Die Eltern waren bestürzt, trösteten sich aber später mit dem Gedanken, daß ihre Kinder nach der Kapitulation Frankreichs als Christen bessere Überlebenschancen hätten. Aron wurde im August 1940 in der Kathedrale in Orléans als Jean-Marie getauft, zusammen mit seiner Schwester. Er büffelte fürs Abitur und vertiefte sich in die Mysterien und Dogmen des katholischen Glaubens. 1942 mußte er aus Orléans fliehen. Zunächst ging er nach Decazeville und arbeitete in einer Fabrik. In dem gleichen Betrieb war sein Vater unter falschem Namen tätig. Die Befreiung erlebten beide in Toulouse, wo sie mit Hilfe christlicher Widerstandskämpfer im Frühjahr 1944 Zuflucht bei den Jesuiten gefunden hatten.

Die Mutter Gisèle wurde von einem Nachbarn denunziert, verhaftet, nach Drancy gebracht und von dort am 13. Februar

1943 mit dem Transport Nr. 48 nach Auschwitz deportiert. Sie wurde vergast. Nach der Rückkehr der Familie nach Paris blieb Jean-Marie bei seinem Entschluß, Priester zu werden. Die Schwester Arlette hatte damals noch den festen Willen, Nonne zu werden. Sie lebt heute als emeritierte Anglistik-Professorin in Amiens.

Da die Lustigers in Paris meine einzigen überlebenden Familienmitglieder väterlicherseits waren, wollte ich sie nach dem Krieg möglichst bald sehen. Dieser Wunsch ging erst 1947 in Erfüllung, als ich mit einem geliehenen polnischen Militärpaß nach Paris fahren konnte. Mit meinem DP-Ausweis bekam ich kein Visum. JML studierte damals Literatur, Philosophie und Theologie. Er ließ sich 1950, obwohl Priesterseminarist, nicht vom Militärdienst freistellen, sondern diente als Grenadier in Rastatt und wurde später als Hauptmann der Besatzungsarmee im Camp Napoléon in Berlin-Tegel stationiert. In der Viersektorenstadt erlebte er den Kalten Krieg. Auf dem Weg nach Berlin machte er einmal in Frankfurt Station, damals redeten wir im französischen Militärhotel »Victoria« eine ganze Nacht miteinander. 1951 reiste JML erstmals als Pilger und Student nach Israel. Er schrieb auch einen Reiseführer über das Heilige Land, das er oft mit Studenten besuchte.

Am Karfreitag des Jahres 1954 wurde JML, inzwischen dreifacher Doktor, zum Priester geweiht. Er wirkte 15 Jahre als Direktor des *Centre Richelieu*, des katholischen Studentenzentrums, und als Seelsorger aller Pariser Hochschulen. In dieser Zeit ließ er ein Studentenheim errichten, gründete eine Studentenzeitung und besuchte seine in ganz Paris verstreuten studentischen Schäfchen mit dem Motorrad – ein großstädtischer Don Camillo. Papst Johannes XXIII. wurde auf den außergewöhnlichen Priester aufmerksam und lud ihn 1963, kurz vor seinem Tod, zu einer persönlichen Audienz ein.

Während der Studentenrevolution im Mai 1968 spielte JML

eine wichtige Rolle. Die Kapelle seines Zentrums war Tag und Nacht für stille Andachten geöffnet, und er verstand es, die Hitzköpfe unter den Rebellierenden zu beruhigen.

Von 1969 bis 1979 war JML Priester einer großen Pfarrei im schicken, reichen 16. Arrondissement in Paris. Seine Predigten wurden auf Kassetten aufgenommen und publiziert. In einer Predigt sagte er: »Ihr kommt zur Kirche wie zu einer Tankstelle, zum Volltanken, aber der Sprit seid ihr selbst.« Die ausschließlich seelsorgerische Tätigkeit entsprach nicht seinen Neigungen. Er begann Hebräisch zu lernen und wollte nach Jerusalem übersiedeln, wo sein Freund, der Benediktinerpater, zionistische Christ und Israeli Marcel Dubois Dekan der Philosophischen Fakultät der Hebräischen Universität war.

Am 8. Dezember 1979 wurde JML überraschend in derselben Kathedrale, in der er 39 Jahre früher getauft worden war, in Anwesenheit von 20 Bischöfen und Kardinälen zum Bischof von Orléans geweiht. Zum ersten Mal seit der Christianisierung Frankreichs vor 1500 Jahren wurde ein getaufter Jude Bischof. Die Zeitung *La Croix* charakterisierte ihn im Leitartikel einer Sonderausgabe mit den Worten: »Er ist Jude wie Jesus Christus, Pole wie unser Papst und Franzose wie wir alle.« Über die Motive, die Papst Johannes Paul II. zu dieser Ernennung veranlaßten, wurde viel spekuliert. JML wurde Bischof nicht wegen, sondern trotz seiner jüdischen Abstammung. Die Diözese Orléans war in Aufruhr, denn der umstrittene Bischof Riobé war im Sommer 1978 unter ungeklärten Umständen gestorben, und niemand wollte sein Nachfolger werden. Für die seelsorgerischen, intellektuellen und organisatorischen Herausforderungen dieses Amtes war JML, seit einem Vierteljahrhundert ein treuer Wasserträger der Kirche, bestens gerüstet. Gewinnerin dieser Wahl war eher die Kirche als der neue Bischof. Innerhalb eines Jahres gelang es JML, die alte ruhmreiche Diözese zu neuem Leben zu erwecken.

Am 27. Februar 1981 wurde JML in Anwesenheit höchster Repräsentanten von Kirche und Staat und vieler Tausender in der Kathedrale Notre Dame, seiner zukünftigen Kirche, als Erzbischof von Paris eingeführt. Nach einem Orgel-, Posaunen- und Chorkonzert bewegte sich die Prozession langsam durch die Kathedrale in Richtung Hauptaltar. Als JML mich erblickte, übergab er den Bischofsstab spontan einem Begleiter, ging auf mich zu und umarmte mich mit Tränen in den Augen.

JML wurde Oberhaupt der größten Erzdiözese Frankreichs mit 103 Pfarreien, 2000 Priestern und Ordensleuten. Doch in Paris ließ nur die Hälfte der Katholiken ihre Kinder taufen, viele Einwohner waren Atheisten, Moslems oder Juden. JML ist auch Oberhaupt der mit dem Vatikan unierten Ostkirchen. Nicht nur den Integristen um Erzbischof Lefèbvre und den Nationalisten um Le Pen mißfiel diese Wahl. Die frommen Juden fanden JMLs Behauptungen von seinem fortbestehenden Judentum unpassend, wenn nicht skandalös, aber mit dem ehemaligen Oberrabbiner Frankreichs Professor René Sirat und den säkularen Führern der französischen Juden verbindet ihn eine aufrichtige, auf gegenseitigen Respekt gründende Freundschaft. Die heftigste Kritik formulierte der jüdische Politikwissenschaftler Raphael Drai in seinem Buch *Lettre ouverte au Cardinal Lustiger.*

Den Minima des jüdischen Glaubens blieb JML treu. Er bat mich, bei der Beerdigung seines Vaters auf dem Friedhof Montparnasse das Kaddisch zu sprechen. Wenige Tage vorher hatte er mit seinem Vater, dem üblichen Brauch folgend, den Glaubenssatz *Schma Israel* (Höre, Israel) gesprochen. Auch an der Beschneidungsfeier meines Enkels Jonas im Jahr 1991 nahm er teil. Meine Tochter Gila lebt übrigens mit ihrer Familie in der Wohnung der Lustigers in Montparnasse.

JML liebt den jüdischen Witz und Jiddisch. Bei einem Empfang im Elysée-Palast verabschiedete sich der stellvertretende Ministerpräsident Charles Fiterman, KP-Mitglied, der aus dem Milieu ostjüdischer Arbeiter in Paris stammt, mit den Worten »Au revoir, cher cardinal«. JML antwortete ihm zu seiner Verblüffung auf jiddisch: »Sei gesind un stark.« In Tel Aviv bemerkte er auf die Frage eines Journalisten, ob er sich als Kandidat für die Papstnachfolge betrachte: »Dos is meschugge.«

Anfang 1983 bereitete der sozialistische Bildungsminister Savary eine Reform des Schulsystems vor. Die Pläne gefährdeten die Existenz aller katholischen Schulen Frankreichs, die einen sehr guten Ruf haben. JML rief zu einer Protestkundgebung am 27. Februar 1983 in Versailles auf. Drei Wochen vorher, am 2. Februar 1883, war er zum Kardinal erhoben worden. JML sprach in Versailles zu 600000 Menschen, die den Rücktritt des Ministers forderten. Die Reform wurde aufgegeben. Selbst de Gaulle hatte während seiner größten Popularität nicht so viele Menschen mobilisieren können.

Die Affäre um das Kloster in Auschwitz sollte JML sehr belasten. 1984 begannen Funktionäre der fundamentalistischen Organisation *Opus Dei* Gelder für die Errichtung eines Karmeliterinnen-Klosters in Auschwitz zu sammeln. Im Spendenaufruf hieß es: »Dieses Kloster wird eine geistige Festung sein, Unterpfand für die Bekehrung unserer verirrten Brüder.« Obwohl der Komplex Auschwitz durch die Unesco-Konvention als Weltkulturerbe geschützt ist und nicht verändert werden darf, besetzten einige Nonnen ein Gebäude, in dem früher das Giftgas Zyklon B gelagert wurde. Der Primas von Frankreich, Kardinal Albert Decourtray von Lyon, und sein Pariser Amtsbruder Kardinal Lustiger mahnten vergebens: »Auschwitz ist ein Symbol der Vernichtung der Juden. Respektieren wir die Juden und erst recht dort!« Beide nahmen mit ihren Amtsbrüdern Danneels, Erzbischof von Mechelen-Brüssel, und Macharski, Erzbischof von Krakau, an zwei Konferenzen in Genf, zuletzt 1987, mit Vertretern jüdischer Organisationen teil. Die vier Kardinäle verpflichteten sich im Dokument »Genf II« schriftlich, die Nonnen bis zum

Februar 1989 in einem Gebetszentrum unterzubringen, das außerhalb des Lagers gebaut werden sollte. Statt dessen wurde dort ein acht Meter hohes Kreuz aufgestellt. Das Abkommen von Genf wurde vom polnischen Primas Kardinal Glemp, der die schlimmsten judenfeindlichen Traditionen des polnischen Klerus verkörpert, sabotiert. Er beleidigte seine Amtsbrüder als inkompetent. JML antwortete in einem Kommuniqué: »Wenn vier Kardinäle, darunter der Erzbischof von Krakau, nicht qualifiziert sind, wer ist es dann?«

Im Mai 1987 kam JML mit dem Papst nach Deutschland. Ein Treffen in Köln, das er sich gewünscht hatte, sagte ich wegen der Seligsprechung von Edith Stein ab. Diese deutsche Jüdin, Philosophin, Wissenschaftlerin, Pädagogin, zuletzt Ordensschwester im holländischen Echt, wurde am 9. August 1942 in Auschwitz vergast. Vergeblich hatte sie lange Zeit vorher um Versetzung in ein Kloster ihres Ordens in der Schweiz gebeten. Als sie von SS-Männern festgenommen wurde, sagte sie zu ihrer Schwester Rosa: »Komm, wir gehen für unser Volk.« Sie meinte damit weder das deutsche Volk noch die Christengemeinschaft, sondern das Volk der von deutschen Christen umgebrachten Juden. Sie wurde nicht als Karmeliterin, sondern als Jüdin vergast. Christen in Deutschland, Holland und in der Schweiz hätten sie retten können. Ich hielt ihre Vereinnahmung durch die Kirche für einen Skandal und wollte JML eine Diskussion hierüber ersparen, da wir über Glaubensfragen sowieso nie miteinander sprachen.

JML hatte seit langem Będzin kennenlernen wollen und bat mich, ihm die Stadt zu zeigen. Im Herbst 1992 flogen wir zusammen von Frankfurt nach Krakau. Ein Taxi brachte uns nach Będzin. Auf der Autobahn sahen wir die Ausfahrt »Oswięcim« – Auschwitz. In Będzin zeigte ich JML das Haus, in dem unsere fromme Großmutter Mindl gelebt hatte und sein Vater geboren wurde. Wir gingen auch zum Bunker auf dem Gelände des Ghettos. Dort hatte unser Cousin Heniek Lustiger mit anderen im August 1943 bis zur letzten Kugel Widerstand gegen die Deportation geleistet. Wo einst die Hauptsynagoge gestanden hatte, wuchs Gras. Am 8. September 1939 hatten SS-Männer mehrere Hundert Juden in die Synagoge getrieben und diese angezündet. Nur wenige konnten sich vor den Flammen retten, sie wurden von Pfarrer Mieczysław Zawadzki in der nahen Heiligkreuz-Kirche versteckt. Da wir weder eine Gedenktafel zur Erinnerung an die Będziner Juden noch irgendeinen Hinweis auf ihre Verfolgung fanden, sagten wir uns auf der Rückfahrt zum Flughafen: Nie wieder Będzin.

Aber es kam anders. Die Bürger der Stadt luden uns für den 1. September 1993 zu einer Reihe von Veranstaltungen ein, die ausschließlich dem Gedenken an ihre jüdischen Landsleute gewidmet waren. JML war der bedeutendste Ehrengast neben den Wojewoden, dem Bischof von Sosnowiec, dem israelischen Botschafter in Polen, dem Bürgermeister und dem Magistrat sowie einer Delegation von Będziner Juden, die nach Israel und in die USA ausgewandert waren. Innerhalb von zwei Tagen weihten wir am Ort der Hauptsynagoge ein Denkmal für die Juden von Będzin und eine Gedenktafel für den »Gerechten der Völker« Pfarrer Zawadzki an seiner Kirche ein. Aus diesem Anlaß hielt JML eine Predigt und der Kirchenchor sang Psalmen und Gebete auf hebräisch. Auch am Fürstenberg-Gymnasium, das ich besucht hatte, wurde eine Gedenktafel enthüllt. Im Städtischen Museum wurde die Ausstellung »Juden in Będzin« eröffnet, und im Kindertheater der Stadt führte man für uns ein Stück aus dem Leben polnischer Juden mit jiddischen Liedern auf. JML wurde zum Ehrenmitglied des *Vereins der Freunde von Będzin* und zum Ehrenbürger der Stadt ernannt. Einer meiner Klassenkameraden meinte, diese Ehre würde eher mir als einem Kardinal gebühren. Das Gemälde mit den historischen Wahrzeichen der Stadt, das mein Cousin als Geschenk erhielt, übergab er mir.

Als am 7. April 1994 im Vatikan zum ersten Mal der »Tag der Schoa« begangen wurde, lud mich JML ein. Im darauffolgenden Jahr nahm er an einem Symposium zum Thema »Das Schweigen Gottes während der Schoa« teil, das die Universität Tel Aviv veranstaltete. Der israelische Oberrabbiner Meir Lau, der als achtjähriges Kind in Buchenwald befreit worden war, tadelte die Organisatoren wegen der Einladung des Apostaten Lustiger und meinte, »Das Schweigen der Kirchen« wäre ein passenderer Titel für die Tagung gewesen. Während JML Yad Vashem besuchte, protestierten vor der Gedenkstätte fromme Juden gegen ihn mit Plakaten.

Jean-Marie nahm an fast allen wichtigen Ereignissen meiner Familie teil. Auch bei der Brit Mila, der Beschneidungsfeier meines Enkels Jonas im Februar 1991, war er zugegen. Sie fand in Gilas und Emmanuels Wohnung in der Rue Delambre im Montparnasse statt, in der Jean-Marie und Arlette ihre Kindheit verbracht hatten.

Dreizehn Jahre später, aus Anlaß der Barmitzwa-Feier von Jonas im März 2004, besuchten Jean-Marie, Arlette, ihr Ehemann François, ihre Töchter und Schwiegersöhne den Gottesdienst in der Synagoge Chasseloup-Laubat am Montparnasse neben zahlreichen anderen jüdischen und katholischen Freunden der Familie. Jean-Marie saß zwischen mir und Gilas Schwiegervater Stéphane Mosès, der als Professor für jüdische Philosophie in Jerusalem lehrt, und vertiefte sich in das Schabat-Gebet. Er wurde respektvoll vom Präsidenten der Synagoge Robert Munnich begrüßt, der ein hochdekorierter General i.R. der französischen Luftwaffe ist.

Jean-Marie beehrte mich auch mit seiner Anwesenheit, als mir und Wolf Biermann im Jahre 2002 der Heinz-Galinski-Preis in Berlin verliehen wurde.

Zu den wichtigen Ereignissen in JMLs Leben, an denen ich teilnahm, zählt seine Einführung als Mitglied der Académie Française. »Sous la coupole«, unter der Kuppel, zu landen, also »Unsterblicher« und Mitglied der im 17. Jahrhundert von

Kardinal Richelieu gegründeten Akademie zu werden, ist die höchste Ehre, die Frankreich zu vergeben hat. Am 14. März 1996 wurde JML unter dem Trommelwirbel der *Garde Républicaine* ins Haus geleitet und von Hélène Carrère d'Encosse als neues Mitglied vorgestellt, wobei sie auch seine jüdische Abstammung erwähnte. Danach hielt JML eine großartige Rede auf seinen Vorgänger und engsten Freund Kardinal Decourtray. Beide Reden wurden in den Zeitungen wiedergegeben. *La Croix* druckte eine achtseitige Sonderbeilage. Am gleichen Tag erschien eine Biographie von Robert Serrou mit dem lakonischen Titel *Lustiger*. Serrou hatte mich in Frankfurt besucht, um Näheres über die Familie von JML zu erfahren. Er kennt meinen Cousin seit Jahrzehnten und erzählte mir, dieser habe eine Schwäche für Westernfilme, Comics und Schokolade.

JML in wenigen Sätzen zu charakterisieren, ist nicht möglich. Es gibt unzählige Presse-, Rundfunk- und Fernsehinterviews mit ihm. Zu den Journalisten und Schriftstellern, die sein Wesen zu ergründen versuchten, gehört auch sein Freund Eli Wiesel. Jeder hebt eine andere Facette dieses brillanten, charismatischen Kirchenfürsten, eloquenten Predigers und Interpreten der Bibel, tatkräftigen Organisators, metaphysisch denkenden Philosophen, verführerischen Intellektuellen, mehrfachen Doktors und Ehrendoktors hervor. Eine Bibliographie seiner Artikel, Essays und Bücher würde eine Broschüre füllen. In dem von JML gegründeten *Radio Notre Dame* werden seine Texte gesendet. Die Schriftsteller J.-L. Missika, agnostischer Jude, und D. Wolton, christlicher Atheist, haben ihn wochenlang über Gott und die Welt befragt und seine Antworten in dem Bestseller *Le Choix de Dieu* veröffentlicht. Das Buch ist unter dem Titel *Gotteswahl* auch in Deutschland erschienen.

Wie sein Papst unternimmt JML viele Reisen und scheut keine Gefahren. Er zelebrierte eine Weihnachtsmesse im belagerten und zerstörten Sarajewo, flog nach Ruanda, zelebrierte

Messen in Beirut, Moskau, St. Petersburg und Krakau. Er war in New York, Washington, São Paulo und ist oft im Vatikan, da er zum engsten Beraterkreis des Papstes gehört. Um den Rücken für die Reisen sowie seine vielfältigen pastoralen und intellektuellen Aktivitäten freizuhaben, hält er sein straff organisiertes Büro ständig auf Trab. Von seinen Mitarbeitern verlangt er spirituelle Frömmigkeit, Fleiß und Effizienz. Ihm wird eine autoritäre Menschenführung nachgesagt. Bei Nachlässigkeiten kann er cholerisch reagieren, z. B. mit dem Spruch »Was soll dieses Bordell hier?«. Sein Biograph Robert Serrou sagte mir, daß er gewisse Ähnlichkeiten zwischen JML und mir entdeckte: intellektuelle Neugier und Sinn für Gerechtigkeit. Die Zeit ist unser großer Feind. Wir laufen mit erhöhtem Tempo, weil wir es immer sehr eilig haben. Aber klar doch, das ist unsere jüdische Hast.

## KADDISCH IM VATIKAN

Im Jahr 1862, 35 Jahre vor dem ersten Zionistenkongreß in Basel, erschien Moses Hess' Schrift *Rom und Jerusalem*. Die wichtigsten Postulate von Hess waren die Erhaltung der jüdischen Nationalität und die nationale Wiedergeburt der Juden in Palästina. Am 30. Dezember 1993 unterzeichneten Vertreter Israels und des Vatikans in Jerusalem einen Grundlagenvertrag und nahmen danach diplomatische Beziehungen auf. Im Abkommen verpflichteten sich beide Seiten zur »Zusammenarbeit bei der Bekämpfung aller Formen des Antisemitismus und aller Arten von Rassismus und Intoleranz und zur Förderung von gegenseitigem Verständnis zwischen den Völkern, Toleranz unter den Nationen und Respekt für Leben und Würde des Menschen«.

Diese Erklärung nach 2000 Jahren der Entfremdung war Ausdruck »einer revolutionären Entwicklung in den Beziehungen zwischen Rom und Jerusalem, zwischen der katholischen Kirche, dem Staat Israel und dem jüdischen Volk«. Ein bedeutsames Zeichen für die veränderte Haltung der römisch-katholischen Kirche zu den Juden war der vom Vatikan im April 1994 erstmals organisierte Schoa-Gedenktag. An den Vorbereitungen dieses historischen Ereignisses wirkten u. a. Kardinal Edward Cassidy, Präsident der Kongregation für Beziehungen mit dem Judentum, und Kardinal Jean-Marie Lustiger mit sowie James Rudin, Direktor der Abteilung für interreligiöse Angelegenheiten des *American Jewish Committee*, und Maestro Gilbert Levine, Chef des Londoner Royal Symphony Orchestra, der als Ehren-Musikdirektor der Krakauer Philharmonie schon vor Jahren Freundschaft mit dem damaligen Kardinal Wojtyła geschlossen hatte.

Johannes Paul II. ist der erste Papst, der offiziell vom Staat Israel und nicht vom Heiligen Land gesprochen, eine Synagoge besucht und sich vielfach zur Schoa geäußert hat. Auf seinen Wunsch nahmen mehr als hundert Überlebende der Schoa aus zwölf Ländern am Gedenktag teil. Die meisten waren aus den USA angereist, aus Deutschland kamen nur drei Personen: Maria und Artur Brauner aus Berlin und ich.

Am Vorabend des Gedenktages lud mich mein Cousin Jean-Marie zu einem Besuch des jüdischen Viertels in Rom ein. Er war der perfekte Cicerone, denn er kennt jeden Winkel der Altstadt. In einem jüdischen Restaurant aßen wir nach uralten hebräo-römischen Rezepten zubereitete Delikatessen.

Jean-Marie erwirkte für mich die Teilnahme an einer Audienz des Papstes. Johannes Paul II. begrüßte »Überlebende der Lager, die die schrecklichste Erfahrung aller Zeiten hinter sich haben«, mit den Worten: »Sie ehren mich durch Ihre Anwesenheit heute, hier im Vatikan.« Dann zitierte er auf englisch Psalm 133, Vers 1: »How good and how pleasant it is when brothers live in unity.« – Siehe, wie schön und lieblich ist es, wenn Brüder zusammenwohnen. Diesen Vers, auf hebräisch *Hine ma tow uma naim schewet achim gam jachad*, kennt jedes jüdische Kind, denn wir singen ihn oft als Lied. Nun vernahmen wir diese Worte aus dem Munde des Papstes, der als erstes Oberhaupt der römisch-katholischen Kirche die Juden als »ältere Brüder im Glauben« bezeichnet hatte! Er beendete seine Ansprache mit den Worten: »Das ist die Hoffnung, die ich für die Juden und Christen überall auf der Welt ausdrücke. Diese Hoffnung belebt mein Gebet für den Frieden im Heiligen Land, das unserem Herzen so nahe ist.«

Der Heilige Vater und ich unterhielten uns in polnisch, unserer gemeinsamen Muttersprache. Johannes Paul II. brachte seine Freude darüber zum Ausdruck, daß Jean-Marie, er nannte meinen Cousin beim Vornamen, und ich am Schoa-Gedenktag im Vatikan seien. Er bat mich, meinen katholischen Freunden in Frankfurt Grüße und seinen Segen zu übermitteln. Ein fester Händedruck und ein sehr freundliches Lächeln beendeten das für mich sehr bewegende Gespräch. Als erstem richtete ich den Gruß des Papstes Stadtkämmerer a. D. Ernst Gerhardt aus, mit dem ich jahrelang im christlich-jüdischen Altenzentrum der Budge-Stiftung wirkte und noch wirke.

Für die Gäste der Audienz wurde ein koscheres Mittagessen zubereitet – im Vatikan! Kardinal Cassidy, Autor eines wichtigen Textes über die Notwendigkeit der Freundschaft zwischen katholischen Christen und Juden, begrüßte die Teilnehmer herzlich. Die Vorsitzende der Jüdischen Gemeinde Roms, Tullia Zevi, nahm in ihrer Tischrede Bezug auf die mehr als tausendjährige Geschichte der Juden in der Ewigen Stadt.

Von den ehemaligen Leidensgefährten, denen ich am Schoa-Gedenktag begegnete, sind mir zwei unauslöschlich in Erinnerung geblieben: Jack Eisner und David Landau. Eisner, Teilnehmer des Aufstands im Warschauer Ghetto, hat das Vernichtungslager Majdanek und den Todesmarsch vom KZ Flossenbürg überlebt. Seit Anfang der fünfziger Jahre lebte er in den USA und wurde dort ein wohlhabender Unternehmer. Eisner hat sich sehr darum bemüht, das Gedächtnis an die

Judenverfolgung in den USA und in Polen wachzuhalten. Er gehörte zu den Gründern der *Warszaw Ghetto Resistance Organization*, begründete die *Holocaust Survivors Memorial Foundation* und engagierte sich für die Verbesserung der Beziehungen zwischen dem Vatikan und den Juden. Nach Rom war er mit seiner Frau Sara Joana gekommen. Im Namen der Überlebenden dankte er dem Papst nach der Audienz auf polnisch: *Ojcze Święty, dziękujemy za przyjęcie nas w Watykanie* (Heiliger Vater, wir danken dir für den Empfang im Vatikan). Als ich später Eisners Buch *Die Happy Boys* las, in dem er seine Erlebnisse nach der Befreiung durch die Alliierten schildert, hatte ich oft ein Déjà-vu-Gefühl.

David Landau gehört zu den wenigen Mitglieder des *Żydowski Związek Wojskowy* (ŻZW) des Jüdischen Militärverbands im Warschauer Ghetto, die beim Aufstand nicht umkamen. Er hat die beiden Tunnel mitgebaut und bewacht, über die Kuriere die Verbindung nach draußen sicherten und Waffen ins Ghetto schmuggelten. In meiner Darstellung des Widerstands der Juden habe ich über den heldenhaften Kampf von Landaus Waffenkameraden berichtet. Landau, der nach Australien auswanderte, wird leider nie erwähnt. Bei den Recherchen konnte ich nichts über ihn finden, und sein 1996 postum veröffentlichtes Buch *Caged!* (Gefangen) ist in Europa bis heute unbekannt geblieben.

Am frühen Nachmittag füllten sich die Straßen des Vatikans. 7500 geladene Gäste versammelten sich in der großen Aula des Vatikans, um der ermordeten Juden zu gedenken. In der ersten Reihe saßen Kardinäle und Bischöfe, auch alle vier Kandidaten für die Papstnachfolge, die in einer Titelstory des *Time Magazine* genannt wurden, darunter Jean-Marie Lustiger. Diplomaten, Minister und viele andere Persönlichkeiten aus aller Welt nahmen in den folgenden Reihen Platz. Vor Beginn der Veranstaltung hatte mich mein Cousin unter anderem Kardinal Ratzinger und Rabbiner James Rudin vorgestellt. Ich saß neben Tad Szulc, dem Seniorreporter der

*New York Times*, der gerade an einer Biographie des Papstes arbeitete. Meine blaue Eintrittskarte trug die Nummer 0005.

Nach einer Weile erschienen der italienische Staatspräsident Luigi Scalfaro, der Oberrabbiner Roms Elio Toaff und schließlich Johannes Paul II., der auf einem Thron in der Mitte des Saales Platz nahm. Das Royal Symphony Orchestra unter Gilbert Levine spielte zum Auftakt das Violoncello-Konzert *Kol Nidre* von Max Bruch aus dem Jahr 1881. Es folgten die Symphonie Nr. 9 von Ludwig van Beethoven und Franz Schuberts Vertonung des Psalms 92, dargeboten von den großartigen Chören des Vatikans und der Philharmonischen Akademie Rom. Diese Komposition war ein Auftragswerk von Schubert für die Einweihung der großen Wiener Synagoge im Jahre 1826. Es war für mich ein erhebendes Gefühl, den Psalm im hebräischen Original zu hören und zu verstehen, gesungen von frommen römischen Christen. Dann spielte das Royal Symphony Orchestra Leonard Bernsteins Symphonie Nr. 3 *Kaddish*. Hollywoodstar Richard Dreyfuss rezitierte das Totengebet, wie in der Partitur vorgesehen, in aramäischer Sprache. Er sprach es für die Millionen Ermordeten, die keine Nachkommen hinterließen, die das heilige Gebet sprechen können. Später erzählte er mir auf meine Frage, daß er das Kaddisch seit seiner Barmitzwa auswendig kennt. Anschließend zündeten Überlebende der Konzentrationslager sechs Kerzen der riesigen Menora an, deren Abbildung noch heute als Halbrelief am Titus-Bogen in Rom zu sehen ist. Eine Kerze für je eine Million ermordeter Juden. Das Konzert endete mit den *Chichester Psalms* von Bernstein, ebenfalls mit hebräisch gesungenen Passagen.

Anschließend ergriff der Heilige Vater das Wort. Er sprach auf italienisch und auf englisch über seine eigenen Erfahrungen als junger Mann im besetzten Polen und sagte u. a.:

»Unter uns befinden sich heute abend Menschen, die die schrecklichste physische Erfahrung unserer Zeit überlebt haben.

Sie durchquerten eine finstere Wüste, wo jede Quelle der Liebe versiegt und ausgetrocknet schien. Millionen weinten damals, und noch heute hören wir ihr Klagen. Wir hören ihre Stimmen besonders heute, auch hier. Ihre dringende Aufforderung und Bitte an uns hat sie überlebt. Sie erheben ihre sterbende, herzzerreißende Stimme: Non dimenticateci, non dimenticateci, vergeßt uns nicht, vergeßt uns nicht. Diese Aufforderung richtet sich an alle und an jeden einzelnen von uns.«

Der Papst beendete seine kurze Ansprache mit den Worten:

»Laßt uns jetzt schweigen, damit wir in der Stille Gott preisen können, damit wir noch einmal die Bitte der Opfer, der Väter, Mütter, Söhne, Töchter, Brüder, Schwestern und Freunde hören können. Vergeßt uns nicht. In unseren Gedanken sind sie alle mit Euch, sie sind mit uns!«

Es folgten Schweigeminuten, die für mich eine Ewigkeit dauerten. Der Papst saß da, mit geschlossenen Augen, tief versunken im Gebet; er betete auch für meine Liebsten und Nächsten, für meine Familie.

*Non dimenticateci, non dimenticateci,* vergeßt uns nicht, vergeßt uns nicht!

### LEITSTERNE UND WEGGEFÄHRTEN
Dankrede zur Verleihung der Ehrendoktorwürde
der Universität Potsdam

Für die heutige Verleihung der Ehrendoktorwürde möchte ich den Initiatoren und den Gremien der Universität sehr herzlich danken. Besonderer Dank gilt meinem Laudator Herrn Professor Julius Schoeps. Er zählt zu den wenigen Historikern, die schon sehr früh auf meine Arbeiten aufmerksam wurden. Vor über 20 Jahren sprachen wir beide in Heidelberg auf einem Symposium über den jüdischen Widerstand, ein damals weitgehend unbekanntes, ja diskreditiertes Thema. Der bedeutende Militärhistoriker Professor Wolfram Wette aus Freiburg hatte als erster die Idee, daß mir ein Ehrendoktorat verliehen werden sollte. Leider haben seine Kollegen vom Historischen Seminar der Goethe-Universität in Frankfurt am Main, der Stadt, in der ich seit Kriegsende lebe und arbeite, seinen Brief nicht einmal beantwortet.

Die Universität Potsdam und das von Professor Schoeps gegründete und geleitete Moses Mendelssohn Zentrum bieten mit dem Studiengang »Jüdische Studien/Jewish Studies« vielen Studenten und Wissenschaftlern die Möglichkeit, Geschichte, Religion und Kultur der Juden und des Judentums in den Ländern Europas zu erforschen. Ich bin deshalb sehr froh, daß gerade diese Universität mir die Ehrenpromotion verleiht. Es freut und ehrt mich auch, daß mein langjähriger Freund Dr. Arnold Paucker, London, Vizepräsident der *Leo Baeck Institute*, Dr. h.c. dieser Universität ist. Uns verbindet eine jahrelange Zusammenarbeit, denn ich war Vorsitzender und bin heute Ehrenvorsitzender der »Freunde der *Leo Baeck Institute*« in Deutschland.

Die Nachricht von der Ehrenpromotion hat mich sehr gerührt, denn die Forschungen, für welche ich ausgezeichnet werde, sind mit meiner Biographie eng verwoben. Meine erste Universität war Auschwitz, und meine Kommilitonen dort waren u.a. Eli Wiesel, Imre Kertész, Jean Améry, Primo Levi und Josef Wulf. Wir alle tragen lebenslänglich die am linken Unterarm eintätowierte Auschwitz-Nummer. Wiesel und Kertész leben noch, bis hundertzwanzig Jahre, wie wir Juden sagen, die anderen drei, Améry, Levi und Wulf, haben die »Überlebensschuld« nicht ausgehalten und begingen Selbstmord. Diese »Schuld« ist wahrscheinlich der Grund für mein jahrelanges Schweigen über meine Erlebnisse in sechs Konzentrationslagern und über mein wundersames Überleben von zwei Todesmärschen. Erst 40 Jahre nach der Befreiung hat sich meine Blockade gelöst, doch bis heute spreche ich über die Zeit von damals ungern.

Bei meinen langjährigen Forschungen und Arbeiten an den Publikationen, die mir oft das Äußerste an Zeit und Kraft abforderten, waren vier Persönlichkeiten meine Leitsterne: Simon Dubnow, Jizchak Katzenelson, Josef Wulf und George Orwell. Sie waren Zeugen des »kurzen« Jahrhunderts von 1914 bis 1989. In diesen 75 Jahren haben sich viele Katastrophen – Kriege, auch Bürgerkriege, Revolutionen, Massenmorde – und der Zusammenbruch von zwei totalitären, unmenschlichen Regimen ereignet.

Simon Dubnow, der bedeutendste jüdische Historiker unserer Zeit, war ein Autodidakt, seine Bildung eignete er sich in der »Universität zu Hause« an, wie er sagte. Er wurde in Weißrußland geboren und lebte u. a. in St. Petersburg und Wilna, bis ihn das Regime der Bolschewiki im Jahre 1922 zur Emigration nötigte. In Berlin entstand sein Hauptwerk, die zehnbändige »Weltgeschichte des jüdischen Volkes«, die zuerst (1925–1929) in Deutschland und später auf russisch und hebräisch veröffentlicht wurde. 1933 ein zweites Mal zur Emigration gezwungen, schlug er die Möglichkeit, in die USA auszuwandern, aus und ging nach Riga. In der Schreckensnacht des 8. Dezember 1941, als die in der Stadt lebenden Juden in die Todeslager deportiert wurden, schleppte die Gestapo den 81jährigen Gelehrten aus seinem Haus. Simon Dubnow wurde von einem seiner ehemaligen Schüler erschossen.

Dubnow war ein idealer Mittler zwischen östlichen und westlichen Juden. In seinen Studien und Memoiren reflektierte er sowohl soziale und wirtschaftliche Fragen als auch Aspekte der Gemeindeverfassung und Alltagshistorie, ohne Brüche im eigenen wissenschaftlichen Denken und Handeln auszusparen. Von ihm dokumentierte Zeit- und Augenzeugenberichte vergegenwärtigen Schlüsselereignisse der jüdischen und allgemeinen Geschichte. Seine letzten Worte waren: »Jidn, schreibt un varschreibt alzding« – Juden, schreibt und zeichnet alles auf. Dieses Postulat habe ich mit meinen bescheidenen Mitteln zu erfüllen versucht.

Jizchak Katzenelson war der größte Dichter der Schoa, ein jiddischer Dante unserer Zeit. Sein Poem *Dos lied vunem ojs-gehargetn jidischn volk* (Der Gesang vom ausgerotteten jüdischen Volk) ist ein großes Epitaph für die Juden Warschaus und Polens. Durch meine phonetische Transkription aus dem Jiddischen inspirierte ich Wolf Biermann zu einer Übertragung ins Deutsche. Mein enger Freund Efim Etkind übersetzte das Werk ins Russische. Leider ist er vor Erscheinen der Ausgabe im Jahr 2000 einer schweren Krankheit erlegen. Dieser bedeutende Gelehrte und Literat hat sich rastlos um Verständigung zwischen Ost und West bemüht. Nach der erzwungenen Emigration aus der Sowjetunion lebte er zeitweilig in Potsdam.

Im April 1999 erwähnte ich am Schoa-Gedenktag in meiner Festrede in der Jüdischen Gemeinde zu Berlin meinen unvergessenen Freund Dr. Josef Wulf. Drei Jahre zuvor hatte man an dem Haus, in dem der Historiker die letzten zwei Jahrzehnte seines Lebens wohnte, eine Gedenktafel angebracht. Wulf, der mehr als 20 Bücher über die Judenverfolgung und über das Dritte Reich verfaßte, wird in der Inschrift zu Recht als »Pionier der Dokumentation von NS-Verbrechen« gewürdigt. Er betrachtete es als »Pflicht, Partei für die Opfer zu ergreifen, im Namen der Menschlichkeit und für eine menschlichere Zukunft. Wir müssen Wege und Methoden finden – und ich meine exakte wissenschaftliche Wege und Methoden –, die uns helfen sollen zu verstehen, was die Menschen in den Konzentrations- und Vernichtungslagern erlitten haben.« Zu seinen Lebzeiten erhielt weder sein Plan, im Haus der Wannsee-Konferenz in Berlin ein Dokumentationszentrum einzurichten, die nötige Unterstützung, noch fand sich in der Bundesrepublik eine Institution, die ihm eine feste

Anstellung angeboten hätte. Wulf wurde jahrelang von einigen deutschen Fachhistorikern gemobbt. Ihm wurde vorgehalten, »nur« Fakten zu dokumentierten, ohne sie in ein Erklärungsmodell wie »Totalitarismus« oder »Strukturalismus« einzubinden. Am 10. Oktober 1974 beging Wulf in Berlin aus Verzweiflung über seine persönliche und berufliche Perspektivlosigkeit Selbstmord. Henryk M. Broder schuf 1979 eine eindrucksvolle Fernsehdokumentation über Wulfs Leben und sein bitteres Ende.

Ich bin oft mit Josef Wulf zusammengetroffen. Der Gedankenaustausch mit ihm und die Vorbehalte gegen seine Publikationen bestärkten meine Ansicht, daß es keinen Zweck habe, sich in Deutschland mit der Schoa zu beschäftigen. Zehn Jahre später revidierte ich meine Meinung und wagte es, als Autodidakt eigene Beiträge zur Geschichte der Juden im 20. Jahrhundert vorzulegen.

George Orwell fühle ich mich geistig und politisch am meisten verbunden. Er zählt zu »meinen« Helden dieses Jahrhunderts, weil er schon früh die von totalitären Regimen – ob rot oder braun – ausgehende Bedrohung erkannte. Unter seinem bürgerlichen Namen Eric Blair kämpfte er für Spaniens Freiheit in den Reihen der POUM-Milizen. Die POUM (Arbeiterpartei der marxistischen Vereinigung) wurde wegen ihrer antistalinistischen Orientierung und weil sie am Ziel einer sozialen Umwälzung in Spanien festhielt von der spanischen KP und der Komintern systematisch zerschlagen. Mit der Begründung, der »Linksradikalismus« der Partei sei nur vorgeschoben, da sie in Wirklichkeit ein Bündnis mit dem Faschismus eingegangen sei, wurden einige ihrer Führer verhaftet und von NKWD-Schergen ermordet, weil die Stalinisten keine unabhängige linke Bewegung der Arbeiterklasse duldeten. Bei mehrtägigen Kämpfen zwischen Regierungstruppen, vor allem Kommunisten, Anarchisten und POUM-Milizen in Barcelona im Mai 1937 gab es 500 Tote und etwa doppelt so viele Verletzte. Orwell wurde während eines Fronturlaubs

Zeuge dieser Auseinandersetzungen. Nach einer schweren Verwundung kehrte er nach England zurück. In der eindrucksvollen *Hommage to Catalonia* (deutsch: *Mein Katalonien*) schildert er die Kämpfe gegen die Franquisten in den katalanischen Bergen und die der Kommunisten gegen Abweichler in Barcelona. Das Buch zeigt, daß die Stalinisten in Spanien gegen eine wahrhaft revolutionäre Bewegung mit ebenso brutalen Methoden vorgingen wie gegen »Konterrevolutionäre und Trotzkisten« in der Sowjetunion. Zuneigung und Bewunderung prägen Orwells Charakteristik des Kommandanten seiner Einheit, Benjamin Lewinski. Ich bin froh, diesen jungen jüdischen Freiwilligen aus Paris, der von 1940 bis 1944 als Freiwilliger der legendären 13. Brigade der Fremdenlegion an vielen Fronten auf Seiten der Alliierten kämpfte, als historische Figur ins Bewußtsein gehoben zu haben.

Orwell beschließt seinen Bericht mit einem Gedicht, einer Huldigung an seine Waffenkameraden in Spanien, die zugleich seine Abscheu vor den Verbrechen und Lügen der Kommunisten zum Ausdruck bringt.

> Die Mündungen spucken uns Märchen aus
> Wir haben die Kugeln vorne geschluckt
> Von hinten die Lügen. In diesem spiel
> Hab ich dem Tod in die Karten geguckt
>
> Gespenster verbluten im Schattenkampf
> Verrat blüht zwischen Weiß und Rot
> Erschossen von Kugeln und Lügen zugleich
> Wohin mit dem Kopf! Uns lacht der Tod
> Übertragung von Wolf Biermann

Während der Recherchen für mein Buch *Schalom Libertad!* war es mir vergönnt, vielen jüdischen Freiwilligen der Internationalen Brigaden zu begegnen und mit ihnen unvergeßliche Stunden und Tage zu verbringen. Einige von ihnen wurden meine engen Freunde auf Lebenszeit.

Wie *Schalom Libertad!* wurden auch meine anderen Bücher jahrelang von Lehrstuhlinhabern ignoriert. Einige Professoren klopften mir zwar verbal auf die Schulter, aber unter dem Tisch. Eine beachtliche akrobatische Leistung! Zum Glück fanden meine Arbeiten bei Verlegern, Lesern und in den Medien Beachtung. Sie wurden in der Presse, aber auch in Rundfunk und Fernsehen ausführlich vorgestellt, bei Lesungen und auf Symposien diskutierte man über die von mir aufgeworfenen und erforschten Themen.

Der junge Historiker Nicolas Berg vom Simon-Dubnow-Institut in Leipzig hat das problematische Verhältnis einiger bedeutender deutscher Historiker zu ihren jüdischen Kollegen untersucht. Kernpunkt der Kontroversen über methodische und interpretatorische Fragen war die These, »subjektive jüdische Erinnerung« – im Gegensatz zur »objektiven deutschen Historiographie« – lasse eine wissenschaftliche Bearbeitung der Nazi-Ära nicht zu, da die Erinnerung der Opfer zu sehr von Trauer- und Verlustarbeit geprägt sei. Lange Passagen widmet Berg in seiner verdienstvollen Studie *Der Holocaust und die westdeutschen Historiker* Josef Wulfs Forschungen und seinem Ringen um eine nicht nur täterzentrierte Historiographie des Holocaust. Zum ersten Male seit vielen Jahren werden Wulfs bedeutende Leistungen gebührend gewürdigt.

Auch Saul Friedländer und H. G. Adler sahen sich zum Streit mit jenen Fachhistorikern herausgefordert, die die Deutungshoheit über die Schoa für sich beanspruchten und zwischen ihrer eigenen angeblich rein wissenschaftlichen, objektiven Forschung und der mythischen Erinnerung jüdischer Opfer Gräben errichteten.

Saul Friedländer traf ich an meinem 60. Geburtstag beim ersten Holocaust-Kongreß in Stuttgart im Mai 1984, an dem ich als Gast teilnahm. Die Gespräche mit ihm bewirkten die Lösung meiner Schreibblockade. Friedländer überlebte den Holocaust als christlich getauftes Kind wie mein Cousin Jean-Marie Lustiger. H. G. Adler war mein Lagerkamerad im

KZ Langenstein bei Halberstadt, dem letzten und schrecklichsten Lager meiner Häftlingskarriere. Wie durch ein Wunder sind wir beide nicht umgekommen.

Ein Publizist umschrieb die Vereinnahmung der Schoa-For-
schung durch einige deutsche Historiker mit den Worten:
»Der Holocaust gehört uns!« Diese Wissenschaftler waren
außerstande, die Schoa gänzlich zu verstehen und zu erfassen,
denn sie beherrschten die Sprachen der jüdischen Gegner und
Opfer der Nazis nicht, maßen Zeugnissen der Juden und
Forschungen jüdischer Historiker keine Bedeutung bei oder
kanzelten sie als unsachlich ab. Übrigens waren sowohl die
»Intentionalisten« als auch die »Strukturalisten« beim sogenannten Historikerstreit sich in diesem Punkt einig.

Im Archiv des *Jüdischen Historischen Instituts* in Warschau,
dessen Direktor Professor Dr. Feliks Tych ich hier sehr herzlich begrüßen darf, werden 700 Meter (!) von Akten verwahrt,
darunter über 9000 Dokumente des Ringelblum-Archivs. Ringelblum verfaßte eine Chronik über das Leben im Warschauer
Ghetto und sammelte Berichte von Juden, die aus anderen
Ghettos und aus Arbeitslagern nach Warschau kamen. 1940
wurde das Archiv zu einem organisierten »Untergrundbetrieb«
mit mehreren Dutzend Mitarbeitern ausgebaut. Die Aufzeichnungen und Dokumente über die deutschen Verfolgungsmaß-
nahmen, den jüdischen Widerstand und die Selbstbehauptung
in den Ghettos und Lagern wurden mit Hilfe des polnischen
Untergrunds nach London weitergeleitet, um die Weltöffentlichkeit zu informieren. An verschiedenen Stellen im Ghetto
versteckte man metallene Behälter und Milchkannen mit Archivmaterialien. Ein Teil wurde 1946 in den Ruinen des Ghettos gefunden, ein zweiter Teil vier Jahre später. Im *Jüdischen
Historischen Institut* in Warschau werden zudem Aussagen von
7300 Juden, die ab August 1944, direkt nach der Befreiung, in
Polen protokolliert wurden, aufbewahrt. Ein großer Teil dieser
Dokumente ist noch nicht ausgewertet worden. Es gibt also
viel zu tun!

Auch ich habe mich mit einigen Historikern öffentlich auseinandergesetzt, speziell mit Verleumdern der angeblich schuldhaft passiven Juden und Leugnern des jüdischen Widerstandes. In einem ihrer Werke heißt es: »Zum ersten Male ... stürzten sich die jüdischen Opfer – gefangen in der Zwangsjacke ihrer Geschichte – physisch und psychisch in die Katastrophe. Die Vernichtung der Juden war somit kein Zufall.« Auf diese furchtbare Anklage gibt es bis heute keine Reaktion seitens der deutschen Historikerzunft; im Gegensatz zu anderen Ländern, wo auch in Tageszeitungen heftige Kritik laut wurde. Jener Angriff auf die Ehre der ermordeten Juden Europas durfte nicht unerwidert bleiben. Ich konnte nicht zulassen, daß die Juden, Gefallene, Ermordete oder Überlebende, Widerstandskämpfer oder nicht, beleidigt und verleumdet wurden.

In meinen Publikationen habe ich eine Synthese aus Täter- und Opferperspektive versucht, Dokumente und Archivmaterialien ausgewertet wie auch den Erinnerungen von Überlebenden Raum gegeben. Ich habe unzähligen Archivaren und Bibliothekaren in der ganzen Welt wie auch jüdischen Widerstandskämpfern in ganz Europa zu danken, die mir Vertrauen schenkten und mir von ihren Kämpfen berichteten. Mein Tonbandarchiv enthält Material für viele Kriegsfilme und Politkrimis. Viele meiner »Helden« leben nicht mehr. Meine Bücher sind Grabsteine für Menschen, die sich sowohl in den Kampf gegen die Nazis stürzten als auch in sozialen Bewegungen engagierten. Sie folgten der in rabbinischen Schriften geforderten Maxime »Tikun Olam«: Verbesserung der Welt durch den Kampf für soziale Gerechtigkeit.

In einem Essay schrieb ich, daß die jüdischen Opfer von einigen Historikern ins anonyme Grab des Verschweigens und des Vergessens verbannt werden und daß dieses mit Tonnen von Akten der Mörder und von Tausenden von Fußnoten der Historiker zugeschüttet wird. Das hat mir scharfe Reaktionen eingebracht, auf die ich jedoch stolz bin.

In einigen Aufsätzen und Büchern habe ich die untergegangene Welt der Ostjuden, ihre Kämpfe um Gleichberechtigung, ihre kulturellen Leistungen auf vielen Gebieten und ihre Beteiligung an Revolutionen und sozialen Bewegungen beschrieben. Mit diesen Forschungen und Publikationen möchte ich dazu beitragen, daß die Geschichte der Juden nicht auf den Holocaust reduziert wird.

Auch die Usurpation des religiösen Gedenkens an die Schoa durch orthodoxe Juden bestürzt mich. Ich halte es für eine Blasphemie, daß die jüdischen Opfer angeblich »Al kidusch haschem«, zur Heiligung des göttlichen Namens, gestorben sind. Die Schoa und jeglicher Massenmord können und dürfen nicht mit theologischen Begriffen erklärt oder verklärt werden.

Im Gedenken an Josef Wulf, der vor drei Jahrzehnten aus dem Leben schied, und im ehrenden Gedenken an die jüdischen Widerstandskämpfer, Partisanen und Soldaten, die für die Würde des jüdischen Volkes gefallen sind, nehme ich die heutige Ehrung mit Dank und Freuden an. Mark Twain schrieb einmal, es sei besser, Ehrungen zu verdienen und nicht geehrt zu sein, als geehrt zu sein und es nicht zu verdienen. Es ist meine Hoffnung, daß Sie heute jemanden geehrt haben, der sie annähernd verdient hat. Ich verspreche, mich der Ehre, doctor philosophiae honoris causa der Universität Potsdam zu sein, stets würdig zu erweisen. Mein Dank und meine guten Wünsche begleiten Sie alle, Ihre Magnifizenz, Dekane, Professoren, Dozenten, Doktoren, Studierende. Ich grüße dankbar und herzlich meine Freunde und natürlich die vielen Gäste, die den Weg nach Potsdam gefunden haben, um in dieser denkwürdigen Feierstunde mit mir zusammenzusein. Ich danke für Ihr Kommen und Ihre Solidarität.

# IM ZEICHEN DER VERSÖHNUNG –
# KARL MARX

Karl Marx, der mit dem Theoretiker des Marxismus weder familiär noch geistig verwandt war, hat seine Identität einmal mit den Worten beschrieben: »Ich bin erstens Jude und zweitens Deutscher.« Uns, seinen Freunden und Kampfgefährten, war er ein warmherziger Mensch, einigen aber war er ein gefürchteter Gegner, und last not least war er ein nationalbewußter Jude, ein Zionist. Gerade diese Facette der schillernden Persönlichkeit fand in den meisten Würdigungen nach seinem Tode keine Erwähnung, obwohl Karl Marx die letzten Jahre seines Lebens fast ausschließlich der zionistischen Bewegung gewidmet hatte. Er war Präsident der *Zionistischen Organisation in Deutschland* (ZOD), später Mitglied ihres Präsidiums und Alterspräsident – das einzige Ehrenamt, das er trotz größter Belastung durch seine publizistische Arbeit und seine Krankheit nicht aufgab. Wenige Tage vor seinem Ableben am 15. Dezember 1966 in Ebersteinburg bei Baden-Baden fand auf seinen ausdrücklichen Wunsch eine Präsidiumssitzung der ZOD an seinem Krankenbett statt. Er wurde am 18. Dezember 1966 in seiner Geburtsstadt Saarlouis begraben. Ich hatte die Ehre, als erster eine Trauerrede an seinem Grab zu halten.

Karl Marx lernte ich bei der Gründung der ZOD am 11. Dezember 1954 in Frankfurt kennen. Dort hielt er das Hauptreferat. Der Gründung waren schwierige Verhandlungen mit der *Zionistischen Weltorganisation* in Jerusalem vorausgegangen, denn damals wurde die jüdische Gemeinschaft in Deutschland von den jüdischen Weltorganisationen nicht anerkannt oder gar boykottiert. Er gehörte zu den wenigen nach Deutschland zurückgekehrten deutschen Juden, die ihren osteuropäischen Brüdern und Schwestern ohne Dünkel begegneten. Wir empfanden sofort Sympathie füreinander, und der fast 30 Jahre Ältere wurde mein väterlicher Freund.

Nach Jahren der Zusammenarbeit in der ZOD hat er mich zu seinem Nachfolger als Bundesvorsitzender vorgeschlagen.

Karl Marx wurde am 9. Mai 1897 in Saarlouis als Sohn einer alteingesessenen, patriotischen Familie geboren. Als Kaiser Wilhelm II. 1906 die Stadt besuchte, durfte der neunjährige Junge ihm die Hand reichen. Er trug bei diesem Anlaß eine Husarenuniform. Mit Abgesandten anderer Jugendvereinigungen gründete Marx 1913 auf dem Hohen Meißner (bei Kassel) den Dachverband *Freideutsche Jugend*. 1914 meldete er sich mit 17 Jahren als Kriegsfreiwilliger. Er wurde zweimal verwundet und mit dem Eisernen Kreuz II. Klasse und der badischen Verdienstmedaille ausgezeichnet. Das Erlebnis eines Gasangriffs an der Isonzo-Front ließ ihn nach dem Ersten Weltkrieg zum Pazifisten werden. Seit er Walther Rathenau begegnet war, verteidigte er die Weimarer Republik in Wort und Schrift. Bis zur Machtübernahme der Nationalsozialisten wirkte er als Journalist in Berlin. Auch in der Jugendbewegung war er weiter aktiv. So wirkte er in den zwanziger Jahren beim Aufbau von Jugendherbergen im Schwarzwald mit.

1933 gab er seine deutsche Staatsbürgerschaft auf, weil er nicht unter dem Hitlerregime leben wollte. In seiner Heimat engagierte er sich vor dem Volksentscheid 1935 gegen die Rückkehr des Saarlandes ins Deutsche Reich. Nach dem Plebiszit wanderte er über Italien und Marokko nach England aus.

Karl Marx zählte zu den ersten, die im Sommer 1945 von den britischen Besatzungsbehörden aufgefordert wurden, nach Deutschland zurückzukehren, um beim Aufbau der Demokratie mitzuwirken. Obwohl damals der Begriff »deutscher Jude« mit unerträglichen Erinnerungen verbunden war, hat er sich stolz als solcher betrachtet und 1946 den Aufsatz *Wir, die deutschen Juden* verfaßt.

Wie Marx häufig und ungefragt betonte, begeisterte ihn die zionistische Idee erst relativ spät. Als Humanist empfand er es als Schmach und Verrat an den Idealen der Menschheit, daß den Überlebenden der Schoa die Einwanderung nach Erez Israel, dem Land ihrer Vorfahren, verweigert wurde. Viele Begegnungen mit DPs in Bergen-Belsen und anderen UNRA-Lagern gleich nach dem Krieg ließen ihn zu der Überzeugung kommen, daß die Mitwirkung in der zionistischen Bewegung und beim Aufbau eines jüdischen Staates eine Verpflichtung für jeden Juden sei, dem Selbstachtung und Menschlichkeit gegenüber dem eigenen Volk keine fremden Begriffe seien.

Mutig kritisierte Marx in seiner Zeitung die Willkür der britischen Mandatsmacht in Palästina und ihre brutalen Maßnahmen gegen die sogenannten illegalen Einwanderer. Die Tragödie um die »Exodus 1947« empörte ihn zutiefst: Dieses Schiff mit mehr als 4500 jüdischen Flüchtlingen an Bord, rund ein Drittel davon Kinder und Jugendliche, wurde vor Haifa von britischen Zerstörern aufgebracht und gerammt. Die Flüchtlinge wurden auf drei britischen Schiffen an die südfranzösische Küste zurücktransportiert. Sie weigerten sich, die Gefängnisschiffe zu verlassen, und traten in einen Hungerstreik. Trotz internationaler Proteste entschied der britische Außenminister Bevin, diese Überlebenden der Schoa mit Gewalt ausgerechnet nach Deutschland verschleppen zu lassen. Karl Marx war Zeuge, als die Heimatlosen von Bord und in die Flüchtlingslager von Emden, Wilhelmshaven und Popendorf gebracht wurden. Wegen ihres Widerstandes gegen die britischen Behörden erhielten sie nicht einmal die dort üblichen Essensrationen. Marx besuchte die Verletzten in den Krankenhäusern und schloß seinen Bericht darüber mit den Worten: »Die Menschen des Schiffes ›Exodus 1947‹ hatten unserer jüdischen Sache weitergeholfen. Sie haben die öffentliche Meinung der Welt von der Notwendigkeit überzeugt, daß trotz allen weltanschaulichen und weltpolitischen Schwierigkeiten, wie wir sie heute vorfinden, die Judenfrage endlich gelöst werden muß.«

Am 30. November 1947, einen Tag nach dem Beschluß der UNO, Palästina zu teilen und einen jüdischen Staat zu schaffen, schrieb Marx in einem Leitartikel: »Dieser Tag ist für uns ein Feiertag von doppelter Bedeutung: der Tag der Lösung des Flüchtlingsproblems und das Ende unserer Heimatlosigkeit und zuletzt der Tag der Erfüllung unseres alten Traumes, des Traumes der Wiedergewinnung unserer nationalen Heimat und Selbständigkeit in Palästina.«

Sein Herz schlug für Israel und den Zionismus, doch er setzte sich mutig für die Belange und Rechte jener Juden ein, die im Land der Täter lebten. Um die Auswanderung zu forcieren, hatte die *Jewish Agency* im Jahre 1951 ihre Büros in Deutschland geschlossen und alle Aktivitäten im Land eingestellt. Marx protestierte leidenschaftlich dagegen. Seine jahrelangen Interventionen – er unternahm 25 Reisen nach Israel – hatten Erfolg. Der politischen Weitsicht von Männern wie Nahum Goldmann, Chaim Jachil und Karl Marx war es zu verdanken, daß die *Zionistische Weltorganisation* und andere internationale jüdische Gremien die in Deutschland lebenden Juden nicht mehr wie Parias behandelten und wieder in die Gemeinschaft aufnahmen. Auf Tagungen der *Zionistischen Weltorganisation* war Marx' Stimme nicht zu überhören. Seine ständigen Kontakte mit führenden Persönlichkeiten der zionistischen Bewegung und der israelischen Regierung stärkten das Ansehen aller Juden Deutschlands.

Karl Marx leitete die ZOD viele Jahre souverän, doch niemals überheblich. Mit diplomatischem Geschick verstand er es, Dogmatismus und ideologische Differenzen einzudämmen, so daß sich die Organisation wie vor 1933 auf die praktische Arbeit konzentrierte. Mit starker Hand wehrte er Versuche ab, in Deutschland zionistische Parteien einzuführen. Heute können wir stolz auf eine parteilose Föderation sein, an der jeder mitwirken kann, der sich den Ideen Theodor Herzls verpflichtet fühlt. Andere Landesorganisationen streben ein solches Bündnis mit großer Mühe an.

Seine nonkonformistische, zionistische und für viele einflußreiche deutsche Juden allzu nationalbewußte Haltung brachte Marx manchen Ärger ein. Viele Juden hielten nichts von der Teilnahme der Ostjuden am Gemeindeleben und ihrer Mitwirkung in deren Leitungen. Er wiederum konnte nicht verstehen, wieso Juden aus der Vergangenheit nichts lernen und gerade da wieder anknüpfen wollten, wo sie durch das NS-Regime aufzuhören gezwungen wurden. Ihm war bewußt, daß die deutsch-jüdische Symbiose nur kurze Zeit Bestand gehabt hatte und sich nicht alle in Deutschland lebenden Juden in die Gesellschaft integrieren konnten. Er gehörte zu jener Minderheit unter den deutschen Juden, die für ihre nichtdeutschen Brüder und Schwestern stets Sympathie, Freundschaft und Verständnis empfanden. Seine besondere Liebe galt der Jugend, die er durch Güte, Toleranz und seinen sprühenden Charme für sich gewann. Oft ließ er sich von Leitern der *Zionistischen Jugend in Deutschland* über deren Probleme und Erfolge berichten. Einen Generationskonflikt kannte Marx nicht.

Durch seine Israel-Reisen wußte er, daß dort für die Integration eingewanderter Juden, für Urbarmachung, Jugend- und Sozialarbeit Unterstützung aus aller Welt benötigt wurde. Großzügig stellte er die von ihm geleitete *Allgemeine Jüdische Wochenzeitung* für Sammelfonds zur Verfügung.

Karl Marx war ein Jude, der mit jedem, sei er Jude, Christ oder Atheist, hoch oder niedrig, eine gemeinsame Sprache fand. 1961 hat sein enger Mitarbeiter Ralph Giordano aus Anlaß des fünfzehnjährigen Bestehens der *Jüdischen Allgemeinen* den Sammelband *Narben, Spuren, Zeugen* herausgegeben. Er enthält neben 22 Aufsätzen von Marx Texte von mehr als 50 Autoren seiner Zeitung, darunter Konrad Adenauer, Theodor Heuss und Nahum Goldmann.

Von allen in Deutschland lebenden Juden hatte Marx den größten Anteil an der Aufnahme diplomatischer Beziehungen zwischen der Bundesrepublik und Israel im Jahr 1965. Auch ich konnte dabei in bescheidenem Maße mitwirken. Vom Außenministerium in Jerusalem erhielt ich die Mitteilung, der erste offizielle Empfang des Botschafters Asher Ben Natan nach Übergabe des Beglaubigungsschreibens solle für den Bundesvorstand und die Freunde der ZOD ausgerichtet werden. Wegen des schlechten Gesundheitszustandes des Alterspräsidenten Marx entschied ich als Bundesvorsitzender, den Empfang nicht in Frankfurt, dem Sitz der ZOD, sondern in Düsseldorf zu organisieren. Die feierliche Veranstaltung fand in der Rheinhalle statt. Die von mir in hebräischer Sprache gehaltene Begrüßungsansprache hatte ich Karl Marx vorher in deutscher Übersetzung überreicht. Seine Rede bewegte mich sehr; ich ahnte, daß dies der letzte öffentliche Auftritt meines geliebten Freundes war.

Mit seiner Ehefrau Lili, seiner engsten Mitarbeiterin und Mitstreiterin, verbindet mich eine herzliche und aufrichtige Freundschaft. Auch mit Asher »Artur« Ben Natan bin ich seither befreundet.

Die *Zionistische Organisation in Deutschland* kann auf hervorragende Führungspersönlichkeiten zurückblicken, die zielstrebig und mutig für das Recht der Juden auf eine souveräne, nationale Existenz fochten: David Wolffsohn, ein Freund Theodor Herzls, Kurt Blumenfeld, Richard Lichtheim. Der letzte in dieser Ahnenreihe und zugleich der erste in der Geschichte der ZOD nach dem Kriege ist Karl Marx.


## LEBEN OHNE FRÜHLING –
## DAVID BERGELSON


Am 12. August 1952, seinem 68. Geburtstag, wurde der Schriftsteller David Bergelson und mit ihm elf weitere führende Mitglieder des *Jüdischen Antifaschistischen Komitees* der Sowjetunion (JAFK) in Moskau nach über dreijähriger Haft und anschließendem Geheimprozeß hingerichtet. Mit diesem Justizmord an David Bergelson verlor die jiddische Literatur nach Meinung namhafter Literaturkritiker ihren vierten Klassiker, denn er galt als würdiger Nachfolger von Scholem Alejchem, Mendele Mocher Sforim und Jizchak Leib Perez.

Bergelson wurde am 12. August 1884 in Ochrimowo bei Uman in der Ukraine als Sohn eines gelehrten und vermögenden Holz- und Getreidehändlers geboren. Bereits als Jugendlicher las er jiddische, russische und hebräische Literatur. Nach dem Tod der Eltern lebte er bei seinen älteren Brüdern in Kiew. Schon mit vierzehn Jahren schrieb er Erzählungen in hebräisch, wie *Rejkut* (Leere), und in jiddisch, z.B. *Der Tojber* (Der Taube), die jedoch keine Verleger fanden. Sein erster, 1909 in Warschau veröffentlichter Roman *Beim Woksal* (Am Bahnhof), der später auch auf deutsch erschien, wurde von der Literaturkritik einhellig gelobt. Bergelson beschreibt in dem Roman den Niedergang eines Schtetls, das nur noch wegen des Bahnhofs weiterexistiert. Dann entstanden mehrere Erzählungen, z.B. *Der Kawren* (Der Gräber), *Ohn a nomen* (Namenlos), *In ejnem a sumer* (Eines Sommers) und *Feiwels Maassijes* (Feiwels Erzählungen). Mit seinem engen Freund Nachman Meisel schuf und redigierte er 1910 in Kiew die Zeitschrift *Jidischer Almanach*.

Seinen literarischen Ruf begründete er mit seinem frühen Meisterwerk von 1913, dem Roman *Noch alemen* (Nach allem). Seitdem zählte er zur Elite der jiddischen Schriftsteller. Chaim Nachman Bialik, der Begründer der modernen hebräischen Dichtung, veranlaßte, daß das Werk zeitgleich auf hebräisch im Verlag »Haolam« in Odessa erschien. Als der Roman 1923 in der Übersetzung von Alexander Eliasberg beim Jüdischen Verlag in Berlin unter dem Titel *Das Ende vom Lied* herauskam, veröffentlichte die *Vossische Zeitung* in Berlin in ihrer Beilage »Literarische Umschau« vom 24. August 1924 eine Besprechung von Alfred Döblin. Er schrieb u.a.:

»Es ist ein feines Buch, das sehr mit der Sprache anhält, und sauber, vorsichtig und bewußt seine Figuren setzt. Man erkennt nach einigen Seiten: dies ist ein Übergangswerk, keine jiddische Originalarbeit, wenn sie auch jiddisch geschrieben

ist. Sondern dieser Autor kennt westliche Schreibart, westliche Romantechnik. ... Mirel ist eine Figur, um die bald die
Luft Flauberts, bald, so kommt es einem vor, die Luft Neue-
rer weht. Aber die solide Begabung hat das Ganze gemacht,
hat einen typischen schmerzlichen Ton vom Anfang bis zum
Ende durchklingen lassen.«

Döblin hat recht und unrecht zugleich. Er konnte nicht
wissen, daß er den ersten in Deutschland veröffentlichten
»nouveau roman« der jiddischen Literatur rezensiert hatte.
Eine russische Übersetzung des Romans *Noch alemen* ist
1939 im Staatsverlag *Gosisdat* in Moskau erschienen.

In der Folge schrieb Bergelson, der bis zum Kriegsausbruch
1914 abwechselnd in Kiew und Odessa lebte, mehrere Romane
und Erzählungen und redigierte u. a. die belletristische Beilage
der Zeitung *Jidische Welt* in Wilna, wo seine Erzählung *In der
vargrebter Schtot* (In der begrabenen Stadt) erschien. 1917
wurde in Kiew sein Roman *Vartunkelte Zeitn* publiziert. Im
selben Jahr beteiligte er sich an den literarischen Almanachen
*Eigns* und *Ojfgang*. Im Oktober 1918 wurde er Gründungs-
mitglied des Kiewer *Volksverlages*. Er war auch Mitarbeiter der
vor der Revolution in St. Petersburg gegründeten *Kultur-Lige*,
einer großen Organisation mit eigenenVerlagen, Druckereien,
Schulen (auch Kunst- und Musikschulen) und Kinderheimen,
die später linke jiddische Kultur in der ganzen Welt förderte.

1919 übersiedelte Bergelson nach Moskau, aber schon 1920
verließ er die Sowjetunion und kam nach Berlin, wo er Mitglied der dortigen starken jüdisch-russischen Kolonie wurde.
Mit Der Nister gründete er die Kunst- und Literatur-Zeit-
schrift *Milgrojm* (Granatapfel). 1922/23 erschien im Verlag
*Wostok* in Berlin eine sechsbändige Sammlung von Bergelsons
Erzählungen und Romanen. In Wilna wurde von 1928 bis
1930 eine achtbändige Ausgabe seiner Werke veröffentlicht.

1931 wurde Bergelsons Erzählung *Der Tojber* (Der Taube)
dramatisiert und vom Staatlichen Jüdischen Theater in Moskau mit großem Erfolg gezeigt. Der Direktor des Theaters,

Solomon Micho'els, spielte die Hauptrolle, und Benjamin
Suskin stellte den Streikbrecher Jossele dar. Der spätere Präsident des JAFK Micho'els wurde 1948 auf Stalins Befehl
heimtückisch ermordet, Suskin wurde zusammen mit Bergelson am 12.August 1952 hingerichtet.

Bergelson schrieb Hunderte von Beiträgen für jiddische
Zeitungen, z.B. für die in New York erscheinende kommunistische *Morning Freiheit* und für die offiziöse Moskauer
Zeitung *Der Emes*. Die Mitarbeit als Korrespondent der sozialistischen Zeitung *Vorwerts*, New York, beendete er aus
politischen Gründen. Er reiste nach Rumänien und besuchte
1926 die Sowjetunion. 1929 verbrachte er ein halbes Jahr in
den USA und kehrte dann nach Berlin zurück. In dieser Zeit
kam er zu der Überzeugung, daß die jiddische Kultur und Literatur nur in der Sowjetunion eine Chance des Überlebens
und der Entwicklung habe. Dies war der Hauptgrund für die
prosowjetische Einstellung in seinen publizistischen und literarischen Werken. Das 1927 bis 1930 in Berlin erschienene
fünfbändige *Jüdische Lexikon* widmete Bergelson als einem
der wenigen jiddischen Schriftsteller einen eigenen Beitrag.
Dort lesen wir u.a.: »Bergelson gehört zu den repräsentativen
jiddischen Dichtern der Gegenwart. Auch von der deutschen
Kritik sind seine Schöpfungen beifällig aufgenommen worden.«

Das Schmerzliche und Pessimistische sind vorherrschende
Motive in Bergelsons frühen Werken. Die Beschreibung des
Zerfalls der jüdischen Mittelschicht in den Städten und auf
dem Lande und die damit verbundene Stagnation einerseits
und das Leben und das geistige Ringen der jungen jüdischen
Intelligenzja für eine neue Gesellschaftsordnung andererseits
bestimmen das filigran und impressionistisch geschilderte
Geschehen seiner Romane. Diese pessimistische Grundstim-
mung scheint sogar bei seinen späteren proletarisch-revolu-
tionären Texten durch. In seinen essayistischen Texten postulierte Bergelson die Forderung, daß die Kunst kein Werkzeug

der neuen Ordnung sei und keine nackten Abstraktionen verbreiten solle.

Nach langen Lesereisen, u.a. durch Polen und Frankreich, kehrte er 1933 über Kopenhagen in die Sowjetunion zurück, nachdem er vorher das Jüdische Autonome Gebiet Birobidshan bereist hatte. Mit seinem großen zweibändigen Werk *Bam Dnjepr* (Am Dnjepr, 1932–1940), das autobiographische Bezüge aufweist und das man auch als Bildungsroman verstehen kann, hat er sich endgültig als sowjetisch-jiddischer Schriftsteller etabliert. Der Romanheld Penek wird nach Versuchen mit dem Sozialismus und Zionismus überzeugter Kommunist und militanter Atheist. Bergelson versuchte eine Synthese seines eigenen impressionistisch geprägten Stils mit dem sozialistischen Realismus herzustellen. Dies ist ihm in seinen Schilderungen der Errungenschaften der Sowjetunion und des Jüdischen Autonomen Gebietes Birobidshan gut gelungen.

Als Deutschland die Sowjetunion im Juni 1941 überfiel, zählte Bergelson zu den Gründern und Mitgliedern des JAFK. Auf einer Massenversammlung im August 1941 in Moskau hielt er eine großartige Ansprache an die Juden der Welt, die durch Radio Moskau ausgestrahlt wurde und deren Text in der jiddischen Untergrundzeitung des Widerstandes in Paris *Unser Wort* am 27. August 1941, drei Tage nach der Moskauer Radiosendung, im jiddischen Original abgedruckt wurde unter dem Titel »Für die nationale Existenz des jüdischen Volkes. Einheit aller Juden im Kampf gegen den Nazismus. Historisches Treffen der angesehensten Persönlichkeiten und Helden der Roten Armee im Radio Moskau«. Hier ein Auszug aus dem Aufruf: »Für alle Völker der besetzten Länder bedeutet der Nazismus Versklavung, Verfolgung und Folter, für uns Juden aber bedeutet er die vollkommene Ausrottung und den Untergang. Es handelt sich um Leben oder Tod unseres Volkes ... Noch wütet der vandalische Faschismus. Er vernichtet alles, und ins erste Feuer gehen wir Juden. Aber unser Volk wird nicht untergehen, das Volk von Maimonides, Spinoza, Mendelssohn, Heine, Einstein, das Volk, das schon vor Tausenden von Jahren seinen Peinigern stolz verkündet hat ›Lo amut, ki echje‹ (Ich werde nicht sterben, sondern leben), wird weiterleben.« Bei dem Zitat handelt es sich um einen Vers aus dem Psalm 118,17 – bis dahin undenkbar in der jiddisch-sowjetischen Dichtung.

Bergelson war Gründer und Redaktionsmitglied der jiddischen Zeitung des JAFK *Ejnikeit* und schrieb viele Beiträge und Erzählungen, die dort veröffentlicht wurden. In dem Werk *Jidn in der vaterlandmilchome* (Juden im Vaterländischen Krieg) schilderte er die Kämpfe jüdischer Soldaten. Das bereits 1941 entstandene Theaterstück *Mir weln lebn* (Wir werden leben) wurde nur in den USA, Rumänien und in Palästina aufgeführt, wo es eine heftige Debatte in allen Zeitungen des Landes auslöste. Es wurde 1946 im jiddischen Verlag *Der Spiegel* in Buenos Aires nachgedruckt. Das Stück *Prinz Re'ubeni*, das den gleichnamigen jüdischen Abenteurer und Usurpator, der im 16. Jahrhundert messianische Hoffnungen auf die Wiedergründung des jüdischen Staates in Palästina weckte, zum Thema hat, wurde zwar im Jüdischen Staatstheater in Moskau bis zur Generalprobe vorbereitet, aber später verboten.

Die Leiden und der millionenfache Mord an den Juden haben eine seelische Transformation Bergelsons bewirkt und seine tiefen jüdischen Wurzeln und die Solidarität mit seinen jüdischen Brüdern nicht nur in der Sowjetunion, sondern in der ganzen Welt wiederaufleben lassen. Er fühlte sich dabei im Einklang mit den parallel verlaufenden starken russisch-nationalen Tendenzen, die den Großen Vaterländischen Krieg geprägt haben. Dies sollte sich als tragischer Irrtum und als Illusion erweisen.

Nach dem Krieg schrieb Bergelson mehrere Erzählungen, wie *In den Bergen*, *Der Zeuge* und *Die Gedächtniskerzen*, in denen er Erlebnisse und den Patriotismus der sowjetischen Juden während des Krieges schilderte. Zusammen mit Solomon

Micho'els schuf er die erfolgreichste Theaterproduktion des Staatlichen Jüdischen Theaters in Moskau, das Stück *Frejlachs* mit Klezmer-Musik, Tänzern und Spaßmachern. Abertausende haben die stets ausverkauften Vorstellungen gesehen und ihnen enthusiastisch applaudiert. *Frejlachs* wurde mit dem Stalin-Preis ausgezeichnet, und niemand konnte ahnen, daß kurz darauf beide Schöpfer des preisgekrönten Stücks ermordet bzw. unter absurden Anschuldigungen im Gefängnis inhaftiert würden. Was während des Krieges in Erfüllung patriotischer Pflicht getan und geschrieben wurde, galt nun als ein Staatsverbrechen. In dem 15seitigen Bericht des Staatssicherheitsministers Abakumow an Stalin über das JAFK wurde auch Bergelson als jüdischer, unter dem Einfluß amerikanischer Imperialisten stehender Nationalist denunziert.

Bergelson wurde mit 13 weiteren Mitgliedern des JAFK im Januar 1949 wegen des »Versuchs des Sturzes, der Untergrabung oder der Schwächung der Sowjetmacht, der Agitation und Propaganda« verhaftet. In der Anklageschrift vom Mai 1952, über drei Jahre nach der Verhaftung, wurde ausgeführt, die Untersuchung hätte ergeben, daß die Angeklagten das JAFK in ein Zentrum für Spionage und Nationalismus verwandelt hätten, das von reaktionären Kreisen der USA gelenkt werde. Da half nicht, daß Bergelson mit der Medaille »Für heldenmütige Arbeit während des Großen Vaterländischen Krieges 1941–1945« ausgezeichnet worden war. Im Laufe des Geheimprozesses hat Bergelson die unter Folter erzwungenen Selbstbeschuldigungen zurückgenommen. Der Prozeß muß für ihn wie ein Auftauchen aus der Gefangenschaft der Lügen gewesen sein. Er erklärte offen, daß der Lobgesang auf die biblischen Gestalten kein Verbrechen sei; es sei kein Vergehen, so wie Fefer zu sagen: »Ich bin a jid.«

Wie Bergelson nahmen alle anderen Angeklagten ihre Aussagen, die im Laufe der dreijährigen Untersuchungshaft unter unsäglichen Foltern von ihnen erpreßt wurden, während der Gerichtsverhandlung zurück. Unter den damaligen Verhältnissen war dies ein außergewöhnliches Zeugnis von Mut und moralischer Stärke. Für die Todesurteile wurden Tausende von Seiten an Untersuchungsakten und Prozeßprotokollen dokumentiert. Die 1962, zehn Jahre nach den Hinrichtungen, in Moskau erschienene *Kratkaja Literaturnaja Enzyklopedia* (Kurze Literarische Enzyklopädie) hat die Unschuld des Hingerichteten lapidar formuliert: »Bergelson ist ungesetzlichen Repressionen ausgesetzt worden; er wurde nach seinem Tode rehabilitiert.«

Nach dem Krieg habe ich zum ersten Mal ein Buch von Bergelson gelesen – einen Roman, der in den zwanziger Jahren in Berlin erschienen war. Mich faszinierte der Ausdrucksreichtum der modernen jiddischen Sprache, der sich noch in der Übersetzung zeigte. Später hat mir mein Freund Bolek Bergelson, der in Frankfurt lebt, von seinem berühmten Onkel David erzählt.

Dem Aufbau-Verlag ist es zu verdanken, daß der Roman *Das Ende vom Lied* unter dem Titel *Leben ohne Frühling* noch einmal in Deutschland veröffentlicht wurde. Den neuen Titel fand Marcel Reich-Ranicki, der zur gleichen Zeit wie David Bergelsons Sohn Lew Gymnasiast in Berlin war und mit ihm in Frankfurt zusammentraf. Lew Bergelson, heute Professor für Chemie in Jerusalem, schrieb für die Neuausgabe den bewegenden Text *Erinnerungen an meinen Vater*.


## WURZELN EINES KOSMOPOLITEN – ERINNERUNG AN EFIM ETKIND

Genauere Kenntnisse über Efim Etkind hatte ich spätestens nach dem Erscheinen seines Buches *Unblutige Hinrichtung* im Jahre 1977. Aber erst 1996 war es mir vergönnt, Efim anläßlich eines Vortrags in Frankfurt persönlich kennenzulernen. Nach der Veranstaltung erzählte ich ihm während eines

Abendessens von meinem Plan, ein Buch über Stalin und die Juden zu schreiben. Ich bat ihn um seinen Rat und seine Meinung zu diesem Projekt. Efim kannte auch mich bereits, denn schon 1991 hatte ich einen Essay über die Geschichte des *Jüdischen Antifaschistischen Komitees* der Sowjetunion (JAFK) in der FAZ veröffentlicht. 1994 war das von mir herausgegebene *Schwarzbuch* von Ilja Ehrenburg und Wassili Grossman erschienen, die weltweit erste vollständige, unzensierte Ausgabe in einer westlichen Sprache einschließlich des bis dato unbekannten Vorworts von Albert Einstein. Wir hatten also genug Gesprächsstoff. Efim ermunterte mich sehr, das Buch zu schreiben.

Am 6. Juni 1998 nahm Efim an den Frankfurter »Römerberg-Gesprächen« in der Paulskirche teil. Das Thema war die Zukunft der Demokratie in Zeiten der Globalisierung. Efim referierte über die Demokratie, über nationale Identität und die Bürgergesellschaft in Rußland. Ich ging hin, weil ich ihn unbedingt hören wollte. Da sich uns auf dem Kongreß keine Gelegenheit zum Gespräch bot, wollte ich ihn am nächsten Morgen anrufen, um ein Treffen zu verabreden. Als ich wieder zu Hause ankam, wartete bereits eine Nachricht auf dem Anrufbeantworter auf mich. Efim bat mich, noch am gleichen Abend zu ihm ins Hotel Intercontinental zu kommen. Als ich in seinem Zimmer eintraf, sagte er mir: »Ich habe das letzte halbe Jahr in Gedanken mit Ihnen verbracht.« Meine Verblüffung war bald aufgeklärt. Efim hatte an einer Übertragung von Jizchak Katzenelsons *Großem Gesang vom ausgerotteten jüdischen Volk* ins Russische gearbeitet und zeigte mir nun die ersten übersetzten Kapitel. Er hatte meine phonetische Transkription vom jiddischen Original in lateinische Buchstaben als Grundlage für seine Arbeit benutzt.

Diese Begegnung war der Beginn einer wunderbaren, sehr intensiven, leider viel zu kurzen Freundschaft, die auch seine Frau Elke einschloß. Wann immer Efim in Frankfurt oder der näheren Umgebung weilte, übernachtete er bei uns. Es gibt ja nichts Schöneres, als einem Freund ein Bett bereiten zu können. Wir hielten in diesen Jahren ständig Kontakt, auch wenn Efim in den USA, Rußland, in Spanien oder sonstwo weilte.

Efim fand einen Verlag für die russische Ausgabe von Katzenelsons Poem, ich besorgte den Druckkostenzuschuß und schrieb einige begleitende Texte. Leider war es Efim nicht vergönnt, das Erscheinen seines letzten Werkes, an dem er so hing, zu erleben. Erst im Jahr 2000, kurz nach seinem Tode, lag Katzenelsons *Skasanje ob istreblennom jewrejskom narode* in Efims meisterhafter Übertragung vor.

Zwei Jahre früher, im Oktober 1998, hatte Efim für mein *Rotbuch*, das er von Anfang an begleitet hatte, ein umfangreiches Vorwort geschrieben, auf das ich sehr stolz bin. Bei der Vorstellung des Buches im Berliner Ensemble hielt Efim eine kurze, aber sehr eindrucksvolle Rede. Als mir dann im Jahr 1999 die Moses-Mendelssohn-Medaille der Universität Potsdam verliehen wurde, war es wiederum Efim, der die Laudatio hielt.

Die Nachricht von Efims Ableben hat mich tief getroffen. Am 16. Dezember 1999 fand im Slawistischen Institut in der Rue Michelet in Paris eine Trauer- und Gedenkfeier für Efim statt. Es war mir eine Ehre, dabeizusein. Dort lernte ich einige seiner Freunde und die Familie kennen.

Oft wurde ich gefragt, ob ich mit der späteren jüdischen Orientierung Efims etwas zu tun hätte. Ein klares Nein war meine Antwort. Der geniale, so analytische Efim brauchte auch in dieser Frage keine externe Hilfestellung, am wenigsten von mir. Bei unseren oft stundenlangen Gesprächen erzählte mir Efim viel über seine jüdische Familie, seinen Vater und Großvater, über seine »roots«. Wenn ich damals nur geahnt hätte, daß Efim so früh von dieser Welt gehen würde, hätte ich die Gespräche mit ihm zur eigenen Erinnerung sicherlich aufgezeichnet. Es schien mir damals unvorstellbar, nicht mit ihm sprechen, mich nicht mit ihm beraten zu können.

Efim Etkind wurde 1918 geboren. 1931, als er dreizehn Jahre alt war, nahm ihn sein Vater auf eine Reise nach Moskau mit. Gemeinsam besuchten sie das Staatliche Jüdische Theater und sahen dessen Direktor Salomon Micho'els in der Rolle des König Lear. Micho'els, ein entfernter Verwandter der Etkinds, wurde während des Krieges, Präsident des *Jüdischen Antifaschistischen Komitees* und später auf Stalins persönlichen Befehl in Minsk ermordet.

Nach dem Überfall der Wehrmacht auf die Sowjetunion meldete sich Efim noch vor Abschluß seines Studiums der Romanistik und Germanistik zum Militärdienst. Mit der Roten Armee kam er nach Rumänien, Ungarn, Österreich und Bulgarien. Den Soldaten erfüllte der Sieg über den Faschismus mit Glück und Stolz, aber Efim schämte sich auch der Übergriffe der »bis zur Sinnlosigkeit betrunkenen« »Helden-Befreier«. »Die Scham«, schrieb Efim später in seinem Buch *Unblutige Hinrichtung*, »peinigte mich so, daß ich den Rumänen, die ich noch gestern brüderlich umarmt hatte, nicht mehr in die Augen sehen konnte. Wir hatten sie befreit, und nun beraubten wir sie.« Efim, der aufmerksame Beobachter, erzählte mir später oft von seinen Begegnungen mit ungewöhnlichen Menschen in diesen Ländern.

Nach dem Krieg wandte sich Efim wieder seinen Studien und Forschungen zu. Er wurde Universitätsprofessor und einer der führenden Germanisten, Romanisten und Literaturwissenschaftler der Sowjetunion und überdies ein anerkannter Übersetzer. Seine Studenten erzog er zum selbständigen Denken und Urteilen – eine Lehre, die den Kulturbürokraten bald verdächtig wurde. Im April 1974, kurz nach der Ausweisung Solshenizyns, wurde er plötzlich, ohne vorherige Ankündigung, entlassen. Efim wurde Opfer einer heftigen, vom KGB gesteuerten Kampagne. Durch den einstimmigen Beschluß von 57 Professoren verlor er auf einen Schlag Professur, Doktorgrad, Arbeitsplatz sowie die Mitgliedschaft im sowjetischen Schriftstellerverband. Er wurde u. a. der Verbreitung antisowjetischer Dokumente und der Verleumdung der sowjetischen Innen- und Außenpolitik beschuldigt. Der KGB klagte ihn an, Solshenizyn mehr als zehn Jahre gekannt und ihm geholfen zu haben. 1971 hatte Efim tatsächlich zwei Exemplare von Solshenizyns *Archipel Gulag*-Manuskript, die ihm von dessen Stenotypistin Woronjanskaja gebracht worden waren, versteckt. Efim hatte sich bei den Behörden zudem durch seinen *Brief an auswanderungswillige junge Juden* unbeliebt gemacht, in dem er diese aufrief, im Lande zu bleiben, um »hier« für ihre Rechte zu kämpfen, und nicht »dorthin«, also nach Israel, auszuwandern.

Daß er selbst bald gezwungen war, die Sowjetunion zu verlassen, weil er auch für die Freunde zur Gefahr geworden war, mußte für ihn ein schmerzhafter Erkenntnisprozeß sein. So schrieb Efim, den man in Moskau bezichtigt hatte, die Worte »Heimat« und »Vaterland« nicht zu kennen, später in seinem Buch *Unblutige Hinrichtung*: »Man muß fortgehen, wenn einem die Schlinge um den Hals gelegt wird, wenn Bleiben verhängnisvoll und nutzlos geworden ist.« Und er zitierte die Brecht-Verse *Über die Bezeichnung Emigranten*: »Immer fand ich den Namen falsch, den man uns gab: Emigranten / Das heißt doch Auswanderer. Aber wir / Wanderten doch nicht aus, nach freiem Entschluß / Wählend ein anderes Land. Wanderten wir doch auch nicht / Ein in ein Land, dort zu bleiben, womöglich für immer. / Sondern wir flohen. Vertriebene sind wir, Verbannte. / Und kein Heim, ein Exil soll das Land sein, das uns aufnahm.«

Später erfuhr ich von Efim, welchen Anteil er an der Veröffentlichung der Werke Grossmans, Solshenizyns und Brodskis hatte. So hatte er unter großem persönlichen Risiko Solshenizyn den Zutritt zu einem geschlossenen Archiv verschafft. Als Efim, der große Förderer und Vermittler der russischen Autoren und ihrer Literatur, später Solshenizyn in Amerika besuchte, nahm dieser sich nur eine halbe Stunde Zeit für den Besucher.

Efim Etkind heiratete 1994 die Germanistik-Professorin Elke Liebs und lebte bis zu seinem Tod im November 1999 in Potsdam. Er war in dieser Zeit Gastprofessor an vielen Universitäten der Welt. Sein wissenschaftliches und essayistisches Werk, das über 500 Titel zählt, beeindruckt. Efim, der Russe, Jude und Kosmopolit, war einer der besten Freunde, die ich je hatte. Und wenn auch unsere Freundschaft nur von relativ kurzer Dauer war, ist er mir in meinen Erinnerungen stets gegenwärtig.

## MEIN OPA WOLF BIERMANN

Der Spanische Bürgerkrieg ist schuld daran, daß Wolf Biermann mein bester Freund und ich sein Enkel wurde, aber darüber später. Wolf wurde 1936 geboren, als der Spanische Bürgerkrieg ausbrach. Ich war damals zwölf Jahre alt und Schüler eines jüdischen Gymnasiums in Polen. Sechs Jahre später lernte ich als KZ-Häftling in Auschwitz und Buchenwald mehrere jüdische Spanienkämpfer kennen. 1982 flog ich von Tel Aviv nach Paris und saß zufällig neben Henri Szulevic (Largo), der Soldat der jüdischen Einheit *Botwin* in Spanien war. Ich vertagte den vereinbarten Besuch bei meinem Cousin Kardinal Jean-Marie Lustiger und ließ mir von Largo zwei Tage lang dessen Lebensgeschichte erzählen. Damals faßte ich den Entschluß, ein Buch über die mehr als 6 000 jüdischen Spanienkämpfer zu veröffentlichen. Sie waren von Historikern, von den Kommunisten, aber auch von den Juden selbst vorsätzlich vergessen worden.

Im Juni 1984 erlitt ich während eines Kongresses in Jerusalem einen Herzinfarkt. Auf der Intensivstation schwor ich mir, das Buch zu schreiben, falls ich mit dem Leben davonkommen sollte. Die Rekonvaleszenz in Israel nutzte ich für Recherchen und Gespräche mit vielen ehemaligen Interbrigadisten. Seither sind viele von ihnen gestorben. 1986 nahm ich am Treffen von 3 000 Spanienkämpfern aus aller Welt anläßlich des 50. Jahrestages des Bürgerkrieges in Madrid teil und organisierte mit anderen in der spanischen Hauptstadt, in Paris, Brüssel sowie Tel Aviv Gedenktage zu Ehren der jüdischen Spanienkämpfer.

Im Mai 1989 erschien endlich das Buch *Schalom Libertad!*. Bereits am 21. April 1989 veröffentlichte *Die Zeit* eine Rezension von Willi Jasper, heute Professor in Potsdam, unter dem Titel *Mit heiliger Entschlossenheit*. Die Heinrich-Heine-Buchhandlung in Hamburg veranstaltete die erste Lesung. In der ersten Reihe saß Wolf Biermann und hörte verblüfft von Menschen und Ereignissen, von denen bisher kaum jemand etwas wußte. Er kaufte auf der Stelle 15 Exemplare, die er seinen engsten Freunden als Pflichtlektüre verordnete. Sehr bald erfuhr ich den Grund für sein besonderes Interesse an diesem Thema. Vater Dagobert Biermann hatte als Schlosser auf der Deutschen Werft in Hamburg gearbeitet. Er und seine kommunistischen Genossen sabotierten die Waffenlieferungen für die *Legion Condor* in Spanien. Alle Mitglieder der Zelle wurden zu Zuchthausstrafen verurteilt. Als sie verbüßt war, wurden die meisten entlassen, der Jude Biermann dagegen wurde nach Auschwitz gebracht, wo er ermordet wurde. Der Auschwitz-Häftling, der über jüdische Spanienkämpfer forschte und schrieb, bot sich als Vaterfigur an.

So beschrieb Wolf einmal das neue Verwandtschaftsverhältnis: »Im ersten Überschwang unserer frischen Freundschaft lag es nahe, daß Arno Lustiger von da ab mein ›Vater‹ wurde, weil er ja schließlich dort überlebt hatte, wo mein richtiger Vater ermordet worden war. Es stellte sich aber heraus, daß mein neuer Freund aus Frankfurt im Grunde viel, viel jünger ist als ich, ein melancholisch lustiger Gesell, übermütig und traurig, ein lebensstarker Genußmensch, ein toller Kerl, der mancher schönen Frau gefällt, kurz: ein ewig junger Mann, sagen wir mal, im konstanten Alter von 19 Jahren. Also paßte die Vaterrolle mir gegenüber nicht so ganz. Und so beschlossen wir kurzerhand, daß er nun mein neuer Vater ist, ich aber bin zugleich sein Großvater.« Also wurde Wolf mein Opa und Pamela folgerichtig meine liebe Omi.

In einem Zeitungsaufsatz über George Orwells Kommandanten in Spanien, den jüdischen Freiwilligen und Helden vieler Schlachten des Zweiten Weltkrieges Benjamin Lewinski, wollte ich ein Gedicht Orwells veröffentlichen, das in der deutschen Ausgabe von *Mein Katalonien* einfach weggelassen wurde. Hier die erste und die zwei letzten Strophen des Gedichtes, von Wolf meisterhaft übertragen:

### Der junge Soldat aus Italien

Der junge Soldat aus Italien gab
Mir en passant in der Wache die Hand
So trafen zwei Hände sich, eine war schmal
Die andre vom Arbeiten auf dem Land

...

Bevor dein Gebein noch gebleicht sein wird
Verlöscht deine Tat und dein Name sogar
Und hinter der Lüge, die dich erschlug
Da grinst eine Lüge, die noch schlimmer war

Doch keine Macht der Welt löscht je aus
Das Leuchten von deinem Gesicht
Im Bombenhagel – ich hab es gesehn
So geistig rein wie Kristall: Dein Licht.

Folgerichtig lautete der Titel meines Aufsatzes in der *FAZ* vom 9. November 1996 *Das Leuchten des Menschengesichts.* Übrigens schrieb Wolf im März 1991 den Aufsatz *George Orwell im Streit mit den Pazifisten im Golfkrieg.*
Genau sechs Monate nach unserem ersten Treffen fiel die Mauer in Berlin. Wolf erwirkte beim damaligen DDR-Kul-

turminister ein Visum für mich und meine Frau Erika, damit
wir beim historischen Konzert in Leipzig am 2. Dezember
1989 mit der ganzen Biermann-Mischpoche dabeisein konnten. Am Tag nach dem Konzert reiste ich mit Erika nach Weimar und besuchte Buchenwald, wo ich 44 Jahre früher, im Februar 1945, nach dem Todesmarsch aus Auschwitz halbtot
angekommen war. Damals wußte ich nicht, daß mir im April
1945 ein weiterer Todesmarsch bevorstand. Es war eine Win-
terreise der besonderen Art.

Am 14. November 1990 organisierte ich zusammen mit
dem Kulturdezernat der Stadt Frankfurt ein Konzert unter
dem Titel »Sog nit kejnmol – Jüdische Arbeiter- und Partisa-
nenlieder« mit Wolf und Jacinha, einer in Paris lebenden Sän-
gerin aus Buenos Aires. In der überfüllten Paulskirche lausch-
ten mehr als tausend Zuschauer Texten und Liedern, die noch
nie in Deutschland vorgetragen worden waren. Jacinha sang
u. a. die Hymne der jüdisch-sozialistischen Arbeiterpartei
*Bund Der Schwur* im originalen Jiddisch. Auch die jiddischen
Lieder *Wacht auf* und *Wir werden gehaßt und getrieben* von
David Edelstadt in der Übersetzung von Rosa Luxemburg
wurden gesungen, jiddische Lieder aus dem Liederbuch des
Spanischen Bürgerkrieges von Ernst Busch und das jiddische
Partisanenlied *Sog nit kejnmol ...* von Hirsch Glik in der
Übertragung von Wolf. Er interpretierte das bekannte Lied
*Spaniens Himmel ...* auf eine ungewöhnliche Weise. Das
Konzert wurde im Schiller Theater in Berlin zweimal wieder-
holt.

Am 31. Januar 1991 faxte mir Wolf den Text seines Aufsatzes *Ich bin für diesen Krieg*, der in der *ZEIT* erschienen war,
und schrieb dazu:

»Arno, mein lieber Enkel, Vater und verbrennter Zionist, hier
schicke ich Dir den Kriegshetzetext, den ich für die ZEIT verfaßte.
Eva-Maria, für die ich das Lied ›Ich hab im Maul noch alle meine
Zähne ...‹ schrieb, hat gestern in unserer Kriegshetzerveranstal-

tung [Konzert von Wolf Biermann und Eva-Maria Hagen in Hamburg im Januar 1991 zugunsten der sowjetisch-jüdischen Einwanderer; AL] sehr gut gesungen. Es war herzzerreißend sympathisch und für mich ein bißchen too much. Zu viel echtes Leben in der Kunst, das geht leicht ins Auge und kippt über.«

Mit seinem Aufsatz in der *ZEIT* beschämte Wolf die falschen Friedenstauben wie Alice Schwarzer, Hans-Christian Ströbele, einen deutschen Großschriftsteller und weitere furchtbare Pazifisten. Am 21. Februar 1991 schrieb er mir:

»Ich lebe seit Tagen unter einem Bombenteppich aus bösen Briefen. Dermaßen wortreicher Haß, kommt der psychologisch wirklich aus enttäuschter Liebe? ... Dieser plötzliche Entzug von moralischem Kredit. 30 Jahre lang war ich Mensch, jetzt bin ich Schwein. Gestern Dichter, jetzt Schaumschläger ... Günter Grass nennt mein Votum für diesen Krieg ›naßforsch‹. Mensch Arno, ich habe in ein friedenswütiges Hornissennest gestochen. Ein halbjunger Gewerkschaftsfunktionär sagte mir in Stuttgart, Du hast nicht mehr das Recht, Deine alten Lieder zu singen. Die Lieder gehören uns und nicht Dir ... Ach Arno, mich hats getroffen und mir blieb die Spucke weg. Weder Deinem Enkel Wolf noch Deinem Großväterchen Wolf fällt was Treffendes dazu ein. ... Was habe ich in einem Kohl-Ströbele-Schönhuber-Gysi-de-Maizière-Deutschland zu suchen? Im Moment würde ich nichts lieber, als nach Paris umziehn. Aber das sind große Worte. Wenn einer wie Du es nach Auschwitz und Buchenwald im häßlichen Frankfurt aushält, dann werde ich es ja wohl auch im schönen Hamburg können ... Aber so verzweifelt ist ja unsere Lage gar nicht. Immerhin haben wir treue Freunde, auch in Deutschland. Und daß wir beide uns getroffen haben, mein lieber Enkel und Vater, macht unser Leben auch lebendiger ... Und ich will mich erinnern, daß andere Leute es tausendmal schwerer hatten. Denke nur an Manès Sperber, der seit seinem Bruch mit der Partei einsam und isoliert in Paris vegetierte: exiliert, zudem gemieden von den ehemaligen Genossen und verachtet von alten Freunden. Dazu die Angst vor der Gestapo und zugleich vor den Killern der Komintern …

Arno, Du alter Zionist. Ich habe heute noch ein zwölftes Lied aus dem Jiddischen ins Deutsche gebracht: ›Huljet, huljet kinderlech‹ von Mordechaj Gebirtig. Was heißt ›huljet‹? [tobt; AL] Du hast mich dermaßen verjudet, da kannste mir ja auch noch die Sprache dazu liefern … Von dem Lied ›Awremele‹ alleine habe ich 30 Fassungen geschrieben. Eva-Maria hat schon alle Lieder eingeübt … Unsere Kinder sind lieb und gesund. Meine alte Emma-Mutter lebt ewig. Und Pamela ist lieb und schöner als Du sie kennst. Ansonsten bleibt es bei unserer Geschäftsgrundlage: Du mein Vater, aber ich Dein Großvater! Grüße also Deine Mischpoche und sei gegrüßt von dem, der auf Dich hört und Dir sagt, wo's langgeht. Dein Wolf«

Genau drei Monate später besuchten Wolf und Pamela zum ersten Mal Israel. Auf Einladung des Goethe-Institutes gab Wolf in der Cinemathek in Tel Aviv am 1. Mai 1991 eine Vorstellung, die im Khan Theater in Jerusalem wiederholt wurde. Das damals erschienene Liederbuch von Wolf in deutscher und hebräischer Sprache trägt den Titel *Nur wer sich ändert, bleibt sich treu – Rak mi schemischtane, nisch'ar neeman leatzmo*. Dieses Lied hat er mir gewidmet und auch in Israel vorgetragen. Wir besuchten viele historische Orte und Kibbutzim. Wolf schloß dort einige Freundschaften fürs Leben.

Es lag mir am Herzen, im Buch *Zum Kampf auf Leben und Tod!* über den jüdischen Widerstand in Europa einige Strophen des bedeutendsten poetischen Werkes über die Schoa zu veröffentlichen. Ich bat Wolf um die Übertragung eines Kapitels von Jizchak Katzenelsons *Großem Gesang vom ausgerotteten jüdischen Volk*, in dem die Kämpfe im Warschauer Ghetto geschildert werden. Wolf fing Feuer und beschloß, den ganzen Gesang zu übertragen. Ich besorgte die phonetische Transkription aus dem Jiddischen. Zwei Jahre lang telefonierten und faxten wir uns Übersetzungen, Worterklärungen, Literaturhinweise etc. zu. Wolf hat für mein Buch weitere Lieder übertragen, so die Partisanenhymne von Hirsch Glik *Sog nit kejnmol ...* und das Gedicht *Ich werde morgen verraten, heute nicht* von Marianne Cohn, die sich als Mitglied des jüdischen Widerstands in Frankreich um die Rettung jüdischer Kinder bemüht hatte.

1994 erschienen *Zum Kampf auf Leben und Tod!* und der *Große Gesang ...* gleichzeitig beim Verlag Kiepenheuer & Witsch. Im Nachwort zum *Großen Gesang* schreibt Wolf: »Ohne Arno Lustiger wäre ich erstmal gar nicht auf die Idee gekommen, dieses Poem von Katzenelson zu übersetzen ... Ohne dessen Kuß in die Seele wäre nichts geworden mit meinem ›Großen Gesang‹ von Katzenelson. Die letzten zwei Jahre durfte ich ihn bei Tag und Nacht am Telefon zotteln, wenn ich mal wieder irgendein jiddisches Wort in den verschiedenen Wörterbüchern nicht fand, oder wenn mir ein hebräisches Bibelzitat dunkel blieb, oder wenn mir irgendein geschichtlicher Umstand nicht klar war. Mit großer Geduld und profunder Sachkenntnis hat Arno Lustiger mir ›Eizes‹ – jiddisch für Ratschläge, gegeben.«

Die Vorstellung des *Großen Gesangs* im Hamburger Schauspielhaus, an der Katzenelsons Neffen Benjamin, Ruth Adler, Jonat Sened, Ascher Ben Natan, Richard von Weizsäcker und weitere Persönlichkeiten teilnahmen, wird mir unvergeßlich bleiben, ebenso die Präsentation von Katzenelsons Poem durch Wolf im überfüllten Bundestag in Bonn. Bei beiden Veranstaltungen habe ich das Publikum in jiddischer Sprache begrüßt.

Wolf ist seit vielen Jahren mein innigster und bester Freund, der mir gedanklich, wesensmäßig und vom Charakter her sehr nahe steht, obwohl unsere Biographien nicht unterschiedlicher sein könnten. Ich war fast immer dabei, wenn sich etwas Wichtiges in Wolfs und seiner Familie Leben ereignet hat. Wir verbrachten viel Zeit zusammen, in Altona,

Frankfurt, Jerusalem, Tel Aviv, Paris, Berlin, auf Sylt und anderswo.

Im Oktober 2000 wurde ich in Görlitz mit dem Internationalen Brücke-Preis ausgezeichnet. Wolf war mein Laudator. Er sagte u.a.: »Arno Lustiger ist eine ›bridge over troubled water‹ zwischen Juden und Polen, zwischen Juden und Katholiken, zwischen Juden und Juden, zwischen Linken und Rechten, zwischen Weltveränderern und Konservativen und natürlich eine Brücke zwischen Polen und Deutschland.«

Wolf ist eine felsenfeste Brücke zwischen allen anständigen Menschen, ungeachtet ihrer Herkunft und politischen Überzeugung, in Deutschland und anderswo. Unsere Gespräche über Gott, die Welt, wunderbare Freunde, gute Menschen und niederträchtige Kreaturen könnten Bände füllen. Ich bin stolz darauf, Wolf Biermanns Freund zu sein, er gehört zu den bedeutendsten Liedermachern, Essayisten, Schriftstellern und Persönlichkeiten der Zeitgeschichte und unbeugsamen Kämpfern für Wahrhaftigkeit und Zivilcourage in Deutschland. Ich bin auch sehr stolz und froh, Wolfs Vater und Enkel zu sein. Außerdem habe ich die liebste und schönste Oma der Welt: Pamela.

### Wolf Biermann
*Abschied vom Freund in Frankfurt*

Als ob sie niemals Sonne Mond und Stern gesehen hätten
So standen sie stumm rum, wie aufgestellte Zigaretten
Die Wolkenkratzer in dem Bankenkaff Mainhattan
schön abgesoffen hoch im Wolkenbrei

Wir sahn paar Möwen vollgefressen vom Atlantik träumen
Sahn Blätter schon verrostet an den schwarzen Uferbäumen
Herbstnasse müde alte Häuschen, die den Flußlauf säumen

Der Abend gestern würgte mir noch immer in der Kehle
Mein Freund, es war mir gut, dein kleiner Kuß in meine Seele
Du hast die Ampel überfahrn, daß ich ihn nicht verfehle
den schnellen weißen Zug nach Altona

Die Türen schlossen automatisch, und du mußtest bleiben
Du sahst mich nicht durch die verspiegelten modernen
    Scheiben
Ich aber sah dich stehn und mußte mir die Augen reiben
weil ich so wildverzweifelt glücklich war

*Oktober 1996*

# II. EXKURS:
## GESCHICHTE UND KULTUR DER JUDEN IN POLEN

### KURZER GESCHICHTLICHER ABRISS

Im Jahre 1939 gab es in Polen 3 460 000 polnische Bürger jüdischer Konfession. Etwa 80 Prozent der aschkenasischen Juden stammten aus Polen. Von den 16 bis 17 Millionen Juden vor dem Krieg stammten 13 bis 14 Millionen aus Osteuropa, die meisten von ihnen aus den Gebieten des früheren Königreichs Polen-Litauen. Kein Land, mit Ausnahme Babylons, hat eine größere Rolle in der Geschichte der jüdischen Diaspora gespielt als Polen. Viele der seit dem 13. Jahrhundert in Mittel- und Westeuropa verfolgten Juden fanden Zuflucht in Polen. Es sei an die Verfolgungen im Zusammenhang mit dem ersten und zweiten Kreuzzug von 1096 und 1146 und an die Pestepidemie (»Schwarzer Tod«) von 1347–1350 erinnert. Die Juden in Polen wurden durch weitgehende Privilegien der polnischen Fürsten und Könige geschützt, so durch das Statut des Königs Kasimir des Großen von 1334, das den Juden eine eigene Gerichtsbarkeit, Schutz von Leben und Eigentum, Schutz der Synagogen und Friedhöfe, Handelsfreiheit und Schutz gegen Anklagen wegen Blutbeschuldigung (»Ritualmord«) zusicherte.

Nach der Vertreibung der Juden aus Spanien im Jahre 1492 wurde Polen das größte geistige Zentrum des Judentums. In hebräischen Druckereien in Krakau und Lublin wurden bereits ab 1534 jiddische Bücher, Bibelübersetzungen und Talmudausgaben gedruckt. 1536 druckte Chaim Schwarz in Lublin einen Machsor (Gebetbuch für die Feiertage) mit polnischer Übersetzung. 1581 wurde der *Waad arba arzot*, der Rat der vier Provinzen, als Vertretung der Juden Polens

121

gegründet. Während des Kosaken-Aufstandes unter Bogdan Chmielnicki 1648–1649 wurden Hunderte von Gemeinden in Podolien, Wolhynien und in der Ukraine zerstört und nach Schätzungen mehr als 100000 Juden massakriert. Durch die drei Teilungen Polens von 1772, 1793 und 1795 wurden die Juden Polens russische, preußische oder österreichische Untertanen. Bis dahin hatten sich die mächtigsten Kräfte in Polen, die Kirche und die Krone, radikal in ihrer Beziehung zu den Juden unterschieden: Die Kirche verbreitete Haß, Diskriminierung und Gewalt, die Krone aber manifestierte Toleranz und Schutz für die Juden, die die relative Freiheit und Autonomie zu schätzen wußten.

Verglichen mit den anderen Ländern Europas, ging es den Juden Polens gut. Deshalb beteiligten sie sich an allen Aufständen zur Wiedererlangung der Souveränität Polens, so 1794 unter Tadeusz Kościuszko, im November-Aufstand 1830, im Januar-Aufstand 1863 und in der Revolution von 1905, was mit großen Opfern verbunden war. Bereits Jahrhunderte vorher, in der polnischen Adelsrepublik, waren die Juden an der militärischen Verteidigung des Landes, zusammen mit anderen Bürgern, aktiv beteiligt. An den Aufständen war die legendäre Gestalt des polnischen Judentums Oberst Berek Joselewicz (1770–1809) beteiligt, der ein jüdisches Reiterregiment befehligte und im Kampf fiel. Einer der populärsten polnischen Patrioten während der Aufstände war der Warschauer Rabbiner Ber Meisels (1798–1870). Auch im Ersten Weltkrieg beteiligten sich viele jüdische Freiwillige in den vom späteren Marschall Piłsudski geführten polnischen Legionen, die innerhalb des österreichischen Heeres kämpften.

Als nach 150jähriger Fremdherrschaft Polen im November 1918 die Unabhängigkeit erlangte, erschütterten mehrere Pogrome, auch von den Truppen des Generals Haller inszenierte, die Hoffnung der Juden auf ein demokratisches Polen. Aus diesem Grunde mußte die polnische Delegation bei der Friedenskonferenz in Versailles am 28. Juni 1919 ein Zusatzabkommen unterzeichnen, das den Schutz von Minderheiten in Polen garantierte. Über drei Millionen polnische Juden wurden wieder Bürger des gemeinsamen Staates, für dessen Unabhängigkeit sie große Opfer gebracht hatten. In den ersten Parlamentswahlen 1919 wurden elf Juden als Sejm-Abgeordnete gewählt. Zusammen mit ukrainischen und deutschen Abgeordneten bildeten die Juden einen Minoritätenblock im Parlament. Die nationalistischen Führer der *Endecja*, die Minister Roman Dmowski und Władysław Grabski, entfachten eine antisemitische Propaganda mit Boykottaufrufen, deren Ziel es war, die jüdischen Bürger wirtschaftlich zu schädigen, um sie zur Emigration zu zwingen. Die darauffolgende Auswanderungswelle nach Palästina wird als »Grabski-Alija« bezeichnet.

Nach dem Staatsstreich von Marschall Piłsudski im Mai 1926 stabilisierte sich die chaotische, die Juden gefährdende politische Lage, und es kam zu einer freundlicheren Einstellung der neuen Regierung gegenüber den Juden. Diese Herrschaft der »starken Hand«, die eine für die Juden akzeptable Lage schuf, dauerte bis zum Tode Piłsudskis 1935.

Die schwere wirtschaftliche Lage Polens, die in der Verarmung von einer Million Juden gipfelte, minderte nicht die kreativen Kräfte der Juden, die jedoch durch die Zersplitterung der jüdischen Gesellschaft gebremst wurden. Von 1935 bis zum Kriegsbeginn 1939 kam es in Polen wegen des Fehlens allgemein anerkannter Führungspersönlichkeiten zu Zerfallserscheinungen der Gesellschaft und des Staates. Der Antisemitismus nahm, auch aufgrund wirtschaftlicher Schwierigkeiten, zu. Trotz der formellen Gleichberechtigung aller Bürger gab es eine bedeutende Diskriminierung auf vielen Gebieten. Juden waren aus allen staatlichen Behörden und Institutionen ausgeschlossen; ein Jude konnte kein Post-, Bahn-, Finanz-, Polizei- oder Zollbeamter, nicht einmal ein städtischer Straßenkehrer werden. Die Polen wollten nicht einsehen, daß ihr Staat ein Nationalitätengebilde war, in welchem nur 65 Prozent der Bevölkerung ethnische Polen waren, und haben deshalb nie Versuche unternommen, die Verpflichtungen aus den Versailler Verträgen von 1919 und aus der Verfassung von 1921 gegenüber ihren Minderheiten, den Ukrainern, Juden und Deutschen, einzuhalten. Diese Situation verhinderte eine Anpassung und Akkulturation der Juden und war der Grund für die relativ bedeutende Beteiligung der Juden am Sozialismus und Zionismus. Die Orthodoxie war eine der führenden Strömungen unter den polnischen Juden, die trotz der widrigen Umstände mit der Regierung kooperierte. 1935–1936 gab es eine Pogromwelle in mehreren Städten, die von der Polizei zögerlich beendet wurde. Als im Zusammenhang mit der aggressiven Politik Hitlers die Kriegsgefahr, deren erstes Opfer Polen wäre, zunahm, besannen sich die verantwortlichen Kräfte der Gesellschaft auf die wirklichen nationalen Prioritäten. Bis dahin phantasierten manche Regierungsmitglieder von polnischen Überseekolonien, in welche sie die Juden zwangsweise verschicken wollten.

## DIE SOZIALE UND POLITISCHE STRUKTUR DES POLNISCHEN JUDENTUMS

### *Das religiöse Judentum und die Wohlfahrtseinrichtungen*

Die seit Jahrhunderten bestehende jüdische Selbstverwaltung auf den Gebieten der Religionsausübung, des Schulwesens und der Gerichtsbarkeit wurde im unabhängigen Polen fortgesetzt und weiter ausgebaut. Mit dem Dekret des Staatspräsidenten vom Jahre 1927 wurden die Gemeinden als Körperschaften des öffentlichen Rechts anerkannt, und sie wurden berechtigt, auch auf dem Gebiet der Wohlfahrt tätig zu sein. Sie durften für diese Zwecke Geld sammeln wie auch

Steuern und Beiträge eintreiben. Es gab mehrere hundert Gemeinden mit Tausenden von Betstuben, Synagogen, Ritualbädern, Friedhöfen sowie Bibel- und Talmudschulen (Cheders bzw. Jeschiwes). Die größte von ihnen war die weltberühmte Talmud-Hochschule *Jeschiwas Chochmej Lublin*. Die Gemeinden finanzierten das Kultuspersonal, wie Rabbiner, Gerichtsassessoren (Dajanim), Kantoren, Aufsichtsbeamte für Kaschrut, d. h. für die Einhaltung der rituellen Speisegesetze etc. Der Chassidismus war ein Lichtstrahl der Freude im Leben der verarmten Handwerker und Händler. Die Chassidim scharten sich um mehrere Wunderrabbi-Dynastien. Der Rebbe von Kock, Menachem Mendel (1787–1859), der Gerer Rebbe Meir Alter (1789–1866) und der Rabbi von Góra Kalwaria waren die bekanntesten unter vielen anderen. Jeder hielt einen veritablen Hof für die Tausende seiner Anhänger. Weitere residierten in Mir, Wołoszyn, Grodno, Pinsk und anderen Orten. Ihre Talmudschulen waren berühmt und haben die ganze Welt mit Kultuspersonal versorgt. An den Wahlen der Organe der Jüdischen Gemeinden haben sich auch säkulare Parteien wie der *Bund* beteiligt. Außerdem setzten die vielen, seit dem Mittelalter wirkenden jüdischen religiösen und karitativen Vereine und Institutionen ihre Aktivitäten in verstärktem Maße fort.

Die von religiösen Juden geschaffenen Institutionen hatten meist hebräische Namen. »Linas Hazedek« (Anständige Unterkunft) bot erwerbslosen, obdachlosen und durchreisenden Juden Übernachtungsmöglichkeiten. »Jessojmim Hojs« wurden Waisenhäuser genannt. »Bejs Lechem« verteilte, meist vor den Feiertagen, Lebensmittel an Bedürftige. »Mojschew Sikejnim« waren Altenheime.

»Hachnossas Kalo« stattete arme Bräute mit der Aussteuer aus. »Chewra Kadischa« war die Begräbnis-Bruderschaft. »Talmud Tora« unterhielt Bibel- und Talmud-Schulen. »Schomrej Schabos« kümmerte sich um die Einhaltung der Schabat-Ruhe. Die jüdischen Handwerker hatten eigene

Zünfte mit Obermeistern und Vorständen und Fahnen, die mit hebräischen Buchstaben bestickt waren. Manche Zünfte unterhielten Betstuben und sogar Synagogen. Aber auch außerhalb der Gemeinden wirkten zahlreiche Wohlfahrtsinstitutionen. *Towarzystwo Obrony Zdrowia* (TOZ) – Verein für Gesundheitsschutz) – versorgte die ärmeren Schichten der Gesellschaft medizinisch. *Centrala Opieki Społecznej* (CENTOS) – Zentrale für Sozial-Wohlfahrt – unterhielt in ganz Polen zahlreiche Einrichtungen. Die säkularen Teile der Gesellschaft entwickelten im Vorkriegspolen Aktivitäten in einem Umfang, der seinesgleichen in der ganzen Welt suchte. Die polnischen Juden schufen eine politische Organisations- und Parteienstruktur mit einem breiten ideologischen Spektrum. Hier sollen die wichtigsten Parteien und Organisationen vorgestellt werden.

### *Die jüdische Arbeiterbewegung*

Die Wiege der jüdischen Arbeiterbewegung stand in den annektierten polnischen Provinzen des Zarenreiches mit dem geistigen Zentrum Wilna und mit den jüdischen Textilindustriegebieten in Łódź und Białystok. Während einer konspirativen Konferenz vom 7. bis 9. Oktober 1897 wurde der *Allgemeine Jiddische Arbeiterbund in Lite, Pojln un Rußland*, kurz *Bund* genannt, gegründet. Der *Bund* war sowohl politische Partei als auch Gewerkschaftsbund mit einem Bildungs- und Sozialwerk und mit zahlreichen Einrichtungen, Sanatorien, kulturellen und genossenschaftlichen Organisationen. Die Gewerkschaften des *Bundes* zählten 1939 über 100 000 Mitglieder. Der *Bund* kämpfte für die Interessen der jüdischen Arbeiter, für die nationale und kulturelle Autonomie der Juden und entwickelte einen demokratischen Sozialismus. Eines der Postulate des *Bundes* war »Do'igkejt«, ein jiddisch-bundistisches Kunstwort, was »Hiersein und Bleiben« bedeutet, also eine Absage an Palästina. Die Pflege der jiddischen

Kultur und Literatur, der Sprache der jüdischen Massen, war einer der Punkte des bundistischen Programms. Aus diesem Grunde hat der *Bund* ein Netz von jiddischsprachigen Schulen und Organisationen geschaffen. Während der Pogrome in der Ukraine formierte der *Bund* mehrere Selbstschutz-Organisationen. In dieser Tradition wurde in Polen eine Bundmiliz nach dem Muster des *Reichsbanners* in Deutschland ins Leben gerufen. Die bundistische Jugend wurde in der Organisation *Zukunft* erzogen, die Kinder im *Skif (Sozialistischer Kinder Farband)*. Im Warschauer Ghetto-Aufstand kämpften auch Bundisten in vier eigenen Kampfgruppen. Der Bundist Marek Edelman ist das einzige noch lebende Mitglied des Stabes der *Jüdischen Kampforganisation*.

Zu den bedeutendsten Führern des *Bundes* gehörten Henryk Erlich und Wiktor Alter. Der 1882 geborene Erlich wurde nach Studien in Warschau, Berlin und St. Petersburg als Führer des *Bundes* zu Gefängnisstrafen und Verbannung verurteilt. Im August 1917 wurde Erlich Mitglied des Provisorischen Rates der Russischen Republik, der nach dem Oktober-Putsch liquidiert wurde. Im Oktober 1918 kam Erlich nach Warschau zurück, um den *Bund* im unabhängig gewordenen Polen zu leiten. Erlich wirkte 20 Jahre lang als Führer des *Bundes* in Polen. Er war auch Parlamentsabgeordneter, Stadtrat in Warschau und Exekutivmitglied der *Sozialistischen Arbeiter-Internationale*.

Wiktor Alter wurde 1890 in Westpolen geboren. 1906 mußte Alter Polen verlassen, 1912 kehrte er nach Warschau zurück und wurde wegen revolutionärer Tätigkeit nach Sibirien verbannt. Während der Konferenz russischer Sozialisten im Juli 1918 wurde er als ZK-Mitglied des *Bundes* von der bolschewistischen Geheimpolizei *Tscheka* verhaftet. Nach der Entlassung kehrte er nach Polen zurück. Alters Aktivitäten konzentrierten sich auf die gewerkschaftliche Arbeit und auf die Verteidigung der Interessen der jüdischen Arbeiter, aber auch der vielen fast rechtlosen Heimarbeiter. Er war Mitglied des Magistrats von Warschau, dem er ununterbrochen von 1919 bis 1939 angehörte. 1937 besuchte Alter die jüdischen Freiwilligen im Spanischen Bürgerkrieg, von denen manche in der eigenen jüdischen Einheit *Botwin* kämpften, die eine Frontzeitung in jiddischer Sprache herausgab. Erlich und Alter wurden im Oktober 1939 in Ostpolen vom sowjetischen Geheimdienst verhaftet und zeitweilig freigelassen, um 1941 ein *Jüdisches Antifaschistisches Komitee* zu gründen. Später wurden sie noch einmal verhaftet und dann umgebracht. Nach 1945 wurde der *Bund* in Polen wiedergegründet, aber später wegen ideologischer Differenzen mit den Kommunisten aufgelöst.

Die zionistischen Sozialisten mehrerer Richtungen waren Teil der jüdischen Arbeiterbewegung und zählten zu einer maßgebenden Gruppierung in Polen. Anfang des 20. Jahrhunderts versuchten mehrere Organisationen, den Zionismus mit der sozialistisch-marxistischen Ideologie zu vereinen. Auf der Konferenz von Poltava 1906 vereinigten sich unter Ber Borochows (1881–1917) Führung verschiedene Gruppen zur *Jüdischen Sozialdemokratischen Arbeiterpartei, Poale Zion*. 1907 wurde in Den Haag der Weltverband der *Poale Zion* gegründet. Beim Weltkongreß in Wien 1920 spaltete sich die Partei in die kommunistisch und internationalistisch orientierte *Linke (Lewica) Poale Zion*, die aus der Zionistischen Weltorganisation ausschied, und die *Rechte (Prawica) Poale Zion*, die ein sozialistisches Palästina weiterhin als Ziel ansah.

### Die Zionisten und Antizionisten

Daneben gab es noch andere linkszionistische Parteien, denen auch Jugendorganisationen angehörten. Zu ihnen zählten *Haschomer Hazair, Dror, Gordonia und Hitachdut*, die aus der Partei *Hechalutz* hervorging. Die bürgerlichen Teile der Gesellschaft nannten sich *Allgemeine Zionisten*, ihre Jugendorganisation hieß *Hanoar Hazioni*. In der *Wizo* waren zionistische Frauen organisiert. Die zionistischen Fonds *Keren Kajemet* und *Keren Hajessod* sammelten Gelder für den Bodenkauf und den Aufbau in Palästina.

Auf dem rechten Spektrum agierten die Revisionisten mit ihren Organisationen *Betar* und *Brit Hachajal*. Ihr Gründer Wladimir Jabotinsky (1880–1940), der während des Ersten Weltkrieges die *Jüdische Legion* im Bestand der britischen Armee gründete, propagierte einen rechtsgerichteten und militanten jüdischen Staat in Palästina. Polnische Zionisten stellten mit Chaim Weizmann (1874–1952), David Ben-Gurion (1886–1973) und mit vielen anderen die Führung des Weltzionismus, Palästinas und später des Staates Israel. Die führende zionistische Persönlichkeit Polens war Jizchak Grünbaum (1879–1970). Als Parlamentsabgeordneter seit 1919 war er Vorsitzender des Minoritätenblocks des Sejms. 1933 emigrierte er nach Palästina. Während des Krieges war er Vorsitzender des Rettungskomitees für die europäischen Juden. 1949 organisierte er die Wahlen zum ersten Parlament Israels und war anschließend Innenminister. Er starb 1970 als Mitglied des linken Kibbuz Gan Schmuel. Neben ihm zählten Ozjasz Thon, Emil Somerstein, Henryk Rosmarin und Mosche Kleinbaum, später Mosche Sneh, zu den wichtigsten zionistischen Politikern Polens.

Antizionistisch dagegen war die orthodoxe Partei *Agudas Isroel*, die sich auf die religiöse Erziehung konzentrierte und zu diesem Zweck die Gemeinden zu erobern versuchte. Sie war im Gegensatz zu den jüdischen Marxisten und Sozialisten des *Bundes* loyal zu den konservativen Regierungen Polens eingestellt.

Viele Juden waren Mitgründer und Mitglieder der *Polnischen Sozialistischen Partei* (PPS), in welcher es auch eine jüdische Unterorganisation, die *Organizacja Żydowska*, gab. Die PPS zählte zu den wenigen politischen Gruppierungen Polens, die die Juden verteidigten. Die *Jiddische Volkspartei* kämpfte für eine national-kulturelle Autonomie für die ihrer Meinung nach autochthone jüdische Bevölkerung Polens.

Am Rande aller erwähnten Gruppen standen die Assimilatoren, die in ihrer Zeitung *Żagiew* (Fackel) für ein Aufgehen der Juden in der polnischen Gesellschaft und Kultur bei Beibehaltung der Religion eintraten.

## DIE KULTURELLEN ERRUNGENSCHAFTEN DER POLNISCHEN JUDEN

### *Schulen und Bildung*

Schulbildung gehört zu den wichtigsten Postulaten und Konstanten des Judentums. Weil der polnische Staat seine im Minoritätenvertrag von 1919 festgelegten Verpflichtungen in Bezug auf Schulen für Juden nicht erfüllte, mußten sich jüdische Schulorganisationen dieses Problems annehmen. An der Vielfalt dieser Organisationen kann man entweder die Zerrissenheit der polnischen Juden oder die vielen Facetten des Pluralismus der Juden konstatieren. Hunderttausende von Schülern erhielten eine jüdisch-orthodoxe Erziehung in den teilweise privaten Cheders (Bibelschulen), die wegen ihrer primitiven Lehrmethoden vom nichtreligiösen Teil der Gesellschaft stark kritisiert wurden. Nur die der *Agudas Isroel* angehörenden Organisationen *Chorew* für Jungen und *Bejs Jakow* für Mädchen kümmerten sich um diese Lehranstalten. Sie versuchten mit dem »Cheder Metukan« bessere Lehrmethoden durchzusetzen. Ende der 30er Jahre gab es außer dieser noch weitere vier Organisationen, in denen die Schulen mit unterschiedlichen Lehrplänen, der jeweiligen Ideologie entsprechend, vereint waren. Bereits 1921 wurde die *Zentrale jiddische Schulorganisazje* (Zischo) gegründet, die 169 Schu-

len und Gymnasien mit jiddischer Unterrichtssprache unterhielt. In ihnen wurden die Schüler zu bewußten säkularen,
linken Juden und guten polnischen Bürgern erzogen. Ähn-
liche Ziele hatten die 16 Schulen des *Farein far Schule un Kultur* (Schul-Kult). In den 269 Schulen und Gymnasien des zionistischen Vereins *Tarbut* wurde der Unterricht in hebräischer
Sprache erteilt. In den Volksschulen und den 31 Gymnasien
des Verbandes *Jawne* wurden neben dem polnischen Curricu-
lum judaistische Fächer in säkularer Orientierung unterrichtet, so auch die Bibel und Hebräisch. Ich war Schüler eines
Gymnasiums diesen Typs. Über 180000 Schüler und Gymnasiasten, die zukünftige Elite des polnischen Judentums, besuchten diese oft auf hohem Niveau stehenden, privat finanzierten Schulen.

Außer den allgemeinbildenden Schulen gab es auch Hand-
werks- und Berufsschulen, Schulen für landwirtschaftliche
Berufe wie auch Schulen für Büro- und Handelsangestellte.
Viele von ihnen wurden von der Organisation ORT gegründet und unterhalten. Der *Bund* und die Zionisten gründeten
außerdem Volksuniversitäten als Erwachsenenbildungsstät-
ten.

Einen schwarzen Flecken in der Geschichte Polens der
dreißiger Jahre stellt die Behandlung der jüdischen akademischen Jugend durch die Universitäten und die christlichen
Kommilitonen dar. An mehreren von ihnen gab es geson-
derte, sogenannte Ghettobänke für Juden. Viele jüdische
Studenten beendeten ihre Studien stehend, weil sie sich weigerten, auf diesen Judenbänken zu sitzen. Es kam auch zu gewaltsamen Angriffen auf jüdische Studenten. An vielen Universitäten gab es außerdem einen numerus clausus oder
numerus nullus für jüdische Studenten. Deshalb haben viele
Studenten im Ausland studieren müssen. Trotzdem gab es relativ viele jüdische Hochschullehrer, die bedeutende wissenschaftliche Werke hinterließen.

## Wissenschaft

Bei einer Konferenz jüdischer Gelehrter im August 1925 in Berlin, wo damals eine starke Diaspora russischer und polnischer Juden lebte, wurde das *Jidische Wissenschaftleche Institut YIVO* zur Erforschung und Pflege der jiddischen Sprache, Literatur und Kultur gegründet. Die Zentrale war in Wilna, mit Filialen in Berlin, Warschau und New York. In Wilna wurden in den 15 Jahren ihres Bestehens bedeutende jiddische Philologen und Wissenschaftler ausgebildet, die später in der ganzen jüdischen Welt wirkten. Nur das YIVO-Institut in New York blieb nach dem Holocaust erhalten.

1928 wurde in Warschau eine weitere Anstalt für höhere jüdische Bildung eröffnet, das Institut für judaistische Wissenschaften, dessen Rektor Professor und Rabbiner Mojzesz Schorr (1874–1941) auch Mitglied des polnischen Senats war. Vor dem Kriege haben Institutsangehörige u. a. an der Herausgabe von Enzyklopädien in mehreren Sprachen mitgearbeitet. Mehrere Professoren und Absolventen des Instituts, bedeutende Historiker und Philologen wie Professor Majer Bałaban (1877–1942), Dr. Emanuel Ringelblum (1900–1944) und Dr. Ignacy Schiper (1884–1943) und viele andere wurden während der Schoa ermordet.

## Literatur und Bibliotheken

Polen hatte das größte Potential an Lesern und Konsumenten der jiddischen Literatur, Presse und des Theaters in der Welt. Entsprechend reich und vielfältig war die literarische und kulturelle Kreativität und Produktion. Schon in der frühen Neuzeit wurden in Polen zahlreiche Editionen der jiddischen Frauenbibel *Zena Urena* gedruckt. Scholem Alejchem (1859–1916), Mendele Mojcher Sforim (1836–1917) und Jizchak Leib Perez (1851–1915), die drei Klassiker der

jiddischen Literatur, wurden in zahlreichen Editionen nachgedruckt. In Warschau lebten und wirkten die berühmten
Schriftsteller Schalom Asch (1880–1957) und die Brüder Israel (1893–1944) und Isaac Bashevis Singer (1904–1991), der
Nobelpreisträger für Literatur. Mehrere Erzählungen des
letzteren spielen im Club der jiddischen Schriftsteller in Warschau. In Wilna waren viele Dichter und Schriftsteller in der
Gruppe *Jung Wilne* vereinigt, wie der Dichter und Partisan
Awrom Sutzkewer. Viele der 1952 von stalinistischen Schergen umgebrachten Dichter und Schriftsteller wie Perez Mar-
kisch (1895–1952) haben dort gearbeitet. In Łódź wirkte die
Gruppe *Jung Jiddisch*. Eine Bibliographie der jiddischen
Schriftsteller, Dichter und Essayisten Polens würde ein
ganzes Buch füllen.

Neben Rußland war Polen auch die Wiege der hebräischen
Literatur. Dort wirkten David Frischmann (1909–1922),
Micha Josef Berdyczewski (1865 -1921), Perez Smolenskin
(1840–1885), Hilel Zeitlin (1871–1942) u.a. Der zwölfjährige
Julian Klaczko übersetzte Gedichte des polnischen National-
dichters Adam Mickiewicz ins Hebräische. Chaim Nachman
Bialik (1873–1934), der eine Zeitlang in Polnisch-Oberschlesien und später in Warschau lebte, war Begründer der modernen hebräischen Dichtung. Jizchak Katzenelson (1886–1944),
der zunächst hebräischer Dichter war, schuf vor seiner Ermordung in Auschwitz das großartige jiddische Poem *Dos lied
vunem ojsgehargetn jidischn volk*. Der polnisch-jüdische
Schriftsteller Samuel Josef Agnon (1888–1970) erhielt 1966
den Nobelpreis für Literatur. Zahlreiche polnische Juden übersetzten Werke der Weltliteratur ins Hebräische.

Daneben gab es eine bedeutende jüdische Kultur und Lite-
ratur in polnischer Sprache. Viele Schriftsteller und Dichter jü-
discher Abstammung, wie Julian Tuwim, Antoni Słonimski,
Kazimierz Brandys, Adolf Rudnicki, Bruno Schulz, Janusz
Korczak, Marian Hemar, Stanisław Wygodzki, gehörten zur
Elite der polnischen Literatur. Stanisław Jerzy Lec verfaßte

unzählige Aphorismen, die Karl Dedecius kongenial ins Deutsche übertrug. Juden waren außerdem Pioniere des Buch- und Verlagswesens in Polen, die nicht nur die jiddische und hebräische, sondern auch die polnische Literatur mit ihren Ausgaben bereicherten. Die jüdischen Verlegerdynastien wie Glücksberg, Orgelbrand, Lewenthal, Mortkowicz, Unger und Arzt sind heute nur bibliophilen Antiquaren bekannt. Henryk Natanson war reicher Bankier, Buchhändler und Verleger zugleich.

Im 19. Jahrhundert wurden in Polen zahlreiche jüdische Bibliotheken gegründet. Am ersten jüdischen Bibliotheken-Kongreß 1924 in Warschau beteiligten sich 150 Bibliotheken aus 125 Städten. Die Bibliothek an der Großen Tłomackie-Synagoge in Warschau, die zentrale judaistische Bibliothek Polens mit einem eigenen imposanten Gebäude, war der Stolz des polnischen Judentums. Der große Gelehrte und Bibliophile Matatiasz Straszuń in Wilna vermachte seine Büchersammlung mit Tausenden von hebräischen und rabbinischen Werken den Juden seiner Stadt.

Jüdische Wissenschaftler hatten während einer Tagung vom 7. bis 12. August 1925 im Scholem Alejchem Club am Savignyplatz in Berlin beschlossen, ein Institut zur Erforschung und Pflege jiddischer Kultur, Sprache und Literatur zu gründen. Der Hauptsitz des *Jidischen Wissenschaftlechen Instituts* (YIVO) befand sich in Wilna. Mehr als 200 000 Bände und Archivalien aus den dortigen Beständen wurden nach 1941 von Nazis geraubt und nach Deutschland gebracht. Die meisten wurden nach dem Krieg zurückerstattet und bereichern heute den Fundus des New Yorker YIVO-Instituts.

Die Bibliothek des Instituts enthielt 40 000 Bände, meist jiddische und ethnographische Literatur. Ignatz Bernstein vererbte seine vielbändige ethnographische Bibliothek mit Abertausenden von Sprichwörtern aus aller Welt und Tausenden von jiddischen Sprichwörtern der Krakauer Universität. Die mit Hilfe der Stadtverwaltung in Białystok gegründete

Scholem-Alejchem-Bibliothek enthielt 1939 rund 42 000 Bände in jiddischer und 12 000 Bände in polnischer Sprache.

In Polen gab es etwa 700 Leihbüchereien mit polnischen und jiddischen Büchern, die von Organisationen und Privatpersonen unterhalten wurden. Die jüdische Arbeiterbewegung unterhielt mehrere Volksbibliotheken, denn Bildung gehörte zu ihren wichtigsten Postulaten. Fast alle jüdischen Bibliotheken wurden während der deutschen Besatzung zerstört oder geraubt. Von den meisten blieb keine Spur.

*Presse*

Bereits 1823 erschien die zweisprachige polnisch-deutsche Zeitung *Beobachter an der Weichsel*. Sie war ein Kuriosum: Der deutsche Text wurde in hebräischen Lettern gesetzt, um den jiddischsprechenden Lesern entgegenzukommen. 1861 erschien *Jutrzenka* (Morgenröte), eine jüdische Zeitung in polnischer Sprache. Zur gleichen Zeit wurden die hebräische Zeitung *Hamagid* und später *Kol Mewasser* und die Wochenzeitungen *Hakarmel*, *Haboker* und *Hazefira* herausgegeben. Der *Bund* brachte die illegalen, konspirativ gedruckten Zeitungen *Arbeterstimme* und *Die Stimme vun Bund* heraus. 1908 bzw. 1910 wurden in Warschau die großen jiddischen Tageszeitungen *Heint* und *Moment*, die bis 1939 erschienen und fünfstellige Auflagen erreichten, gegründet. Daneben gab es Boulevardzeitungen wie *Heintige Najes*, *Warschewer Radio* und *Warschewer Ekspres* und *Unser Ekspres*. *Heint* war ein Pressekonzern, der 20 andere jiddische Zeitschriften herausgab, u. a. eine Spezialausgabe für Palästina, weil dort die damalige zionistische »Correctness« den Druck jiddischer Presseorgane nicht zuließ. Es gab auch Spezialzeitungen, wie *Handelsblat, Sportzeitung, Przegląd Handlowy, Junger Historiker, Literarische Bleter, Bleter far Geschichte* u. a. In jeder Stadt, in jedem Städtchen gab es eine jiddische Lokalzeitung. Es erschienen auch mehrere hervorragende jüdische Tageszeitungen in polnischer Sprache in relativ hohen Auflagen: *Nasz Przegląd* mit illustrierten Wochenendbeilagen, einer Frauenbeilage und der Kinder- und Jugendzeitung *Mały Przegląd*, die von Dr. Janusz Korczak (1879–1942) redigiert wurde. In Krakau erschien *Nowy Dziennik*, in Lemberg *Chwila*. Die meisten Zeitungen waren zionistisch orientiert, die anderen bundistisch oder orthodox.

## Theater

Der Beginn des jüdischen Volkstheaters fällt mit den sogenannten »Purimspielen« zusammen, die das biblische Esther-Thema zum Inhalt haben. Bereits im 18. Jahrhundert erschienen Stücke jiddischer Dramatiker wie Mendel Lewin Satanower (1749–1823) und Israel Aksenfeld (1797–1866). Mit den Aufführungen der Stücke von Abraham Goldfaden (1840–1908) beginnt die Geschichte des modernen jiddischen Theaters. In jeder größeren Stadt in Polen gab es ein professionelles jiddisches Theater, in kleineren Städten spielten Amateur-Ensembles. Warschau und Wilna waren Zentren des jiddischen Theaters. Der Dramatiker Jakob Gordin (1853–1909) übersetzte Theaterstücke Goethes, Schillers und Lessings ins Jiddische und schrieb selbst viele Dramen. In Warschau wirkte die berühmte jiddische Theater-Dynastie Kamiński. Abraham Isaak Kamiński (1867–1918) gründete mit 20 Jahren eine Theatertruppe. In seinem eigenen Theater spielte er ab 1914 außer Stücken jiddischer Dramatiker auch Stücke von Molière, Schiller und Gorki. Seine Ehefrau Esther Rachel Kamińska (1870–1925), die »Mutter des jiddischen Theaters«, wurde die jiddische Duse genannt. Ihre Tochter Ida Kamińska (1899–1978) gründete nach dem Zweiten Weltkrieg das noch heute bestehende »Jiddische Staatstheater« in Warschau. Vor dem Kriege gab es in Warschau sechs Theater-Ensembles. Ein Beispiel für die Popularität des jiddischen

Theaters in Polen: Das Stück *Dybbuk* von An-Ski wurde in Warschau in der Regie von David Herman (1876–1937) 300mal en suite gespielt. Die jiddischen Theater-Ensembles aus Polen gastierten zwischen den Weltkriegen in der ganzen Welt, wo sie Triumphe feierten. Die berühmte »Wilnaer Truppe« gastierte in ganz Europa. Robert Musil, der eine Aufführung dieses Ensembles 1921 in Wien sah, meinte, daß es neben Stanislawskis Theater das beste in Europa sei. Neben Tausenden von Amateuren gab es in Polen 350 professionelle jüdische Theater-Schauspieler, die einen eigenen Berufsverband hatten. Scholem Alejchems dramatisierte Erzählungen waren ein ständiger Bestandteil des jiddischen Theaters und werden noch heute, z. B. als Musical *Anatewka*, in der ganzen Welt gespielt.

### Musik und Volkskunde

Die heute so populäre instrumentale Klezmermusik hat ihren Ursprung im Polen des 16. Jahrhunderts. Hunderte von Klezmer-Ensembles spielten bei Hochzeiten, anderen Familienfeiern und auf den Höfen der polnischen Adligen. Die Chassidim haben eine eigene musikalische Tradition entwickelt. Mit Freude und Inbrunst sangen und tanzten sie ihre Lieder, deren Texte aus dem Gebetbuch und aus der Bibel stammten. Liturgische Gesänge sind überhaupt der Ursprung jüdischer Musik. Zahlreiche Komponisten, die oft auch Kantoren waren, kreierten bedeutende Werke synagogaler Musik. Berühmte polnische Kantoren waren gefeierte Stars in allen Zentren der jüdischen Welt. Der Kantor Gerschon Sierota (1877–1943), der jüdische Caruso, wurde im Warschauer Ghetto ermordet. Mosche Kussewickis (1889–1965) zahlreiche Schallplatten sind heute Sammlerobjekte. Es gab wahre Kantoren-Dynastien, in denen die ganze Familie im Chor sang, z. B. die Malawski-Familie.

Die Ostjuden schufen die schönsten Volkslieder der in der

Volkskunde bekannten Literatur. Der Musikologe Joel Engel (1868–1927) gründete in St. Petersburg die Gesellschaft für jüdische Volkslieder. Bereits 1901 erschien dort die erste Sammlung von S. Ginsburg und S. Marek. Weitere Sammlungen mit Hunderten von Volksliedern wurden von Schimon An-Ski, Noach Prylucki, Menachem Kipnis u.a. herausgegeben. Sie bildeten das Repertoire der zahlreichen Chöre, wie des von Mosche Schneur (1885–1942) in Warschau geleiteten großen Volkschores. Die Chöre hießen »Hasomir«, »Schir«, »Muza«. Es gab auch akademische Volkschöre, wie »Kinor« in Lemberg. Der bedeutendste Chor für liturgische Musik war der Chor der Großen Tłomackie-Synagoge unter ihrem Leiter und Komponisten, Pädagogen und Verfasser einer jüdischen Musik-Enzyklopädie Dawid Ajzensztadt (1890–1942). Ein Verband der jüdischen Musikvereine in Polen versorgte die Chöre mit Noten, organisierte Tourneen und musikalische Wettbewerbe. Der Krakauer Tischler Mordechaj Gebirtig war ein genialer Komponist und Sänger, dessen Lieder damals, wie auch heute, so populär waren, daß sie für Volkslieder gehalten wurden. Der Violinist und Komponist Leopold Lewandowski schuf sehr populäre Tanzmusik und wurde der »polnische Strauß« genannt. Juliusz Feigenbaum war Gründer der ersten Schallplatten-Fabrik »Syrena-Record« in Polen.

In den YIVO-Instituten wurden von Ethnologen große Sammlungen von Volksliedern, Sprichwörtern, Volksmärchen und anderen Objekten der Volkskunde angelegt. Ignatz Bernstein gab 1908 in Warschau eine Sammlung von 3993 jiddischen Sprichwörtern mit deutscher Übersetzung und phonetischer Transkription als Auswahl heraus. Daneben erschien als Privatdruck eine Sammlung jiddischer Erotica und Turpia.

Das *Jüdische Musikinstitut* in Warschau war Zentrum für die Ausbildung von Komponisten, Sängern und Musikern. Außerdem gab es mehrere jüdische Musikschulen, ebenso wie viele Instrumentalmusik-Ensembles. Grzegorz Fitelberg

(1879–1953), Sohn eines jüdischen Militärmusikers, war einer
der bedeutendsten Musiker Polens. Er war Dirigent der
Wiener Oper, des Operntheaters in St. Petersburg, des Bol-
schoi-Theaters in Moskau und später Direktor der Warschauer Philharmonie. Bis 1939 war er Musikdirektor des Ra-
dio-Symphonie-Orchesters in Warschau. An diesem Sender
wirkte jahrelang der Komponist und Klaviervirtuose Władysław Szpilman, der den Aufstand im Warschauer Ghetto überlebte und im Juli 2000 in Warschau starb. Viele jüdische Pianisten popularisierten die klassische Musik in Polen; jüdische
Komponisten und Musiker wie Szpilman, Petersburski, Wars
und Gold schufen populäre Lieder und Schlager, die noch
heute jeder Pole kennt. Virtuosen wie Artur Rubinstein trugen Kompositionen von Chopin und Szymanowski in die
ganze Welt. Der Beitrag der Juden zur Musik und zur polnischen Kultur überhaupt ist heute in Polen unbekannt.

## Kunst

Das Bildverbot der Bibel wirkte der Entwicklung einer jüdischen Kunst entgegen. Deshalb waren z. B. die Synagogen nur
spärlich mit Kunst ausgestattet. Nach Jahrhunderten der behinderten Kreativität entwickelte sich im Zuge der Aufklä-
rungsbewegung *Haskala* die bildende Kunst unter den Juden
explosionsartig. Erst Mitte bis Ende des 19. Jahrhunderts besuchten jüdische Künstler polnische Kunstakademien. Der
genialste unter ihnen war Maurycy Gottlieb (1856–1879), der
mit 23 Jahren unter mysteriösen Umständen starb und ein
wunderbares Œuvre, meist mit jüdischer Thematik, hinter-
ließ. Seine jüngeren Brüder Filip, Leopold und Marcin waren
ebenfalls begabte Maler. Die Werke von Maurycy Trebacz
(1851–1940), Artur Markowicz (1872–1934), Natan Altman
(1889–1929), Leopold Pilichowski (1869–1933), Maurycy
Minkowski (1881–1930), Josef Budko (1880–1940) und

vielen anderen erreichen heute auf internationalen Auktionen höchste Preise. Der berühmteste Grafiker und Illustrator Polens war Artur Szyk (1894–1951), dessen Arbeiten sich mit der Geschichte der Juden Polens befaßten und in großen Auflagen nachgedruckt wurden. Sie alle waren auch in Deutschland bekannt geworden, als nach dem Ersten Weltkrieg das Interesse für die bisher unbekannte Literatur, Kunst und Kultur der Ostjuden stark anstieg. Mehrere deutsche Kunstverlage brachten Mappen ihrer Werke mit Originalgrafiken heraus. In Städten wie Wilna, Kraków und Łódź bildeten die jüdischen Künstler die Mehrheit der jeweiligen Kunstszene. Boris Schatz (1867–1932) gründete 1906 in Jerusalem die berühmte erste Kunstakademie des Landes »Bezalel«, die Generationen von israelischen Künstlern ausbildete. Zu den Lehrern dort zählten Samuel Hirszenberg, Leopold Gottlieb und Josef Budko. Der in Drohobycz geborene Künstler, Grafiker und Illustrator Moses Ephraim Lilien (1874–1925) war neben Aubrey Beardsley einer der bedeutendsten Künstler des Jugendstils. Seine Motive waren jüdische Arbeiter, Palästina und das zionistische Aufbauwerk. In den Künstlerkolonien vom Montparnasse in Paris wirkten mehrere berühmte polnisch-jüdische Künstler, wie Mojżesz Kisling, Szymon Mondzain, Mela Muter, Eugeniusz Zak, Isaak Lichtenstein, Zygmunt Menkes, Henryk Berlewi, Jecheskel Kirszenbaum (früher Bauhaus), Henryk Glicenstein, Stanisław Stückgold. Polnisch-jüdische Architekten entwarfen viele bedeutende Projekte, die in die Geschichte der Architektur Polens eingingen. Jüdische Kunstzeitschriften in polnischer und jiddischer Sprache veröffentlichten die Werke der Künstler. Es waren: *Tajfun, Naje Wintn, Journal far literatur un kunst, Stegn.*

Juden hatten einen großen Anteil an der Entwicklung der Fotografie in Polen. Bereits 1885 zeigten Henryk Grochman und Ryszard Szymel ihre Arbeiten in Warschau. Jüdische Fotografen, die sich an ethnographischen und anthropologischen Ausflügen beteiligten, dokumentierten das polnisch-jüdische Leben. Marian Fuks fotografierte die Revolution von 1905 in Warschau. Unter den Mitgliedern der jüdischen Fotografen-Zunft in Warschau gab es viele Pressefotografen, die die jiddischen Tageszeitungen und Illustrierten mit Bildmaterial versorgten. Zu den berühmtesten Fotodokumentaristen der Welt zählt Roman Vishniac, der in Tausenden Fotos die untergegangene Welt der Ostjuden verewigte, wie auch Alter Kacyzne (siehe S. 144–151).

*Sport*

Die polnischen Juden bildeten eine komplexe Infrastruktur von Sportvereinen, die sich auch erzieherischen Aufgaben widmeten. Auch hier wirkte sich der ideologisch motivierte Partikularismus der Juden stark aus. Jede politische Gruppierung hatte ihre eigenen Sportclubs, Sportplätze und Verbände. Trotzdem beteiligten sich alle Clubs am jährlichen »Tag des jüdischen Sports« am Lag-Baomer-Feiertag. Die Zionisten unterhielten die meisten Verbände mit allen Sportarten. Die Clubs der bürgerlichen Zionisten nannten sich »Makkabi«, »Barkochba« oder »Hakoach«. Dem Makkabi-Verband gehörten 1936 250 Clubs mit über 30 000 Sportlern an. An der internationalen Makkabiade von 1930 in Antwerpen nahmen 127 jüdische Sportler aus Polen teil. Die Clubs der sozialistischen Zionisten nannten sich »Stern« und »Hapoel«, die der bundistischen Jugend »Morgenstern«. Alle drei Sportverbände waren Mitglieder des Internationalen Arbeitersportclub-Verbandes. Außerdem gab es jüdische akademische Sportclubs. Mehrmals fanden auch Meisterschaftsspiele des jüdischen Schulsports statt. Mehrere jüdische Sportler waren Landes- oder gar Weltmeister, wie Bukiet im Tischtennis. Der Arbeitersportler Schepsel Rotholz war polnischer Boxmeister im Fliegengewicht und nahm an 15 europäischen Meisterschaften und an der Olympiade 1936 in Berlin teil. In den

Sportclubs wurde den Mitgliedern auch die jeweilige Ideologie vermittelt. Ich selbst war zeitweise Mitglied einer Fußball-Mannschaft des *Skif*.

## JUDEN UND POLEN. FRAGEN
## UND PROBLEME

Juden leisteten jahrhundertelang wichtige Beiträge zur Entwicklung der Wirtschaft und Kultur, waren Pioniere bedeutender Industrie- und Handelszweige, des Finanz- und Eisenbahnwesens. Sie haben sich auch an der Verteidigung des Landes seit Jahrhunderten aktiv beteiligt. Trotzdem war und ist das Verhältnis von Polen zu ihren jüdischen Mitbürgern und umgekehrt schwer belastet, wenn nicht gar durch gegenseitige Anschuldigungen vergiftet. Mit dieser Frage haben sich schon vor langer Zeit Generationen von jüdischen und polnischen Publizisten, Essayisten und Historikern beschäftigt. Die Beantwortung der Frage, ob Polen ein Paradies oder eine Hölle für die Juden war, ist sehr schwierig zu beantworten. Der Katalog der gegenseitigen Anklagen hat sich seit Ende des Zweiten Weltkrieges erheblich vergrößert. Polen wetteifern mit den Juden in der Frage, wer von beiden die größeren Opfer während der deutschen Besatzung brachte. Auch der Anteil der Juden am Kommunismus vor und nach dem Krieg ist eine der Konstanten der Schuldzuweisungen. Die Juden dagegen beklagen den polnischen Antisemitismus sowohl zwischen den beiden Weltkriegen als auch während der Schoa und danach. Die beiderseitigen Anklagepunkte mit kurzen Begründungen könnten ein dickes Buch füllen. Die Diskussion hierüber wird in Zeitungen, Zeitschriften, anderen Medien, Büchern und auf Symposien geführt. Das größte Problem ist, daß es zu wenige Historiker in Polen gibt, die sich an der Erforschung und Bewältigung der jüngeren polnischen Geschichte ohne ideologische oder nationalistische Vorurteile beteiligen. Der Wissensstand der polnischen Öffentlichkeit in Bezug auf die Geschichte der polnischen Juden, ihrer Verdienste und Probleme ist deshalb sehr gering. Um so höher muß man die Forschungen und Veröffentlichungen derjenigen polnischen Publizisten und Historiker schätzen, die sich seit vielen Jahren mit diesen schmerzlichen und problematischen Themen beschäftigen. Zu ihnen zählen: Alina Cała, Władysław Bartoszewski, Jan Karski, Jerzy Tomaszewski, Józef Gierowski, Jerzy Turowicz, Czesław Miłosz, der Nobelpreisträger von 1980, Michał Czajkowski u. a. Ihnen und den Tausenden von polnischen »Gerechten der Völker« gehört unsere Verehrung, Hochachtung und Dank. Sie lassen uns, trotz der schlimmsten Erfahrungen der polnischen Juden, weiter an das Gute im Menschen glauben.

Die tapferen christlichen Helden des polnischen Rettungswiderstandes beschämen die Millionen von Polen, die nach dem Krieg einen Antisemitismus ohne Juden praktizieren. Obwohl weniger als 10 Prozent der Juden Polens die Schoa überlebten und kaum noch Juden in Polen leben, werden die Juden von polnischen Antisemiten für alle Übel des Landes verantwortlich gemacht. In Polen agieren die radikalsten Klerikalfaschisten der katholischen Welt, die sogar eine antisemitische Ahnenforschung betreiben und jeder noch so dummen Instruktion von »Radio Maryja« folgen. Tatsächlich »leben« die polnischen Juden nur in den Hunderttausenden Dokumenten des *Jüdischen Historischen Instituts* in Warschau und in den über 200 Gedenkbüchern, deren Autoren, überlebende Amateurhistoriker, nahezu vergeblich versuchen, die untergegangene Welt der polnisch-jüdischen Städte und Schtetls, von Antopol bis Żyrardów, dem Vergessen zu entreißen. Die meist jiddisch oder hebräisch in kleinen Verlagen gedruckten »Pinkassim« sind fast unbekannt geblieben.

143

## ALTER KACYZNES FOTODOKUMENTATION
## DES JÜDISCHEN LEBENS IN POLEN

Die versunkene, zerstörte Welt des osteuropäischen Judentums zählte vor dem Zweiten Weltkrieg sieben Millionen Menschen. Die Hälfte der osteuropäischen Juden lebte in Polen. Es war die größte, lebendigste und kreativste Konzentration in der Geschichte des jüdischen Volkes. Die polnischen Juden schufen die am besten organisierte Gemeinschaft, mit einem dichten Netz von säkularen und religiösen Schulen, einer starken Arbeiterbewegung mit politischen Parteien und Gewerkschaften, vielen Zeitungen in polnischer und jiddischer Sprache, einer aktiven Genossenschaftswirtschaft. Die Juden leisteten einen bedeutenden Beitrag zur Wirtschaft Polens als Industriepioniere, im Handel und im Handwerk. Trotz der großen Not weiter Kreise der jüdischen Bevölkerung blühten Kunst und Literatur. Die faschistoiden, nationalistischen Rechtsparteien Polens strebten die massive Auswanderung der Juden an. Die Mittel waren Wirtschaftsboykott, antisemitisch motivierte Propaganda, Unruhen und Angriffe auf Juden, auch in den Universitäten, und schließlich die Pauperisierung der Juden durch horrende Steuerschätzungen der Handwerker und Kaufleute. Diese Politik hatte eine Auswanderungswelle zur Folge.

Das sollte man wissen, wenn man die wunderbaren Fotos in dem Band *Poyln* von Alter Kacyzne (der Name wird Katzysne ausgesprochen) betrachtet.

Kacyzne bereiste als Fotograf, Bildjournalist und Reiseschriftsteller Polen, Rumänien, Italien, Spanien, Marokko und Palästina. Viele seiner Fotos wurden in der jiddischen Zeitschrift *Illustrierte Welt* veröffentlicht. Es ist deshalb kein Zufall, daß die amerikanische Hilfsorganisation für die jüdische Einwanderung HIAS ihm 1921 den Auftrag erteilte, die Juden auf ihrem Weg aus ihren Städten und Schtetls bis zu den Überseehäfen fotografisch zu begleiten. Die Aufnahmen waren eindrucksvolle Zeitdokumente und unterstützten die Geldsammel-Kampagnen.

Die 1897 in New York gegründete jiddische Tageszeitung *Vorwerts* ist bis heute das wichtigste Presseorgan der Juden Amerikas. Sie hat stets eine humanistisch sozialistische Tendenz, respektiert die jüdischen Traditionen und die Religion und ist streng antikommunistisch. Im imposanten *Vorwerts*-Hochhaus in Manhattan residierten auch jüdische Gewerkschaften, die *Jüdische Sozialistische Föderation* und die heute noch bestehende jüdische Arbeiterorganisation *Arbeter-ring – Workmen's Circle*, mit eigenem Theater, jiddischer Buchhandlung etc. Im *Vorwerts* wurden alle Kurzgeschichten des späteren Nobelpreisträgers Isaac Bashevis Singer erstveröffentlicht. Dessen Bruder, der ebenfalls bedeutende Schriftsteller Israel Joschua Singer, arbeitete eine zeitlang als Fotolaborant bei Kacyzne in Warschau.

Abraham Cahan, von 1903 bis 1951 Chefredakteur des *Vorwerts*, beauftragte Alter Kacyzne, Bilder für die illustrierte Sonntagsbeilage *Tipen un bilder fun jidischen leben* zu liefern, die im hochwertigen, damals noch seltenen Kupfertiefdruck hergestellt wurden. Von 1921 bis etwa 1931 sandte Kacyzne mehr als 700 Fotos, die er in 120 verschiedenen Orten Ostpolens aufgenommen hatte. Das Dollar-Einkommen bot Kacyzne die Möglichkeit, persönliches Engagement und Auftrag zu vereinbaren. Wie Roman Vishniac nach ihm portraitierte er Hunderte von Menschen bei der Arbeit, beim Gebet, beim Spiel, im Theater, bei politischen Kundgebungen und dokumentierte das Leben auf den Märkten und Plätzen, in den Behausungen, Werkstätten, Nähstuben, Schulen und Synagogen. Seine Bilder erinnerten die *Vorwerts*-Leser an die alte Heimat und zeigten den Einwanderern, wie gut es ihnen in Amerika trotz schwerster Arbeit in den »sweat shops« ging.

Die westlichen Provinzen Polens gehörten, wahrscheinlich den Weisungen aus New York gemäß, nicht zu Kacyznes

Reisegebiet. Man gewinnt den Eindruck, die Fotos sollten vor allem das Elend und die auch religiös bedingte Rückständigkeit der Ostjuden zeigen. Auf keinem einzigen sind Menschen aus dem Milieu abgebildet, dem Kacyzne, seine Freunde und die Kunden seines Warschauer Fotoateliers angehörten, Schriftsteller, Schauspieler, Großbürger, Industrielle, Gymnasiasten, uniformierte Pfadfinder der vielen, meist zionistischen Jugendorganisationen.

Im *Vorwerts*-Verlag erschien im Jahre 1947 das fast 600seitige, heute vergessene und längst vergriffene Fotoalbum *Die varschwundene welt*. Der vom Mitbegründer und Führer des jüdisch-sozialistischen *Bundes* und Präsidiumsmitglied der *Sozialistischen Internationale* Raphael Abramovitch herausgegebene Band enthält 539 Fotos aus ganz Osteuropa, die meisten stammen von Alter Kacyzne, Menachem Kipnis und Roman Vishniac. Sie wurden im New Yorker YIVO-Institut archiviert.

Marek Web, Archivar des YIVO-Instituts und Herausgeber des Fotobandes *Poyln*, schrieb in seiner ausführlichen Einleitung: »Ob Porträt oder Landschaft, düsteres Interieur oder belebter Marktplatz – Kacyznes Fotos wurden nicht nur durch das technische Können des Künstlers bereichert, durch stilvolle Komposition, subtile Hell-Dunkel-Kontraste, originelle Perspektiven und filmische Effekte, sondern auch durch die besondere Beziehung zu seinen Fotomotiven, durch die tiefe Verbundenheit mit den Menschen *Poylns* und ihrer Welt.« Der Schriftsteller Mosche Dłuznowski würdigte Kacyznes Schaffen in der jiddischen Zeitung *Unser Wort*, die in Paris erscheint: »Kacyzne fotografierte Juden mit all ihrem Zauber, ihren Gesten und Blicken, mit Trauer und Gelächter, Leid und Freud. Er fand seine Motive in den Häusern und auf den Straßen, in den Höfen und an Werkbänken, auf dem Markt und im Bethaus. Er suchte Modelle in der fremdartigen ländlichen Umgebung, kleidete sie gewöhnlich oder festlich oder ließ sie so, wie sie waren, mitsamt ihren Träumen und ihrem Alltag, ihren Gebeten und Kümmernissen, ihren großen Bürden und ihrer malerischen Schönheit.« Kacyznes *Poyln* ist jedoch nicht das Land, in dem ich meine Kindheit verbrachte und das jüdische Gymnasium besuchte, wo ich eine staatlich angeordnete vormilitärische Ausbildung bekam, im Zeltlager die polnische und die zionistische Fahne beim Morgenappell hißte, beim Fußball- oder Eishockeyspiel »meines« jüdischen Sportclubs »Makkabi« die Sportstars anhimmelte.

Alter Kacyzne wurde im Mai 1885 in Wilna als Sohn einer verarmten Handwerkerfamilie geboren. Wilna war sowohl Hochburg der litauischen Frömmigkeit und Orthodoxie als auch Wiege und Zentrum der jüdischen Arbeiterbewegung. Diese ungewöhnliche Parallelität prägte auch Kacyznes Leben. Er mußte mit 14 Jahren nach dem Tod des Vaters sein Elternhaus verlassen und ging in Jekaterinoslaw, später Dnjepropetrowsk genannt, bei einem Fotografen in die Lehre. Autodidaktisch eignete er sich neben Polnisch und Russisch auch Hebräisch, Deutsch und Französisch an. Vermutlich motivierte der in Jekaterinoslaw ansässige Arzt Samuel Weissenberg, der als Fotograf zu den Pionieren der jüdischen Ethnographie zählte, Kacyzne mit der Kamera das Leben der Juden zu dokumentieren. Die von An-Ski herausgegebene Zeitschrift *Jewrejski Mir* (Jüdische Welt) veröffentlichte 1908 seine ersten Gedichte in russischer Sprache. 1909 heiratete Kacyzne Chana Chatschanow; mit ihr kehrte er ein Jahr später nach Warschau zurück, wo er ein Fotoatelier eröffnete. Bald ließ sich die Elite der Stadt von ihm porträtieren.

In Warschau gehörte Kacyzne zum Freundeskreis, der sich um Jizchak Leib Perez, den jüngsten Klassiker der jiddischen Literatur, scharte. Der 1852 im polnischen Städtchen Zamość geborene Rechtsanwalt und Dichter Perez hatte zunächst polnisch und hebräisch geschrieben, wandte sich aber in den achtziger Jahren unter dem Einfluß grausamer Pogrome nach

der Ermordung des Zaren Alexander II. (1881) dem Jiddischen zu. Er verfaßte Gedichte, Reiseskizzen, Kurzgeschichten, Romane und Dramen, die realistische Alltagsschilde-
rungen und jüdisch-mystische Motive vereinen. Zu seinen
bedeutendsten Werken zählen *Volkstümliche Geschichten* und
*Chassidische Erzählungen.* Seine Dramen wurden in der
ganzen Welt gespielt, das symbolistische und dem Expressio-
nismus nahestehende Stück *Bei nacht oifn altn mark (Die
Nacht auf dem Alten Markt)* wurde auch in Frankfurt und in
anderen deutschen Städten aufgeführt. Daneben entstanden
Essays, Kritiken und sozialkritische Schriften. Perez versuchte der jiddischen Literatur als zeitgemäßes, ernstzuneh-
mendes Schrifttum ein Forum zu verschaffen. Ab 1891 gab er
die Jiddische Bibliothek heraus, in der neben jiddischer Literatur auch populärwissenschaftliche Texte zum Zweck der
Volksbildung erschienen. Da er mehrere Wochenschriften
gründete, die aufklärerisches und sozialistisches Gedankengut verbreiteten, gilt Perez als einer der geistigen Väter der
jüdischen Arbeiterbewegung.

Kacyznes Freundschaft mit Perez hatte fast obsessive Züge,
denn er kümmerte sich um jede Kleinigkeit in dessen Haus.
Als Perez 1915 starb, schrieb Kacyzne einen mehrseitigen
Nachruf, den die Wilnaer Zeitung *Jidische Welt* veröffent-
lichte. Mit diesem Text betrat er die Bühne der jiddischen
Literatur und begründete den Perez-Kult unter den jüdischen
Literaten.

Später wandte sich Kacyzne auch der polnischen und rus-
sischen Literatur mehr zu. Alexander Blok, dessen Poem
*Zwölf* er ins Jiddische übertrug, beeindruckte ihn besonders.
1919 und 1920 erschienen Kacyznes dramatische Gedichte
*Der Geist des Königs* und *Prometäus,* 1922 der Novellenband
*Arabesken.* In dem sozialkritischen Roman *Schwache und
Starke* schilderte er das jüdische Leben in Warschau nach dem
Krieg. Daneben schrieb Kacyzne viele Beiträge für die jiddi-
sche Presse und wirkte im Vorstand des jiddischen PEN-

Clubs und des Literaten-Vereins mit. Zur gleichen Zeit verfaßte das Multitalent mehrere Theaterstücke. *Der Herzog*
wurde von jiddischen Theatern in Polen, Südamerika und in
den USA aufgeführt. Das Stück handelt vom Leben des Gra-
fen Walentyn Potocki, der in Paris zum Judentum konvertierte und inkognito nach Polen zurückkehrte. Nachdem
seine christliche und adlige Herkunft bekannt wurde, verbrannte man ihn 1749 auf dem Scheiterhaufen. Das historische Drama *Herodes* spielt in der herodianischen Zeit in Palästina; *Die Oper des Juden* folgt dem Leben Antonio José da
Silvas, eines portugiesischen Marranen aus dem 18. Jahrhundert, der Komödien schrieb.

Der 1863 in Weißrußland geborene S. An-Ski (d. i. Salomon
Seinwil Rapaport) beeinflußte Kacyzne als Literat und Be-
gründer der jüdischen Ethnographie tief. An-Ski wurde 1905
Mitglied des *Bundes* und verfaßte dessen Hymne *Die Schwu'e*
(Der Schwur). Von 1911 bis 1914 nahm er an einer Expedition
in die jüdischen Siedlungsgebiete in der Ukraine teil. Seine
Kenntnisse der jüdischen Folklore inspirierten ihn zu dem
Stück *Der Dybbuk*. Das berühmteste Drama der jüdischen
Literatur wurde auch in Frankfurt mehrmals aufgeführt, so
1926 in der Inszenierung von Max Ophüls.

Kacyzne, der für die meisten in Polen produzierten jiddischen Filme die Szenarien schrieb, trug zum großen Erfolg
des unter der Regie von Michał Waszyński produzierten
Films *Dybbuk* entscheidend bei. Er gab auch die Gesamtaus-
gabe der Werke seines verstorbenen Mentors An-Ski heraus
und vollendete dessen Stück *Tag und Nacht*.

Kacyzne war offenbar einer der fleißigsten Kulturschaffen-
den Polens, denn neben seinem Fulltimejob als Fotograf engagierte er sich in vielen kulturellen und politischen Initiativen,
Projekten und Vereinen. Zwanzig Jahre lang, von 1919 bis
1939, war er Mitredakteur der *Literarischen Bleter* und künstlerischer Berater mehrerer Theater. Er gehörte zu den Mitbegründern und Redakteuren der kommunistisch orientierten

Zeitung *Der Freind*, die bald eingestellt werden mußte, da die politische Polizei Ausgaben beschlagnahmte und die Druckerei versiegelte. Um seine politischen Ansichten dennoch publizieren zu können, gründete er die jiddische Filmzeitung *Mein redndniker film* (Mein sprechender Film; eine Umschreibung für Tonfilm). Kacyzne war der alleinige Finanzier und Autor dieser Zweiwochenschrift, die von 1936 bis 1939 erschien. Da er sich nicht ausschließlich mit Filmthemen beschäftigte, wurde die Zeitung mehrmals konfisziert. Außerdem war ein gefragter Referent. Auf einem im *Poyln*-Band abgebildeten Foto aus Czortków bei Tarnopol sehen wir ein Plakat in polnischer und jiddischer Sprache mit der Ankündigung seines Vortrags *Die literatur – a nazionaler ojzer* (Die Literatur – ein nationaler Schatz).

Nach der Besetzung Warschaus durch die Wehrmacht im September 1939 flüchtete Alter Kacyzne mit seiner Frau Chana und der 15jährigen Tochter Sulamita in das sowjetisch besetzte Lwów (Lemberg), wo er als künstlerischer Leiter des dortigen Jiddischen Theaters wirkte. Sein umfangreiches Foto- und Literaturarchiv in Warschau wurde vernichtet. Kacyzne floh weiter ins ostpolnische Tarnopol. Am 4. Juli 1941, zwei Tage nach dem Einmarsch der Wehrmacht, organisierte das Sonderkommando 4 b der Einsatzgruppe C unter Mitwirkung ukrainischer Nationalisten dort ein mehrtägiges Pogrom. Etwa 5 000 Juden wurden ermordet. Einer der wenigen, die dieses Massaker überlebten, war der junge Dichter Nachman Blitz. Er berichtete in allen Einzelheiten von der quälenden Folter, die Alter Kacyzne erleiden mußte, und wie er am 7. Juli von ukrainischen Kollaborateuren zu Tode geprügelt wurde. Die Mitteilungen wurden 1942 in den dritten Band der *Ksowim fun Ghetto* (Schriften vom Ghetto) aufgenommen, den Emanuel Ringelblum, der Leiter des geheimen Warschauer Ghetto-Archivs, zusammenstellte. Mit diesem Mord verlor die jiddische Kultur in Polen einen ihrer wichtigsten Repräsentanten.

Kacyznes Frau Chana wurde ein Jahr später im Vernichtungslager Belzec ermordet; die Tochter Sulamita überlebte den Krieg dank falscher Papiere als polnisches Kind. 1946 lernte sie den italienischen Botschafter in Polen Eugenio Reale kennen, den sie bald heiratete. Sie lebte in Rom und investierte viel Zeit und Geld, um das literarische Œuvre ihres Vaters zu veröffentlichen. 1967 erschien im Tel Aviver Perez-Verlag der erste Band der *Gesammelten Werke* von Kacyzne. Sulamita ist 1999 in Rom gestorben.

Als Kacyzne von einem Freund gefragt wurde, wo er die Zeit für die vielen Bücher, Zeitungen, Theaterstücke, Filme, das Atelier, die Familie etc. hernehme, zog er zwei Uhren aus der Tasche und sagte scherzhaft: »Siehst du, ich habe doppelt soviel Zeit wie jeder andere Mensch.« Seine eigene Lebenszeit konnte er trotz beider Uhren nicht verlängern. Mehr als sechzig Jahre vergingen, bis neben dem Fotoband eine Ausstellung des Berliner Aufbau-Verlags in Frankfurt, Wien, Rom und Heidelberg Gelegenheit bot, Alter Kacyznes *Poyln* wieder zu entdecken. Die Menschen, die auf den 60 bis 70 Jahre alten Bildern abgebildet sind, haben uns eine Botschaft hinterlassen: Vergeßt uns, unsere Städte und Schtettls, unsere Geschichte und Kultur nicht!

# III. FRANKFURT – SPURENSUCHE
## AN EINEM DEUTSCHEN ORT

Über mein Leben, das über viele Monate und Jahre nur ein Überleben gewesen war, hatten lange Zeit andere entschieden, oder es war schlicht einem Geflecht aus Zufällen geschuldet. Wer seine Jugend in Konzentrationslagern verbracht hat, dem fällt es schwer zu glauben, daß er eine Wahl haben könnte. Wie sollte ich mein Leben nun führen? Gab es das noch – ethische Leitlinien, Wünsche, Lebensträume?

So kam ich nach Frankfurt. Weil wir eine Bleibe brauchten, zogen wir zunächst zur Untermiete in die Ammelburgstraße. Weil meiner Mutter und meiner Schwester die Einreise in die Vereinigten Staaten verweigert wurde, blieben wir in der Stadt. Weil die Familie ernährt werden mußte, baute ich mit einem jüdischen Bekannten, der vor dem Krieg in Berlin als Fabrikant in der Bekleidungsindustrie gearbeitet hatte, ein Unternehmen für Damenmode auf. Ich schloß Freundschaften, gründete eine Familie und engagierte mich in der Jüdischen Gemeinde. Ich blieb in einer Stadt, die ich mir als Lebensort nicht ausgesucht hatte. Und ich lernte unter Umständen und Bedingungen, die ich nicht gewählt hatte, abermals zu leben – so zu leben, wie ich es wollte. Zu diesem Leben, das war mir frühzeitig bewußt, sollte auch ein politisches und soziales Engagement gehören.

Später begab ich mich in Frankfurt auf Spurensuche. In den historischen Dokumenten studierte ich die Geschichte der bedeutenden jüdischen Gemeinde. Da gab es – schon früh – antijüdische Ausschreitungen, für die der sogenannte Fettmilch-Aufstand exemplarisch genannt werden kann. Ich entdeckte aber auch in den Biographien so unterschiedlicher Persönlichkeiten wie Charles Hallgarten, Bertha Pappenheim oder Henry Budge die Geschichte jüdischer sozialer Wohlfahrt in Frankfurt – eine Traditionslinie, der ich mich bald verpflichtet fühlte und an die anzuschließen war. Wie meine Vorbilder wollte auch ich mich auf lokaler Ebene engagieren, mit möglichst überregionaler Wirkung und weltweiten Kontakten.

Ich lebe an einem deutschen Ort. Seit nunmehr 40 Jahren bin ich im Vorstand der Budge-Stiftung und engagiere mich in der jüdischen Gemeinde. Ich reise viel und weit und habe Gesprächspartner überall auf der Welt. Oft werde ich gefragt, wo meine Heimat ist. Gewiß, ich lebe in mehreren Kulturkreisen – zu Hause aber bin ich da, wo meine Freunde sind. Und die meisten von ihnen sind in Frankfurt.

## WIR FEIERN VINZ-PURIM – DER FETTMILCH-AUFSTAND (1612–1616)

Im Frühjahr, am 14./15. Adar des jüdischen Kalenders, feiern wir das Purimfest. Es ist ein profanes, weltliches, aber vor allem sehr ausgelassenes Fest, denn es erinnert an die Errettung der persischen Juden vor der Vernichtung. Man bereitet besondere Speisen zu, trinkt Alkohol, sendet Freunden und Verwandten Speisegeschenke und verkleidet sich. Die Kinder spielen oft in ihren bunten Kostümen die Esther-Geschichte nach. Die Megillat Esther, das Buch Esther, das dem Fest als Legende zugrunde liegt, wird in der Synagoge verlesen. Wird der Name Hamans, des persischen Judenverderbers, während des Vortrags genannt, machen die Kinder mit ihren Purimrasseln so großen Lärm, daß der Name des Amalek, des Widersachers, übertönt wird.

Purimfeste gibt es viele. Sie handeln nicht nur von der Befreiung der Juden in der Zeit Esthers und Mordechais, sondern auch von ähnlichen Ereignissen in der Geschichte der jüdischen Diaspora, als die Juden vor den Hamans ihrer Zeit gerettet wurden. Die Juden Frankfurts feiern das Vinz-Purimfest.

Ich erinnere mich an eine große Vinz-Purimfeier, die das *Jüdische Lehrhaus* im März 1986, zum 20. Adar, organisierte. Im Jahr 1984 hatten mehrere Judaistik-Studenten der Frankfurter Universität dieses Lehrhaus gegründet, um die Tradition des von Franz Rosenzweig und Martin Buber 1920 in Frankfurt gegründeten *Freien Jüdischen Lehrhauses* fortzusetzen. Mehrere Jahre war ich Vorsitzender dieser jüdischen Erwachsenenbildungsstätte.

Rabbi Elhanan Helin hatte 1616 das 103strophige Lied *Megillat Vinz* im Frankfurter Judendeutsch geschrieben, das nach der Melodie des Liedes *Die Schlacht von Pavia* gesungen wurde. Das in Versen verfaßte Werk wurde zuerst 1696 bei Josef Trier in Frankfurt veröffentlicht und dann 1714 von dem Schulrektor J. J. Schudt nachgedruckt. Der Rabbiner Josef Benjamin Levy übertrug es am 28. Februar 1916 anläßlich des 300. Jahrestages der Rückführung der Juden nach Frankfurt in eine deutsche, ebenfalls metrische Fassung. Im Jahr 2001 gab Rivka Ulmer, die zu den Mitbegründern des *Jüdischen Lehrhauses* gehört, den Text unter seinem deutschen Titel *Vinz Hans-Lied* neu heraus. Der Prolog des Liedes lautet:

Ein schön Lied, hübsch und bescheidlich,
Für Weiber und Meidlich,
Zu erkennen Gottes Kraft und Macht,
Wie der Schojmer *(Wächter)* Jisroel bei uns bewacht.
Darum tut Haschem Jisborech *(Gott, sei er gesegnet)* loben,
Der uns hat geniedert und wieder derhoben,
Megillas Vinz soll man den Schir *(Lied)* heißen überall,
Ist so viel wie Megillas Antioches an der Zahl.
Hab ich ein Niggun *(Melodie)* drauf getracht,
Als wie von Pavia ist die Schlacht.
So sagt Elchonon, ein Sohn Avrohom Selig.

Auch an dem Festtag im März 1986 wurden viele Strophen dieses Liedes vorgelesen. Aufmerksam hörten wir wieder der Erzählung zu, die von einem weit zurückliegenden historischen Ereignis handelte, die von Menschenliebe sprach und auch von den einfachen christlichen Bürgern, die damals, während der Vertreibung der Juden, ihren Glaubensgeboten gefolgt waren und ihren jüdischen Mitmenschen zur Seite gestanden hatten. Ausgelassen feierten wir den 370. Jahrestag der Rückkehr der Juden nach Frankfurt und erinnerten uns wie jedes Jahr an ein Geschehen, das zu Beginn des 17. Jahrhunderts unsere Stadt und unsere Gemeinde nachhaltig erschüttert hatte.

## *Der Aufstand*

Mit einer Bittschrift des Lebkuchenbäckers Vinzenz Fettmilch an den Kaiser Matthias anläßlich der Kaiserwahl im Mai 1612 kam eine soziale Revolte in Frankfurt zum Ausbruch, die vier Jahre dauern sollte und allgemein als Fettmilch-Aufstand bezeichnet wird. Das revolutionäre Geschehen war begleitet von einer Flut von Eingaben, Beschuldigungs- und Erwiderungsschriften, historischen Darstellungen (Diarium Historicum), die meist in Form von gedruckten Broschüren erschienen sind.

Vinzenz Fettmilch wurde in den Jahren 1565 bis 1570 in Büdesheim im Oberhessischen geboren und begann seine Laufbahn, wie sein Vater, als Soldat. Durch Einheirat wurde er Frankfurter Bürger. Er besaß gute Kenntnisse der Schrift- und Amtssprache sowie der städtischen Angelegenheiten und der Finanzen. Nach eigenem Bekunden ein großer Esser und Trinker vor dem Herrn, von imposanter Figur, vor Saft und Kraft strotzend, stand er sich selbst durch seinen Jähzorn, seine Gewalttätigkeit und Überheblichkeit im Wege. Der Aufstand und die Vertreibung der Juden waren die einzigen Erfolgserlebnisse seines Lebens. Alles andere waren persönliche

Mißerfolge und berufliche Desaster. Da sein Einkommen als Advokatenschreiber zum Unterhalt seiner achtköpfigen Familie nicht reichte, bewarb er sich, wenn auch erfolglos, als Kanzlist beim Spital zum Heiligen Geist und beim Weiß-frauen-Kloster. 1612 wurde er in Babenhausen der Falsch-münzerei beschuldigt, sein Haus mußte er mit 200 Dukaten belasten; er verschuldete sich hoch bei den Juden. Bei einem Schäferstündchen in Seckbach wurde er von dem »Beschützer« der Dirne erwischt. Da er den Liebeslohn nicht bezahlen konnte, wurde er zum Ausstellen eines Schuldscheins gezwungen.

Am 12. Juli 1612 stürmte Fettmilch mit 200 Genossen den Frankfurter Römer, um den Rat der Stadt zur Erfüllung seiner Forderungen zu zwingen. Einer der Punkte betraf die Juden und forderte die Beschränkung ihrer Zahl sowie die Herabsetzung des ihnen erlaubten Zinsfußes. Am 19. Januar 1613 wurde ein Bürgerausschuß mit 130 Mitgliedern gewählt. Fettmilch wurde zum Direktor bestimmt und von den Calvinisten mit sieben Gulden wöchentlich gelöhnt. In diesem verfassungswidrigen Organ waren zum ersten Mal neben Zunftmitgliedern und sogenannten »Unzünftigen« auch calvinistische Kaufleute vertreten. Der Ausschuß stellte an den Stadtrat folgende Forderungen: Ergänzung des Rates durch Zunfthandwerker, Abhaltung eines Kornmarktes und Bekanntgabe der in Vergessenheit geratenen kaiserlichen Bürger-Privilegien. Am schwerwiegendsten aber war die Forderung nach Maßnahmen gegen die etwa 2000 Juden, die im Ghetto wohnten. Man verlangte die sogenannte »Moderation«, d. h. die Ausweisung aller Juden, die weniger als 15000 Gulden Vermögen hatten, die rückwirkende Halbierung der sowieso schon niedrigen Schuldzinsen der jüdischen Geldverleiher und die Konfiszierung der dadurch gesammelten Gelder. Den Fettmilch-Leuten schwebte ein allgemeiner Schuldenerlaß nach »Kaiser-Wenzel-Art« vor: Dieser hatte im Jahr 1385 einen Vertrag mit 38 Städten des Schwäbischen Bundes geschlossen, nach welchem alle bei Juden bestehenden Schulden gegen eine Zahlung von 40 000 Gulden an den Kaiser ersatzlos annulliert wurden.

Als der Rat der Stadt die Forderungen ablehnte, kam es zur Rebellion, und der Rat wurde unter Gewaltandrohung abgesetzt. Zugleich begann ein juristischer Papierkrieg mit zahllosen Anklage- und Gegenschriften, die meist für Propagandazwecke gedruckt wurden. Diese Kampagne kostete die verarmte Stadt Frankfurt die ungeheure Summe von 16 000 Gulden. Eine »Judenkommission« erstellte einen Neun-Punkte-Plan; mit der angestrebten Entrechtung und Pauperisierung wollte man die Juden zum Verlassen der Stadt zwingen. Man nannte dieses Postulat »Abschaffung der Juden«. Gleichzeitig kamen zahllose kaiserliche Abgesandte, sogenannte Kommissarien und Subdelegierte, nach Frankfurt und verhandelten mit Fettmilch, der immer weitergehende Forderungen stellte. Er ließ die kaiserlichen Diplomaten einsperren und unter Gewaltandrohung Dokumente unterschreiben. Ein anderes Mal ließ er den gesamten Rat drei Tage und Nächte im Römer einschließen, um dieses und jenes zu erzwingen. Fettmilch seinerseits sandte Delegationen an den kaiserlichen Hof, die sich dort monatelang aufhielten. Wes Geistes Kind er war, kann man aus dem von ihm inspirierten und verfaßten Anschuldigungsschriften ersehen. Die erste Schrift, auf 40 Folioseiten gedruckt, enthält alle in den Jahrhunderten angesammelten antisemitischen Argumentationsfiguren.

Die Schrift beginnt mit der Klage gegen die gotteslästerlichen Juden, ihre »Verräterey und Zauberey«, die den Zorn Gottes auf Frankfurt ablade. Sie müßten der Stadt verwiesen werden, da sie durch ihre Geldgeschäfte und ihren Handel die Christen schädigten. Die Juden werden als Gefahr für das deutsche Vaterland dargestellt, da sie Verräter und Spione im Dienste der ungläubigen Türken seien. Sie seien auch an der Pest Schuld, da sie die Brunnen vergifteten; sie schlachteten christliche Kinder zu rituellen Zwecken ab. Ein Textbeispiel:

»Gott der Allmächtig habe der armen Christen seufzen erhöret und werd desswegen der Juden Heusser und Wohnung alhie zerstören und das Gottlose hartnäckige Volck nicht weniger auss disen orten als anderswo wegjagen und vertreiben: So seynd dach dise und andere Juden die sich bey uns in Teutschland auffhalten nicht auss dem alten Stamm der Juden deswege sie auch als geborne falsarii den Nahmen unbillich führen sondern dieweil sie nicht Gottes Wort sondern den fabulosischen Thalmud für ihr höchstes Gutt Religion und Gewissensregel halten so seynd darumb auch die Gottseligen Keiser hiebevor mechtig besorgen worden Sie als aberglaubische zeuberliche Gäuckler und Verfahrer auss ihren Landen abzuschaffen wie dann auch der Keiser Leo dis Er gesehe dass die jetzig Juden zu Verdriess Schaden und Verachtung der Christen eben den Keiser und Fürsten auch zu ihrem eigenem urtheil und verderben so halsstarrig in ihrer finsternus verblieben und der Christen wolmeinendes mitleiden und gedult missbrauchten den Juden härtes zugesetzt und dieselbige aussgetrieben und verjagt.«

Weiter heißt es,

»gegen die bösen Juden müssen alle erdenklichen Maßnahmen und Strafen gerichtet« werden: »täglich mit gezwungenen Confessen beurtheiln gefängnissen und anderen verbotenen Zwang und Exucotionsmitteln zur ungebahr und der Juden halsstarrigkeit dadurch je mehr und mehr zu erhärten gebillicht und bestettigt hetten aber auch dise mittel wider solche angeborne und vergiffte bossheit nichts verfangen wöllen wie noch So sindt andere wider die Wucherer und Juden verordnete Correction und Straffen vorhanden als Celdstraffung unnd abnehmung der Güter entsetzung aller Ehr und Redtlichkeit (der aber bey den Juden so gar keine zu finden) verbietung der Handtierung ja auch endtlich dass sie an peinlich halssgericht gestelt und angeklagt und umb vorsetzliche mutwillige verachtung der höchsten Obrigkeit Kay. Mayest. auch Chur: Fürsten unnd Stände des H. Römischen

Reichs mit harter ernster schärpffer extraordinari Straaff ihnen zu mehr als wolverdienter Straaff und ihres gleichen zum abscheulichen Exempel belegt werden sollen, können und mögen Dieweil aber auch durch diese mittel nunmehr gemeine Statt wenig geholfen die gantze Judenschaft schwerlich ausgewurtzelt unnd ihr Wuchern und Betriegen nicht unterlassen will noch kann wie sie Juden selbst unnd die ihrige gestehen unnd bekennen müssen unnd also dem zu weit eingerissenen schaden und verderben der gebahr besorglich nicht abehollffen seyen und werden möchte. So ist dieses eintzige obrige endliche Mittel dass die gantze Judenschaft mit allem ihrem Wucher, Betrug Finantz falsch und unzehelichen bosshafften tücken und geschwinden gefährlichen vorhaben zu unser der Christen und Bürger auffkommen gemeiner Statt wolstandt und gedeyen und zu vorderst zur Ehre Gottes des Allerhöchsten also die dach den armen bedrängten unnd beschwerden darauss täglich entstehende bekümmernuss nicht weniger verseumet uund geschmälert wirdt abgeschaffet und weggereumet werden.«

Das vorgeschlagene Szenario kommt uns, die die nazistischen Verfolgungen überlebt haben, sehr bekannt vor: Verleumdung, Entrechtung, Enteignung, Folterung, schließlich Vertreibung und das alles im Namen Gottes. Das Aktionsprogramm der Aufständischen kann ideologisch mit der Einstellung der Nazis zu den Juden bis zum Kriegsausbruch 1939 verglichen werden; alle Maßnahmen gegen die Juden einschließlich der Vertreibung außer dem später einsetzenden fabrikmäßigen Massenmord bilden eine ziemlich genaue Parallele.

In der Schrift werden alle »gängigen« Vorurteile erwähnt: Vertragsbruch, Wucher, Münzfälschung, Diebstahl, Hehlerei. Punkt Nr. 324 verdient Beachtung: Dort wird den jüdischen Gemeindevorstehern der Vorwurf gemacht, daß sie Juden, die wegen geschäftlicher Unredlichkeit vom Stadtrat mit Buße belegt wurden, nochmals bestraften und somit die christliche Obrigkeit beleidigten! Die Gemeindevorsteher Mosche zum

Korb und Aaron zum Fröhlichen Mann nahmen die Schrift entgegen und verfaßten eine Stellungnahme, die sich in der Vornehmheit des Stils und in der Sachlichkeit der Argumentation vorteilhaft von der Anklageschrift unterschied. Sie umfaßte 82 Folioseiten. Eine zweite Schrift folgte, in welcher alle 361 Anschuldigungen widerlegt wurden. Oft wurden rechtskräftige Gerichtsurteile zitiert, nach welchen nicht die jüdischen Gläubiger, sondern die christlichen Schuldner sich der Übervorteilung schuldig gemacht hätten.

Die Entwicklung trieb ihrem Höhepunkt zu. Fettmilch war unumschränkter Diktator, seine Leute veranstalteten gewaltige Freß- und Saufgelage im Römer. Am Ende waren viele Bürger mit diesen Zuständen sehr unzufrieden. Die Bürgerversammlung versuchte vergeblich, Fettmilch des Amtes zu entheben. Ein bereits mit den kaiserlichen Kommissarien ausgehandelter, aus 71 Artikeln bestehender liberaler Bürgervertrag, der der Bürgerschaft 18 neue Sitze im Stadtrat und eine Anzahl von Verbesserungen zusicherte, wurde verworfen.

Am 21. August 1614 verbreitete sich das Gerücht über die bevorstehende Plünderung der Judengasse. Einige Familien flüchteten in die Häuser befreundeter Christen; ein Ratsherr nahm 60 Juden, darunter zehn Wöchnerinnen auf. Zur Ehre der christlichen Bürger Frankfurts muß gesagt werden, daß sich ein großer Teil der Bevölkerung dem Treiben Fettmilchs widersetzte. Einige Zünfte, zum Beispiel die Metzger, ließen sich von der Argumentation und der Hetze dieses Mannes nicht beeindrucken.

Am 22. August 1614 begann gegen fünf Uhr nachmittags der »Sturm« auf das Ghetto. Die Juden, mit Schwertern und Hellebarden bewaffnet, leisteten an den drei Toren des Ghettos, auch mit Steinwürfen, verzweifelte Gegenwehr. Dieser massive Widerstand der Frankfurter Juden ist eines von vielen Ereignissen der jüdischen Geschichte, die die Thesen von Raul Hilberg über die »tausendjährige Passivität« der Juden widerlegen.

Im Februar 1920 bestellte mein Vater David, damals 24 Jahre alt, von Będzin aus Briefmarken-Fotos bei einer Fotoanstalt in München und sandte das Originalfoto an seinen Bruder Charles nach Paris. Während der Verhaftung meiner Tante Gisèle Lustiger in ihrer Wohnung in der Rue Delambre 42 in Paris, versteckte eine Nachbarin beherzt eines der Familienalben. Es ist das einzig erhaltene Foto meines Vaters.

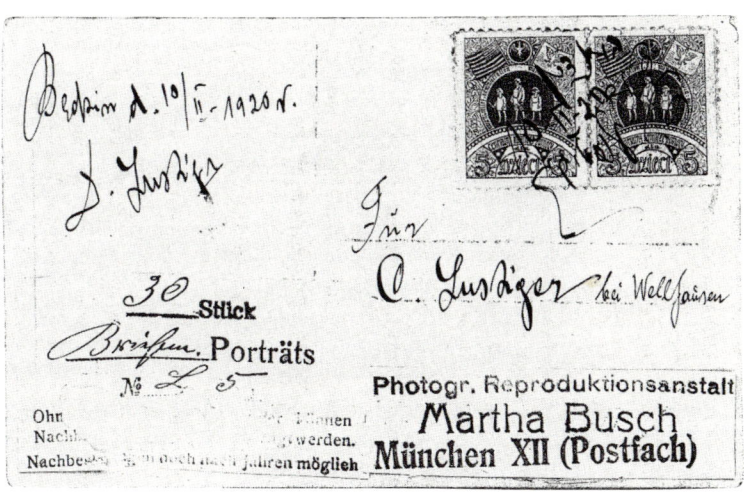

Charles und Gisèle Lustiger im Jahre 1930 mit ihrem vierjährigem Sohn
Aron (heute Jean-Marie) in Paris

Meine Tante Alicja mit ihrem deutschen Ehemann Moritz Bittner aus Glei-
witz in Oberschlesien vor dem Krieg im Kurort Krynica in der Tatra. Ihm
verdanken wir unser Überleben. Er wurde auf dem Todesmarsch vom KZ
Langenstein nahe Bitterfeld erschossen.

Die damals neunjährigen Zwillinge, meine Schwester Erna und mein Bruder Samuel, im Sommer 1939 in dem Beskiden-Kurort Szczyrk

Dies ist das älteste Foto von mir, das ich besitze. Im Juli 1943, zwei Wochen vor der endgültigen Liquidierung des Będziner Ghettos, fotografierte mich ein christlicher Freund, um ein Andenken von mir zu behalten. Wir ahnten beide, daß wir uns wahrscheinlich nie wiedersehen würden.

Eines der 4200 zufällig in einem polnischen Archiv gefundenen Paßfotos. Es zeigt meine Schwester Hella im Jahre 1941 in Będzin.

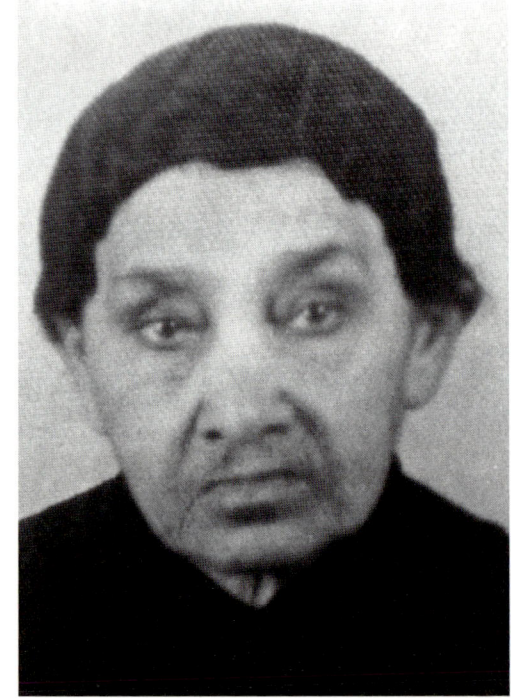

Das einzige Foto meiner Großmutter Mindl Lustiger. Es stammt aus demselben Fund wie das meiner Schwester Hella.

In Hettstedt mit meinen Befreiern. Weil ich den noch kahlen Kopf ver-
decken wollte, trage ich als einziger ein Schiffchen.

Das Foto wurde von einem Freund im Sommer 1945 aufgenommen, als ich, noch in Uniform, in der Verwaltung des Lagers in Bergen-Belsen arbeitete.

Als Freiwilliger der amerikanischen Armee vier Wochen nach der Befreiung in Hettstedt im Südharz

Mit meinen amerikanischen Freunden am 7. Mai 1945, meinem 21. Geburtstag, in Hettstedt

Portrait, das ein Berufsfotograf im DP-Lager Frankfurt-Zeilsheim 1946 von mir machte.

1947 im DP-Lager Zeils-
heim; v. r. n. l.: die Schwestern Mania, Erna, Hella,
Mutter und ich

1949 auf dem Balkon unserer ersten Wohnung in Frankfurt; v. l. n. r.: Erna, meine Mutter, Hella und ich

Mein Großvater Josef Wellner, der mehrere Gulags in Sibirien überlebte, auf unserer Hochzeit im Oktober 1957 in Tel Aviv.

Familienfoto der Lustigers und Wellners; rechts von mir Tante Alicja und ihr zweiter Mann Wladek mit dem kleinen Ludwik im Arm. Die anderen Familienmitglieder sind schon vor dem Krieg nach Palästina ausgewandert.

Mit Baron Edmond de Rothschild (rechts) bei der Gründung der israelischen Staatsanleihe-Organisation 1964 in Frankfurt

Präsidiumstisch bei der ersten feierlichen Veranstaltung der Zionistischen Organisation in Deutschland im Jahre 1964 in Frankfurt, an der ich als Bundesvorsitzender der ZOD teilnahm. V.l.n.r.: Landesrabbiner Dr. Emil Lichtigfeld, Dr. Nahum Goldmann, Präsident der Zionistischen Weltorganisation; neben mir der israelische Generalkonsul Peretz Leschem.

Begegnung mit dem Staatspräsidenten Israels Jizchak Navon auf einem Empfang für die Mitglieder des ZK der Zionistischen Weltorganisation in dessen Jerusalemer Residenz

Karl Marx (links) zusammen mit Carl Busch, dem Vorsitzenden der Zionistischen Organisation in Berlin

Kardinal Jean-Marie weiht in Begleitung des Bischofs von Sosnowiec, des Bürgermeisters von Będzin und des Wojewoden von Oberschlesien das Denkmal für die ermordeten Juden von Będzin ein. Es befindet sich auf der Rasenfläche, wo einst die am 8. September 1939 verbrannte Hauptsynagoge stand.

Gemälde meiner Heimatstadt Będzin mit ihren historischen Wahrzeichen: der Schloßruine, der katholischen Kirche und der Hauptsynagoge. Als Jean-Marie Ehrenbürger Będzins wurde, schenkte man ihm das Gemälde, das nach einer Postkarte aus dem Jahr 1900 entstand.

Mein Onkel Charles Lu-
stiger

Jean-Marie nach der feierlichen Einführung als einer der »unsterblichen«
Mitglieder der Académie Française

Eine denkwürdige Barmitzwa-Feier in Jerusalem; 2. v. l. Largo, 4. v. l. Luba Broide-Trepper, 3. v. r. ihr Ehemann, der Anführer der *Roten Kapelle* Leopold Trepper.

Jean-Marie, meine Töchter Rina und Gila mit ihrer Mutter Drora bei der Beschneidungsfeier von Jonas, dem Sohn Gilas, im Jahr 1991 in der Wohnung in der Rue Delambre

Mit meiner Schwester Erna und Tante Maria am Grab meiner Schwester
Hella; auf der Platte vorne die Gedenkinschrift für meinen Bruder Samuel

Die Einweihung des Denkmals für die 1936 gefallenen jüdischen Verteidiger Madrids auf dem Friedhof in Fuencarral. Mein Freund Henri Szulevic, genannt Largo, Freiwilliger der jüdischen Einheit *Botwin*, liest eine Grußbotschaft in spanischer und jiddischer Sprache vor; links der israelische Botschafter Schlomo Ben Ami, vorne ein Soldat der königlichen Ehrengarde.

Besuch mit Largo bei Dolores Ibarruri, »La Passionaria«, während des 50. Jahrestages des Spanischen Bürgerkrieges 1986 in ihrem Büro in Madrid

Mit meinem Freund Largo bei der Vorstellung der spanischen Ausgabe meines Buches *Schalom Libertad!* 2001 in Barcelona. Im Hintergrund ein Modell des Denkmals für die gefallenen jüdischen Interbrigadisten auf dem Mont Juich bei Barcelona.

Begegnung mit Papst Johannes Paul II. anläßlich der Feier des Holocaust-Gedenktages im Vatikan im April 1994

Der Holocaust-Gedenktag 1994 im Vatikan; in der ersten Reihe sitzen mein Cousin Kardinal Lustiger und seine Amtsbrüder aus der ganzen Welt.

Meine Tochter Rina und ich besuchen die Ausstellung über das jüdische Fürstenberg-Gymnasium, die anläßlich eines Zusammentreffens der ehemaligen Schülerinnen und Schüler 1997 in Tel Aviv gezeigt wird.

Mit Wolf Biermann an der Klagemauer in Jerusalem

Mein Verleger und Freund Bernd F. Lunkewitz bei der Verleihung der Goetheplakette im Frankfurter Römer 1999

Jean-Marie und meine Lebensgefährtin Erika auf der Feier meines 75. Geburtstags im Mai 1999 in der Brasserie Lipp am Boulevard St. Germain

Mit Alt-Bundespräsident Richard von Weizäcker und Wolf Biermann bei der
Vorstellung der deutschen Ausgabe von Jizchak Katzenelsons *Großem Gesang vom ausgerotteten jüdischen Volk* 1994 im Staatstheater Hamburg

»Warum wurden in Ihrem Film ›Schindlers Liste‹ nicht die Krakauer Widerstandskämpfer gezeigt«, frage ich Steven Spielberg nach der Premiere seines
Films in Frankfurt.

Als die Angreifer gegen 10 Uhr abends noch immer nichts erreichen konnten, befahl Fettmilch, zwei Geschütze gegen die Ghettotore aufzufahren. Doch bevor diese zum Einsatz kommen sollten, konnten die Aufständischen in ein als Teil der Mauer gebautes Haus eindringen. Die anschließende gründliche Plünderung dauerte 13 Stunden. Die Plünderer suchten besonders die Schatullen mit Geld, Schmuck, Pfändern und Schuldurkunden. Nichts wurde geschont, die heiligen Bücher lagen angebrannt und entweiht am Boden; die Synagoge war demoliert. Während der Plünderung eilten viele Christen ins Ghetto und nahmen das Eigentum befreundeter Familien in Verwahrung, um es später den Besitzern zurückzugeben.

Alle Juden, 1 380 Personen jeglichen Alters, Männer, Frauen und Kinder, wurden auf dem Friedhof in der Battonnstraße zusammengetrieben, wo sie zwei Tage und Nächte im Freien verbrachten, bis sie aus der Stadt vertrieben wurden. Sie wurden, von Musketieren begleitet, zu den Mainschiffen geleitet. Vorher mußten sie noch die Überfahrt und einen hohen Ausfuhrzoll bezahlen – eine Parallele zur Reichsflucht-Steuer der Nazis. Der Mainzer Erzbischof Johann Schweikart forderte die katholischen Orte und Städte, wie Hanau, Offenbach und Höchst, auf, die Juden gastfreundlich aufzunehmen. Die angesehenste jüdische Gemeinde Deutschlands schien für immer vernichtet zu sein.

Jetzt endlich reagierte die kaiserliche Macht. Am 4. September 1615 wurden Fettmilch und seine Kumpane unter die Reichsacht gestellt. Am 27. November 1615 wurden sie verhaftet und nach einer langen Untersuchung am 21. Februar 1616 zum Tode verurteilt. Die Urteilsvollstreckung erfolgte am 28. Februar 1616, dem 20. Adar des jüdischen Kalenders, in Anwesenheit einer großen Menschenmenge auf dem Frankfurter Roßmarkt. Die kaiserliche Macht bestrafte die Rädelsführer der Rebellion grausam. Erst wurden den Delinquenten Fettmilch, Schopp, Gerngroß und Kantor die beiden

Schwurfinger abgehackt, dann wurden sie durch Schwerthieb geköpft, und schließlich wurden die Leichname gevierteilt. Fettmilchs Schädel wurde am Turm der Alten Brücke aufgehängt, wo er noch zu Goethes Zeiten zu sehen war.

Am gleichen Tag wurden die Juden unter Führung kaiserlicher Truppen und Herolde ins Ghetto zurückgeführt. Die Soldaten brachten an den Ghettotoren die kaiserlichen Embleme an, mit denen die Juden unter den Schutz des Kaisers gestellt wurden. Das Haus Fettmilchs in der Töngesgasse wurde geschleift. Außerdem wurde dort eine Schandsäule errichtet und die Familie der Stadt verwiesen. Die Stadt Frankfurt wurde zu einer Schadensersatzzahlung in Höhe von 175 919 Gulden verurteilt. Sie handelte diesen Betrag bei den Juden herunter mit dem Hinweis auf die katastrophalen Folgen für die Stadtfinanzen.

*Die Rolle der Katholiken und der Calvinisten*
*während des Aufstandes*

Die Macht in der Freien Reichsstadt Frankfurt hatten zu Beginn des 17. Jahrhunderts lutheranische Patrizier. Ihnen wurde von Teilen der Bevölkerung Günstlingswirtschaft, verfehlte Spekulationen, hohe Steuerbelastungen und eine zu liberale Behandlung der ca. 2 000 in der Judengasse lebenden Juden vorgeworfen. Die beiden anderen christlichen Konfessionen, die Katholiken und die Calvinisten, wurden behindert, wenn nicht unterdrückt. Der mächtige und am Kaiserhof einflußreiche Erzbischof Johann Schweikart von Mainz intervenierte wiederholt gegen die Behinderung der Frankfurter Katholiken, gegen Störung und Einschränkung ihrer Gottesdienste sowie ihrer sozialen Einrichtungen. Er war es auch, der zusammen mit dem Landgrafen Ludwig von Hessen-Darmstadt die spätere kaiserliche Niederschlagung des Fettmilch-Aufstandes organisierte und durchsetzte. Bis es soweit war, versuchte er durch Verhandlungen mit den Aufständischen, Verbesserungen für die Katholiken zu erreichen; zum Beispiel durch die Forderung nach einer Beteiligung seiner Glaubensbrüder an der städtischen Führung. Für die Juden repräsentierte der Erzbischof die Erfüllung der Gebote der christlichen Nächstenliebe, denn auf seine Anweisung gewährten die umliegenden katholischen Städte und Ortschaften den Vertriebenen Asyl. Daß bei seinem Mitwirken während des Geschehens höhere Politik im Zusammenhang mit dem Konflikt zwischen der katholischen Liga, deren Führer er war, und der protestantischen Union im Spiel war, mindert die Größe seiner humanitären Gesinnung und seines Edelmutes nicht. Die lutheranischen Patrizier versuchten so gut wie möglich, dem ungesetzlichen Treiben zu widerstehen, waren jedoch dem terroristischen Treiben der Aufständischen nicht gewachsen und mußten bald kapitulieren.

Die eigentlichen Hintermänner der Revolution waren die Calvinisten, die die Rebellion auf vielfältige Weise unterstützten. Ihre Konfession war in Frankfurt starken Behinderungen unterworfen. Lange Zeit durften sie zum Beispiel keine Kirchen bauen. Dazu gesellte sich die fehlende Flexibilität der städtischen Behörden und der Zünfte bei der Einführung neuer präindustrieller Strukturen und Techniken. Die eingeführten Maschinen aus der westeuropäischen Heimat der Calvinisten brachten das starre Zunftwesen ins Wanken. Als ihnen daraufhin Schwierigkeiten gemacht wurden, verließ ein Teil von ihnen die Stadt und siedelte sich in Regionen an, die dem gewerblichen Fortschritt bessere Startbedingungen gewährten. Die Calvinisten waren also das finanzielle und ideologische Rückgrat des Aufstandes. Die Vertreibung der Juden schaffte ihnen die lästige jüdische Konkurrenz bei Waren- und Finanzgeschäften vom Hals. Fettmilch und seine Anhänger verrichteten die Drecksarbeit und bezahlten das später mit ihrem Leben.

Nach der Niederschlagung der Rebellion begannen die kaiserlichen Gerichte mit Prozessen gegen die Beteiligten am

Aufstand. Die kaiserlichen Richter arbeiteten präzise und gerecht, ja pingelig. Neben den Todesstrafen gegen die Rädelsführer wurden zahlreiche Arten von Strafen verhängt, je nach Art des Vergehens: Haftstrafen, Verbannung (diese im Zeitmaß abgestuft) bzw. Aberkennung der Ehrenrechte. Die Geldstrafen variierten zwischen einem einzigen Gulden und 50000 Gulden. Zum Vergleich: Ein Haus kostete damals in Frankfurt etwa 200 Gulden. Die Höchststrafe erhielt der Calvinist Jean Mahieu, einer der heimlichen Führer des Aufstandes. Neben Mahieu wurden verurteilt: Peter Bernoulli (2700 Gulden), Noe du Fay (1500 Gulden), Sebastian de Neufville (1500 Gulden), Joh. Campoing (1500 Gulden), Jacob Bartols (1500 Gulden), Samuel d'Orville (1200 Gulden), Johann Lempereur (200 Gulden). Je nach Grad des Verschuldens wurden ganze Zünfte zu Geldstrafen und zum Ersatz des angerichteten Schadens verurteilt.

Trotz der Leiden, die mit dem Überfall auf das Ghetto, der Plünderung und der Vertreibung zusammenhingen, brachte der Aufstand eine wichtige, positive Veränderung: eine neue, sogenannte Stättigkeit. Im Jahr 1616 wurde ein kaiserlicher Erlaß über die Rechte und Pflichten der Frankfurter Juden verkündet und veröffentlicht. Diese Stättigkeit war über 200 Jahre in Kraft. Durch das aus 118 Artikeln bestehende Gesetzeswerk erhielten die Juden ein Dauerniederlassungsrecht. Bis dahin mußten sie alle drei Jahre um dieses Recht nachsuchen. Nur wenige Artikel sind den Rechten gewidmet, über 100 dagegen den Pflichten, Abgaben und Steuern (bei dieser Gelegenheit wurde die Weinsteuer eingeführt). Es wurde die von Fettmilch geforderte »Moderation«, die Beschränkung der Zahl der Haushalte auf 500, verfügt. Nur sechs fremde Juden durften jährlich um die Stättigkeit nachsuchen, und nur zehn Eheschließungen wurden jährlich bewilligt. Nach wie vor waren die Juden bei der Religionsausübung nicht behindert und behielten auch ihre eigene Gerichtsbarkeit. Diese Tatsache veranlaßte einen Frankfurter Historiker zu einer

Neuinterpretation der Geschichte der Frankfurter Juden, in welcher von ihrer Überprivilegierung gegenüber den anderen Schichten der Bevölkerung die Rede ist.

### Die Rezeption des Aufstandes im 20. Jahrhundert

Fettmilch, der Julius Streicher der damaligen Zeit, hatte auch seinen Alfred Rosenberg, der den ideologischen und juristischen Überbau besorgte, den durchtriebenen Rechtsverdreher und Winkeladvokaten Dr. Nicolaus Weitz. Obwohl mehrfacher Bankrotteur, war er dank seiner Gerissenheit in Freiheit statt im Schuldgefängnis. Weitz war bei den Juden hoch verschuldet und versuchte diese mit der Drohung der Ausweisung zur Tilgung seiner Schulden zu erpressen, jedoch ohne Erfolg. Beim Prozeß konnte er seinen Kopf retten, obwohl er ein prominenter Anführer des Aufstandes war. Schon vier Jahre nach Fettmilchs Hinrichtung konvertierte er zum Katholizismus und wurde vom Kaiser begnadigt.

Fettmilch war der Prototyp des deklassierten und deshalb rebellierenden Bürgers, ein bramarbasierender SA-Führer des 17. Jahrhunderts. Es ist durchaus logisch, daß die Nazis Fettmilch als ihren geistigen Vorfahren feierten. Die *NS-Briefe, Schulungsblätter der NSDAP im Rhein-Main-Gebiet*, die im Oktober 1938, also kurz vor dem November-Pogrom erschienen sind, widmen sich ausschließlich der Hetze gegen Juden. Die ganze Titelseite ziert ein Hitler-Zitat aus *Mein Kampf*: »So glaube ich im Sinne des allmächtigen Schöpfers zu handeln. Indem ich mich des Juden erwehre, kämpfe ich für das Werk des Herrn.«

Verfolgung der Juden als göttliches Werk! Dem Artikel von Gauhauptstellenleiter Heinz Kraus mit dem Titel: *Verbrecher von Anfang an …*, einem Text zur allgemeinen Geschichte der Juden, besonders der in Deutschland, folgt der neunseitige Beitrag des SA-Truppführers Karl Imand *Bilder aus der*

*Geschichte der Frankfurter Juden*, in welchem ein Kapitel Fettmilch gewidmet ist. Dort heißt es unter der Überschrift *Der Fettmilch-Aufstand 1612–1616*: »Darüber ist schon viel geschrieben worden, und ich kann mich nicht des Eindrucks erwehren, daß in der bisherigen Geschichtsschreibung diesem ersten Sozialrevolutionär Frankfurts Unrecht geschehen ist. Die Lotterwirtschaft im Rate war riesengroß, die Bedrückung durch die Juden unerträglich. Klagen und Bittschriften an den Kaiser zeitigten keine Ergebnisse. Die ›Gravamina und Pittschrifft‹ der Zünfte an Kaiser Matthias vom 12. November 1612 entrollt ein erschütterndes Bild von der finanziellen Not und Ausplünderung der Frankfurter Bürgerschaft durch die Juden. In mehr als 300 Artikeln werden alle Klagen aufgeführt. Man beschuldigt die Bewohner ›der Gaß der Gottlosigkeit, ergerlichen Lebens und Wandels, Gotteslästerns, Fluchens, Verrätherey und Zauberey, schenden, schmehen, betrugs, übersetzung unmeßigen schendlichen Wuchers, diebstals, verfahrung, Lügenverfälschung, Mußiggang‹. Alles in allem, eine sehr schöne Musterversammlung, es fehlt rein nichts. Der Lebküchler Vinzenz Fettmilch war der Anführer im Kampfe gegen städtische Korruption und Judendrangsal. Der alte Rat wurde abgesetzt, am 22. August 1614 stürmte man die Judengasse und plünderte sie, und am nächsten Tage kündigte Fettmilch den Juden im Namen des Volkes den Schutz der Stadt auf und wies sie aus. In exitu Israel – als Israel auszog, zwar nicht aus Aegypten, aber aus Frankfurt.«

In einer 1964 gedruckten Stadtchronik wird der Aufstand mit folgenden Worten geschildert: »Die zum Teil betrunkenen Gesellen stürmen die Judengasse und plündern (nach Angaben der Juden) Gegenstände im Werte von 170 000 Gulden.«

Wie stehen die Frankfurter heute zum Fettmilch-Aufstand? Der Aufstand wird als eine berechtigte Bürgerinitiative dargestellt. Je nach dem politischen, religiösen oder weltanschaulichen Standpunkt des Interpreten werden die Fakten sehr verschieden dargestellt und bewertet. Man muß sogar von einer gewissen Manipulation sprechen, wenn man den jüdischen Aspekt des Aufstandes durch falsche Gewichtung der Fakten bagatellisiert oder ganz verschweigt. Ist es nicht merkwürdig, daß die Nazis Vinzenz Fettmilch als einen Helden der nationalen Revolution für sich beanspruchten (ein Theaterstück wurde aufgeführt, eine Straße sollte nach ihm benannt werden) und dann Jahre später die jungen Linken in Fettmilchs Stadt ihn als einen sozial-revolutionären Rebellen, also als den ihrigen feierten? Es gab sogar eine kurzlebige Fettmilch-Renaissance, die nicht von Neonazis, sondern von Linken ausging. Die inzwischen eingestellte Frankfurter Monatsschrift *Hauptwache* brachte in den Februar- und März-Ausgaben des Jahres 1977 eine ausführliche, durchaus positive Würdigung des Fettmilch-Aufstandes. In der Frankfurter Universität gab es eine Veranstaltung, zu der Plakate mit Marx, Lenin, Luxemburg und Fettmilch gedruckt wurden. Die Suche nach lokalen Revolutionshelden für das städtische Pantheon ist eine durchaus legitime Sache, nur ist Fettmilch der falsche Kandidat. Die menschen- und judenfeindliche Hetze Fettmilchs sollte der Übernahme der ideologischen Patenschaft im Wege stehen, denn Fettmilch war eher Julius Streicher als August Bebel. Dieser betrachtete bekanntlich den Antisemitismus als den »Sozialismus der dummen Kerle«.

1980 publizierte das Frankfurter Städtische Presse- und Informationsamt ein prächtig illustriertes, sechsseitiges Faltblatt *Frankfurt – Zentrum deutscher Reichsgeschichte*. Darin heißt es: »Als 1612 Matthias in Frankfurt zum deutschen König gewählt wird, weigern sich die Bürger, den ihnen durch die Goldene Bulle auferlegten Eid, für die Sicherheit zu sorgen, zu leisten, ehe ihnen nicht von dem Inhalt ihrer Vorrechte Kenntnis gegeben wird. Eine kaiserliche Kommission zwingt dem Rat im Bürgervertrag Zugeständnisse ab. Die Bürger geben sich nicht zufrieden. Es kommt 1614 zum Fettmilch-Aufstand. Der Kaiser greift ein, Fettmilch wird enthauptet. Der patrizische Rat wird wieder eingesetzt, der Bürgervertrag annulliert.« Die Juden werden in diesem Text mit keinem Wort erwähnt!

Für die Frankfurter Juden blieb die Beendigung ihrer Vertreibung bis zum heutigen Tag ein freudiges historisches Ereignis. Fettmilch, der wie viele Calvinisten bibelfest war, pflegte den Juden zu drohen, daß er, wie der biblische Haman, ihr Verderber sein werde. Der kalendarische Zufall wollte es, daß er ähnlich wie sein Vorbild Haman am 20. Adar des jüdischen Kalenders, sechs Tage nach dem Purimfest, hingerichtet wurde. So feiern wir bis heute in Frankfurt das Vinz-Purimfest, das uns an die Errettung aus der Not erinnert.

## DER MENSCHENLIEBE VERPFLICHTET – CHARLES HALLGARTEN

Charles Hallgarten, der am 18. November 1838 in Mainz zur Welt kam, war ein ebenso weltoffener wie großzügiger Philantrop, der zeitlebens in über 50 städtischen, nationalen und internationalen Hilfsorganisationen wirkte.

Wollte man sein Leben auf den Begriff bringen, könnte man auf Goethe, genauer dessen *Faust II*, zurückgreifen und die folgenden Verse des Herolds zitieren: »Er hat nichts weiter zu erstreben, / Wo's irgend fehlte, späht sein Blick, / Und seine reine Lust zu geben / Ist größer als Besitz und Glück.« Mir scheint, daß hier ein Motto bereitgestellt ist, unter dem sich Charles Hallgartens Leben begreifen läßt.

Im Jahr 1851, Charles war gerade 13 Jahre alt, wanderte die Familie nach Amerika aus. Dort besuchte er Schule und College, lernte neben der deutschen und englischen Sprache auch Französisch und Italienisch, absolvierte eine Banklehre und trat später ins elterliche Bankgeschäft in New York ein. Immer zeigte sich der musisch und sprachlich Begabte an Kunst, Musik und Literatur interessiert. Früh erhielt er Einblick in das amerikanische Wohltätigkeitswesen, das der Privatinitiative stets eine große Bedeutung zugemessen hat. Hallgarten, der sich für die Gleichberechtigung der Schwarzen einsetzte und nach Möglichkeiten der Armenfürsorge suchte, steckte sich wahrscheinlich bei seinen Streifzügen durch die Elendsviertel New Yorks mit der Tuberkulose an.

Das für den Kranken ungünstige Klima New Yorks zwang ihn zum Verlassen der Stadt. Gemeinsam mit seiner Frau Elise begab sich der 37jährige im Jahr 1875 in Europa auf die Suche nach einem neuen Domizil. Nach langen Kuraufenthalten am Genfer See, an der Riviera und in Sizilien traf er 1877 in Frankfurt ein, das damals, wie heute, ein wichtiger Banken- und Börsenplatz war. Hallgarten residierte als reicher Privatmann in einer vornehmen Villa in der heutigen Siesmayerstraße, die mit vielen Bildern der Frankfurter Schule dekoriert war. In Frankfurt wuchsen seine drei Söhne auf, hier wurde seine Tochter geboren. Die im Laufe der nächsten 31 Jahre von New York nach Frankfurt transferierten Geldbeträge, nach heutigem Wert eine zweistellige Millionensumme, setzte er für seine umfangreichen sozialen, kulturellen und politisch-demokratischen Aktivitäten ein.

Wie sah Frankfurt aus, als Hallgarten 1877 hier eintraf? Mit der Reichsgründung 1871 und der Beseitigung der Zollbarrieren hatten Handel und Industrie einen beträchtlichen Aufschwung erfahren. Gegen Ende des 19. Jahrhunderts sorgte die rasch fortschreitende Industrialisierung für ein stetiges Anwachsen der Bevölkerung. Tausende von Arbeitsuchenden kamen während der Gründerzeit in die Stadt – und mit ihnen massive soziale Probleme. Die Kluft zwischen Wohlhabenden und Bedürftigen vergrößerte sich zusehends. Die Stadt Frankfurt, die sich durch eine Vielzahl von, wenn auch weitgehend unkoordiniert nebeneinander tätigen städtischen, konfessionellen und privaten Sozialeinrichtungen und Stiftungen auszeichnete, zog Bedürftige und Hilfesuchende in einem besonderen Maße an. Unter den Armen tummelten sich auch geschickte Kleinkriminelle, die mit meisterhaft gefälschten Empfehlungsschreiben soziale Fürsorge beantragten und so die geringen Mittel der privaten Fürsorge zusätzlich belasteten. Schon bald konnte das bestehende Fürsorgewesen den wachsenden Aufgaben nicht mehr gerecht werden. An diesen Zuständen entzündete sich Hallgartens Organisationstalent. Zunächst baute er die bestehenden Einrichtungen durch Rat und Geld aus, dann gründete er, den Erkenntnissen der stürmischen Entwicklung folgend, neue Einrichtungen. Als Schatzmeister vieler Vereine sorgte er für den Ausgleich ihrer Jahresdefizite. Gemeinsam mit Wilhelm Merton und anderen gründete er am 1. November 1898 die *Zentrale für private Fürsorge*. Endlich wurde dem Mißbrauch der sozialen Dienste durch die ehrenamtlichen Mitarbeiter des Vereins, die sorgfältig jeden Antrag prüften und auch Hausbesuche durchführten, ein Ende gesetzt.

Die Krise um die Jahrhundertwende brachte große Arbeitslosigkeit. Um den sozialen Problemen entgegenzuwirken, gründete man einen Notstandsausschuß für Arbeitslose. Arbeitslosenwerkstätten für Schuster, Schneider und andere Berufe entstanden. Hallgarten unterstützte in dieser Zeit Volksküchen, Arbeiter-Speisestuben und Notstandsküchen. Neben der Gründung des Vereins zur Bekämpfung der Tuberkulose rief er auch den noch heute bestehenden *Hauspflegeverein* mit ins Leben.

Der Frankfurter Verein *Mutterschutz* unterstützte obdachlose Schwangere, die, was damals häufig vorkam, mit dem Arbeitsplatz zugleich auch Logis und – als Unverheiratete – die gesellschaftliche Achtung verloren hatten. Der Verein *Jugendwohl* sorgte für Schulabgänger ohne berufliche Ausbildung und Perspektive. Zum ersten Mal wurden Jugendaufenthaltssäle, Vorläufer der heutigen Jugendtreffs, bereitgestellt, in denen es eine freundliche Atmosphäre, gute Bücher und Zeitschriften gab. Museumsbesuche wurden organisiert und die sportliche Betätigung wurde gefördert. Zudem errichtete man Kinderheilstätten. Für schwererziehbare Jugendliche wurden Kollektivvormundschaften bestellt. Der Verein *Jugendwohl* übernahm ihre Fürsorge.

Im Jahre 1886 fand in Frankfurt eine »Konferenz für das Idiotenwesen« statt. Drei Jahre später, Ostern 1889, konnten bereits 44 Kinder in die erste Hilfsschule, im Volksmund »Dumme-Schul« genannt, gehen. Hier erhielten die geistig behinderten Kinder erstmals eine schulische Förderung und damit die Möglichkeit, ein bloßes Dahinvegetieren zu überwinden. 1912, vier Jahre nach seinem Tod, wurde die Schule, die es noch heute gibt, nach Charles Hallgarten benannt. Im Jahr 1888 wurde auf dem zuvor erworbenen Anwesen Calmenhof in Idstein die *Idiotenanstalt* gegründet, die heute in der Trägerschaft des hessischen Landeswohlfahrtsverbandes als Heilerziehungsanstalt fortbesteht.

Besondere Verdienste erwarb sich Charles Hallgarten als Pionier des sozialen Wohnungsbaus. Frankfurts Oberbürgermeister Miquel erteilte Anfang der 80er Jahre dem *Verein für Sozialpolitik* den Auftrag, eine Studie über die Wohnungsnot der ärmeren Klassen in deutschen Großstädten anzufertigen. Die Studie kam 1886 heraus. Ihr Ergebnis war erschreckend: Über fünfzehn Prozent der Menschen lebten in überfüllten Wohnungen, die meisten Familien mußten ihre Wohnungen mit Untermietern teilen.

Am 16. Januar 1890 wurde die *Aktienbaugesellschaft für kleine Wohnungen* gegründet. Initiatoren waren neben dem Oberbürgermeister Charles Hallgarten Georg Speyer, Stadtrat Karl Flesch und Konsul Becker. Sie bildeten den Vorstand. Hallgarten mobilisierte das Aktienkapital von 605000 Goldmark, wovon Georg Speyer allein 100000 Mark aufbrachte. In der Anfangszeit stellte man nur einen Bauzeichner fest an; Vorstand und Aufsichtsrat wirkten zunächst ehrenamtlich. Dieses kleine Team erbrachte Pionierleistungen: Weite Teile des Frankfurter Nordends wurden von der ABG erschlossen. Statt der üblichen tristen Mietskasernen baute die ABG, unterstützt von dem *Verein zur Förderung des Arbeiterwohn-wesens*, Wohnanlagen, zu denen Vereinshäuser, Bibliotheken, Krippen und Horte gehörten. Das erste Vereinshaus stiftete der jüdische Bürger Samuel Wertheim; bald hatte jeder Block sein eigenes Vereinshaus. Neue revolutionäre Grundrisse mit Wohnküche, Spülraum und Veranda, ein für damalige Verhält-nisse ungeheurer Luxus, wurden entworfen und realisiert. Äußerst moderate Monatsmieten erlaubten es den Arbeitern der untersten Einkommensschichten, hier zu wohnen.

Über die bereits erwähnten sozialen Projekte hinaus enga-gierte sich Charles Hallgarten auch in verschiedenen kultu-rellen Einrichtungen, die er oftmals mitgegründet hatte. So arbeitete er im *Ausschuß für Volksvorlesungen*, dem Vorläufer des heutigen *Bundes für Volksbildung*, mit, wirkte auch für das Rhein-Mainsche Volkstheater und unterstützte das Museum für Kunsthandwerk mit großen Spenden. Das soziale Mu-seum, das sich später zur *Akademie für Sozial- und Handels-wissenschaft* entwickelte, die bekanntlich die Vorläuferin der Frankfurter Universität war, gründete er ebenso mit wie das *Institut für Gemeinwohl*, in dem die wissenschaftlichen Grundlagen der Sozialarbeit erarbeitet wurden. Eine seiner großen Leistungen aber war die Gründung des *Vereins zur Er-forschung jüdischer Denkmäler* in Frankfurt, aus dem später das Jüdische Museum hervorging.

So vielfältig die Aktivitäten Hallgartens auch waren, lassen sich doch bestimmte Grundzüge und -sätze seiner Arbeit er-kennen: das Zusammenwirken zwischen städtischen Einrich-tungen und den – christlichen und jüdischen – Bürgern, die Ausrichtung der Sozialfürsorge auf den wirklich hilfsbedürf-tigen Menschen, die Aufwertung der Privatinitiative und mit ihr des ehrenamtlichen, der Menschenliebe verpflichteten En-gagements, die methodische und wissenschaftliche Grund-legung der Sozialarbeit, die Effizienz der Projekte, die so or-ganisiert waren, daß sie sich durch Finanzrückflüsse so weit als möglich selbst trugen.

## Internationale jüdische Hilfsorganisationen

Hallgarten, der nicht streng religiös war, solidarisierte sich als Mitgründer und Präsidiumsmitglied mehrerer internationaler jüdischer Hilfsorganisationen mit den verfolgten Juden in der Welt. So organisierte er für die von blutigen Pogromen heimgesuchten russischen Juden großzügige Hilfsaktionen. Liebevoll wurden die über Deutschland nach Amerika auswandernden Glaubensbrüder betreut. Die jüdische Bevölkerung Palästinas wurde von dem *Hilfsverein deutscher Juden* unterstützt, der vor Ort viele soziale Einrichtungen, Krankenhäuser, Schulen und Kolonien aufbaute. Im Gegensatz zu vielen großbürgerlichen, assimilierten Juden unterstützte Hallgarten als prominentes Mitglied der *Jewish Colonization Association* die Gründung eines jüdischen Nationalstaates in Palästina.

## Alliance Israélite Universelle

Unter dem Eindruck der anhaltenden Rechtlosigkeit der Juden in vielen Ländern hatten 1864 mehrere im Zuge der Emanzipation und Assimilation arrivierte französische Juden in Paris die erste jüdische Weltorganisation, die *Alliance Israélite Universelle,* gegründet. Mit einer zentralen, alle Juden vereinigenden Organisation hoffte man den Zusammenhalt der Juden zu stärken und die eigenen Interessen und Rechte wirksamer vertreten zu können. Bis zu seinem Tod gehörte Hallgarten zu den führenden Persönlichkeiten der AIU.

Einer der wichtigsten Programmpunkte der AIU war die Bekämpfung der Ausnahmegesetze, der Willkürherrschaft, der Gewalttaten und Diskriminierungen, unter denen die Juden weltweit litten. So setzte sich die AIU in ihren Anfangsjahren für die bürgerliche Gleichstellung der Schweizer Juden ein.

Nach dem Ende des russisch-türkischen Krieges fand 1878

ein internationaler Kongreß in Berlin statt, auf dem Bismarck und Disraeli die führenden Persönlichkeiten waren. Die AIU war mit einer offiziellen Delegation unter Charles Netter vertreten, die sich auf dem Kongreß für die Rechte aller Minderheiten, darunter auch die der jüdischen, in Rumänien, Bulgarien, Serbien, Montenegro und in der Türkei einsetzte. Ebenfalls im Jahre 1878 fand eine von der AIU initiierte Konferenz in Madrid statt, auf der über die Rechte der marokkanischen Juden verhandelt wurde.

Später, auf der Friedenskonferenz in Paris 1919 und bei den Tagungen des Völkerbundes in Genf, arbeitete die AIU mit anderen Organisationen zusammen, um die jüdischen Minderheiten in Rumänien, Ungarn, Polen, Marokko und Persien wirksam zu schützen.

Die *Alliance* war kein Wohltätigkeitsverband, und sie gewährte Unterstützung nur denjenigen jüdischen Gemeinden, die von Unglück oder Unterdrückung betroffen waren. Akute Hilfe leistete sie erstmals im Jahr 1869, als die Juden Litauens und Polens durch Hungersnot und Typhus dezimiert wurden. Eine von der AIU damals nach Berlin einberufene Versammlung, die unter dem Vorsitz ihres Präsidenten Adolphe Crémieux abgehalten wurde, ließ in Königsberg ein Hauptgrenzkomitee errichten, das unter der Mitarbeit ähnlicher Komitees in Memel und Berlin die Unterbringung der Waisen und die Organisation des ersten Auswandererstroms nach Amerika übernahm.

Nach den russischen Pogromen des Jahres 1881, als Tausende von Juden nach Galizien geflohen waren, organisierten die Vertreter der AIU in Brody mit Hilfe der *Israelitischen Allianz* in Wien und der deutschen Komitees die Auswanderung der Mehrzahl dieser Flüchtlinge, vor allem in die Vereinigten Staaten. Die AIU sammelte Gelder für die Opfer der Pogrome in Rußland 1903 und 1905. Nach der Feuersbrunst in Konstantinopel (1874 und 1883) und dem Erdbeben in Chios (1881), in der Hungersnot in Kleinasien (1882) und während des russisch-türkischen Krieges (1877), dem Balkankrieg (1912) und den blutigen Ereignissen in Casablanca und Fez (1907 und 1912) unterstützte sie die notleidenden Juden in vielfältiger Weise.

## Deutsche Conferenz-Gemeinschaft der AIU

In Deutschland arbeiteten die lokalen Komitees der AIU jahrelang ohne jede Verbindung untereinander, bis man 1906 beschloß, ihre Tätigkeit durch die Gründung eines nationalen Verbandes, der *Deutschen Conferenz-Gemeinschaft der AIU,* zu koordinieren. Wegen der einseitigen französischen Kulturpropaganda traten innerhalb der AIU bald scharfe Gegensätze und Konflikte auf. Die *Deutsche Conferenz-Gemeinschaft,* der von den insgesamt 40 000 Mitgliedern der AIU 18 000 Mitglieder angehörten und die mit der Zeitschrift *Ost und West* zudem ein repräsentatives Publikationsorgan besaß, forderte eine stärkere Berücksichtigung der deutschen Sprache. Die Zionisten dagegen plädierten für die Einführung des Hebräischen. Während des Ersten Weltkrieges wurde die *Deutsche Conferenz-Gemeinschaft* schließlich aufgelöst, da sie für die deutsch-jüdischen Patrioten zu französisch orientiert war.

Charles Hallgarten wurde 1893 zum Mitglied des Zentralkomitees und zum Vizepräsidenten der AIU in Paris gewählt. Er war auch Mitgründer und Vizepräsident der *Deutschen Conferenz-Gemeinschaft* der AIU. Diese Ehrenämter hatte er 15 Jahre lang, bis zu seinem Tode, inne. Durch seine Kontakte zu vielen Staatsmännern konnte er auf hoher politischer Ebene erfolgreich zugunsten notleidender Juden intervenieren. So schaltete er während und nach den russischen Pogromen in Amerika staatliche und jüdische Stellen ein, um die Einwanderung osteuropäischer Juden in die Vereinigten Staaten entscheidend zu fördern. Auch zugunsten von 1 400 sich bereits in Wien aufhaltenden rumänisch-jüdischen Flüchtlingen intervenierte Hallgarten im Juli 1900 erfolgreich bei der amerikanischen Einwanderungsbehörde. Da der Hamburger Hafen zu dieser Zeit geschlossen war, organisierte Hallgarten die Verschiffung der Auswanderer von Bremen aus.

Mit dem Aufruf vom 11. September 1907 appellierte das Frankfurter Lokalkomitee der AIU, dessen Büro sich in der Junghofstraße 14 befand, an die Hilfsbereitschaft der Juden; diesmal für die von Morden, Brandstiftungen und Plünderungen geschädigten marokkanischen Juden von Casablanca, Rabat, Tanger und Mogador. »Wir erwarten gern«, hieß es am Ende des Aufrufs, »daß das Herz unserer Glaubensgenossen auch gegenüber diesem neuen Unglück sich in gewohnter Weise bewähren wird.«

## Der Antisemitismus im Kaiserreich

Die Juden in Deutschland hatten durch das Gesetz vom 3. Juli 1869 die verfassungsmäßige Gleichberechtigung erlangt. Im Deutschen Reich begann zu dieser Zeit der organisierte Antisemitismus. 1880 veröffentlichte Wilhelm Maar die Broschüre *Zwanglose antisemitische Hefte*. Schon seit 1878 bekämpfte der Hofprediger Adolf Stöcker die Juden aus politischen und religiösen Gründen. Er gründete die *Christlich-soziale Arbeiterpartei*, für die er 1881 als Abgeordneter in den Reichstag zog. Der Reserveoffizier Liebermann von Sonnenberg gründete die *Deutschsoziale Partei*, die 1894 mit der hessischen antisemitischen Volkspartei von Dr. Böckel zur *Deutschsozialen Reformpartei* fusionierte. 1887 wurde Böckel als erster Antisemit in den Reichstag gewählt. 1893 saßen im Reichstag bereits 16 antisemitische Abgeordnete, um 1903 stieg mit den Abgeordneten des *Bundes der Landwirte* ihre Anzahl auf 22.

In den Groß- und Universitätsstädten fanden Ideologen des rassistischen Antisemitismus, wie Hermann Ahlwardt,

Paul de Lagarde, Graf Gobineau oder Houston Stewart Chamberlain, viele Anhänger. Bücher und Zeitschriften wie der *Antisemitenspiegel*, die *Antisemitische Korrespondenz* und das *Antisemitische Jahrbuch* brachten ihr Gedankengut unter die Massen. Der Historiker Heinrich Treitschke prägte in dieser Zeit den Slogan »Die Juden sind unser Unglück«, der bis zum Ende der Nazizeit ständig wiederholt und variiert wurde. Einer der umtriebigsten Antisemiten war der Schriftsteller und Politiker Theodor Fritsch. Er war Mitglied der *Deutschen Antisemitischen Vereinigung.* 1887 gründete er in Leipzig den Hammer-Verlag, der den *Antisemiten-Catechismus*, später *Handbuch der Judenfrage* genannt, herausgab, das in 40 Auflagen mit über 300 000 Exemplaren erschien und schon bald zur »Bibel« der Nazis wurde. Wie Stöcker propagierte er ein von jüdischen Elementen »gesäubertes«, »arisiertes« Christentum. Fritsch starb 1933. Sein Grabredner war Julius Streicher.

Die erstarkte antisemitische Agitation griff vor allem das Selbstbewußtsein derjenigen deutschen Juden an, die zum Teil aus Dankbarkeit für die ihnen gewährte Gleichberechtigung patriotisch eingestellt waren.

### Verein zur Abwehr des Antisemitismus

Als Reaktion auf den sich ausbreitenden Antisemitismus im Kaiserreich wurde Ende 1890 der überkonfessionelle *Verein zur Abwehr des Antisemitismus*, kurz *Abwehrverein*, von zahlreichen bürgerlich-liberalen, zum großen Teil nichtjüdischen Politikern gegründet.

Seine Anfänge und selbst seine Gründung, an der Charles Hallgarten maßgeblich beteiligt war, sind nicht genau bekannt, da die Akten des Vereins verschollen sind.

Der Verein vertrat den Standpunkt, daß die Juden in Deutschland sich lediglich durch ihre Religion von den übrigen Deutschen unterschieden. Aus diesem Grund dürften sie weder gesetzlich noch gesellschaftlich benachteiligt, beleidigt oder verleumdet werden. Es war keine leichte Aufgabe, diese in westeuropäischen Ländern selbstverständlichen Postulate im Wilhelminischen Deutschland durchzusetzen. Eingaben an den Kaiser und den Reichskanzler blieben unbeantwortet.

Es sollte ein ganzes Jahr dauern, bis der Verein erstmals öffentlich auftreten konnte. Diese Zeit hatte man benötigt, um 500 angesehene christliche Persönlichkeiten zu finden, die gewillt waren, eine Erklärung für die Ziele des Vereins zu unterschreiben. Es waren Vertreter des deutschen Bildungsbürgertums: Juristen, Ärzte, Geschäftsleute, Theologen. Unter den Unterzeichnern fanden sich 50 Reichstagsabgeordnete, darunter 39 Abgeordnete der *Freisinnigen Partei*, 50 Landtagsabgeordnete und 16 Bürgermeister oder Oberbürgermeister. Der Verein hatte in der Zeit seines Bestehens relativ konstant zwischen 14 000 und 20 000 Mitglieder, zu denen der Schriftsteller Heinrich Mann, der Historiker Theodor Mommsen, Politiker wie Otto Landsberg, Hugo Preuß, Rudolf von Gneist, Theodor Barth, Heinrich Krone und der damals bekannte Philosophieprofessor Heinrich Rickert zählten. Jedes Mitglied wurde von Hallgartens Frankfurter Büro aus, das neben dem Berliner Hauptbüro den Großteil der organisatorischen Arbeit übernahm, mit Rundschreiben und den Vereinsmitteilungen versorgt. Zunächst verfolgte man die Idee, ausschließlich Christen für die Mitgliedschaft zu interessieren, die Aktivitäten aber hauptsächlich von Juden finanzieren zu lassen. Aus diesem Grund wurden in allen jüdischen Gemeinden Deutschlands Geldsammelaktionen durchgeführt. Motor dieser Aktivitäten war wiederum Hallgarten, der damit den Verein auf ein finanziell sicheres Fundament stellte. Als die Hauptversammlung des Vereins im November 1893 dieses Konzept änderte, wurde Hallgarten als erster Jude in den Vorstand gewählt.

Die christlichen Vorsitzenden des *Abwehrvereins*, Rudolf von Gneist, Heinrich Rickert, Theodor Barth und Georg Gothein, waren Lichtgestalten der deutschen Politik im Kaiserreich und später in der Weimarer Republik. Sie kämpften als Reichstagsabgeordnete, Publizisten und Parteiführer entschieden gegen den manifesten wie latenten Antisemitismus. Als Heinrich Rickert starb, tönte die antisemitische *Staatsbürgerzeitung*: »Hoffentlich findet sich kein Mann deutscher Abkunft, der die Rolle weiter spielt, die er sich erwählt hat.«

Aber es fand sich ein »Mann deutscher Abkunft«, der die Arbeit Rickerts fortsetzte. Es war der bereits erwähnte Theodor Barth, auch er ein überzeugter Demokrat, der sich gegen das weitere Verheimlichen der jüdischen Mitglieder aussprach. 1904 wurden in den *Mitteilungen* des *Abwehrvereins* die 84 Namen der Mitglieder des erweiterten Vorstandes veröffentlicht. Es waren Christen und Juden, Reichstagsabgeordnete, Professoren, Verleger, Geistliche und Lehrer.

Der Verein kooperierte später eng mit der *Deutschen Demokratischen Partei* (DDP), deren Reichstagsabgeordneter Georg Gothein ab 1921 auch den Vorsitz des Vereins führte. Gothein, der unzählige Male persönlich angegriffen, verleumdet und beleidigt wurde, kämpfte im Reichstag unermüdlich gegen die Diskriminierung der Juden, z. B. bei den Offiziersbeförderungen.

Charles Hallgarten stand allen Vorsitzenden mit Rat, Tat und auch Geld hilfreich zur Seite. Wie sein Sohn Robert später berichtete, war die finanzielle Absicherung des Vereins dabei die schwierigste Aufgabe, die sein Vater nur durch ständige Appelle an die Juden zu bewerkstelligen vermochte.

### Der »rote« Kapitalist

Der jüdische Bankier und amerikanische Kapitalist Hallgarten war ein engagierter Demokrat, der, ohne selbst parteipolitisch gebunden zu sein, die im Reichstag vertretenen freiheitlich-demokratischen Parteien unterstützte. Der »rote

Kapitalist«, wie er von einigen Zeitgenossen anerkennend betitelt wurde, sympathisierte mit den Sozialdemokraten und setzte sich tatkräftig für die Anliegen der deutschen Gewerkschaftsbewegung ein. Sein Bestreben war es, die Auswüchse des Kapitalismus durch eine starke und undogmatische Gewerkschaftsbewegung zu bändigen. So rettete er beispielsweise die sozialdemokratische *Westdeutsche Arbeiterpost* durch eine großzügige Spende vor dem Konkurs. Auch der Bau des ersten Gewerkschaftshauses in Frankfurt ist ihm zu verdanken.

Das Angebot einer deutschen Staatsangehörigkeit schlug er aus und blieb bis zu seinem Tod amerikanischer Bürger. Konsequent lehnte er jede der ihm zugetragenen staatlichen Ehrungen ab, darunter den königlich-preußischen Schwarzen Adlerorden, wie auch jedes Ehrenamt, das nicht der humanitären Arbeit galt. Auch der möglichen Berufung ins Preußische Herrenhaus, die erste Kammer des Preußischen Parlaments, in der der handverlesene, zumeist konservative Adel saß, folgte er nicht.

»Hallgarten«, urteilte die *Neue Revue* in ihrem Nachruf im Mai 1908, »dürfte unserem Beamtentum nicht besonders gelegen haben. Dazu war seine Bildung zu universell, sein Deutsch viel zu rein, sein Französisch, Englisch und Italienisch zu vollkommen, auch seine freiheitliche Richtung zu geradlinig. Deshalb ist es auch komisch, sich Hallgarten als Mitglied des Preußischen Herrenhauses, wie alle dahin berufenen Millionäre, als Jasager auszumalen. Man kann jedoch sicher sein, daß dieser Adlige seine wahre Meinung im Herrenhause nicht unterdrückt hätte.«

Charles Hallgarten starb am 19. April 1908 in Frankfurt am Main. Rund um den Jüdischen Friedhof in der Rat-Beil-Straße versammelten sich über 20 000 Menschen, die ihrer Trauer und Ehrerbietung Ausdruck verleihen wollten. Die Trauerredner, es waren ihrer viele an diesem Tag, waren sich einig, daß Charles Hallgarten den Nachkommenden zum

Vorbild ein bedeutendes Lebenswerk hinterlassen hatte. Sechs-
undzwanzig nichtjüdische Vereine Frankfurts, angefangen mit
der *Aktienbaugesellschaft für kleine Wohnungen* und endend mit
dem *Verein Kinderschutz,* schalteten eine Traueranzeige in der
*Frankfurter Zeitung.*

Hallgartens Einstellung zu Fragen der Gesellschaft und der
Verantwortung des Kapitals für soziale Notstände sind heute,
in der Zeit des Turbokapitalismus, wieder brisant und aktuell.
Sein Werk hat über all die Jahre nichts von seiner Bedeutung
verloren. Wir sollten es endlich als Herausforderung annehmen.

## EIN LEBEN IN ZWEI HÄLFTEN –
## BERTHA PAPPENHEIM

»Es gibt Menschen von Geist, es gibt Menschen von Leidenschaft, beides ist nicht häufig, wie man meint, es gibt, noch
viel seltener, Menschen von Geist und Leidenschaft des Geistes. Ein Mensch leidenschaftlichen Geistes ist Bertha Pappenheim gewesen …« Als Martin Buber diesen Nachruf zu
Ehren der großen Frankfurterin am 28. Mai 1936 schrieb,
würdigte er ein Leben, das reich an Tiefen menschlichen Leidens und Höhepunkten praktizierter Menschenliebe war.

Bertha Pappenheim kam am 27. Februar 1859 als dritte
Tochter des wohlhabenden jüdischen Kaufmannes Sigmund
Pappenheim und seiner Frau Recha, geb. Goldschmidt, in
Wien auf die Welt. Ihr Vater entstammte einer streng or-
thodoxen Familie, ihre Mutter kam aus einer alteingeses-
senen, sehr begüterten und sozial aktiven Frankfurter Fami-
lie. In dem großbürgerlichen und jüdisch-orthodoxen
Elternhaus führte Bertha Pappenheim zunächst das typische
Leben einer »höheren Tochter« mit Reitstunden, Handarbei-
ten und Klavierspiel. Die überdurchschnittlich Begabte, die
Englisch, Französisch, Italienisch und Jiddisch beherrschte

und Hebräisch lesen konnte, sollte auf ihre Zukunft als Ehefrau vorbereitet werden.

Im Sommer 1880 geriet die mittlerweile 21jährige, die sich bei der Pflege ihres erkrankten Vaters völlig verausgabt hatte, in eine schwere psychosomatische Krise: Lähmungserscheinungen, Seh- und Sprachstörungen, Halluzinationen mit Traum-Wach-Zuständen waren Symptome eines rätselhaften Leidens. Der in der Wiener Oberschicht angesehene Arzt Dr. Joseph Breuer übernahm im November 1880 die Behandlung und diagnostizierte Hysterie. In den folgenden Monaten durchlebte Bertha Pappenheim mit ärztlicher Hilfe und unter Hypnose die krankheitsauslösenden Erfahrungen noch einmal. »Talking cure«, Redekur, nannte die Patientin ihre Behandlung – ein Ausdruck, den ihr Arzt übernahm und der dann in die Medizingeschichte einging. Von der neuartigen Behandlungsform berichtete Joseph Breuer seinem jüngeren Kollegen und Freund Dr. Sigmund Freud. Gemeinsam verfaßten sie die *Studien über Hysterie*, die 1895 erschienen. Die Krankengeschichte Bertha Pappenheims wurde zum später berühmten Fall der Anna O. Erst 1953, siebzig Jahre später, wurde das Geheimnis des Pseudonyms von dem Freud-Biographen Ernest Jones gelüftet.

Nach mehrjähriger Therapie mit zahlreichen Rückschlägen und Sanatoriumsaufenthalten stabilisierte sich der Gesundheitszustand Bertha Pappenheims. Unter völlig veränderten Lebensbedingungen gelang ihr 1888 ein Neuanfang: Mit der inzwischen verwitweten Mutter zog sie nach Frankfurt, wo die knapp Dreißigjährige im Kreis der Barone Rothschild, der Mertons, Hallgartens und Schiffs bald zur Crème der Frankfurter Gesellschaft gehörte. Offenbar verzichtete sie in dieser Zeit endgültig auf eine eigene Familie. Voller Energie und Idealismus widmete sich Bertha Pappenheim nun der jüdischen Wohltätigkeits- und Gemeindearbeit. In ihrem Engagement für die sozial Schwachen – besonders die Frauen, Mädchen und Kinder – suchte und fand sie schließlich ihre

Erfüllung. Worauf sie selbst verzichten mußte, schenkte sie anderen: »Mir ward die Liebe nicht / Drum wühl' ich mich in Arbeit / Und leb' mich wund an Pflicht« – heißt es in einem ihrer Gedichte.

Nach und nach setzte sie ihre sozialreformerischen Ideen und Theorien in die Praxis um. Unterstützung für ihre vielfältigen Projekte erhielt sie in Frankfurt u. a. von jüdischen Philanthropen wie Charles Hallgarten und Wilhelm Merton. Die Frankfurter Stadtväter, die Oberbürgermeister Miquel und Adickes sowie der Sozialdezernent Flesch, unterstützten die Einführung weitgehender Reformen des Sozialwesens, deren wissenschaftliche Grundlagen im *Institut für Gemeinwohl* erarbeitet wurden.

1890 arbeitete Bertha Pappenheim ehrenamtlich in einer Suppenküche für jüdische Flüchtlinge aus den Pogromgebieten der Ukraine, die der *Israelitische Hilfsverein* unter dem Vorsitz Charles Hallgartens eingerichtet hatte.

Mary Wollstonecraft, die englische Frauenrechtlerin des 18. Jahrhunderts, deren Schrift *Vindication of the Rights of Woman* sie ins Deutsche übersetzte, scheint Bertha Pappenheims Arbeit nachhaltig beeinflußt zu haben. Bald schon lenkte sie ihr Interesse auf die gesellschaftliche Stellung speziell der jüdischen Frau. Schnell erkannte Bertha Pappenheim die Lücken in dem noch locker geknüpften Sozialnetz und engagierte sich für die eigentlich Notleidenden: die Frauen der unteren Schichten, die oftmals »gefährdet«, d. h. ledige Mütter, schwangere Mädchen oder Prostituierte, waren. Seit 1895 arbeitete Bertha Pappenheim in einem jüdischen Mädchenwaisenhaus, dessen Leitung sie zwei Jahre später übernahm. Gemeinsam mit Charles Hallgarten gründete sie mehrere Mutter-Kind-Schutzvereine. An der Seite der energischen Frankfurter Sozial- und Kommunalpolitikerin Jenny Apolant kämpfte sie für eine stärkere Beteiligung der Frauen im Sozialwesen der Kommunen. Sie wurde Mitglied des Städtischen Armenamtes, arbeitete als Armenpflegerin im Nordend und engagierte sich gleichzeitig in dem von ihr 1901 mitgegründeten Verein *Weibliche Fürsorge,* der zu einer wichtigen Hilfsorganisation insbesondere für die aus Osteuropa eingewanderten, mittellosen Frauen wurde. Neben der Berufsvermittlung und dem Rechtsbeistand errichtete der Verein einen Mädchenclub, eine Bahnhofshilfe, ein Wohnheim und einen Kindergarten. Für ihre Aktivitäten mobilisierte sie ehrenamtliche Mitarbeiterinnen aus allen Schichten der Gesellschaft.

1902 fand in Frankfurt die erste deutsche Konferenz zur Bekämpfung des Mädchenhandels statt. Auch Bertha Pappenheim widmete sich diesem in der Öffentlichkeit weitgehend tabuisierten Thema. Sie leistete wichtige Aufklärungsarbeit, nahm an Konferenzen teil und reiste nach Polen, Rußland und Galizien, um sich über die Lebensbedingungen der jüdischen Frauen zu informieren, die – notleidend, jung, naiv und ungebildet – in Deutschland, aber auch in ihren Heimatländern als Prostituierte arbeiten mußten.

Neben ihrer Sozialarbeit schrieb Bertha Pappenheim Erzählungen, Gedichte, Reiseberichte sowie Artikel für die allgemeine und die Fachpresse. Sie übersetzte die Memoiren der Glückel von Hameln, einer entfernten Verwandten, die 1645 bis 1724 in Hamburg und Metz gelebt hatte, aus dem Jiddischen ins Deutsche. Auf diese Weise wurde die Geschichte einer klugen und resoluten Frau den Juden wieder zugänglich, die des Jiddischen nicht mehr kundig waren. Sie übersetzte auch einige Werke der jiddischen Volksliteratur ins Deutsche: das *Maasse-Buch*, eine Sammlung von Volkserzählungen und von Sagen und Legenden aus dem Talmud und Midrasch, das erstmals 1602 in Basel erschienen war und zahlreiche Auflagen erlebt hatte, sowie *Zeenah und Reenah*, eine aus dem 17. Jahrhundert stammende Frauenbibel, die mehr als 200 jiddische Auflagen erlebt hatte, bis sie endlich von Bertha Pappenheim ins Deutsche übersetzt wurde.

Im Kriegsjahr 1917 regte sie die Gründung der *Zentralwohlfahrtsstelle der deutschen Juden* in Berlin an, die in den

Folgejahren mit fünfzehn Landesverbänden, 72 örtlichen Zentralen, mit über 1 500 Mitgliedsvereinen und 175 000 Mitgliedern zu einer der größten jüdischen Wohlfahrtsorganisationen werden sollte. Nach dem Zweiten Weltkrieg wurde sie in bescheidenem Maß in Frankfurt wieder begründet.

Das wohl größte Verdienst Bertha Pappenheims war die Gründung des *Jüdischen Frauenbundes* (JFB) auf dem 1904 in Berlin stattfindenden *Internationalen Frauenkongreß*. Der JFB, dessen Vorsitzende Bertha Pappenheim bis 1924 war, wuchs schnell zu einer beachtlichen Größe heran und umfaßte 1929 über 50 000 Mitglieder und 430 angeschlossene Vereine. Anläßlich des Gründungsjubiläums des JFB gab die Deutsche Bundespost 1954 eine Sondermarke mit dem Bildnis Bertha Pappenheims heraus.

Der *Frauenbund* war Träger eines Projektes, das sowohl das weitere Leben Bertha Pappenheims bestimmen als auch der Frauenfürsorge neue Impulse vermitteln sollte. Das 1907 in Neu-Isenburg errichtete Erziehungsheim für »gefährdete Mädchen« sollte ehemaligen Prostituierten und Strafgefangenen, schwangeren Mädchen und ledigen Müttern und ihren Kindern den Aufbau eines neuen Lebens ermöglichen und ihnen gleichzeitig ein liebevolles Zuhause bieten. Louise Goldschmidt, eine Cousine Bertha Pappenheims, stellte dem Heim ihr Doppelhaus in Neu-Isenburg zur Verfügung, Charles Hallgarten, die Familie Rothschild und andere Frankfurter Philanthropen unterstützten die Einrichtung finanziell. Bertha Pappenheim wurde Vorsitzende des Heimvorstandes und widmete sich von nun an – ihrer Idee der »sozialen Mutterschaft« folgend – ganz dem Heim und seinen Bewohnerinnen. Sie erarbeitete die pädagogische Konzeption, kümmerte sich um jedes Detail und setzte sich erfolgreich für die Anerkennung und Unterstützung staatlicher und kommunaler Stellen ein. Weil sie offen ausspricht, was in dieser Zeit tabu ist, die Existenz jüdischer Prostitution, gerät sie mit den jüdischen Gemeindeorganen bald in Streit.

Die Heimarbeit, die insgesamt konservativ-religiös ausgerichtet war, wies auch progressive Ansätze auf. So konnten Mütter mit ihren Kindern in kleineren Familieneinheiten leben und erhielten außerdem auch Ausbildungsmöglichkeiten. Besonderes Gewicht legte Bertha Pappenheim auf die Vermittlung jüdischer Kultur und Geschichte: die Hausordnung schrieb die Einhaltung ritueller Gesetze vor, der Religionsunterricht vermittelte den Heimzöglingen die traditionellen Gebete sowie Grundkenntnisse des Hebräischen. Das Heim, das mit der Zeit erweitert wurde, bildete zudem ständig Mitarbeiterinnen aus und diente als Fortbildungszentrum für die jüdische Sozialarbeit in Deutschland sowie als Demonstrationsobjekt der internationalen Sozialforschung. Bertha Pappenheims Wunsch, aus ehemaligen Schützlingen Mitarbeiterinnen der verschiedenen sozialen Einrichtungen heranzubilden, ging in Erfüllung – wie im Fall Helene Krämers, die das Heim zuletzt leitete und es erst Ende 1941 verließ. Sie kam als Achtjährige in die Waisenanstalt, entwickelte sich später zu einer anerkannten Sozialarbeiterin mit sehr vielfältigen und schwierigen Aufgabenfeldern und wurde bald engste Mitarbeiterin der Heimleitung.

Zeit ihres Lebens blieb Bertha Pappenheim eine Gegnerin der zionistischen Bewegung und änderte diese Einstellung auch nach Hitlers Machtübernahme nicht. Obwohl sie die politische Lage im nationalsozialistischen Deutschland gänzlich falsch einschätzte und die drohende Gefahr lange Zeit nicht erkannte, leitete sie im Winter 1935 Adoptionen von Isenburger Waisenkindern ins Ausland, etwa nach England, in die Wege.

Im April 1936 wurde Bertha Pappenheim wegen einer nazikritischen Äußerung einer Heimbewohnerin von der Gestapo zur Vernehmung nach Offenbach bestellt. Es gelang der bereits schwer Krebskranken, den Fall klarzustellen. Wenige Wochen später, am 28. Mai 1936, starb sie im Heim.

Am 9. November 1938 brannten in Deutschland die Synagogen und Gemeindehäuser. Am Abend des 10. November wurde auch das Isenburger Heim angezündet. Die Klein- und Schulkinder, das Personal, sie alle standen im Garten in der Winterkälte und schauten zu, wie ihre Zuflucht in Flammen aufging. Im März 1942 wurde der Rest des Heims geschlossen, die Bewohnerinnen und ihre Betreuerinnen wurden kurze Zeit später in Konzentrationslager deportiert.

Bertha Pappenheim wurde auf dem Jüdischen Friedhof an der Rat-Beil-Straße neben ihrer Mutter Recha begraben. Auf ihren Wunsch hin fand die Beisetzung in aller Stille statt. Statt der Trauerreden wurde nur ein Psalm, ihr Lieblingssatz, von einem Rabbiner in hebräisch und deutsch verlesen. Ihren Grabstein aus schwarzem Marmor ziert ein Satz aus dem Psalm 113: »Er machte die Kinderlose des Hauses zur frohen Mutter von Kindern.«

## HEIMSTATT FÜR JUDEN UND CHRISTEN – DIE BUDGE-STIFTUNG

Henry Budge wurde 1840 in Frankfurt geboren. Er wanderte 1866 nach New York aus, wo er mit Jacob Schiff, der, wie Budge, Frankfurter Jude war, ein bedeutendes Bankhaus an der Wall Street gründete. 1914 beteiligte sich Henry Budge mit einem namhaften Betrag an der Gründung der Frankfurter Universität und wurde in ihren Großen Rat gewählt. 1920 kehrte er mit seiner Frau Emma nach Deutschland zurück. Am 20. November 1920, seinem 80. Geburtstag, verfügte er die Gründung der Budge-Stiftung, die mit einem Startkapital von 1 Million Mark ihre Arbeit aufnahm und in den folgenden Jahren mit zusätzlichen Geldern weiter ausgebaut wurde. Zweck der Stiftung war die Betreuung und Unterstützung erholungsbedürftiger, älterer und mitteloser Menschen jüdischen wie christlichen Glaubens.

Die Henry und Emma Budge-Stiftung wurde damals, und wird auch heute wieder, von einem neunköpfigen Vorstand geleitet, dem fünf Vertreter der jüdischen Gemeinschaft und vier städtische Beamte angehören, mit dem jeweiligen Sozialdezernenten des Magistrats als Vorsitzendem.

Den Bau des Altenheims konnte Henry Budge, der am 20. Oktober 1928 im Alter von 87 Jahren verstarb, nicht mehr erleben. Seine Frau aber unterstützte die Stiftung auch in den Folgejahren, so daß schon bald die Errichtung eines Neubaus beschlossen werden konnte.

Die renommierten Architekten Mart Stam, Werner Moser und Ferdinand Kramer gewannen den Wettbewerb. Nach einer knapp einjährigen Bauzeit konnten bereits am 1. Mai 1930 die ersten 50 jüdischen und christlichen Bewohner das nach modernsten Gesichtspunkten gebaute und ausgestattete Heim beziehen. Das Haus, dem eine Architekturzeitschrift eine Sondernummer widmete, wurde zum Vorbild für viele andere Projekte dieser Art.

Nur drei Jahre konnten die jüdischen und christlichen Bewohner des Heims friedlich miteinander leben. Nach der Machtübernahme 1933 verschlechterten sich die Verhältnisse drastisch, so daß das Heim bald dem ursprünglichen Stiftungszweck entzogen wurde. Emma Budge war gezwungen, sich von den Aktivitäten der Stiftung zurückzuziehen.

Das Stiftungsvermögen erfuhr seitens des Revisionsamtes der Stadt Frankfurt keinerlei Kontrolle, da diese Aufgabe satzungsgemäß allein dem Vorstand zukam – eine Bestimmung, die für die Budge-Stiftung nicht folgenlos bleiben sollte. Im Jahr 1928 hatte man den Verwaltungsinspektor Johann Wilhelm Euler, einen leitenden Beamten im Städtischen Fürsorgeamt, zum Geschäftsführer der Stiftung gewählt. Eine Revision des Heimes im November 1933 erbrachte einen Fehlbestand von über 70 000 Reichsmark – das gesamte Barvermögen der Stiftung. Nach kurzer Zeit wurde deutlich, daß Euler seine Handlungsvollmachten schamlos mißbraucht, den hohen Fehlbetrag seit Oktober 1929 veruntreut, seit August 1933 nachweislich Unterschriften gefälscht und die für die Stiftung eingegangenen Gelder für sich behalten hatte. Da Euler sich im Zuge der Nachforschungen in offene Widersprüche und unglaubwürdige Aussagen verstrickte, kam der Betrug im Herbst 1933 endlich ans Tageslicht. Die Stifterin selbst, die Jüdin Emma Budge, konnte in dieser Betrugsaffäre nicht mehr intervenieren, da Euler SA-Mann und NSDAP-Mitglied war.

Euler, der seit Ende November 1933 in Untersuchungshaft saß, gab seine kriminellen Handlungen schließlich zu und erklärte, daß er das Geld keineswegs für sich selbst, sondern zur Unterstützung hilfsbedürftiger Personen verwendet habe. Tatsächlich waren die veruntreuten Beträge an die SA und NSDAP gegangen. Mit dem Geld hatte Euler auch Saufgelage mit seinen Nazi-Kumpanen bezahlt oder – in Form von Darlehen – die Anschaffung von SA-Uniformen finanziert.

Die Gerichtsverhandlung vor der Großen Strafkammer in Frankfurt am Main fand am 10. März 1934 statt. Euler wurde der Veruntreuung von knapp 70 000 Reichsmark schuldig gesprochen und zu 18 Monaten Gefängnis sowie zu einer Geldstrafe von 33 000 Reichsmark verurteilt. Damals gab es offenbar noch mutige Richter in Deutschland.

Im Sommer 1938 bestimmte Frankfurts Oberbürgermeister Krebs, daß eine deutliche Trennung zwischen jüdischen und nichtjüdischen Bewohnern notwendig sei. Eine Boykotthaltung gegen das Heim führte schließlich dazu, daß es finanziell von der Stiftung nicht mehr länger getragen werden konnte. Am 18. November 1938 forderte Krebs die jüdischen Vorstandsmitglieder der Stiftung auf, ihre Ämter niederzulegen, da auch in ihrem Fall die Zusammenarbeit zwischen Nichtjuden und Juden unerwünscht sei.

Bis zum 31. März 1939 mußten alle jüdischen Bewohner das Heim verlassen. Im April 1939 wurden die jüdischen Vorstandsmitglieder entrechtet, die Stiftung »verkauft« und der Verein *Haus am Dornbusch* als Träger eingesetzt. Dieser

Verein, der bei einem jährlichen Mitgliedsbeitrag von zwei Reichsmark lediglich zehn Mitglieder zählte, erhielt eine Institution im heutigen Wert von etwa 2 250 000 Euro. Die ehemalige Budge-Stiftung wurde mit allen möglichen Tricks regelrecht ausgeraubt. Da man ihre Gemeinnützigkeit rückwirkend aberkannte, konnte das Finanzamt die Nachzahlung von 110 000 Reichsmark fordern. Am Ende wurde das Stiftungsvermögen mit 66 431,62 Reichsmark beziffert, wovon die Hälfte dann nicht etwa an die Juden, sondern an die *Reichsvereinigung der Juden in Deutschland*, einer dem Reichssicherheitshauptamt Heydrichs direkt unterstellten Organisation, ausbezahlt wurde. Mit diesem Geld wurden die von der Reichsbahn in Rechnung gestellten Transporte Frankfurter Juden nach Auschwitz bezahlt. Die ehemaligen jüdischen Heimbewohner wurden mit Hilfe der Gelder ihrer Stiftung in die Gaskammern befördert.

In einem Erlaß des Reichsinnenministers vom Sommer 1940 wurde beschieden, daß die Frage der Weiterbehandlung der in Frankfurt am Main und in Hamburg ansässigen Budge-Stiftungen bis zum Kriegsende zurückzustellen sei. Da es sich bei Emma Budge, die 1937 in Hamburg gestorben war und ein umfangreiches Testament hinterlassen hatte, um eine amerikanische Stifterpersönlichkeit handelte, ergriffen die Nationalsozialisten aus außenpolitischen Erwägungen vorerst keine weiteren Zwangsmaßnahmen. Am 22. Oktober 1941 genehmigte der Regierungspräsident die Auflösung der Stiftung. Die Abwicklung der Stiftungsgeschäfte fand am 31. Dezember 1942 ihr Ende.

Nachdem das Heim durch alliierte Luftangriffe schwer beschädigt worden war, evakuierte man die verbliebenen, nichtjüdischen Bewohner zunächst nach Bad Salzhausen und später dann in das Schloß Wächtersbach. Die jüdischen Bewohner hatte man zu diesem Zeitpunkt schon nach Auschwitz transportiert.

Nach dem Krieg beschlagnahmten die amerikanischen Be-

satzungstruppen das ausgebombte Budge-Heim am Edinger-
weg 9 und bauten es als Dentallabor der US-Armee wieder
auf. Anfang Mai 1951 wurde die Wiedergründung der Henry
und Emma Budge-Stiftung beantragt. Dem 1956 von der Stiftung gestellten Antrag auf materielle Wiedergutmachung
wurde nach dem Bundesentschädigungsgesetz vom 29. Juni
1956 stattgegeben. Die Frankfurter Jüdische Gemeinde und
die Nachfolgeorganisation *Jewish Restitution Successor Organization* (IRSO) forderten die Rückerstattung des Budge-
Heimes. Mit dem Vergleich zwischen der Jüdischen Gemeinde, der IRSO und der Stadt Frankfurt wurde der Aufbau
und die Weiterführung des Altersheims beschlossen.

Nachdem die Budge-Stiftung wieder in ihre Rechte eingesetzt war, bemühte sie sich um den Erwerb eines neuen
Grundstücks, das im Frühjahr 1960 in Seckbach erworben
werden konnte. Finanziert wurde das neue Altersheim mit
mehr als 350 Betten sowohl mit eigenen Stiftungsmitteln als
auch durch Hypotheken und Baudarlehen mit städtischer
Bürgschaft.

Das Richtfest fand am 9. Dezember 1965, die offizielle Einweihung dieser Einrichtung am 2. Juli 1968 statt. Heute gilt
das Alten- und Pflegeheim in Frankfurt-Seckbach wieder als
eine vorbildliche Einrichtung zur Förderung gegenseitigen
Verständnisses zwischen Christen und Juden. In langen Diskussionen mußte man nach den Schrecken des Dritten Reiches das Zusammenleben von Juden und Christen in einer gemeinsamen Einrichtung neu überdenken. In dieser Situation
hatte die Stiftung das ungewöhnliche Glück, in Vorstand und
Geschäftsführung wichtige Persönlichkeiten zu haben: Ernst
Gerhardt, den erfahrenen christdemokratischen Sozialpoliti-
ker, Dr. Paul Arnsberg, einziges Mitglied der jüdischen Ge-
meindevertretung Frankfurts vor dem Krieg, Henry Felson,
ehemals Lehrer am Philantropin, im Krieg Offizier der englischen Marine und Publizist mit tiefem jüdischem Wissen.

Im Juli 1964 beschloß der Rat der Jüdischen Gemeinde

Frankfurt, dessen Mitglied ich damals war, mich in den Vorstand der Stiftung zu berufen. Seit ihrer Wiedergründung hat die Budge-Stiftung dafür Sorge getragen, daß das Leben vieler Menschen, Juden wie Christen, auch im Alter erfüllt und glücklich ist.

So feiere ich mein 40jähriges Dienstjubiläum als Vorstandsmitglied und zugleich als stellvertretender Vorsitzender dieser überkonfessionellen Stiftung. Zufrieden blicke ich auf diese jahrzehntelange Arbeit zurück, mit der ich meinen Teil zum Wiederaufbau des jüdischen Lebens in Frankfurt leisten konnte.

Wer auf Spurensuche geht, forscht nach den Zeugnissen der Vergangenheit. Aufmerksam verfolgt der Fährtenleser ihre Konturen, um das Leben zu rekonstruieren. Die Arbeit desjenigen, der nach den Spuren jüdischen Lebens in Frankfurt und anderswo in Europa sucht, kann angesichts der Vernichtung nur schmerzhaft und mühsam sein. Was der Forschende findet, sind oftmals nur die Spuren der Zerstörung, nicht die des Lebens.

Ich habe mich über viele Jahre mit den jüdischen Stiftungen in Frankfurt beschäftigt und immer wieder an die besonderen Leistungen ihrer »Protagonisten« erinnert. Wie anders als in einem Dialog mit ihnen, mit Charles Hallgarten, Bertha Pappenheim und Henry Budge, ließ sich ein jüdisches Leben wieder aufbauen – konnte ich an diesem Ort leben. Viel später stellte ich dann fest, daß sich mein Leben mit ihrem berührt: Auch mein Leben ist – mit der Zäsur Auschwitz – eines in zwei Hälften, und es soll der Menschenliebe verpflichtet sein. So stehen diese Portraits hier als ein Kaleidoskop, in dem mein Leben – gewiß bruchstückhaft, aber wie auch anders – aufscheint.

Ich kann »mein« Frankfurt nicht anders beschreiben als in den hier versammelten Erinnerungen an diejenigen Menschen, deren Vermächtnis mir immer Herausforderung war. Manchmal ist das Erinnern auch ein Wurzelschlagen.

# IV. TIKUN OLAM – JUDEN UND DIE VERBESSERUNG DER WELT

*Un meine kommunistn hitzkep weln sich nit ampern schojn mehr,*
*nit kriegn sich mit meine massn vunem Bund,*
   *Un bejde sej mit meine freiste, mit die treieste meine,*
   *wos hobn ganz dem joch ojf sich geschlept –*
*chaluzim jidische! sej hobn sich der welt awekgeschonken*
*un nit varlosn sie die ejgene die wund,*
   *Ch'hob zugekukt sich zu die kriegereien un gewehtokt …*
   *nor wolt ihr weiter sich arumgerissn, abi ihr wolt gelebt!*

Und meine Kommunisten, Hitzköpfe, werden sich nicht mehr
   streiten,
sich nicht mehr zanken mit meinen Massen vom »Bund«
   Beide stritten mit meinen Freiesten und Treuesten,
   den jüdischen Chaluzim! Die sich der Welt weggeschenkt
      haben.
Die das ganze Joch auf ihrem Buckel geschleppt,
und auf die eigenen Wunden nicht geachtet haben.
   Ich habe den Streitereien zugeschaut und es tat mir weh.
   Hättet ihr euch nur weiter herumgezankt, hättet ihr doch
      noch gelebt!

   Jizchak Katzenelson,
   *Dos lied vunem ojsgehargetn jidischn volk*
   *Der Gesang vom ausgerotteten jüdischen Volk*
   Fünfzehnter Gesang, vierzehnte Strophe

## Warum ich Zionist wurde

Schon als Kind haben mich das Unrecht und die Not der Armen in der Welt und besonders der Juden bewegt. Zwei Ideologien schienen mir Wege zur Überwindung dieser Misere aufzuzeigen: die sozialistische und die zionistische. Beide gehören zu den geistigen Wurzeln meines Lebens, zwischen ihnen oszilliere ich bis zum heutigen Tage. Mit acht Jahren wurde ich Mitglied der autonomen zionistischen Jugendorganisation *Hanoar Hazioni*. Stolz trug ich die Uniform der zionistischen Pfadfinder und nahm mehrmals an Zeltlagern teil. Am Lagerfeuer sangen wir die schönen Lieder über Erez Israel und tanzten dazu. Ein jüdisches Palästina war unser aller Traum.

Als 1936 der Spanische Bürgerkrieg ausbrach, war ich zwölf Jahre alt und hatte gerade die Aufnahmeprüfung für das jüdische Fürstenberg-Gymnasium in Będzin bestanden. Wenig später wurde ich von der sozialistischen Kinderorganisation des antizionistischen Bundes *Skif* »abgeworben«. Leiter der Skifisten in Polen war Marek Edelman, der später dem Kommando des Aufstandes im Warschauer Ghetto angehörte. Julek, Zygmunt und ich waren die einzigen Gymnasiasten in der Będziner Gruppe, alle anderen waren Proletarierkinder. Sie sprachen Jiddisch. Wie in der Satzung der Organisation gefordert, mußten wir diese Sprache lernen.

Mein Freund und Klassenkamerad Lutek war Mitglied der illegalen *Kommunistischen Jugendorganisation* KZMP und brachte als Kurier Geld und Dokumente für Spanienkämpfer an die tschechische Grenze. Während des Krieges war er Gulag-Häftling in Sibirien.

Den Spanischen Bürgerkrieg verfolgten wir alle mit größter Spannung. Die Ortsnamen Guadalajara und Teruel waren uns so vertraut wie Warschau und Łódź, Tel Aviv, Haifa und Leningrad. Wir trauerten über die Niederlagen und freuten uns über die Siege der Internationalen Brigaden.

Nach einiger Zeit wurde ich wieder Zionist und kehrte reumütig zum *Hanoar Hazioni* zurück. Während des Zweiten Weltkrieges war ich Sympathisant der Sowjetunion. Mit Begeisterung sangen wir im Untergrund kommunistische Kampflieder, die einige Genossen aus Sendungen von Radio Moskau kannten. Noch heute bin ich tief gerührt, wenn ich diese Lieder höre oder singe, denn sie erinnern mich an jene Zeit, in der die kommunistische Idee in meinen Träumen von einer besseren Welt noch rein war.

In Buchenwald-Langenstein, dem schrecklichsten KZ meiner Häftlingskarriere, lernte ich später zwei sowjetische Offiziere kennen, die mich über die Perversion dieser Idee in der Sowjetunion aufklärten. Bald sollte ich selbst spüren, welcher Abgrund zwischen den ursprünglichen Vorstellungen vom Kommunismus als Gemeinschaft freier und gleicher Menschen und der Wirklichkeit klaffte. Als ich 1945 in Polen verzweifelt nach meinen Angehörigen suchte, traf ich in Katowice einen Schulkameraden, der mir riet, in die kommunistische Partei einzutreten und Mitarbeiter einer staatlichen Behörde zu werden. Eine kleine Konzession müsse ich machen: meinen Namen polonisieren. Dieses Ansinnen wies ich empört als unwürdig und obendrein als unaufrichtig gegenüber meinen ehemaligen christlichen Landsleuten zurück. Mein Vater wurde unter seinem jüdischen Namen David Lustiger im Vorkriegspolen, das nun als faschistisch galt, zum Stadtrat gewählt, und ich sollte im volksdemokratischen Polen eine falsche Identität annehmen und meine Vorfahren, die als loyale Bürger in Polen gelebt hatten, verleugnen?

Für mich gab es keine Alternative: Ich mußte mit meiner Mutter und meinen Schwestern, die ich wiedergefunden hatte, Polen verlassen. Wir schlugen uns nach Frankfurt am Main durch, wo wir bis 1948 in sehr beengten Verhältnissen in einem DP-Lager lebten. Damit gewann ich 13 Jahre Lebenszeit, denn während der staatlichen antisemitischen Kampagne im Jahre 1968 wurden fast alle Juden aus Polen vertrieben.

Ich konnte schon ab 1950 als Geschäftsmann eine solide finanzielle Grundlage schaffen, die mir ein Engagement in der zionistischen Bewegung und ihren Einrichtungen in Deutschland und die Förderung der Geschichtsforschung über die deutschen Juden ermöglichte. Seit 40 Jahren bin ich stellvertretender Vorsitzender eines großen paritätischen christlich-jüdischen Altenzentrums in Frankfurt und seit 20 Jahren bin ich selbst publizistisch tätig. Den linken Juden, jenen idealistischen, oft unglücklichen Don Quijotes der Geschichte, galt lange Zeit meine heimliche Liebe. Fast einhundert von ihnen habe ich in allen Teilen der Welt im Laufe meiner Recherchen getroffen, einige von ihnen waren oder sind noch heute meine liebsten und treuesten Freunde. Sie sind die Helden meiner Bücher *Schalom Libertad!, Rotbuch: Stalin und die Juden, Zum Kampf auf Leben und Tod!* und anderer Publikationen. Ihnen verdanke ich einige der bewegendsten und schönsten Begegnungen in meinem Leben. Sie dem Vergessen entrissen zu haben ist ein Grund für die Genugtuung und Zufriedenheit, jiddisch »Naches« genannt, die mich heute erfüllen.

### Zedaka: Hilfe zur Selbsthilfe

Warum haben sich Juden in vielen Ländern sozialen Bewegungen angeschlossen? Warum wurden sie, obwohl oft aus einem religiös geprägten Milieu kommend, Sozialisten, Kommunisten, Anarchisten, Gewerkschafter, Arbeiterzionisten, Bundisten oder Revolutionäre? Sie motivierte vor allem das Grundprinzip der sozialen Gerechtigkeit, das schon die Propheten in ihren Schriften zur Maxime erhoben. Über die eigene Person und das eigene Volk hinauszublicken und »einander Gutes durch Taten« zukommen zu lassen, sei ein göttliches Gebot, heißt es in der Bibel. »Zedaka« bedeutet sowohl Wohltätigkeit wie auch Gerechtigkeit. Anderen helfen, sich selbst zu helfen – die höchste Stufe der Zedaka – ist ein göttliches Gebot. Für einen treuen Juden ist Zedaka eine Mitzwa (Pflicht), die erfüllt werden muß, bevor man irgend etwas für sich selbst tut. Von Wohlwollen, Untertänigkeit oder persönlichen Stimmungen unabhängige Zuwendungen sollten Hilfsbedürftige vor Verarmung und Deklassierung schützen und sie in die Lage versetzen, nicht dauerhaft von fremder Unterstützung abhängig sein zu müssen. Solche frühen Formen der Fürsorge existierten in jüdischen Gemeinwesen bereits seit dem 5. Jahrhundert v. u. Z.

## Messianismus und Revolution

Man könnte den Ursprung der meisten sozialen und revolutionären Bewegungen und das Ringen um soziale Gerechtigkeit auch auf den Messianismus zurückführen. In der jüdischen Geschichte gab es mehrere falsche Messiasse, die in besonders schweren oder tragischen Perioden auftauchten, wie David Alroy im 12. Jahrhundert, David Reubeni und Salomon Molcho im 16. Jahrhundert.

Sabbatai Zewi, 1626 in Smyrna geboren, begründete eine pseudomessianische Bewegung, die die ganze jüdische Welt aufwühlte. Er und seine Anhänger glaubten, die Chmielnicki-Pogrome – die in diesen Jahren in Polen und der Ukraine stattfanden – seien nichts anderes als die »Geburtswehen des Messias«. Sabbatai Zewi erklärte sich selbst zum Messias und forderte die Juden Europas in Flugblättern und Sendschreiben zur Rückkehr in das Heilige Land auf, da die Erlösung unmittelbar bevorstehe. Viele Familien verkauften, ja verschenkten Hab und Gut, um nach Palästina auszuwandern, wo sie auf die Ankunft des Messias warten wollten.

Mit rund 200 jüdischen Familien trat er in Adrianopel zum Islam über. Die Mitglieder der von ihm gegründeten Sekte der *Dönmeh* (Abtrünnige) ließen sich im Islam unterweisen, befolgten insgeheim (den 18 Geboten Sabbatais entsprechend) aber weiterhin die jüdischen Riten und beteten in hebräischer Sprache. Zewi starb nach jahrelanger Haft in Konstantinopel 1676 als Moslem. Der Sabbatianismus führte auch in Deutschland zu jahrelangen heftigen innerjüdischen Streitigkeiten.

Der 1726 in Ostpolen geborene Jakob Frank kam als Kaufmann mit sabbatianischen *Dönmeh* in Konstantinopel und Saloniki oft in Kontakt. Sie brachten ihn offenbar auf die Idee, sich als göttlicher Abgesandter auszugeben. Wieder in Polen, gründete er die Frankisten-Sekte, die das Buch der Kabbalisten *Sohar* zur heiligen Schrift erklärte und die normativen Juden als Talmudisten bekämpfte. Mit pseudojüdischen, religiösen Argumenten befahl Frank seinen Anhängern, die christliche Taufe anzunehmen. Nach seiner Festungshaft in Tschenstochau von 1760 bis 1773 versuchte er mit einigen seiner »Jünger« sein Glück in Österreich. In Brünn verfügte er über einen veritablen »Hof« mit einer eigenen berittenen Leibgarde. Da er sich in der k. u. k.-Monarchie nicht sicher fühlte, erwarb er ein Schloß im hessischen Offenbach, ernannte sich zum Baron und setzte sogar eine eigene Polizei und ein eigenes Gericht ein. Der mystische Kult Franks zog Tausende von Pilgern nach Offenbach, wo er mit Gaben überschüttet wurde. Nach Franks Tod im Jahr 1791 wurde seine Tochter Eva Leiterin der Sekte. Als das Geld versiegte, mußte sie flüchten, und die frankistische Bewegung löste sich langsam auf.

Die Nachkommen der Sekte setzten die militärisch geprägte Tradition der frankistischen Leibgardisten fort und wurden Offiziere der österreichischen Armee. Einige von ihnen wurde wegen ihrer militärischen Verdienste sogar geadelt.

Zu ihnen gehörte der 1759 in Brünn als Moses Dobruschka geborene Baron Franz Thomas von Schönfeld. Er war Sohn von Jakob Franks Cousine Scheindl. Unter dem Namen Junius Frey ließ er sich mit seinem jüngeren Bruder Emmanuel im revolutionären Paris einbürgern. Bei der Zeremonie im

Jahr 1792 sagte er u.a.: »Ich kam in dieser stürmischen Zeit hierher, um an den Kämpfen der der Republik treuen Patrioten teilzunehmen.« Die Brüder Frey waren der Revolution ergebene Jakobiner, wurden jedoch während des von Robespierre begründeten Terrorregimes der Spionage verdächtigt und neben Georges Danton und zwölf weiteren Revolutionsführern im sogenannten Dantonisten-Prozeß im April 1794 im Alter von 36 bzw. 27 Jahren zum Tode verurteilt und guillotiniert.

Die Anklageschrift liest sich an manchen Stellen wie ein Dokument der Moskauer Prozesse. Als Danton vom Richter nach seiner Adresse gefragt wurde, antwortete er: vorerst Rue Cordeliers in Paris, in Zukunft: Pantheon unserer Republik. Susanne Woelfle-Fischer gab ihrer Biographie über Junius Frey den Titel *Jude, Aristokrat und Revolutionär*.

### Ein neues Lied, ein besseres Lied

Das Judentum ist eine diesseitsgewandte Religion, die den Menschen verpflichtet, die Welt, in der er lebt, zu verbessern. Jüdische Ethik ist vor allem Sozialethik. Im Talmud und in anderen jüdischen Schriften wird sie ausgelegt. Das Postulat »Tikun Olam« (Verbesserung der Welt), die Vision von einer gerechteren Gesellschaft, haben orthodoxe, säkulare wie auch nonkonformistische Juden begeistert und die soziale Arbeit, ja den europäischen Kulturkreis insgesamt tief geprägt. Das ewige Streben nach Gerechtigkeit in dieser Welt hat Heinrich Heine im *Wintermärchen* wunderbar zum Ausdruck gebracht:

> Ein neues Lied, ein besseres Lied,
> O Freunde, will ich euch dichten!
> Wir wollen hier auf Erden schon
> Das Himmelreich errichten.

Wir wollen auf Erden glücklich sein,
Und wollen nicht mehr darben;
Verschlemmen soll nicht der faule Bauch,
Was fleißige Hände erwarben.

Es wächst hienieden Brod genug
Für alle Menschenkinder,
Auch Rosen und Myrthen, Schönheit und Lust,
Und Zuckererbsen nicht minder.

Ja, Zuckererbsen für jedermann,
Sobald die Schoten platzen!
Den Himmel überlassen wir
Den Engeln und den Spatzen.

Und wachsen uns Flügel nach dem Tod,
So wollen wir euch besuchen
Dort oben, und wir, wir essen mit euch
Die seligsten Torten und Kuchen.

Ein neues Lied, ein besseres Lied!
Es klingt wie Flöten und Geigen!
Das Miserere ist vorbei,
Die Sterbeglocken schweigen.

### Antipoden: Moses Hess und Karl Marx

Wie Heine (1797–1856) erkannten seine Zeitgenossen Moses
Hess (1812–1875) und Karl Marx (1818–1883), die ebenfalls
in einem bürgerlich deutsch-jüdischen Milieu aufwuchsen, die
Notwendigkeit einer sozialen Revolution.

Moses Hess erhielt eine streng orthodoxe Erziehung und
studierte in seiner Geburtsstadt Bonn Philosophie. Unter
dem Einfluß der Lehren Spinozas löste er sich vom traditio-

nellen Judentum. Bereits mit 25 Jahren veröffentlichte er das Buch *Die heilige Geschichte der Menschheit von einem Jünger Spinozas*. Ausgehend von einer grundlegenden Kritik an den gesellschaftlichen Zuständen seiner Zeit forderte Hess darin die Abschaffung des Erbrechtes und prophezeite eine künftige, auf Gemeinbesitz beruhende Gesellschaft. In seinem zweiten Buch *Die europäische Triarchie* propagierte er die Vereinigung Englands, Frankreichs und Deutschlands in einem einzigen europäischen Staat. Der Sohn eines Kaufmanns war maßgeblich an der Gründung der in Köln erscheinenden *Rheinischen Zeitung* beteiligt, in der er als Redakteur und Korrespondent (1842/43) zunächst sozialistische Positionen vertrat, die mit zentralistischen und etatistischen Ideen in Verbindung standen. Die *Rheinische Zeitung*, seit Ende 1842 von Marx geleitet, war das profilierteste Oppositionsblatt des Vormärz und wurde schon bald von preußischen Zensoren verboten. Hess blieb vorerst in Paris und wandte sich unter dem Einfluß von Proudhons Anarchosozialismus vom Staat und vom Prinzip der Herrschaft ab, da diese mit der menschlichen Freiheit nicht zu vereinbaren seien. 1845 ging er nach Belgien, wo er im neugegründeten Kommunisten-Bund mitwirkte. 1848/49 hielt er sich in Paris auf, dann suchte er in der Schweiz und wieder in Belgien Zuflucht. Von 1853 bis zu seinem Tod lebte er meist in Paris.

Hess hatte 1841 seinen Freund Karl Marx in einem Brief an Berthold Auerbach mit den Worten charakterisiert: »Denke Dir, Rousseau, Voltaire, Holbach, Lessing, Heine und Hegel in einer Person vereinigt, nicht zusammengeschmissen ...« Solche Wertschätzung brachte Marx dem älteren Hess, den er oft als »Kommunistenrabbi« hänselte, nicht entgegen. Nach Jahren der Zusammenarbeit gingen Hess, Marx und Engels im Streit auseinander.

Marx publizierte 1943 den Essay *Zur Judenfrage*. Ich halte den Text – eigentlich eine Rezension einer Schrift von Bruno Bauer, in der dieser verlangt hatte, daß sich die Juden, um

201

Staatsbürger zu werden, von ihrer Religion loslösen müßten – für ein judenfeindliches Pamphlet. Der getaufte Jude Karl Marx entpuppte sich hier meiner Meinung nach als vulgärer Antisemit. Er bediente populäre Klischees vom parasitären Juden und setzte Judentum und Kapital gleich. So behauptete er, der Jude habe sich »auf jüdische Weise emanzipiert«, »indem durch ihn und ohne ihn das Geld zur Weltmacht und der praktische Judengeist zum praktischen Geist der christlichen Völker geworden ist«. Nach dem Zusammenbruch des Kapitalismus werde sich das Judentum auflösen. Emanzipation vom Geld sei Emanzipation vom Judentum. Die armen, arbeitenden und leidenden Juden ignorierte Marx, der mit Talmud und Thora vertraut war (sein Urgroßvater, sein Großvater und einer seiner Onkel waren Rabbiner in Trier), sein ganzes Leben. Seine Gleichsetzung von Jude und Besitz hat die sozialrevolutionären Bewegungen beeinflußt und gehört bis heute zu den Quellen des linken Antisemitismus.

1847 entwarfen Karl Marx und Friedrich Engels das *Kommunistische Manifest*, dessen Thesen die Hoffnungen von Millionen Menschen beflügelten. Mit ihrem Traktat erteilten Marx und Engels dem deutschen »philosophischen Sozialismus«, der auf ethischen Maximen basierte und von Moses Hess begründet wurde, eine Abfuhr. Hess stand dem Judentum während der Zusammenarbeit mit Marx und Engels ambivalent gegenüber, die gescheiterte Revolution von 1848 und die fortwährende Judenfeindlichkeit, die er selbst zu spüren bekam, bewirkten bei ihm jedoch eine Rückbesinnung auf seine jüdischen Wurzeln.

1862 erschien sein Buch *Rom und Jerusalem. Die letzte Nationalitätenfrage*. Darin entwickelte Hess die Idee eines auf sozialistischen Prinzipien beruhenden jüdischen Nationalstaates in Palästina. Eine solche Synthese von Zionismus und Sozialismus sollte erst viel später reale Konturen annehmen. Hess' Thesen fanden so wenig Resonanz, daß der Begründer des Zionismus Theodor Herzl erst 1897, kurz vor dem in Basel einberufenen ersten Zionistenkongreß, von ihnen erfuhr. Herzl, der einen laizistischen und demokratischen Judenstaat anstrebte, notierte in sein Tagebuch: »Was für ein erhabener und nobler Geist! Alles, was wir bisher versucht haben, ist in diesem Buch bereits enthalten. Wunderbar die spinozistisch-jüdisch-nationalistischen Elemente ...«

Moses Hess, der Erfinder des Begriffs »Kommunismus«, wurde vergessen. Marx' Ideen wurden zwar auf der ganzen Welt verbreitet, doch scheiterten die Versuche, auf der Basis seines rigoristischen Denkgebäudes Unterdrückung und Ausbeutung zu beseitigen, wo immer und unter welchen Vorzeichen sie auch geschieht. Im Herrschaftsbereich der Kommunisten konnte weder die politische, soziale oder wirtschaftliche Gleichstellung aller Menschen erreicht noch die Judenfeindschaft aufgehoben werden.

## Juden in sozialen Bewegungen

Für viele Juden, die neben allgemein herrschender Willkür zusätzliche Beschränkungen erdulden mußten, war ein Kampf um Emanzipation gleichbedeutend mit einem Eintreten für gesamtgesellschaftliche Reformen. Ein Teil sah im Sozialismus eine Ideologie, die ihre berechtigten Forderungen nach sozialer und rechtlicher Gleichstellung in der Gesellschaft durchsetzen und Antisemitismus abwehren würde. In Osteuropa waren arme Juden, die in selbstgeschaffenen oder von der Obrigkeit befohlenen Ghettos und Ansiedlungsrayons leben mußten, oft sofort bereit, den neuen universellen Glauben an die Vision einer weltweiten sozialistischen Gesellschaft anzunehmen.

In allen Phasen und Strömungen der sozialrevolutionären Bewegungen nahmen Intellektuelle jüdischer Herkunft eine führende Rolle ein. Sie wirkten in der *Internationalen Arbeiter-Assoziation* mit, zu der sich 1864 unter maßgeblichem Einfluß von Marx und Engels verschiedene sozialistische Gruppen zusammengeschlossen hatten. Auch der Leitung der Pariser Kommune gehörten Juden an; so wurde Leo Frankel Arbeitsminister der Kommune. Die erste Arbeiterrepublik existierte nur vom 18. März bis zum 28. Mai 1871. Nach 72 Tagen wurde der Aufstand brutal niedergeschlagen. Mehr als 20 000 Menschen wurden sofort exekutiert, Abertausende verhaftet, eingekerkert und deportiert. Hunderte jüdische Arbeiter fielen auf den Barrikaden der Kommune oder wurden von den Regierungstruppen erschossen.

Viele Juden betrachteten ihr jüdisch-religiöses Erbe als einen Ballast, den sie loswerden wollten, weil er ihnen den Weg in die internationale Brüderschaft progressiver Menschen versperrte. Auch jüdische Intellektuelle gaben häufig ihre Identität auf, wenn sie sich in sozialistischen Bewegungen organisierten. Ferdinand Lassalle (1825–1864) hatte um 1843 Interesse an der jüdischen Reformbewegung bekundet, doch ein Jahr später glaubte er unter dem Einfluß der Junghegelianer, das Judentum habe seine historische Rolle erfüllt. Er gehörte 1863 zu den Mitbegründern des *Allgemeinen Deutschen Arbeitervereins*, dem Vorläufer der Sozialdemokratischen Partei. Obwohl er mit seinen politischen Aktivitäten nie jüdische Gesichtspunkte verband, verkörperte er für die reaktionäre Presse den »revolutionären Juden«. Eduard Bernstein (1850–1932) war 1877 aus der jüdischen Gemeinde ausgetreten, da er als Sozialist keine Perspektive in ihr sah. Die These vom unvermeidlichen Zusammenbruch des Kapitalismus lehnte er als unrealistisch ab und plädierte statt dessen für den permanenten Kampf um Reformen. Als Pazifist gehörte er zu den wenigen Sozialdemokraten, die 1914 die Kriegskredite verweigerten. Während des Ersten Weltkrieges wandte er sich dem Judentum wieder zu; nach 1918 veranlaßten ihn Zweifel am Gelingen einer Assimilation der Juden, die Partei *Poale Zion* zu unterstützen. In dem Manuskript *Die demokratische Staatsidee und die jüdisch-nationale Bewegung* setzte er sich mit Tendenzen des Zionismus auseinander und erörterte die Grundlagen eines demokratischen Verfassungssystems in einem künftigen jüdischen Staat.

Für Gustav Landauer (1870–1919) bedeutete Menschheit »Bund der Vielfältigen«. Er sah im Marxismus mit seinem Führungsanspruch eine »Travestie des Geistes«; den Sozialismus charakterisierte er als »große, weitreichende Sache«, die »niedergehende Geschlechter wieder zur Höhe, zur Blüte, zur Kultur, zum Geiste und damit … zur Freiheit führt«. In dem 1913 veröffentlichten Essay *Sind dies Ketzergedanken?* forderte er, alle schöpferischen Ideen des Judentums zu verwirklichen, denn die jüdische Tradition sei ein revolutionäres Potential zur Erneuerung der Menschheit.

Solche Thesen fanden in der *Zweiten Internationale* kein Echo; im Gegenteil: Deren Mitglieder prangerten den sozialistischen Zionismus als ideologische Abweichung an und setzten sich nicht mit der sozialen und rechtlichen Gleichstellung der Jüdinnen und Juden auseinander. Sie schritten z. B. nicht ein, als die polnischen Gewerkschaften jüdische Proletarier ausschlossen. Daß der proletarische Internationalismus im Hinblick auf die Judenfrage scheiterte, zeigte sich auch in der problematischen Einstellung führender Sozialdemokraten zum Antisemitismus. Victor Adler, österreichischer Jude, hatte sich 1883 wegen der zunehmenden Judenfeindschaft von den Deutschnationalen getrennt und der *Sozialdemokratischen Arbeiterpartei* in Österreich angeschlossen. Vier Jahre später betrachtete er Judenfeindschaft als »eine ›private‹ Angelegenheit der herrschenden Klasse«. Der Konflikt zwischen Juden und Antisemiten sei »ein internes Problem der Bourgeoisie, die Sozialisten müßten es peinlich vermeiden, sich zu kompromittieren«. August Bebel nannte 1873 Antisemitismus den »Sozialismus der dummen Kerls«; er ging davon aus, daß Antisemiten unwillkürlich zu Sozialisten würden. Ruth Fischer, Jüdin, Mitglied des ZK der KPD, legitimierte 1923 Judenfeindschaft als konsequenten Antikapitalismus in einer Rede vor nationalistischen Studenten: »Sie rufen auf gegen das Judenkapital, meine Herren? Wer gegen das Judenkapital aufruft, meine Herren, ist schon Klassenkämpfer, auch wenn er es nicht weiß. Sie sind gegen das Judenkapital und wollen die Börsenjobber niederkämpfen. Recht so. Tretet die Judenkapitalisten nieder, hängt sie an die Laterne, zertrampelt sie. Aber, meine Herren, wie stehen Sie zu den Großkapitalisten, den Stinnes, Klöckner ...?«

Eine eigenständige jüdische Arbeiterbewegung lehnten die meisten linken Sozialdemokraten und Kommunisten jüdischer Herkunft ab. Für die polnisch-jüdische Revolutionärin Rosa Luxemburg (1871–1919), später führendes Mitglied der deutschen Sozialdemokratie und Mitbegründerin des *Spartakus-Bundes* und der KPD, war die bedrohte Lage der Juden nur ein Aspekt im imperialistischen System. Otto Bauer (1870–1938), neben Max Adler (1873–1937) führender Theoretiker des Austromarxismus, verneinte die Frage, ob Juden in Europa als eigene Nation zu sehen seien und sich deswegen innerhalb der sozialistischen Partei in eigenen Gliederungen hätten organisieren sollen. Max Adler prägte in seiner Lebens- und Kulturlehre den Begriff des »Neuen Menschen«: Jüdische Emanzipation und allgemein menschliche fielen für ihn wie für den Generalsekretär der *Zweiten Sozialistischen Internationale* Friedrich Adler (1879–1960) zusammen.

In Rußland kämpften in der zweiten Hälfte des 19. Jahrhunderts Revolutionäre jüdischer Abstammung für die Befreiung des russischen Volkes vom zaristischen Joch. Damit setzten sie sich ihrer Meinung nach auch für die Befreiung der russischen Juden ein, deren Kultur und Religion ihnen obsolet erschien. Um die Massen der Bauern und Arbeiter besser agitieren zu können, verbargen sie ihre jüdische Identität, konvertierten sogar zum russisch-orthodoxen Glauben und kleideten sich wie die Mushiki. Mark Natanson (1850–1919) und Lew Deitsch (1855–1941) zählten als Gründer der Bewegungen *Land und Freiheit* und *Volkswille* zu den Führern der revolutionären Bewegung. Juli Martow und Leo Trotzki waren Mitbegründer der russischen Sozialdemokratie, die sich 1903 in Bolschewiki und Menschewiki spaltete. Die Rolle der jüdischstämmigen Bolschewiki und Mitkämpfer Lenins bei der Gründung der Sowjetunion und ihre Verteufelung durch Antisemiten aus aller Welt ist hinreichend bekannt. In meinem *Rotbuch: Stalin und die Juden* habe ich die meisten von ihnen in einem umfangreichen biographischen Anhang portraitiert.

Jüdische Mitglieder sozialistischer und kommunistischer Parteien betrachteten sich als gleichberechtigte Kämpfer für eine die ganze Menschheit umfassende messianische Erlösungsidee. Um ihre humanistischen Ideale zu verwirklichen und damit auch der Not und Verfolgung der Juden ein Ende zu bereiten, waren sie zu jedem persönlichen Opfer bereit, aber die Diskrepanz zwischen Vision und Wirklichkeit ließ sie kalt. Bekannt wurde der Spruch: Die Trotzkis machen die Revolution, die Bronsteins (Trotzkis jüdischer Geburtsname) bezahlen die Rechnung.

### Jüdischer Sozialismus

Das jüdische Proletariat hatte allen Grund, sich fortschrittlichen und revolutionären Bewegungen anzuschließen. Es wurde in mehrfacher Hinsicht unterdrückt, Gesetze, allgemeine Vorurteile sowie kulturelle Eigenheiten schränkten den Lebensraum ein und behinderten den gesellschaftlichen Aufstieg. Oft konnten Juden nur in Betrieben jüdischer Arbeitgeber unterkommen und waren durch Pogrome bedroht. Die Ideen des jüdischen Sozialismus wurden in Russland und im zu Russland gehörenden Polen geboren. Die ethnische Diskriminierung und das Elend in den dortigen großen jüdischen Zentren veranlaßten einige Aktivisten, Organisationen und Gewerkschaften aufzubauen, die nicht nur für die Verwirklichung universeller sozialistischer Ideen, sondern auch für spezifische Ziele des jüdischen Proletariats kämpften. Ihre radikale Idee, sozialistische Visionen mit der Sehnsucht nach nationaler Selbstbestimmung zu verbinden, wurde durch die zahlreichen jüdischen Immigranten, die sich in Westeuropa und den USA niederließen, rasch verbreitet.

### Der *Bund*

Die wichtigste Organisation der jüdischen Arbeiterbewegung war der im Oktober 1897 in Wilna gegründete *Algemeine jidische arbeterbund in Russland un Pojln (Bund)*; er agierte nicht nur als politische Partei, sondern widmete sich auch gewerkschaftlichen Zielen. Die Bundisten bauten z.B. Streik- und Krankenkassen auf. Sie betrachteten sich als Teil der russischen Sozialdemokratie und deklarierten die Anerkennung der jüdischen Bevölkerung als nationale Minderheit und den Kampf gegen die zaristische Autokratie als ihr politisches Hauptziel: Als Proletarier müßten die Juden die politische Freiheit, als Juden die politische Gleichberechtigung erringen. Zu den Führern des *Bundes* gehörten Wladimir Kossowski, Arkadi Kremer und Abraham Mutnik. Individuelle Terrorakte lehnte der *Bund* ab, aber nach den Pogromen im Jahre 1903 organisierte er Selbstverteidigungseinheiten. Dadurch nahm sein Einfluß unter den Arbeitern rasch zu. Er zählte 1905 35000 Mitglieder in Rußland, die *Sozialdemokratische Arbeiterpartei* nur 8400. Die Presseorgane des *Bundes*, z.B. *Der Weker* und *Volkszeitung*, wurden zeitweilig illegal im Ausland gedruckt.

Der *Bund* war ein wichtiges und geachtetes Mitglied der *Sozialistischen Internationale*. Aus den Reihen der Bundisten gingen in mehreren Ländern Führer der Arbeiterbewegung hervor, z.B. in den USA und in Polen, wo er bis in die vierziger Jahre als selbständige Partei (im Untergrund) bestand.

Im Laufe seiner fast hundertjährigen Existenz kämpfte er

für die Interessen der jüdischen Arbeiter, für die nationale und kulturelle Autonomie der Juden und propagierte einen säkularen, demokratischen Sozialismus. Ideologen wie Kossowski und Medem prägten die Doktrin der »Do'igkejt« (Hiersein) als scharfen Gegensatz zur zionistischen Idee von einem eigenen Staat in Palästina. Die militante Gegnerschaft zum Zionismus blieb bis zum Zweiten Weltkrieg ein zentraler Bestandteil der Ideologie und Praxis des *Bundes*. Zur Förderung und Pflege der jiddischen Kultur und Literatur, der Sprache der jüdischen Massen, gründete der *Bund* ein Netz von jiddischsprachigen Schulen und Organisationen.

### *Poale Zion* – zionistische Sozialisten

Gegen Ende des 19. Jahrhunderts fanden sozialistische Ideen mehr und mehr Eingang in die zionistische Bewegung in West- und Mitteleuropa. Nahman Syrkin (1868–1924) gehörte in Rußland der revolutionären Untergrundbewegung an. Nach einer Gefängnishaft emigrierte er 1888 über London nach Berlin. Wie viele andere konnte er wegen der Zulassungsbeschränkungen für Juden in seiner Heimat nicht studieren. In Berlin gründete er mit anderen einen jüdisch-wissenschaftlichen Verein. Zionismus und Sozialismus betrachtete er als gleich wichtige Voraussetzungen für den Aufbau eines jüdischen Nationalstaates, in dem die jüdische und die Arbeiterfrage gelöst sein sollten. Hatte Marx prophezeit, die neue Gesellschaft entstehe auf der Basis objektiver Produktionsbedingungen quasi als »zwangsläufiger Prozeß«, so schien Syrkin der Wille des Einzelnen zur Veränderung der Gesellschaft entscheidend. »Frei von jedem Assimilationsschwindel und ohne die elendliche Sucht nach Verleugnung trägt das jüdische Proletariat … einen spezifisch jüdischen Protest in sich«, heißt es in seiner 1898 erschienenen Schrift *Die jüdische Frage und der sozialistische Judenstaat*. Er forderte darin, in Palästina einen jüdischen Staat auf sozialistischer Grundlage zu errichten; 1901 rief er zur Gründung einer jüdisch-sozialdemokratischen Massenorganisation auf. In verschiedenen europäischen Ländern konstituierten sich daraufhin Organisationen unter dem Namen *Poale Zion* (Arbeiter Zions).

Ber Borochow (1881–1917) war einer der wichtigsten Protagonisten der sozialistisch-zionistischen Arbeiterbewegung. Er eignete sich als Autodidakt reiche Kenntnisse in Philosophie, jüdischer Philologie, Volkswirtschaft, Statistik sowie mehrere Sprachen an. 1901 gründete er in Jekaterinoslaw die erste Gruppe der sozialdemokratischen russischen Partei *Poale Zion*. Als der *Bund* den Zionismus als »Reaktion der bourgeoisen Klassen gegen den Antisemitismus, als Utopie« brandmarkte, wurden viele jüdische Sozialisten Poalezionisten. 1906 wurde Borochow von der zaristischen Polizei festgenommen und ein Jahr später *Poale Zion* in Rußland verboten. Danach lebte er im Ausland, arbeitete als Publizist und gründete in Den Haag den Weltverband *Poale Zion*, dessen Sekretär er wurde. Mit Kriegsausbruch ging er in die USA, wo er sich in der Bewegung für einen jüdischen Kongreß engagierte. Nach der Februarrevolution kehrte er nach Rußland zurück und wurde Abgeordneter im *Jüdischen Rat*. Auf zahlreichen Versammlungen stellte er seine Forderungen zur Diskussion: bürgerliche und nationale Rechte im eigenen Land, offizielle jüdische Vertretungen in internationalen Gremien, völlige rechtliche Gleichstellung der Juden und Schaffung eines territorialen jüdischen Zentrums in Palästina. Borochow starb im Alter von 36 Jahren während einer Vortragsreise in der Ukraine. 1920 wurden viele Poalezionisten von der GPU verhaftet und verbannt.

Die Ideologen des Sozialismus, Kommunismus und Zionismus warben um die jüdischen Massen. Ihr Ringen um Meinungs- und Deutungshoheit und der Kampf um die Durchsetzung ihrer Ziele prägten das politische Geschehen in verschiedenen

Ländern jahrelang. Heute leben nur noch wenige Menschen, die in diesen Auseinandersetzungen mitwirkten. Die Ideen des jüdischen Sozialismus werden in kleinen Gruppen, wie im *Cercle Bernard Lazare* und im *Medem Club* in Paris, im *Workmen's Circle* und im *YIVO Institute* in New York und in der *Bund*-Zentrale in Tel Aviv, noch immer diskutiert. An das Engagement jener Veteranen der Arbeiterbewegung, der linken jüdischen Aktivisten, denke ich mit Hochachtung und Liebe, ihre Ziele haben nichts von ihrer Relevanz verloren, im Gegenteil.

### The world isn't fair

Oh Karl Marx, the world isn't fair
It isn't and never will be
They tried out your plan
It brought misery instead
If you'd seen how they worked it
You'd be glad you were dead
It would depress us Karl
Because we care
That the world still isn't fair

Oh Karl Marx, die Welt ist nicht fair
Sie ist's nicht und wird's niemals sein
Sie haben deinen Plan ausprobiert
Er brachte ihnen statt dessen Not
Wenn du sehen könntest, was sie draus machten
Wär's du glücklich, daß du tot bist
Karl, es würde uns bedrücken
Weil wir uns sorgen
Daß die Welt immer noch nicht fair ist

*Song des jüdisch-amerikanischen Liedermachers
Randy Newmann (1999)*

# V. ZWISCHEN MOSKAU UND JERUSALEM

## BIROBIDSHAN ODER STALINS PSEUDO-ZION

Birobidshan war der letzte und am längsten währende Versuch der sowjetischen Führung, ein jüdisches autonomes Territorium zu schaffen. Das Experiment, in einem Gebiet an der chinesischen Grenze Juden als Bauern anzusiedeln und so ein Konkurrenzprojekt zur zionistischen Kolonisation in Palästina zu schaffen, ist vollständig gescheitert.

Mit den Siedlungsprojekten wurden vorgeblich zionistisch-territorialistische Forderungen aus der Zeit vor der Februarrevolution erfüllt, doch erwies sich die staatliche Kolonisierung der Juden schon bald als perfide Methode, die zionistische Vision zu mißbrauchen. Die Sowjets nutzten dabei nicht nur die Not und den Idealismus der in ihrem Machtbereich lebenden Juden aus, sondern auch die Hilfsbereitschaft der weltweiten jüdischen Gemeinschaft.

Der bedeutende jüdisch-amerikanische Philantrop und Jurist James Rosenberg reiste 1921 im Auftrag des *Joint* (American Jewish Joint Distribution Committee), einer von reichen jüdisch-amerikanischen Bankiers, orthodoxen Gemeinden und Gewerkschaften in New York gegründeten Wohltätigkeitsorganisation, nach Rußland. Er gründete die Organisation *Agrojoint*, die die freiwillige Umsiedlung von Juden und den Aufbau landwirtschaftlicher Kolonien in der Ukraine und auf der Krim jahrzehntelang unterstützte und eng mit den sowjetischen Behörden kooperierte. Im Lauf der Zeit wurden vom *Joint* und vom *Agrojoint* achtstellige Dollarbeträge in die Sowjetunion überwiesen.

Im August 1924 wurde das staatliche Komitee zur Landansiedlung werktätiger Juden gebildet – *Komitet far einordnen die arbetndike jidn ojf erd – Komerd*, russisch *Komset* genannt, das Boden und staatliche Gelder für die Kolonisation zuwies. Fünf Monate später entstand die »freiwillige«, halboffizielle Organisation zur Landansiedlung von Juden – *Geselschaft far einordnen jid ojf erd in FSSR – Geserd*, russisch *Oset*. Beide Organisationen sollten die Projekte unter ausländischen Juden propagieren und Gelder für die Landansiedlung sammeln. Die *Geserd* hatte Büros in der ganzen Welt. *Der Deutschen Gesellschaft zur Förderung des jüdischen Siedlungswerks in der UdSSR* gehörten fast ausschließlich ostjüdische Arbeiter an; ihr Büro in Frankfurt leitete H. Gerson. Im Juni 1932 wanderten 58 jüdische Siedler aus Deutschland in die Sowjetunion aus.

Während Lenin und Stalin keine Alternative zur Assimilation der Juden gelten ließen, betonte das sowjetische Staatsoberhaupt Michail Kalinin 1926, das jüdische Volk stehe »vor der großen Aufgabe, seine Nationalität zu erhalten«. Deshalb müßten sich Hunderttausende als Bauern in einem zusammenhängenden Gebiet ansiedeln.

Zwischen 1917 und 1931 lebten 260 000 Juden als Bauern und Kolonisten in der Ukraine und in Weißrußland und 40 000 auf der Krim. Mit Hilfe des *Agrojoint* wurden mehrere Dörfer aufgebaut, in denen nur Juden lebten und Jiddisch Amts- und Gerichtssprache war. Ab 1927 bildeten die jüdischen Kolonien und Kommunen auf der Krim und in der Ukraine eigene Rayons; Anfang der dreißiger Jahre wurden 86 jüdische Gemeinschaftsfarmen in Kolchosen (jiddisch: *Kolwirtschaften*) umgewandelt, in denen die Siedler immer weniger an ihren eigenen Lebensformen festhalten konnten. Die zitierte Erklärung Kalinins hatte sich damit als eine rein propagandistische Volte erwiesen.

Scheinbar bot der Sowjetstaat den zionistischen Juden »großzügig« eine neue Chance, den Traum von der Autonomie zu verwirklichen. Diesmal war das Kalkül, ein Scheitern der Agrarisierung werde solche Bestrebungen ein für allemal diskreditieren, von vornherein offensichtlicher, denn das im März 1928 nahe der chinesischen Grenze ausgewiesene Gebiet Birobidshan, 9000 Kilometer vom Westen der Sowjetunion entfernt, bot in jeder Hinsicht schlechtere Voraussetzungen als die früher zugewiesenen Territorien. Die ersten Siedler mußten sich mit katastrophalen Verhältnissen auseinandersetzen. Im zweiten Jahr, 1929, kamen nur 555 – geplant waren 15000 –, obwohl der Neubeginn mit billigen Krediten gefördert wurde. 1930 betrug der Anteil der Juden in dem Gebiet 8 Prozent, die Mehrheit waren Russen; auch viele Koreaner lebten dort.

Juri Larin, 1882 auf der Krim geboren, Vorsitzender des *Komset* und Schwiegervater von Nikolai Bucharin, äußerte 1929 offen Kritik: »Birobidshan mit seinem ewig gefrorenen Unterboden, seinen Sumpfgebieten, der Insektenplage, Überschwemmungen, langdauernden Frösten von minus vierzig Grad, seiner kulturellen Abgeschiedenheit, einer Entfernung mehr als tausend Werst vom Meer, einer Wirtschaft, die nur extensiv betrieben werden kann, einer kurzen Vegetationsperiode angesichts ungünstiger Verteilung der Niederschläge über das Jahr usw. – kann kaum ein voll geeigneter Ort für ein solches Menschenmaterial sein, wie es Städter sind, die zum erstenmal zur Landwirtschaft übergehen.«

Seit Birobidshan zum neuen Siedlungsgebiet erkoren worden war, erhielten die Krim-Projekte keine Fördermittel mehr. Nach Juri Larins Tod im Jahr 1932 wurde die Ansiedlung von Juden auf der Halbinsel gestoppt, weil Tataren, Russen und Ukrainer sich um die ertragreichsten Ländereien betrogen fühlten.

Trotz materieller Anreize siedelten 1933 nur 3000 Menschen um; ursprünglich wollte man 25000 gewinnen. Obwohl die Juden damals nicht einmal 15 Prozent der Einwohner stellten, wurde Birobidshan am 7. Mai 1934 zum Autonomen Jüdischen Gebiet innerhalb der RFSSR ernannt. Die einzelnen Kreise in Birobidshan trugen jedoch die Namen bekannter sowjetischer Politiker nichtjüdischer Abstammung. Um eine Sowjetrepublik zu gründen, hätten nach einer Definition Stalins aus dem Jahr 1936 mehr als eine Million Menschen dort leben müssen, die Mehrheit von ihnen Juden als namensgebende Nationalität.

Kalinin hatte auf einem Empfang für die jiddische Presse im Mai 1934 erklärt, allein die Schaffung einer jüdischen Region biete Möglichkeiten für eine »normale« Entwicklung der jüdischen Nationalität; während sich die Moskauer Juden assimilierten, bleibe in Birobidshan die jüdisch-nationale Kultur geschützt, und wer sie bewahren wolle, müsse sich dort ansiedeln. Doch jüdisches Leben konnte sich auch in Pseudo-Zion nicht entfalten. Jiddisch blieb zwar jahrzehntelang die Amtssprache, aber die jiddische Zeitung *Birobidshaner stern* war nur ein Abklatsch der amtlichen *Prawda*. Religiös fundierte jüdische Traditionen wurden bekämpft. Mit besonderem Stolz verwies die Sowjetpresse darauf, daß in Birobidshan die Schweinezucht eingeführt wurde. In zahlreichen Reportagen wurde beschrieben, wie sich in Birobidshan Kinder früherer »Luftmenschen« zu nützlich arbeitenden Menschen entwickelten.

Das territoriale Projekt sollte ein Gegengewicht zum Zionismus schaffen, dem ungeachtet der Verfolgungen noch immer weite Kreise der sowjetischen Juden anhingen. Jüdische Kommunisten und ihre Sympathisanten sammelten in der ganzen jüdischen Welt Geld für Birobidshan. Im Glauben, beim Aufbau einer proletarischen Heimat für ihre Brüder und Schwestern mitzuwirken, wanderten auch Juden aus dem Westen und sogar aus Palästina nach Birobidshan aus. Sie sind fast alle während der Säuberungen von 1937/38 umgekommen.

Die gesamte Führung des Autonomen Gebiets wurde ermordet. Von den 51 Mitgliedern des Gebietskomitees überstanden ganze sechs das Jahr 1937. Auf den Parteikonferenzen

in Birobidshan ging allerdings der Anteil der Juden in den Ter-
rorjahren kaum zurück. Säuberungen mit einer Tendenz zur
Russifizierung sollte es erst in der Nachkriegszeit geben, als
der Vorwurf des »jüdischen Nationalismus« und ähnlicher
Vergehen dazu diente, die Vertretung der Juden zu reduzieren.

Die Lebensgeschichte des Vorsitzenden des Jüdischen
Autonomen Gebietes Birobidshan Josef Liberberg symbolisiert die Tragödie der sowjetischen Juden in ihrem Ringen
um das Überleben in kultureller und nationaler Identität.
Liberberg wurde 1899 in Wolhynien geboren. Vor der Revolution von 1917 gehörte er der *Vareinikte-Partei* an, wurde
später Bolschewik und kämpfte an verschiedenen Fronten
des Bürgerkrieges. Er schrieb schon früh Artikel zu aktuel-
len Themen in jiddischer, ukrainischer und russischer Sprache.

1924 vertiefte er seine historischen und philologischen Studien in Deutschland. Später widmete er sich der Geschichts-
und Literaturwissenschaft und wurde mit 25 Jahren Professor. Sein Forschungsgebiet war die Geschichte der jüdischen
Arbeiterbewegung und des Jiddischen, der Sprache der jüdischen Massen. Als Kiew Zentrum der offiziell geförderten
jiddischen Literatur wurde, gründete Liberberg 1926 die Abteilung für jüdische Kultur an der Ukrainischen Akademie der
Wissenschaften, die später zum Institut für die proletarische
jüdische Kultur mutierte. Er war jahrelang Direktor dieses Instituts mit 100 Wissenschaftlern und Aspiranten und baute
eine bedeutende Judaica-Bibliothek auf. Er war auch Mitgründer des Jüdischen Historisch-Ethnographischen Instituts in Leningrad. Liberberg verfaßte viele historische Studien, z. B. über die Französische Revolution und über das Jahr
1848 in Deutschland. 1935 erschien sein Werk über die Juden
in der UdSSR. Als Vorsitzender des Birobidshaner Sowjets
(seit 1935) förderte er besonders den Aufbau der kulturellen
und schulischen Einrichtungen.

Am 9. März 1937 wurde Liberberg vom Militärgericht in

Chabarowsk zum Tode verurteilt und mit 38 Jahren hingerichtet. Erst im März 1955, 18 Jahre später, wurde das Urteil aufgehoben. Ein Jahr später erklärte das Gebietskomitee der Partei seinen Ausschluß für ungültig und rehabilitierte ihn.

Jene Intellektuellen, Journalisten und Schriftsteller, die das Projekt eines jüdischen Staates auf dem Gebiet der Sowjetunion enthusiastisch beschrieben, können dies nur wider besseres Wissen getan haben. Der Kommunist Otto Heller bereiste im Sommer 1930 die jüdischen Siedlungsgebiete in der Sowjetunion und kam auch nach Birobidshan. Er schilderte seine Eindrücke in dem Buch *Der Untergang des Judentums – Die Judenfrage / Ihre Kritik / Ihre Lösung durch den Sozialismus* und in zahlreichen Vorträgen, die er bis 1933 in Deutschland und Österreich hielt. Das Buch ist in drei Teile gegliedert: in eine marxistische Analyse der jüdischen Geschichte von der biblischen Zeit bis ins 20. Jahrhundert, in eine beißende Kritik des Zionismus und des Siedlungswerkes in Palästina auf der Basis des Marxismus und in die Schilderung der glorreichen Kolonisation der sowjetischen Juden in Birobidshan. Die Juden – so eine der Thesen Hellers – seien eine zum Untergang verurteilte Händlerkaste; die Judenfrage könne nur die »proletarische Diktatur« lösen. An anderer Stelle heißt es: »Der 17. Zionistenkongreß in Basel im Juli 1931 hat das Ende signalisiert. Der zionistische Bankrott ist nicht mehr zu verschleiern.« Hellers Buch endet mit der Prognose: »In Birobidshan sind die Juden in den sibirischen Urwald gegangen. Fragt man sie nach Palästina, so bekommt man ein helles Lachen zur Antwort. Der Palästinatraum wird längst schon der Historie angehören, wenn in Birobidshan Automobile, Eisenbahn, Dampfer fahren, die Schlote gewaltiger Fabriken rauchen und die Kinder einer freien jüdischen Arbeiter- und Bauerngeneration in blühenden Gärten herumspringen werden. Birobidshan wird ein jüdisches und

sozialistisches Land sein. Eines der Wunder des sozialistischen Aufbauwerks der Sowjets.«

In seinem Buch *Geht das Judentum unter?*, das 1933 in
Wien erschien, konterte Eli Strauss im Namen der Zionisten
Österreichs Hellers wütende Angriffe auf die jüdische Kolonisation in Palästina. Sein Fazit lautete: »Auch das jüdische
Problem wird eine Lösung finden. Nicht durch den Untergang des Judentums, sondern durch jüdische Einwanderung
nach Palästina, durch Entfaltung der wirtschaftlichen und
kulturellen Kräfte der jüdischen Bevölkerung.«

Beide, Heller wie Strauss, konnten 1931 nicht ahnen, daß
das europäische Judentum wenige Jahre später auf eine andere
Weise, die nichts mit Birobidshan oder Palästina zu tun hatte,
untergehen würde. Heller starb im Frühjahr 1945 in einem
KZ in Deutschland. Es ist wohl kein Zufall, daß sein antizio-
nistisches Buch im Auftrag des arabischen *Palästina-Komitees*
noch 1975 in Bonn unverändert nachgedruckt wurde.

Zu jenen, die wider besseres Wissen jahrzehntelang die Fik-
tion vom jüdischen Land Birobidshan bewahren halfen, gehört ein jiddischer Volksdichter, der dort lebte. Die erste
Strophe seines Liedes lautet:

> *Es hert sich klingen vun alle lender,*
> *Birobidshan wert a jidisch land,*
> *Un far dem darfn mir dankn*
> *Nor dem rojten ratnvarband.*

> Man hört es aus allen Ländern klingen,
> Birobidshan wird ein jüdisches Land,
> Und dafür müssen wir danken
> Nur dem roten Räteverband.

»Der rojte ratnvarband« brachte den Juden Not, Verfolgung und oft auch den Tod. Mehrere Generationen idealisti-
scher jüdischer Siedler vergeudeten ihr Leben in Birobidshan.
In den achtziger Jahren lebten dort etwa 5000 Juden, heute

sind es nur noch wenige hundert. Seit die Perestroika dies ermöglichte, wanderten viele Juden aus der gesamten Sowjetunion nach Israel aus, wo sie bei den einstigen »zionistischen
Klassenfeinden« als freie Bürger leben können.


## UNTER STALINS
## DEUTSCHEN STATTHALTERN

Die Behandlung der Juden in der SBZ/DDR zählt zu den dunkelsten und schändlichsten Kapiteln der ostdeutschen Geschichte. Sie war stets innenpolitischem Machtkalkül und
außenpolitischen Strategien unterworfen. Zu den wenigen Historikern der DDR, die sich mit dem Thema befaßten, gehören
Mario Keßler, Ulrike Offenberg, Wolfgang Kießling, Helmut
Eschwege und, in beschränktem Maß, Angelika Timm.

Wie viele Juden nach dem 8. Mai 1945 in der Sowjetisch Besetzten Zone (SBZ) und in Berlin lebten, ist kaum zu ermitteln, da nur die Mitglieder jüdischer Gemeinden als Juden registriert waren. Bei der Volkszählung vom Oktober 1946 in
der SBZ notierten 2094 Personen in der Rubrik Religionszu-
gehörigkeit »jüdisch«. Die für alle vier Sektoren zuständige
Jüdische Gemeinde zu Berlin zählte im Februar 1946 7070
Mitglieder. Nicht alle Bürger jüdischer Abstammung, die in
den KZ, in einer »Mischehe« oder im Untergrund überlebt
hatten oder aus der Emigration zurückgekehrt waren, traten
in eine Gemeinde ein; viele von ihnen camouflierten ihre Herkunft gänzlich.

Die Behörden in der SBZ und in Berlin erkannten keineswegs alle aufgrund der NS-Rassegesetze Verfolgten als »Opfer
des Faschismus« an. In einer Direktive, die der von Kommunisten dominierte Berliner Magistrat am 23. Juni 1953 erließ,
hieß es, nur wer »aktiv am Kampf gegen die Hitlerdiktatur
teilgenommen hat, nur wer auch im Zuchthaus, im Gefängnis

und im Konzentrationslager seiner antifaschistischen Gesinnung treu geblieben ist«, könne diesen Status erhalten. Auch die »Hinterbliebenen der ... ermordeten Helden des deutschen Freiheitskampfes« erhielten den Ausweis »Opfer des Faschismus« und entsprechende Unterstützung. Nur wenigen, die gemäß der Rassegesetze verfolgt worden waren, kam dies zu. Dazu gehörten die »roten Kapos« von Buchenwald, deren Überlebenschancen die eines jungen Buchenwald-Häftlings, wie ich einer war, weit übertrafen. Allenfalls moralisch etwas abgemildert wurde diese Ungerechtigkeit durch den Status »Opfer der ›Nürnberger Gesetze‹«. Wer ihn verliehen bekam, konnte jedoch weitaus weniger Beihilfen in Anspruch nehmen als die »Opfer des Faschismus«. »Ehrenrenten« gab es nur bei »politischem Wohlverhalten«.

Sowohl »Moskowiter« wie Walter Ulbricht als auch ehemalige KZ-Häftlinge in der KPD- bzw. SED-Führung betrachteten die Schoa in ihrer manichäischen Sicht als Klassenfrage: Die Juden galten entweder als heldenhafte Kämpfer, wie Herbert Baum und seine Widerstandsgruppe in Berlin, oder als feige Opfer.

Gegen antijüdische Hetze schritten die Behörden nur selten ein, Schändungen jüdischer Friedhöfe wurden nicht öffentlich gemacht und jüdische Hilfsorganisationen als Agentenzentralen hingestellt. »Arisiertes« Privat- und Gemeindeeigentum wurde in der SBZ/DDR entschädigungslos zum Volkseigentum deklariert und Wiedergutmachung dementsprechend als »Verschiebung von deutschem Volksvermögen« bezeichnet. Als 1948 die beiden christlichen Kirchen in der SBZ ihr Grundeigentum zurückerhielten, gingen die jüdischen Gemeinden fast leer aus. Im Gegensatz zur westdeutschen Regierung wies die DDR-Führung bis Ende der 80er Jahre eine Pflicht zur Restitution und Wiedergutmachung grundsätzlich ab. Die jüdischen Gemeinden mußten sich auch angesichts dieser »Sonderbehandlung« regimetreu verhalten, weil sie nur mit finanzieller Unterstützung der Partei- und Staatsorgane überleben konnten.

Die *Vereinigung der Verfolgten des Naziregimes* (VVN) wurde 1947 unter Mitwirkung der jüdischen Gemeinden gegründet. Die politische Polarisierung der Mitglieder im beginnenden Kalten Krieg und die Instrumentalisierung durch die SED verhinderten ihre Profilierung als überkonfessionelle und überparteiliche gesamtdeutsche Organisation. In den Entnazifizierungskommissionen hatten Juden kaum Mitspracherecht, ja als verfolgte Antifaschisten standen sie selbst rasch wieder unter Illoyalitätsverdacht. Die Moskowiter in der SED-Führung beschuldigten selbst jüdische Kommunisten der ideologischen Untreue, seit im Zuge der Kosmopolitismus- und Antizionismuskampagnen in den meisten Ostblockländern neue antisemitische Angriffe inszeniert wurden. Diese Aktionen hatten ihre Wurzeln u. a. in der sowjetischen Israel-Politik.

Ein kurzer Rückblick auf Palästina und Israel scheint notwendig, um den Gang der die Juden betreffenden Ereignisse zu verstehen. Ohne die Intervention der Sowjetunion wäre der Staat Israel, zumindest 1948, nicht gegründet worden. Stalin wollte die britischen Positionen und Interessen im strategisch wichtigen Palästina und im ölreichen Nahen Osten schwächen, und dazu war ihm jedes Mittel recht. Die Sowjetführung machte sich auch große Hoffnungen auf eine zukünftige linkssozialistische und stark sowjetfreundliche Regierung Israels. Daß diese Spekulation nicht aufging, hatte mehrere Gründe. Zum einen überschätzte Stalin den Einfluß der linkssozialistischen Parteien in Israel. Zum anderen war ein unter dem Einfluß des Kreml stehender Staat eine Horrorvision für Tausende von Überlebenden des Holocaust, unter ihnen viele Partisanen und Widerstandskämpfer, und für die ehemaligen Gulag-Häftlinge – sie alle hatten in der Sowjetunion Unterdrückung, Ausbeutung und Unfreiheit erlebt.

Radio Moskau verbreitete damals die Ansicht, daß die Gründung eines jüdischen Staates das Problem der in Westeuropa in Lagern lebenden jüdischen DPs lösen werde. In den

221

Lagern befanden sich viele osteuropäische Juden, die sowohl vor dem virulenten Antisemitismus in Ländern wie Polen als auch vor der kommunistischen Diktatur auf der Flucht waren.

Der sowjetische UNO-Botschafter Andrej Gromyko hielt im Mai 1947 seine erste Rede über das Problem der DPs und ging auf die großen Leiden der Juden unter den Nazis ein. Den westeuropäischen Staaten warf er vor, daß sie das »jüdische Volk« (das es laut sowjetischer Ideologie gar nicht gab!) nicht geschützt hätten. Deshalb sei das Bestreben der Juden nach einem eigenen Staat verständlich. (Damit war klar, daß dieser Staat keine Heimat für die sowjetischen Juden sein konnte, denn deren Regierung hatte ja nach offizieller Auffassung alles zu ihrem Schutz gegen die Nazis getan.)

Gromyko plädierte mit Rücksicht auf die arabischen Bedürfnisse für den Teilungsplan. Auch hinter den Kulissen wirkten die sowjetischen UN-Vertreter im November 1947 für die Teilung Palästinas. In seiner historischen »zionistischen« Rede vom 26. November 1947 vor der UNO in New York hat Gromyko endgültig das Gründungsfundament des Staates Israel gelegt. Ben-Gurion selbst hätte die Argumente für die Gründung Israels nicht besser formulieren können.

Bei der Abstimmung in der UNO-Vollversammlung im November 1947 votierte Gromyko mit allen Delegationen des Ostblocks für die Teilung Palästinas. Ohne diese Stimmen hätte die UNO die Teilung Palästinas nicht beschließen können. Das Vegetieren in den DP-Lagern war ein starkes moralisches Argument für die Gründung Israels. In jener Zeit tolerierte die Sowjetunion die Flucht von Abertausenden von Überlebenden des Holocaust aus Osteuropa, die über die DP-Lager in Deutschland und Österreich sowie über Frankreich und Italien illegal nach Palästina kamen. Ich selbst war mehrmals Zeuge der Durchlässigkeit der osteuropäischen Grenzen für jüdische Flüchtlinge.

Am 15. Mai 1948, als der Staat Israel ausgerufen wurde,

schrieben unzählige jüdische Sowjetbürger Briefe an das *Jüdische Antifaschistische Komitee* (JAFK), an ihre einzige offizielle »jüdische« Adresse, viele telefonierten und besuchten das Büro des JAFK, viele von ihnen mit der Absicht, sich als Freiwillige für den Unabhängigkeitskrieg in Israel zu melden. Es herrschte Euphorie über die neue politische Ausrichtung zugunsten eines jüdischen Staates in Palästina. Man hätte in der Tat ein unmenschlicher Machiavelli sein müssen, um die offizielle Stellungnahme der Sowjetunion, besonders die herzzerreißende Argumentation Gromykos für die Juden vor der UNO, als tagespolitisches Manöver zu durchschauen.

Das Regime mußte zähneknirrschend zur Kenntnis nehmen, daß über drei Jahrzehnte kommunistischer Agitation nicht ausreichten, um die Sympathien der Juden für den Zionismus auszumerzen. Es entstand eine explosive Situation, die das Regime bloßstellte und die Existenz der sowjetischen Juden gefährdete. Ilja Ehrenburg sollte auf Anordnung von oben in dieser Situation als »Feuerwehrmann« fungieren. Er verfaßte einen ganzseitigen Artikel, der in der *Prawda* vom 21. September 1948 veröffentlicht wurde. Der Artikel war ein überdeutlicher Warnschuß, aber die proisraelische Euphorie nahm kein Ende. Alle Personen, die in Briefen, Telefonaten oder auf andere Weise für Israel Stellung nahmen, wurden verfolgt.

Auch die in der SBZ lebenden Juden wurden auf herkömmliche Weise zum Spielball strategischer Interessen. Um ihren Führungsanspruch zu sichern, bemühten sich die Kommunisten in der SBZ darum, 500 000 ehemalige Mitglieder und Anhänger der Nazipartei sowie Offiziere der Wehrmacht in die politischen Massenbewegungen und Organisationen zu integrieren. 1948 stellten die Entnazifizierungskommissionen ihre Arbeit ein. Vier Jahre später verabschiedete die Volkskammer ein Gesetz, daß ehemaligen Mitgliedern der NSDAP und Wehrmachtsoffizieren staatsbürgerliche Gleichberechtigung garantierte, sofern sie nicht als Kriegsverbrecher vor

Gericht gestanden hatten. Die VVN wurde im Februar 1953 aufgelöst, weil die DDR ihre Verpflichtungen gegenüber den Verfolgten des Naziregimes bereits als erfüllt sah.

Nicht wenige linke Juden, die das Dritte Reich in der westlichen Emigration überlebt hatten und nach dem Krieg beim Aufbau eines besseren Deutschlands mitwirken wollten, entschieden sich dennoch für die SBZ/DDR und nicht für die Bundesrepublik; zu ihnen zählten Anna Seghers, Arnold Zweig, Hanns Eisler, Stephan Hermlin und Stefan Heym.

Im August 1950 brach das hysterische »fieldistische« Fieber auch in der DDR aus: Der Nichtjude Paul Merker, neben Franz Dahlem der einzige Westemigrant im ZK der SED, wurde als »Zionist« aus der Partei ausgeschlossen und seiner Ämter enthoben. Anfang Dezember 1952 wurde Merker verhaftet. Die Parteiführung ließ zudem Westemigranten und Kommunisten festnehmen, die mit ihm in Verbindung gestanden hatten, unter ihnen waren viele Juden wie Bernhard Steinberger, Lex Ende, Rudolf Feistmann, Bruno Goldhammer und Erica Wallach, die Pflegetochter von Noel Field. Die Anfang Januar 1953 im SED-Zentralorgan *Neues Deutschland* veröffentlichten »Lehren aus dem Prozeß gegen das Verschwörerzentrum Slánský« stellten eine brisante Mischung aus tradierten antisemitischen Feindbildern und Verschwörungstheorien dar. Merker, der sich für eine Wiedergutmachungsregelung eingesetzt hatte, wurde in dem von Ulbricht mitunterzeichneten Pamphlet u. a. als »Kopf eines zionistischen Spionagerings« tituliert. Verhöre durch Parteikontrollkommissionen, Entlassungen und Verhaftungen leiteten eine neue Phase innerparteilicher Säuberungen ein. Ihnen wären noch mehr Juden zum Opfer gefallen, wenn sich nicht viele diesen Verfolgungen durch Flucht in den Westen hätten entziehen können.

Die antisemitischen Prozesse in der Sowjetunion und in ihren Satellitenstaaten wirkten sich auf die jüdischen Gemeinden in der DDR verheerend aus. Ein ideales Opfer der Kampagnen war Julius Meyer, der Präsident des *Landesverbandes der Jüdischen Gemeinden der DDR*. Diesem Verband gehörten alle Gemeinden bis auf die Berliner an. Meyer wurde 1909 in Krojanke/Westpreußen geboren. 1930 trat er in die KPD ein. Er wurde, wie seine Frau und sein Kind, im Februar 1943 aus Berlin nach Auschwitz deportiert. Er überlebte den Todesmarsch von Ravensbrück/Malchow, kehrte nach Berlin zurück und wurde wie Erich Nelhans Vorstandsmitglied der Jüdischen Gemeinde zu Berlin. Meyer, Mitbegründer des Hauptausschusses »Opfer des Faschismus« beim Magistrat, leitete ab September 1945 die Hauptabteilung »Opfer der Nürnberger Gesetzgebung« und wurde 1946 Präsident des Landesverbandes. Im November 1950 wurde Julius Meyer, SED-Mitglied und Volkskammerabgeordneter, anonym als Schieber, Karrierist und amerikanischer Agent denunziert. Im Zuge der antijüdischen Kampagne im Umfeld des Slánský-Prozesses wurden die Gemeindebüros durch die Stasi durchsucht und Akten beschlagnahmt. Den Auftakt zu den Verfolgungen der Juden in der DDR bildete ein Gespräch, eigentlich eine mehrstündige Vernehmung, zwischen Oberst Tjulpanow, dem Chef der Verwaltung für Information in der sowjetischen Militäradministration, und Julius Meyer.

Die sowjetischen Besatzer befahlen der SED-Führung im Januar 1953, alle Empfänger von Hilfssendungen der jüdisch-amerikanischen Hilfsorganisation *Joint* zu registrieren. Erich Mielke, der die jüdischen Genossen als »kleinbürgerliche Feiglinge« bezeichnet hatte, wurde beauftragt, eine »Judenkartei« anzulegen. Meyer wurde am 8. Januar 1953 aufgefordert, eine Liste von Empfängern der Liebesgaben-Pakete des *Joint* aufzustellen und zu bestätigen, daß diese als eine amerikanische Spionageorganisation entlarvt worden sei. Die stalinistischen Betonköpfe konnten nicht nachvollziehen, daß den jüdischen Brüdern und Schwestern in der DDR aus rein humanitären Gründen geholfen wurde. In einer Erklärung sollten die Vertreter der jüdischen Gemeinden zudem den

Slánský-Prozeß rechtfertigen, weil die Angeklagten als Verräter bestraft werden müßten. Wie Meyer nach seiner Flucht bekanntgab, sollte in der Erklärung u. a. auch der Zionismus mit dem Faschismus gleichgesetzt werden.

Unter dem Vorwand, die gewünschte Stellungnahme vorzubereiten, berief Meyer die Gemeindevorsitzenden für den 13. Januar 1953 zu einer Besprechung in das Büro der Westberliner Gemeinde in der Fasanenstraße ein. Am gleichen Tag meldete die *Prawda* ein Komplott jüdischer Kremlärzte zur Ermordung der Kremlführung. Das *Neue Deutschland* druckte diese Nachricht am nächsten Tag nach. Meyer und seine Kollegen waren fest entschlossen, die geforderte Erklärung nicht zu unterschreiben und vor der drohenden Verhaftung zu flüchten.

Meyer wurde wenige Tage später aus der SED und aus der Volkskammer ausgeschlossen. Im Frühjahr 1954 wanderte er nach São Paulo aus, wo er seinen Unterhalt mit einem kleinen Lebensmittelgeschäft verdiente. Bis heute wird sein Schicksal von seinen ehemaligen west- und ostdeutschen Kollegen in der Führung der jüdischen Gemeinden in Deutschland beschwiegen. »Es ist überliefert, daß Heinz Galinski ihn nach seiner Flucht mit dem Bemerken, er hätte mit der falschen Seite Kollaboration betrieben und dafür jetzt die Quittung bekommen, aus seinem Büro in der Joachimstaler Straße hinausgeworfen haben soll«, schreibt Andreas Nachama in der Festschrift zum 50jährigen Bestehen der *Gesellschaft für Christlich-Jüdische Zusammenarbeit*.

Die Säuberungswelle hatte verheerende Wirkungen: Innerhalb weniger Wochen verlor die DDR mehr als die Hälfte ihrer staatstreuen jüdischen Bürger. Leo Zuckermann, Chef der Präsidialkanzlei von Wilhelm Pieck, war bereits Mitte Dezember 1952 geflohen. Einen Monat später folgten, zusammen mit Julius Meyer, die Vorsitzenden der Gemeinden von Leipzig, Halle, Erfurt und Schwerin. Der Vorsitzende der dortigen Gemeinde, Dr. Franz Unikower, ein ehemaliger Auschwitz-Häftling, der später mein Kollege im Frankfurter Gemeinderat wurde, hat mir die Situation, die zur Flucht führte, genau beschrieben. Die Vorsitzenden der Gemeinden von Magdeburg, Eisenach und Oschersleben mußten kurze Zeit später ebenfalls das Land verlassen. Die Mitglieder des in der Ostberliner Gemeinde eingesetzten Notvorstandes folgten bald.

Auch mein Lagerkamerad aus dem KZ Blechhammer, Dr. Bernhard Littwak, wurde vertrieben. Er war Kommandant des Lazaretts Nr. 1 der Internationalen Brigaden in Albacete in Spanien gewesen. Seine Frau Eva hatte dort als Oberschwester gearbeitet, während die vierjährige Tochter Carmen bei Pflegeeltern in der Schweiz untergebracht worden war. Nach seiner Inhaftierung in mehreren Internierungslagern in Frankreich und KZ in Deutschland hatte der Sozialdemokrat, Spanienkämpfer, Arzt und Jude 1945 ein neues Leben als Arzt in Eisleben begonnen. Ein Freund, ebenfalls ein Spanienkämpfer, hatte ihn telefonisch vor der bevorstehenden Verhaftung gewarnt. Mit einem kleinen Köfferchen floh Bernhard Littwak aus dem Land der stalinistischen »Antifaschisten« nach Frankfurt am Main.

Die Zahl der Mitglieder in den jüdischen Gemeinden in der DDR sank bis 1990 auf etwa 300 Personen. Eine gute Voraussetzung für ihre Instrumentalisierung war die Parteimitgliedschaft vieler Vorstandsmitglieder und die Überwachung durch Stasi-Spitzel. Wie viele DDR-Bürger jüdischer Abstammung – vergleichbar den Marranen in Spanien während der Inquisition – als Krypto-Juden lebten, ist nicht bekannt. Nach der Ausbürgerung Wolf Biermanns, dessen Vater als jüdischer Kommunist und als antifaschistischer Kämpfer in Auschwitz ermordet wurde, legten einige von ihnen die Mimikry ab. Die Tatsache, daß Juden einen hohen Anteil an den Protestierenden gegen diese Ausbürgerung stellten, ist bis heute nicht wahrgenommen worden.

In den achtziger Jahren schrieb die SED-Führung den jüdischen Gemeinden und der jüdischen Kultur eine größere politische Bedeutung zu. Diese Aufwertung stand in engem

Zusammenhang mit dem Streben der DDR nach internationaler Anerkennung, insbesondere dem Gewähren der Meistbegünstigungsklausel durch die USA. Ein merkwürdiges, wenn nicht traurig-komisches Intermezzo stellte der Besuch des Präsidenten des Jüdischen Weltkongresses Edgar Bronfman am 16. Oktober 1988 in Ostberlin dar. Bronfman, Inhaber eines großen Spirituosen-Konzerns in den USA und laut Stasi-Berichten »kapitalistischer Millionär«, hatte sich seit Anfang 1988 um eine Einladung der DDR-Machthaber bemüht. Er landete in Berlin mit seinem Privatflugzeug und wurde wie ein Staatspräsident begrüßt. Zu seinem offiziellen Programm gehörten u. a. ein Besuch des Jüdischen Friedhofs in Weißensee und ein Empfang, an dem 200 Mitglieder der Jüdischen Gemeinde Berlin und die Vorsitzenden der anderen Gemeinden in der DDR teilnahmen. Höhepunkt der politischen Gespräche und wirtschaftlichen Verhandlungen war eine Begegnung mit Erich Honecker. Der Staatsratsvorsitzende zeichnete seinen Gast »in Anerkennung seiner großen Verdienste für die Wahrung der Gerechtigkeit in der Welt im Geiste des Humanismus und des Antifaschismus für Frieden, Freundschaft und Zusammenarbeit zwischen den Völkern« mit dem höchsten Orden für ausländische Persönlichkeiten, dem »Großen Stern der Völkerfreundschaft«, aus. Von dieser Geste der bald dem Untergang geweihten Diktatur zeigte sich Bronfman »zutiefst beeindruckt«. Bronfman ließ sich von Berichten über »die großen Leistungen der DDR bei der Bewahrung des antifaschistischen Erbes, der Förderung jüdischen Lebens und hohen Qualität der Pflege jüdischer Kultur und Wissenschaft« beeindrucken, ja blenden und sprach von der Leidensgemeinschaft der deutschen Kommunisten mit den Juden. Honecker erklärte wahrheitswidrig, daß die DDR das Gedenken an den Holocaust stets bewahrt und jüdisches Leben in jeder Hinsicht unterstützt habe. Als Bronfman die ausstehenden Wiedergutmachungszahlungen thematisierte, sagte Honecker eine symbolische Hilfe für minderbemittelte jüdische Verfolgte des Naziregimes zu,

»nicht aus rechtlichen, sondern aus moralischen Gründen«. (Es war ein leeres Versprechen.) Das Regime hoffte, der Präsident des Jüdischen Weltkongresses werde sich in den USA für eine Einladung Honeckers zu einem Staatsbesuch einsetzen. Wie viele Antisemiten überschätzten die SED-Funktionäre den Einfluß der Juden auf die Politik und Wirtschaft der USA stark.

Die Öffentlichkeit erfuhr nichts von Bronfmans weiteren Anliegen: der Anbahnung von Geschäftsbeziehungen zwischen seinem Spirituosenkonzern Seagram's und der DDR nach erfolgreichen Geschäftsabschlüssen mit Ungarn, Polen und der Sowjetunion.

Die letzte, im März 1990 gewählte Volkskammer der DDR verabschiedete am 12. April 1990 folgende Erklärung: »Wir bitten die Juden in aller Welt um Verzeihung, wegen der Heuchelei und Feindseligkeit der offiziellen DDR-Politik gegenüber dem Staat Israel und wegen der Verfolgung und Entwürdigung jüdischer Bürger auch nach 1945 in unserem Land.«

Die PDS, Nachfolgeorganisation der SED, verweigert bis heute eine Stellungnahme zur beschämenden Verfolgung der Juden in der DDR. Stalins deutsche Statthalter hätten als einzige unter den osteuropäischen Parteiführern aus bekannten Gründen die Gefolgschaft in den als antizionistisch getarnten, aber in Wirklichkeit antisemitischen Kampagnen verweigern sollen, können und müssen. Sie taten es nicht. Angesichts der deutschen Verbrechen an den Juden erscheint mir dies geradezu als pervers.

## ERICH NELHANS – GERETTETER UND HELFER

Von Erich Nelhans erzählte mir zum ersten Mal Carl Busch, Mitbegründer der Jüdischen Gemeinde, später Vorsitzender der Zionistischen Organisation in Berlin und mein Kollege im Präsidium der ZOD. Sein Schicksal hat mich sehr erschüttert.

In den Publikationen und Berichten über die Jüdische Gemeinde zu Berlin vermißte ich bis vor wenigen Jahren seinen Namen als dem eigentlichen Gründer. Um sein Überleben, Wirken und seinen Tod rankten sich lange Zeit Legenden. Weil er von NKWD-Schergen verhaftet wurde, wurde sein Schicksal in der SBZ und der DDR tabuisiert. Im Westen war man offenbar aus anderen Gründen am tragischen Ende des Mitbegründers der ersten jüdischen Gemeinde Berlins nach 1945 nicht interessiert. Erst im Jahr 1995 stellte der damalige Gemeindevorsitzende Andreas Nachama über seinen Vorgänger Nachforschungen an und veröffentlichte einen längeren Aufsatz über ihn.

1933 waren in Berlin 160 564 Menschen als Konfessionsjuden registriert. Etwa 4 100 Juden konnten sich während des Nationalsozialismus durch eine »Mischehe« vor der Deportation in die Vernichtungslager retten. Publikationen, Fernsehdokumentationen und der Film *Rosenstraße* haben den erfolgreichen Widerstand »arischer« Familienmitglieder gegen die Deportation ihrer jüdischen Männer und Frauen in den letzten Jahren bekannter gemacht.

Von den etwa 5 000 Juden, die sich in Berlin zum »Untertauchen« entschlossen hatten, überlebten 1 416. Diese »Untergetauchten«, die sich selbst »U-Boote« nannten, verdankten ihr Überleben einzigartigen Mitbürgern, die während des Nationalsozialismus ihren Mut und ihr Mitgefühl nicht verloren hatten. Beate Kosmala hat circa 3 000 Namen von Frauen und Männern ermittelt, die an der Rettung von Juden in Berlin beteiligt waren; rund 2 000 von ihnen waren Frauen.

In seinem 1957 in Berlin erschienenen Buch *Die unbesungenen Helden. Menschen in Deutschlands dunklen Tagen* stellte Kurt Grossmann erstmalig die Persönlichkeiten des Rettungswiderstandes in Deutschland vor. Der damalige Berliner Innensenator Joachim Lipschitz hat Grossmanns Begriff übernommen. Vom Ende der 50er Jahre bis 1963 wurden auf seine Initiative hin 738 Personen als »Unbesungene Helden«

geehrt. Später wurden einige dieser außergewöhnlichen Menschen mit dem Bundesverdienstkreuz ausgezeichnet. Die Gründe dafür, daß die Retter lange öffentlich kaum wahrgenommen wurden, sind vor allem im Verhalten der deutschen Nachkriegsgesellschaft zu suchen.

Zu den im Untergrund überlebenden Juden zählte auch Erich Nelhans. Er wurde am 12. Februar 1899 als Sohn einer jüdisch-orthodoxen Familie in Berlin geboren. 1918 wurde er Soldat. Später betrieb er in der Prenzlauer Str. 7/8 einen Verlag für Glückwunschkarten, den er wahrscheinlich 1938 aufgeben mußte. Der fromme Jude war seit 1938 Vorstand einer Stadtteil-Synagoge. Von 1934 bis 1942, so gab er später in sowjetischer Haft zu Protokoll, arbeitete er bei der Eisenbahn und bei anderen Unternehmen. Seine Frau Edith war Zwangsarbeiterin in den Siemens-Schuckert-Werken. Sie wurde im Rahmen der sogenannten Fabrikaktion am 12. März 1943 nach Auschwitz deportiert und ist dort umgebracht worden. Er konnte sich dank der Hilfe mehrerer Menschen vor der Deportation retten.

Nach dem Krieg stürzte er sich sofort in die Arbeit – den Aufbau des jüdischen Lebens in seiner Heimatstadt. Bereits im Mai 1945 wurden vier Synagogen-Gemeinden gegründet, aus denen im September 1945 die Jüdische Gemeinde zu Berlin hervorging, deren Vorstandsvorsitzender Erich Nelhans wurde. Er war im Vorstand für religiöse und soziale Fragen zuständig und betrieb energisch den Wiederaufbau der Synagoge in der Rykestraße. Seine unermüdliche Fürsorge galt den aus den KZ und aus dem Exil zurückgekehrten Berliner Juden. Sein Büro in der Oranienburger Straße war auch Anlaufstelle für Juden aus anderen Orten, die nach Angehörigen oder nach einer Unterkunft suchten, und für Displaced Persons.

Als Berliner Vorsitzender der religiös-zionistischen Vereinigung *Misrachi* setzte sich Nelhans für die Auswanderung der Juden nach Palästina ein. In der Gemeindezeitung *Der*

*Weg* schrieb er am 1. März 1946: »Unsere Gemeinde soll eine kleine Heimat für jüdische Menschen sein, bis unsere große Heimat Palästina die Tore öffnet und wir das Land der Verheißung betreten.«

Zwischen 1945 und 1947 flüchteten 200 000 Juden aus Osteuropa nach Deutschland, um von hier aus mit Hilfe zionistischer Organisationen nach Palästina, in die USA oder in andere Länder auszuwandern. Die meisten kamen aus Polen, dort fühlten sich Juden besonders gefährdet. Im amerikanischen und französischen Sektor Berlins richtete man für mehrere tausend jüdische Migranten DP-Lager ein. Die britischen Behörden lehnten dies wegen ihrer Palästinapolitik ab und die sowjetischen erkannten weder den Status der Displaced Persons noch den der Flüchtlinge an. Während der Berlin-Blockade wurden die Bewohner der DP-Lager in die westlichen Besatzungszonen ausgeflogen.

Erich Nelhans bemühte sich besonders um die Flüchtlinge aus Polen, versorgte sie mit Proviant, Kleidung, Papieren und kümmerte sich um ihre Unterbringung. Auch jüdischen Angehörigen der Roten Armee beschaffte er Zivilkleidung und Ausweise, damit sie in die Westsektoren der Stadt flüchten konnten und von dort nach Israel. Viele von ihnen hatten ihre Familien verloren und glaubten, daß sie genug für die Verteidigung ihrer Heimat getan hatten. Sie wußten, daß unter den Sowjetbürgern Gerüchte über die Drückebergerei der Juden kursierten, die ihre Orden angeblich auf dem Schwarzmarkt kauften.

Die Sowjetunion gab sich damals noch als Verbündeter Israels aus. Die antijüdische Einstellung der Sowjetmacht nahm Erich Nelhans offenbar nicht wahr. Mit der Beihilfe zur Desertion ging er ein großes Risiko ein. Am 7. März 1948 wurde er verhaftet und am 4. August von einem sowjetischen Militärtribunal zu 25 Jahren Zwangsarbeit in einem Straflager verurteilt. Er wurde u. a. für schuldig befunden, »aus feindlicher Gesinnung gegen die Sowjetunion« Ende 1945 eigenmächtig eine jüdische Gemeinde gegründet zu haben. Außerdem habe er im Auftrag der Amerikaner labile Sowjetbürger, die sich in Deutschland befanden, zum Landesverrat bewegt und systematisch bei der illegalen Verschickung jüdischer Bürger aus Polen und der Tschechoslowakei nach Palästina und Amerika mitgewirkt. Erich Nelhans kam nach seiner Verurteilung zunächst in das sowjetische Speziallager Nr. 7, das dem NKWD unterstand und sich auf dem Gelände des ehemaligen KZ Sachsenhausen befand. Nach zwei Monaten wurde er in das Gefängnis Brest transportiert. Am 15. Februar 1950 starb Nelhans im Krankenhaus von Dubrawlag (Republik Mordowien) an einer Hepatitis.

1997 hob ein russisches Militärgericht das Urteil von 1948 auf und rehabilitierte Nelhans ohne Einschränkungen. Er war eines der ersten deutschen Opfer der veränderten Israel-Politik der Sowjetunion und ihrer Satellitenstaaten. Der von Stalin verfügte staatliche Antisemitismus sollte im Slánský-Prozeß und im Geheimprozeß gegen die Führung des *Jüdischen Antifaschistischen Komitees* (JAFK) im Jahre 1952 seinen traurigen Höhepunkt finden.

Nach vielen Kontroversen wurde am 1. März 2001 eine Gedenktafel an Nehlhans' Wohnhaus in der Prenzlauer Allee 35 angebracht. Seither liegt eine Broschüre der Berliner Historikerin Annette Leo über Nelhans vor, die sie mit Hilfe seines Neffen Werner Rosenthal verfaßte. Auch eine Straße wurde nach Erich Nelhans benannt.


## MOSKAU UND JERUSALEM – LENIN UND WEIZMANN

Nach 70 Jahren ihres Bestehens brach die mächtige Sowjetunion Ende Dezember 1991 auseinander. Die rote Fahne mit Hammer und Sichel, die zunächst für viele Menschen die

Hoffnung auf Freiheit und Menschenwürde symbolisiert hatte, wurde im In- und Ausland eingeholt. Ist es nicht eine Ironie der Geschichte, daß sie ausgerechnet in Jerusalem weltweit zum letzten Mal gehißt wurde? Gorbatschow hatte – kurz bevor er sein Amt aufgeben mußte – nach einer fast 25jährigen Pause in den diplomatischen Beziehungen Alexander Bowin zum Botschafter in Israel ernannt. Als dieser dem israelischen Staatspräsidenten Chaim Herzog sein Beglaubigungsschreiben überreichte, wurde er automatisch russischer Botschafter. Bowin ist ein hochrangiger Journalist und wohl einer der wenigen sowjetischen Funktionäre, die nie ein böses Wort über Israel schrieben.

Mehr als 90 Jahre rangen die kommunistische und die zionistische Bewegung um Einfluß auf die jüdischen Massen. Die maßgeblichen Führer der beiden Bewegungen und der von ihnen gegründeten und geführten Staaten, Wladimir Lenin und Chaim Weizmann, starben wenige Jahre nach den jeweiligen Staatsgründungen. Aber davor bevölkerten Tausende von russischen Zionisten jahrzehntelang die Gefängnisse und die sibirischen Verbannungsorte.

Es gibt frappierende Parallelen im Leben und Wirken von Wladimir I. Lenin (1870–1924), dem Führer der Bolschewiki, und Chaim Weizmann (1874–1952), dem Führer der Zionisten. Beide hätte man für Zwillingsbrüder halten können: Beide hatten schütteres Haar und trugen den gleichen Bart. Beide lebten mehrere Jahre in der Schweiz, wo sich die Auslandszentralen des jüdischen *Bundes* und der russischen Revolutionäre befanden: Lenin (erzwungenermaßen) als politischer Emigrant, Weizmann, weil er eine wissenschaftliche Karriere als Chemiker aufgebaut hatte und zu den einflußreichsten Mitgliedern der zionistischen Weltbewegung gehörte.

In Züricher und Genfer Emigrantenlokalen debattierten beide häufig über die beste »Lösung der Weltprobleme«. Im März 1910 begegneten Weizmann und seine Frau Vera Lenin in Paris in einem Restaurant, das vornehmlich russische Emigranten besuchten. Sie tauschten Erinnerungen an die Schweizer Zeit aus. Wie Vera Weizmann später berichtete, äußerte Lenin damals fast paranoide Zweifel an der Aufrichtigkeit und Treue seiner Anhänger. Er sollte Recht behalten, denn Roman Malinowski, einer der geschicktesten Agenten der zaristischen Geheimpolizei *Ochrana*, saß im Zentralkomitee der Bolschewiki und spielte fortan die leitende Rolle in der bolschewistischen Duma-Fraktion. Malinowski verriet Dutzende der besten und treuesten Genossen und brachte sie ins Zuchthaus. Weizmann entgegnete Lenin in jener denkwürdigen Unterhaltung, daß ihn »seine« Zionisten mit ihren langweiligen Reden und kleinlichen Streitereien oft sehr ermüdeten, daß er aber nicht im geringsten an ihrer Treue zur Organisation und zum gemeinsamen Ziel zweifle.

Am 2. November 1917 sandte Lord Balfour auf Intervention und Veranlassung von Chaim Weizmann einen Brief an Lord Rothschild, der als Balfour-Deklaration in die Geschichte einging. In diesem Dokument erklärte die britische Regierung erstmals, die zionistischen Bestrebungen in Palästina zur Schaffung eines jüdischen Staates zu unterstützen. Fünf Tage später, am 7. November (25. Oktober alter Zeitrechnung) stürzten von Lenin inspirierte bolschewistische Soldaten die legale sozialdemokratische Kerenski-Regierung. 1919 gründete Lenin die *Kommunistische Internationale*, in der die Partei *Paole Zion* und andere linkssozialistische Parteien nicht aufgenommen wurden, weil sie Lenins 18 Aufnahmebedingungen nicht erfüllen konnten oder wollten.

Die kommunistische Bewegung, die auch die Judenfrage lösen sollte, hat versagt. Trotz ungeheurer, ja nahezu unbegrenzter menschlicher und materieller Ressourcen hat sie kaum eines ihrer ideologischen Ziele erreicht und Millionen von Menschen Tod und Not gebracht. Die von den Kommunisten und anderen Kritikern des Zionismus prognostizierte Lebensunfähigkeit des jüdischen Staates hat sich als falsch

235

erwiesen. Lenins und Stalins Staat ist auseinandergebrochen. Die vernachlässigten nationalen Belange haben mörderische Feindschaft und Bürgerkriege unter den Völkern der früheren Sowjetunion verursacht.

Unter Preisgabe des »jüdisch«-internationalistischen, kosmopolitischen Erbes wurde der Bolschewismus bzw. Sowjetkommunismus in eine russisch-imperiale Ideologie verwandelt. Die als Antikosmopolitismus und Antizionismus getarnte Judenhetze in der Sowjetunion war ein weiterer Beleg für den besonderen Illoyalitätsverdacht, der sich gegen die Juden als Volk ohne eigenes Territorium, aber mit einer eigenen Nationalkultur richtete.

Die Zionisten konnten aber ihre Idee vom jüdischen Staat verwirklichen. Weizmann leitete 1918 die zionistische Palästina-Kommission, um der britischen Regierung Vorschläge zur Umsetzung der Balfour-Deklaration unterbreiten zu können. Nach seiner Rückkehr feierten ihn Tausende als Sprecher der jüdischen Nation. Er wurde 1920, nach Herzl, Wolfsohn und Warburg, der vierte Präsident der *Zionistischen Weltorganisation*.

In den Jahren 1935–1946 stand Weizmann, der auch eine Schlüsselrolle beim Aufbau der *Jewish Agency for Palestine* gespielt hatte, der *Zionistischen Weltorganisation* nochmals vor. Seine Kompromißbereitschaft gegenüber Großbritannien brachte ihn nach dem Zweiten Weltkrieg in Opposition zu Ben-Gurion. 1948/49 war er Präsident des provisorischen Staatsrats, seit Februar 1949 bis zu seinem Tode 1952 erster Staatspräsident Israels.

Nur für kurze Zeit, zwischen 1945 und 1948, setzten die Kommunisten und die sowjetischen Machthaber auf die zionistische Karte. Diese Politik kulminierte in Gromykos Rede vor der UNO-Vollversammlung am 26. November 1947, die zum Teilungsbeschluß über Palästina und zur Gründung des Staates Israel führte. Weizmann hätte keine bessere Rede verfassen können.

Während des Unabhängigkeitskrieges 1948/49 versorgte die Sowjetunion als einziges Land den gerade gegründeten Staat Israel über die Tschechoslowakei mit Waffen und rettete ihn somit vor der Vernichtung, da alle anderen Staaten, einschließlich der USA, das gegen Israel verhängte Waffenembargo strikt einhielten. Dies sollte nicht vergessen werden, auch wenn die Sowjetunion ein Jahr später Israel fallenließ und sich der arabischen Seite zuwandte.

Im Jahre 1975 veranlaßte die Sowjetunion die UNO-Resolution Nr. 3379, die den Zionismus als Rassismus brandmarkte. Diese Resolution schadete dem Ansehen der UNO mehr als dem Staat Israel. Als sie verabschiedet wurde – 111 Staaten stimmten dafür und nur 25 dagegen bei 17 Enthaltungen –, zerriß der damalige UNO-Botschafter und spätere Präsident Israels Chaim Herzog das Papier mit den Worten: »Für uns, das jüdische Volk, entbehrt diese auf Haß, Verfälschung und Arroganz basierende Resolution jeglicher moralischer und rechtlicher Basis.« Siebzehn Jahre mußten vergehen, bis dieser schändliche Beschluß von der UNO widerrufen wurde.

Aus dem Ringen ging der Staat Israel als Sieger hervor. Er hat im Laufe seines Bestehens ein Mehrfaches seiner ursprünglichen Bewohner aus aller Welt aufgenommen; jetzt leben dort über 5 Millionen jüdische Bürger in einer freiheitlichen Demokratie westlicher Prägung. Israel konnte auch fast einer Million Juden aus der ehemaligen Sowjetunion eine neue Heimat, frei von Haß und Verfolgung, bieten. Seine Bürger mußten ihren Staat in fünf durch unprovozierte Angriffe und Terror aufgezwungenen Kriegen verteidigen. In den Nachbarstaaten walten totalitäre Willkür, Terror und Unfreiheit, Israel ist eine Insel der Menschlichkeit geblieben.

Gorbatschow bestätigte 1993 während seines Besuch in Israel, daß die Sowjetführer große, nicht wiedergutzumachende Fehler begingen, als sie, perspektivlos und moralisch verwerflich, Israel zu vernichten suchten, indem sie blind auf die arabische Karte setzten.

Israelische Ärzte und Soldaten halfen schon mehrmals bei Naturkatastrophen auf dem Gebiet der ehemaligen Sowjetunion. Die israelische Flagge mit dem Davidstern, einst Symbol der Erniedrigung seitens der russischen Antisemiten und Karikaturisten, flattert stolz über dem Gebäude der israelischen Botschaftsgebäude in Moskau.

Zu Chaim Herzog eine persönliche Anmerkung.

Der 1918 in Belfast geborene Chaim Herzog war Sohn des Oberrabbiners von Irland, Isaac Herzogs. Während des Zweiten Weltkrieges nahm er als britischer Gardeoffizier an der Invasion in der Normandie teil. Im September 1986 sprach er als Staatspräsident Israels und Ehrengast bei der Gedenkfeier aus Anlaß des 50. Jahrestages des Spanischen Bürgerkrieges in Tel Aviv, an der auch ich als einer der Organisatoren dieser Veranstaltung teilnahm. Mehr als dreihundert palästinensische Juden kämpften für die spanische Republik; die jüdische Bevölkerung Palästinas umfaßte damals nur 450 000 Menschen. Im Oktober 1989 überreichte ich Chaim Herzog in seiner Residenz in Jerusalem ein Exemplar meines Buches *Schalom Libertad!*.

# VI. EREZ ISRAEL – ERFÜLLUNG DES ZIONISTISCHEN TRAUMS

## DAVID BEN-GURION – VISIONÄR UND GRÜN-DER ISRAELS

Sieben Wochen nach Ausbruch des Jom-Kippur-Krieges verloren Israel und das jüdische Volk einen ihrer größten Männer. Am 1. Dezember 1973 starb David Ben-Gurion. Damals stand die israelische Armee 101 Kilometer vor Kairo, und auf den Golanhöhen gab es schwere Artilleriekämpfe. In dieser politisch angespannten Situation erwies eine halbe Million Menschen Ben-Gurion die letzte Ehre, als der Sarg im Knesset-Gebäude vor dem Begräbnis aufgebahrt wurde. Als am 3. Dezember 1973 die Sirenen im ganzen Land aufheulten, trug man eine Legende zu Grabe.

Die Nachricht vom Tod Ben-Gurions erreichte mich in Paris, wo ich an einer Konferenz der europäischen zionistischen Landesföderationen teilnahm. Ich war tief erschüttert, denn ich wußte, daß mit seinem Tod eine Periode der jüdischen Geschichte und der zionistischen Bewegung zu Ende gegangen war. Die Sitzung wurde sofort unterbrochen, und einige Teilnehmer berichteten über ihre persönlichen Begegnungen mit Ben-Gurion. Nach meiner Rückkehr nach Frankfurt beschloß der Vorstand der Zionistischen Vereinigung in Frankfurt, eine Trauerversammlung zu organisieren, an der alle für Israel wirkenden Organisationen teilnahmen.

Ben-Gurion war über Jahrzehnte das Herz und die Seele des jüdischen Volkes. Er war der größte Jude unserer Generation. 45 Jahre lang wirkte er zum Wohl der Juden: als Führer der zionistischen Arbeiterbewegung, der Juden Palästinas und der Welt und schließlich des neu gegründeten Staates Israel.

Er tat dies mit unübertroffenem Mut, mit Weisheit, Ergebenheit und persönlichem Charme.

Als ich ein 12jähriger zionistischer Pfadfinder war, war mir Ben-Gurion schon bekannt, denn er symbolisierte für uns den unbändigen Willen vieler zionistischer Pioniere, eine alt-neue Heimat in Palästina aufzubauen. Dies war für die polnischen Juden besonders wichtig, da nach dem Tod des Marschalls Piłsudski im Jahr 1935 der Antisemitismus im Land stark zugenommen hatte.

Ben-Gurion wurde am 16. Oktober 1886 als David Grün in Płońsk, Polen, geboren. Sein Vater, Avigdor Grün, war ein angesehener Rechtsberater und ein begeisterter Anhänger der *Chovevej Zion*, der Zionliebenden, die den Wiederaufbau Israels propagierten. Die Mutter Scheindl starb, als der Sohn zehn Jahre alt war. David war von einem unbändigen Wissensdrang beherrscht, eine Eigenschaft, die er bis zu seinem Tod behalten sollte. So lernte er schon als Kind neben seiner jiddischen Muttersprache auch Polnisch und Russisch, später dann Englisch, Französisch, Deutsch, Türkisch, Latein und Altgriechisch. Hebräisch unterrichtete ihn sein Großvater Arie. Mit 14 Jahren gründete er die zionistische Jugendgruppe *Ezra*, die sich für die Einführung des Hebräischen als Umgangssprache einsetzte. Im Alter von 17 Jahren schloß er sich der zionistischen Arbeiterbewegung *Poale Zion* an.

Im September 1906, drei Wochen vor seinem 20. Geburtstag, erfüllte sich endlich der langjährige Traum des jungen Zionisten: die Ankunft in Erez Israel. In dem wirtschaftlich noch unterentwickelten, wüstenreichen und in weiten Teilen auch malariaverseuchten Land fühlte sich Ben-Gurion wie neu geboren. Hier wollte er seine politische Vision, die jüdische Besiedlung Palästinas und die nationale Wiedergeburt des jüdischen Volkes im Zeichen sozialistischer Gesellschaftsideale, verwirklichen. Egalitäre, demokratisch organisierte Arbeits- und Lebensgemeinschaften sollten insbesondere den verelendeten jüdischen Handwerkern und Kleinhändlern Osteuropas eine neue Heimstatt sein. Vier Jahre lang arbeitete Ben-Gurion in den landwirtschaftlichen Betrieben verschiedener Siedlungen, von Petah Tikva, der »Mutter der Kolonien« bei Tel Aviv, bis Sedschera. Wie viele Pioniere erkrankte auch er an Malaria. Das Land aber verließ er nicht. Gemeinsam mit seinem Freund Jizchak Ben-Zvi, dem späteren israelischen Staatspräsidenten, begann er 1910 in Jerusalem für die Zeitschrift *Ha'achdut*, das hebräischsprachige Organ der zionistischen Arbeiterpartei, zu schreiben. In dieser Zeit nahm er den Namen Ben-Gurion in Erinnerung an einen historischen Führer der Juden an.

Von 1912 bis 1914 studierte er mit Ben-Zvi an der Universität Istanbul Rechtswissenschaften. Zusammen mit anderen führenden Zionisten wurden die Freunde kurz nach Kriegsbeginn, im März 1915, von den türkischen Behörden ausgewiesen. Die Kriegsjahre, die er in den Vereinigten Staaten verbrachte, nutzte Ben-Gurion für den Aufbau eines amerikanischen Flügels der zionistischen Arbeiterbewegung. 1917 heiratete er dort Paula Munweis, die bis zu ihrem Tod (1968) seine mutige und treue Lebensgefährtin blieb. Nach Palästina kehrte Ben-Gurion in der Uniform der Jüdischen Legion zurück – einer Kampftruppe, die von Wladimir Jabotinsky, dem Anführer der militanten rechtszionistischen Bewegung innerhalb der britischen Armee, organisiert worden war und die sich an den Kämpfen in Palästina beteiligt hatte.

1921 wurde Ben-Gurion schließlich Generalsekretär des Gewerkschaftsbundes *Histadrut*, der sich unter seiner langjährigen Führung zur stärksten politischen und wirtschaftlichen Kraft im Land entwickeln sollte. Die Gründung der zionistischen, von 1948 bis 1977 regierenden Arbeiterpartei *Mapai* folgte 1930. Fünf Jahre später wurde Ben-Gurion Vorsitzender des Exekutivkomitees der *Jewish Agency for Palestine*, der regierungsähnlichen, vom Völkerbund legitimierten Vertretung der Juden in Palästina, die schnell an Macht und Prestige gewann.

Zwischen 1933 und 1936 traf Ben-Gurion mehrmals mit arabischen Führern zusammen, um zu einem Ausgleich mit der arabischen Welt zu gelangen. Diese Bemühungen führten jedoch nicht zum Erfolg. Nach dem Beginn des arabischen Aufstandes im Jahr 1936 entsandte die britische Regierung eine Untersuchungskommission nach Palästina, die im sogenannten »Peel Report« die Teilung des Landes in einen arabischen und einen jüdischen Staat empfahl. Nur der liberale Weizmann und der sozialistische Ben-Gurion besaßen die Weisheit und Weitsicht, die positiven, wenn nicht lebensrettenden Auswirkungen dieses Plans zu begreifen und diese zu unterstützen. Bald wurde die Teilungsidee auch von den Arabern und Briten ad acta gelegt.

Nachdem die Nazis an die Macht gekommen waren und er die tödliche Gefahr des Nazismus für die Juden Europas erkannt hatte, intervenierte Ben-Gurion bei den Briten für eine Erhöhung der Einwanderungsquote. Diese Versuche blieben angesichts der dramatisch veränderten politischen Lage, in der sich die Briten auf die Unterstützung der Araber angewiesen sahen, erfolglos. Mit dem berüchtigten »Weißbuch« (»White Paper«) von 1939 revidierten die Briten ihre prozionistische Palästinapolitik. Sie entledigten sich ihrer Verpflichtungen aus dem Mandatsvertrag des Völkerbundes und aus der »Balfour-Erklärung« von 1917, in der Großbritannien das Recht des jüdischen Volkes auf eine nationale Heimstatt in Palästina öffentlich anerkannt hatte. Infolge dieses »Weißbuches« wurde die Zahl der jüdischen Einwanderer auf jährlich 15 000 Personen beschränkt, und das in der Zeit der gewaltsamen Verfolgung der Juden Europas. Jüdische Milizionäre nahmen den Kampf gegen die britische Mandatsmacht auf und organisierten die illegale Einwanderung jüdischer Flüchtlinge.

Als England aber in den Krieg gegen das nationalsozialistische Deutschland eintrat, erklärte Ben-Gurion sofort die Bereitschaft der Juden Palästinas, sich am Kampf gegen den größten Feind der Juden und der Welt zu beteiligen: »Wir werden in Erez Israel gegen das ›White Paper‹ kämpfen, als ob es keinen Krieg gäbe, und wir werden Hitler bekämpfen, als ob es kein ›White Paper‹ gäbe.« Dieser Devise Ben-Gurions folgend, kämpften mehr als 30 000 jüdische Männer und Frauen in der britischen Armee, später auch in der Jüdischen Brigade, gegen die Deutschen, während Mitglieder der jüdischen Verteidigungsmiliz *Hagana* und der rechtszionistischen Jugendorganisation *Betar* gegen die britische Mandatsmacht die illegale Einwanderung nach Israel organisierten, die Tausenden jüdischen Flüchtlingen das Leben rettete.

Ben-Gurion erkannte, daß die Juden auf ihrem Weg zu einem eigenen Staatswesen neue Alliierte brauchen würden: Amerika und die amerikanischen Juden. Auf seine dringende Forderung hin versammelten sich am 12. Mai 1942 600 Delegierte im Hotel Biltmore in New York. Das »Biltmore-Programm«, an dessen Ausarbeitung Ben-Gurion maßgeblich beteiligt war, rief zur Masseneinwanderung nach Palästina auf und forderte erstmals öffentlich die Gründung eines jüdischen Staates nach dem Krieg. Mit dieser Erklärung setzte sich Ben-Gurion innerhalb der zionistischen Bewegung gegen diejenigen durch, die wie Martin Buber und die Linkssozialisten weiterhin an der Idee eines binationalen Staates festhalten wollten. Es war nur folgerichtig, daß Ben-Gurion 1946 auf dem 22. Zionistischen Kongreß in Basel, dem ersten nach der Katastrophe des Holocaust, auch zum Präsidenten der Zionistischen Weltorganisation gewählt wurde. Zielstrebig verfolgte er nun den Aufbau einer Nation und die jüdische Staatsgründung in Palästina, indem er die illegale Einwanderung und die landesweite Siedlungsgründung forcierte. Innerhalb der von linken und liberalen Kräften dominierten *Jewish Agency* übernahm er das Verteidigungsressort und führte den Kampf gegen die britische Mandatsmacht an. Die gewaltsamen Auseinandersetzungen verschärften sich Mitte der vierziger Jahre dramatisch und fanden ihren Höhepunkt schließlich in den militärischen Aktionen am 17. Juni 1946: In der

»Nacht der Brücken« sprengten jüdische Untergrundkämpfer zehn Brücken, die Palästina mit den Nachbargebieten verbanden. Die Briten reagierten schnell und entschieden. Zwölf Tage nach dem Anschlag, am 29. Juni 1946, verhängten sie eine Ausgangssperre, besetzten 27 Kibbuzim und verhafteten alle Führer der *Jewish Agency*, die mit der *Hagana* in Verbindung standen. Ben-Gurion entging der Verhaftung, weil er sich zufällig an diesem »schwarzen Samstag« in Europa aufhielt.

Auf dieser Reise wurde er vom Berater für jüdische Angelegenheiten im Hauptquartier der amerikanischen Armee in Frankfurt empfangen. Auch das DP-Lager in Frankfurt-Zeilsheim, in dem ich damals lebte, besuchte er. Die 4000 Bewohner des Lagers bereiteten ihm einen triumphalen Empfang. Ben-Gurion wurde wie ein Messias gefeiert. Nach dem Gottesdienst in der Lagersynagoge legte er einen Kranz am Denkmal für die Opfer des Holocaust nieder. Anschließend gab es eine große Versammlung und einen Umzug, auf dem man viele Transparente sehen konnte, die die freie Einwanderung nach Palästina forderten. Alle im Lager aktiven zionistischen Parteien solidarisierten sich mit den von Ben-Gurion vorgebrachten Forderungen an die Welt. Er sprach auf jiddisch und beendete seine feurige Ansprache auf hebräisch.

Ich konnte damals nur wenige Worte mit Ben-Gurion wechseln, denn er war von Anhängern seiner Arbeiterpartei ständig umringt. Als jüngster Redakteur der jiddischen Zeitung *Unterwegs*, des Organs aller hessischen DP-Lager, mußte ich außerdem unserem Chefredakteur Schachor beim Interview den Vortritt lassen. Zwanzig Jahre später sollte ich Ben-Gurion aber noch einmal treffen.

Am 4. Juli 1946, wenige Tage nach diesem historischen Besuch in Europa, erschütterte ein schreckliches Ereignis die ganze jüdische Welt. An diesem Tag wurden 42 Juden in der polnischen Stadt Kielce von einem Mob ermordet. Unter den Augen der Polizei fand dieses Pogrom statt.

Da zu meinen Aufgaben in der Redaktion auch die Auswertung der Auslandspresse und der Meldungen der Presse-
agenturen zählte, erfuhr ich als erster davon. Sofort informierte ich alle Organe im Lager. Von nun an bestimmte dieses
Ereignis unsere Gespräche und unser Leben. In weniger als
drei Monaten kamen über 70 000 Juden und überfüllten die
DP-Lager in Deutschland. Im Laufe des folgenden Jahres versuchten Tausende von ihnen auf Schiffen die britische Blok-
kade zu überwinden und in Palästina zu landen. Fast alle
Flüchtlinge wurden von der britischen Kriegsmarine aufgegriffen und, zum Teil gewaltsam, in Internierungslager auf
Zypern gebracht. Diese Flüchtlinge konnten erst 1948 nach
Israel einwandern.

Angesichts der anhaltenden Unruhen und der sich rapide
verschlechternden politischen Lage Palästinas beschloß die britische Regierung, ihr Mandat den Vereinten Nationen zu übergeben. Am 29. November 1947 stimmte die UN-Vollversamm-
lung gegen den Widerstand der arabischen Staaten für die
Teilung Palästinas und damit für die Gründung Israels. Es war
bekannt, daß die Armeen Jordaniens, Ägyptens, Syriens, des
Libanon und des Irak am Tag der Ausrufung eines jüdischen
Staates diesen sofort angreifen würden. Im Schattenkabinett
der zukünftigen provisorischen Regierung Israels ging die
Angst vor einem neuen, diesmal arabischen Holocaust um. Am
14. Mai 1948 entschied Ben-Gurion die heftigen Diskussionen
im Nationalrat mit dem Argument, daß eine politisch so gün-
stige Konstellation, gemeint war die Zustimmung sowohl der
USA wie der Sowjetunion zu den UN-Beschlüssen, nicht wie-
derkehre. Sollten die Juden also weitere 2000 Jahre warten? In
dieser schwierigen Situation löste der Visionär und Pragmatiker
Ben-Gurion ein, was Theodor Herzl rund 50 Jahre zuvor auf
dem Ersten Zionistenkongreß in Basel postuliert hatte: die
Gründung eines souveränen jüdischen Staates.

Unter der Führung Ben-Gurions gründete die proviso-
rische Regierung bereits am 26. Mai 1948 die israelische

Verteidigungsarmee *Zahal*. Die parteilich organisierten und auch rivalisierenden Militäreinheiten *Hagana*, *Palmach* und *Irgun*, die gegen die britische Mandatsmacht gekämpft hatten, wurden nun aufgelöst – eine Entscheidung, mit der Ben-Gurion einen möglichen jüdischen Bruderkrieg nach libanesischem Muster verhinderte. Als Ministerpräsident und Verteidigungsminister führte er das Land 1949 zum Sieg im Unabhängigkeitskrieg. Am 5. Juli 1950 beschloß die Knesset das noch heute gültige »Gesetz der Rückkehr«, das jedem Juden die Einwanderung nach Israel gewährt.

Gegen große Widerstände innerhalb Israels setzte sich Ben-Gurion früh für die Aussöhnung mit dem demokratischen Deutschland ein. Er sollte zum wichtigsten Brückenbauer zwischen Deutschland und Israel werden. An diese besonderen Verdienste erinnernd, legte Richard von Weizsäcker, als er im Oktober 1985 als erster Bundespräsident Israel besuchte, Kränze an den Gräbern von Paula und David Ben-Gurion nieder.

Im September 1952 unterzeichneten die Vertreter Israels und Deutschlands in Luxemburg das »Wiedergutmachungsabkommen«. Das für beide Länder so bedeutsame Treffen zwischen Adenauer und Ben-Gurion fand dann acht Jahre später im Waldorf-Astoria-Hotel in New York statt. Als Zeichen auch seiner persönlichen Wertschätzung und um dem Toten die letzte Ehre zu erweisen, reiste der 81jährige Ben-Gurion zum Begräbnis Adenauers noch einmal nach Deutschland.

Im Dezember 1953 trat Ben-Gurion erstmals von allen politischen Ämtern zurück und zog mit seiner Frau Paula in den von ihm gegründete Kibbuz Sde Boker in der Negev-Wüste – in eine Region, deren Entwicklung sich wesentlich seinem Engagement verdankt. So trägt heute die Universität in Beer Scheba zu Recht den Namen eines Mannes, der Arbeiterführer und Staatsmann, aber zugleich auch Gelehrter, Philosoph, Bücherwurm und Tatmensch war.

1955, nur zwei Jahre später, kehrte er wieder in das politische Leben zurück. Ben-Gurion wurde nochmals Ministerpräsident und führte das Land während des Sinai-Krieges 1956. Die historischen Begegnungen mit Eisenhower, de Gaulle und Adenauer im Jahr 1960 waren nicht nur wichtige Etappen seines politischen Lebens, sondern auch in der Geschichte des noch jungen Staates Israel.

Verbittert durch die unselige »Lavon-Affäre« um die mißlungenen Aktivitäten des israelischen Geheimdienstes in Ägypten, trat Ben-Gurion 1963, nach beinahe drei Jahrzehnten der Führerschaft, zurück. In den letzten Jahren seiner politischen Laufbahn überwarf er sich mit den führenden Mitgliedern seiner eigenen Partei und gründete daraufhin die Splitterpartei *Rafi*, der dann u. a. Moshe Dayan, Jizchak Navon, Teddy Kollek und Shimon Peres angehörten.

Als im Juni 1966 das neue Knesset-Gebäude in Jerusalem eingeweiht wurde, reisten zu den mehrtägigen Feierlichkeiten Delegationen aus allen Ländern an, mit denen Israel diplomatische Beziehungen unterhielt. Jede Landesdelegation bestand aus drei Personen: dem Parlamentspräsidenten, dem Vertreter des Verbandes der jüdischen Gemeinden und dem Vorsitzenden der jeweiligen Zionistischen Organisation. Die deutsche Delegation bildeten der Bundestagspräsident Dr. Eugen Gerstenmeier, der Generalsekretär des Zentralrats der Juden in Deutschland, Dr. Hendrik van Dam, und ich als Bundesvorsitzender der *Zionistischen Organisation in Deutschland*. In einer Pause vor einem Bankett für die Ehrengäste saß ich in der Lobby des Hotels King David in Jerusalem mit meinen beiden deutschen Kollegen, als plötzlich Ben-Gurion mit seiner Frau Paula den Raum betrat und am Nebentisch Platz nahm. Ich sprach ihn an und erinnerte ihn an seinen Besuch in Frankfurt-Zeilsheim. Er berichtete mir von dem tiefen Eindruck, den die Menschen in den DP-Lagern damals auf ihn gemacht hätten. Nicht zuletzt die Entschlossenheit der meisten von ihnen, nach Palästina und nicht in andere Länder auszuwandern, habe ihn motiviert, an der baldigen Ausrufung des Staates Israel energisch festzuhalten. Nach einigen Minuten unterbrach Paula die Unterhaltung mit der Bemerkung, ihr Mann sei müde und müsse sich vor dem Bankett schonen. Ich wußte schon damals, daß Paula oft ein Gespräch ihres Mannes abrupt unterbrach, wenn sie das für richtig hielt.

1966 besuchte auch Konrad Adenauer Israel. Die beiden Staatsgründer trafen noch einmal zusammen und tauschten Erinnerungen an ihr historisches Treffen sechs Jahre zuvor im Hotel Astoria in New York aus.

Ben-Gurion starb, nachdem er sich im Alter von 84 Jahren endgültig aus der Politik zurückgezogen hatte, in Sde Boker. Dem Wunsch des alten Mannes, wie er liebevoll genannt wurde, entsprechend, steht auf seinem Grabstein einzig sein Name und das Datum seiner Einwanderung nach Erez Israel. Sonst nichts.

## DER VERHINDERTE BÜRGERKRIEG?
## WARUM DIE »ALTALENA« 1948 IN TEL AVIV VERSENKT WURDE

Im Juni 1948 wurde das Schiff »Altalena« an der Küste von Tel Aviv beschossen und versenkt – an Bord befanden sich Waffen und jüdische Freiwillige für den Krieg gegen eine große Koalition arabischer Staaten. Die Versenkung des Schiffes geht auf eine Entscheidung Ben-Gurions zurück, der damit einen drohenden jüdischen Bürgerkrieg vermeiden wollte. Dieses Ereignis zählt zu den weniger bekannten und bis heute kontrovers diskutierten dramatischen Ereignissen um die Staatsgründung Israels. Durch dieses Selbstopfer gelang es dem Provisorischen Staatsrat, alle waffentragenden, zum Teil rivalisierenden Formationen in einer nationalen Armee zu vereinen.

Heute wird den Palästinensern von allen Seiten geraten, den Terror gegen Israelis zu bekämpfen, als unabdingbare Voraussetzung zur Gründung eines eigenen Staates. Dennoch haben alle bisherigen Palästinenserführer erklärt, daß sie zur Vermeidung eines Bruderkrieges die Terrororganisationen nicht zwingen werden, ihre Waffen abzuliefern. Sind die Araber zu einem dem Fall der »Altalena« vergleichbaren Kraftakt willens und imstande? Gibt es Parallelen zwischen der Lage der Juden und der Araber in Israel/Palästina im Jahr 1948 und 2004?

Wie sah die politische Landkarte des jüdischen Palästina bis zur Gründung Israels aus? Die stärkste politische Formation des Landes war die sozialdemokratisch orientierte Arbeiterpartei *Mapai*. Mit ihr organisatorisch verbunden waren unter anderem die Kibbuzbewegung und der mächtige Gewerkschaftsbund *Histadrut*. Durch den Zusammenschluß zweier Parteien entstand die linkssozialistische *Mapam*, die einen sozialistischen binationalen Staat in Palästina postulierte. Den rechten Rand bildeten die militanten Revisionisten, die einen wehrhaften jüdischen Staat in ganz Palästina anstrebten. Ihr Gründer und Führer war der zionistische Aktivist, Soldat und Dichter Wladimir Jabotinsky. Die teils fanatisch geführte Feindschaft zwischen Linkssozialisten und Rechtszionisten gehört bis heute zu den Konstanten der israelischen Parteienpolitik.

Neben den eher parteipolitisch organisierten Kräften gab es auch mehrere Widerstandsgruppen. Sie wurden aktiv, weil die britische Mandatsmacht sich weigerte, die von den Nazis verfolgten Juden einwandern zu lassen. Erwähnenswert sind hier vor allem die schon vor Jahrzehnten gegründeten Selbstschutz-Formation *Hagana* (Verteidigung) und die aus Linkssozialisten bestehende Miliz *Palmach* (Stoßtruppe) sowie der revisionistische, von Menachem Begin kommandierte *Irgun* (Nationaler Militärverband) und dessen terroristischer Ableger *Lehi* (Freiheitskämpfer Israels). *Irgun* und *Lehi* unternahmen gemeinsam bewaffnete Aktionen gegen die Briten. Zwischen 1944 und 1945 kam es jedoch zu einem Streit, weil die offizielle, vom Völkerbund eingesetzte Vertretung der Juden, die *Jewish Agency*, den *Irgun*-Terror in Zeiten des Krieges gegen Nazi-Deutschland ablehnte. Während der sogenannten »Jagdsaison« entführten *Palmach*- und *Hagana*-Mitglieder *Irgun*-Soldaten und lieferten sie den Briten aus, was Haftstrafen, Verbannung und Hinrichtungen zur Folge hatte. Dies geschah ohne Risiko für die »Jäger«, denn Begin befahl: »Juden schießen niemals auf Juden.«

Der bis zum Haß gesteigerten Feindschaft zwischen den links- und rechtszionistischen Gruppen und dem jüdischen Widerstand gegen die britische Mandatsmacht zum Trotz zählten die Juden Palästinas während des Zweiten Weltkrieges zu den treuesten Verbündeten der Alliierten. Über 30 000 jüdische Männer und Frauen meldeten sich freiwillig zum Dienst in der britischen Armee; viele von ihnen kämpften in der Jüdischen Brigade, in der Royal Air Force und in Kommando-Einheiten.

Nach dem Kriegsende flammten die alten Rivalitäten und Konflikte allerdings wieder auf. Über 200 000 Überlebende der KZ und der Gulags vegetierten in den DP-Lagern. Die jüdische Flüchtlingsorganisation *Bricha* versuchte, diese Menschen aus den in Deutschland gelegenen Lagern nach Palästina zu bringen – illegal, auf dem Seeweg. Die Briten indes unternahmen alles, diese Art der illegalen Einwanderung zu verhindern. Und so entgingen nur wenige Schiffe der britischen Marine: Zwischen 1945 und 1948 wurden 54 Schiffe der *Bricha* abgefangen und 51 000 Flüchtlinge teils gewaltsam nach Zypern deportiert. Es gab Tote und Verletzte, und dies alles nach den Schrecken des Holocaust.

Am Ende erkannte selbst der gemäßigte Teil der jüdischen Führung Palästinas, daß die unmenschliche Politik der britischen Besatzer nur durch bewaffneten Kampf beendet werden konnte. In der Widerstandsbewegung aller Parteien, der

*Tnuat Hameri*, vereinigten sich die sozialistische *Hagana* und *Palmach* mit dem rechten *Irgun* und *Lehi*. In der Folge wurden Radarstationen, Eisenbahnen, Brücken, Bahnhöfe, Flugplätze und Polizeistationen angegriffen.

Die Antwort ließ nicht lange auf sich warten: Am 29. Juni 1946, dem »Schwarzen Sabbat«, schwärmten Tausende von britischen Polizisten und Soldaten im ganzen Land aus, verhafteten neben der offiziellen Selbstverwaltung, der *Jewish Agency*, über 4000 Aktivisten des Widerstandes. Sie wurden in die Festung Latrun gebracht, andere in KZ in der Wüste Sinai interniert. Nur Ben-Gurion entging der Verhaftung, weil er in jenen Tagen DP-Lager in Deutschland besuchte.

Die Auseinandersetzungen eskalierten. *Irgun*- und *Lehi*-Kämpfer unternahmen gewaltsame Aktionen gegen die britische Armee. Im Juli 1946 wurde ein Flügel des Hotels King David, wo sich britische Armeeverwaltungsbüros befanden, von *Irgun*-Mitgliedern in die Luft gesprengt. Es gab zahlreiche Tote und Verletzte. Die Briten überzogen daraufhin das Land mit Staatsterror. Den vielen Ausgangssperren folgte der Kriegszustand; viele Kibbuzim und Privatwohnungen wurden auf Waffen durchsucht, zahlreiche Menschen verhaftet. Die britischen Fallschirmjäger benahmen sich in Palästina schlimmer als im besetzten Deutschland.

Zahlreiche *Hagana*- und *Irgun*-Kämpfer wurden verhaftet, manche wurden wegen Waffenbesitz oder Widerstand zum Tode verurteilt und gehängt. Auf den Kopf Begins wurde, tot oder lebendig, ein hoher Preis ausgesetzt. In dem kleinen Palästina mußten die Briten über hunderttausend Soldaten stationieren. Im Juli 1947 deportierten sie über 4000 Überlebende des Schiffes »Exodus« von Haifa in Lager, die – zum Entsetzen vieler – ausgerechnet in Deutschland lagen. Am Ende blieb den Briten nichts anderes übrig, als zu kapitulieren und das Palästina-Mandat an die Vereinten Nationen abzugeben.

Am 29. November 1947 beschlossen die UN die Teilung

Palästinas – es ist dies auch der Beschluß zur Gründung des Staates Israel. In Palästina sollte ein arabischer und ein jüdischer Staat entstehen, mit Jerusalem als international verwalteter Stadt. Es gab 33 Ja- von insgesamt 56 Stimmen, darunter der gesamte Ostblock, die USA, Frankreich und weitere Staaten. Die Juden akzeptierten den Beschluß sofort, während ihn die Araber ablehnten. Sowohl England als auch die USA verhängten ein strenges Waffenembargo über den noch nicht geborenen Staat. Die Tragödie nahm ihren Lauf.

Am 14. Mai 1948 wurde in Tel Aviv die Unabhängigkeitserklärung vom Provisorischen Staatsrat beschlossen und unterzeichnet. Ben-Gurion rief den Staat Israel aus. Wenige Stunden danach griffen fünf arabische Armeen den gerade erst geborenen Staat an. Es waren: die Arabische Legion Transjordaniens, die irakische, libanesische, syrische und ägyptische Armee; letztere bestand aus saudi-arabischen, sudanesischen und jemenitischen Kontingenten. Gegen diese Gegner war der noch junge Staat Israel nur unzureichend gerüstet. Die Juden hatten weder Panzer noch Artillerie oder Flugzeuge.

In den ersten vier Wochen des Krieges kam die ägyptische Armee mit Panzern und weiteren Hunderten von Fahrzeugen bis auf 32 Kilometer vor Tel Aviv. Bereits am 8. Mai hatten sich die einzeln operierenden Verteidiger der jüdischen Altstadt Jerusalems, die *Hagana*, *Irgun* und *Lehi*, einem gemeinsamen Kommando unterstellt. Dies geschah auf Wunsch und im Interesse der Provisorischen Regierung unter David Ben-Gurion, da laut UNO-Beschluß die international verwaltete Stadt Jerusalem nicht von Regierungstruppen verteidigt werden durfte: Die vereinigten Einheiten dagegen galten nur als Provisorium.

Der Arabischen Legion und der ägyptischen Artillerie gelang es aufgrund der massiven und verlustreichen Gegenwehr dieser Einheiten nicht, die Jerusalemer Neustadt, in der über 100000 Juden lebten, zu erobern. Das jüdische Viertel der Altstadt, in dem sich die Klagemauer befindet, mußte jedoch am 28. Mai kapitulieren. Bei der mehrmals versuchten, aber mißglückten Eroberung der Festung von Latrun, dem Schlüsselpunkt auf dem Weg nach Jerusalem, fielen einige meiner Freunde, Freiwillige aus dem DP-Lager in Frankfurt. Sie wurden direkt von den Schiffen, ohne Waffenausbildung, als Kanonenfutter in die Schlacht geführt. Auch an anderen Fronten tobten die Kämpfe gegen den ungleichen Gegner.

Am 11. Juni arrangierten UN-Beauftragte unter Graf Folke Bernadotte einen temporären Waffenstillstand. Der Staat Israel befand sich in einer prekären Situation. Nur zwei Staaten halfen dem ehemaligen Alliierten aus dem Zweiten Weltkrieg: Frankreich und die Sowjetunion. Alle anderen hielten sich an das Waffenembargo und schauten der bevorstehenden Agonie des von ihnen selbst, den Vereinten Nationen, beschlossenen Staates zu. Mit dem von der internationalen Staatengemeinschaft verhängten Waffenembargo war Israel, von den genannten Ausnahmen abgesehen, auf sich allein gestellt. Allerdings war man nicht ganz unvorbereitet. Noch vor der Staatsgründung hatten Juden in den USA und in Europa damit begonnen, Geld für Waffenkäufe zu sammeln. Die *Hagana* und der *Irgun* unterhielten separate Waffeneinkaufs-Missionen in Paris. Dort versuchten Baron Rothschild und Arthur Koestler sogar, eine Kooperation zwischen den Vertretern der beiden Streitkräfte zu vermitteln. Eine vergebliche Bemühung.

*Irgun*-Sympathisanten hatten in den USA ein ausgemustertes amerikanisches Landungsschiff der LST-Klasse gekauft – mit einer Rampe am Bug zum schnellen Ausladen von Panzern und anderem schweren Kriegsgerät. Als Kapitän wurde Monroe »Moe« Fein, der im Krieg als Offizier der US-Marine im Pazifik gekämpft hatte, angeworben.

Das »Altalena« benannte Schiff, es war das literarische Pseudonym Wladimir Jabotinskys, sollte Waffen und Freiwillige nach Israel bringen und am 15. Mai 1948 in Israel eintreffen. *Irgun*-Vertretern in Paris war es gelungen, die französische

Regierung unter Premier Georges Bidault zu einer massiven Waffenhilfe für Israel zu gewinnen; der General Revers ordnete an, heimlich Waffen auf die »Altalena« zu verladen. Die Lieferung verzögerte sich jedoch, und das Verladen der Waffen in Port-de-Bouc, unweit von Marseille, dauerte bis zum 9. Juni 1948. Dann endlich wurde ein Konvoi von 27 Armeelastwagen entladen. Bei der Ladung im Wert von über fünf Millionen Dollar handelte es sich um 5000 Gewehre, 300 Maschinenpistolen, vier Millionen Schuß Gewehrmunition, fünf gepanzerte Raupenschlepper, zahlreiche Fliegerbomben, fünfzig Mörser mit Munition, fünfzig Luftabwehrkanonen, die zum Teil schon auf Deck montiert wurden. Zusammen mit den Waffen wurden 940 Freiwillige aus den USA, Nord- und Südafrika, Holland und Belgien nach Israel transportiert.

Die »Altalena« lief aus. Doch ihre brisante Ladung sollte niemals ihren Bestimmungsort erreichen. Denn in Israel überschlugen sich die Ereignisse. Bereits am 31. Mai 1948 hatte Ben-Gurion als Chef der Provisorischen Regierung und Verteidigungsminister einen Tagesbefehl erlassen, mit dem die Gründung der Armee Israels *Zahal* durch Vereinigung der bisherigen Parteiarmeen *Hagana*, *Palmach*, *Irgun* und *Lehi* angeordnet wurde. In der Folge war am 1. Juni von Menachem Begin als Kommandeur des *Irgun* und von Israel Galili in seiner Funktion als stellvertretender Verteidigungsminister der Regierung ein Abkommen über die Eingliederung des *Irgun* in die nationale Armee unterzeichnet worden.

Als die »Altalena« sich endlich auf ihren Weg machte konnte, hatte sich die Situation in Israel entscheidend verändert.

Am 11. Juni legte die »Altalena« ab und fuhr in Richtung Israel. Die Abfahrt sollte aus Sicherheitsgründen geheim bleiben, denn das schwimmende Arsenal mit fast eintausend Freiwilligen wäre ein leichtes Ziel für arabische Kriegsschiffe oder Flugzeuge gewesen. Aus der Geheimhaltung wurde jedoch nichts. Die BBC hatte die Nachricht über die Abfahrt des Schiffes sofort in alle Welt hinausposaunt.

Zur gleichen Zeit begann jedoch der Waffenstillstand in Palästina/Israel. Begin wollte die Verletzung der Waffenstillstandsbedingungen unbedingt vermeiden und funkte den Befehl, den Kurs zu ändern und auf weitere Instruktionen zu warten. Der Funker des Schiffes hat die Botschaft jedoch nie erhalten.

Am 15. Juni informierte Galili den einstigen *Irgun*-Führer Begin über die Zustimmung der Regierung zum Entladen des Schiffes trotz des bestehenden Waffenstillstandes. Es wurde auch die Zustimmung zum Vorschlag Begins signalisiert, daß 20 Prozent der Waffen den *Irgun*-Kämpfern in Jerusalem zugeteilt werden sollten. Als aber Ben-Gurion erfuhr, welche großen Mengen Waffen neben den fast eintausend Freiwilligen der *Irgun* ins Land gebracht werden sollten, war er wütend darüber, daß Begin ihn beim Unterzeichnen des Abkommens am 1. Juni nicht genau darüber informiert hatte. Dieser Fehler Begins – die vorenthaltene Information über die französischen Waffen an Bord der »Altalena« – sollte tragische Konsequenzen haben. Er nährte den paranoiden Gedanken an einen Putsch des *Irgun* gegen die Regierung. Trotzdem ordnete die Regierung die Landung und das Ausladen des Schiffes an, jedoch nicht in Tel Aviv, sondern in Kfar Vitkin, einer Hochburg der *Hagana*. Dort erreichte es die Küste am 20. Juni.

Gleichzeitig fand eine Sitzung der Regierung in Tel Aviv statt. In der Debatte über das Schiff forderte Ben-Gurion unerbittlich, daß der *Irgun* alle Waffen der Regierung zur Verfügung stellen sollte. Es wurde beschlossen, daß die Armee dies, wenn nötig, mit Waffengewalt durchsetzen sollte. Zu diesem Zweck wurde die *Alexandroni-Brigade* nach Kfar Vitkin in Marsch gesetzt. Ihr Kommandeur schickte einen schriftlichen Befehl an das Schiffskommando, alle Waffen der Regierung zu übergeben und dieser Aufforderung innerhalb von zehn Minuten Folge zu leisten. Schon vorher verließen fast alle Freiwilligen, also die imaginären Putschisten, unbewaffnet das

Schiff und kamen nach Natanja. Begin betrachtete das zehn-minütige Ultimatum als Beleidigung und ließ die kurze Zeit ohne Antwort verstreichen. Darauf eröffneten die Soldaten mit Mörsern und Maschinengewehren das Feuer auf das Schiff. Es gab Tote und Verletzte. Die »Altalena«, begleitet und beobachtet von zwei Korvetten der Marine, nahm Kurs auf Tel Aviv, wo Begin die Waffen mit Hilfe von *Irgun*-Sym-pathisanten zu entladen hoffte.

Das Schiff ankerte am 22. Juni 1948 am Frishman-Strand in Tel Aviv, unweit des Hotels Ritz, in dem sich das Kommando der *Palmach* befand. Der Flieger Boris Senior erhielt vom Kommandeur einer Luftwaffeneinheit den Befehl, das Schiff zu bombardieren. Er umkreiste das Schiff und landete kurz darauf, ohne eine Bombe abgeworfen zu haben. Später wurde das Schiff auf Beschluß der Regierung von einer *Palmach*-Ein-heit mit Maschinengewehren und dann mit einer Kanone be-schossen. Obwohl es Tote und Verletzte gab und Kapitän Fein die weiße Flagge hißte, wurde weiter geschossen, auch auf Boote mit Verletzten. Schließlich trafen mehrere Kano-nenkugeln den Rumpf des Schiffes, das zu brennen anfing. Mehrere Munitionskisten fingen Feuer. Trotz akuter Explo-sionsgefahr verließ Kapitän Fein das Schiff nicht. Er riskierte sein Leben, als er mit einigen Matrosen die Flutventile öffnete und so das brennende Schiff auf den Meeresgrund setzte. Es ist nicht auszudenken, welche Katastrophe eine Explosion der Schiffsladung ausgelöst hätte.

Die Geschichte der »Altalena« gehört zum Gründungs-mythos des Staates Israel. 16 Menschen kamen ums Leben, und es gab 62 Verletzte. Mehr als 200 *Irgun*-Soldaten und die Führung des *Irgun* wurden verhaftet und erst im August 1948 wieder entlassen. Begin hingegen wurde von der Haft ver-schont.

Im Untergang der »Altalena« manifestieren sich nicht nur der bürgerkriegsähnliche Konflikt, der die Staatsgründung Is-raels begleitete, sondern auch die zivilisatorischen Kräfte, die in ihr wirksam wurden. Vor dem Nationalrat erklärte Ben-Gurion später, daß die Kanone, die die »Altalena« versenkte, heilig sei und ihren Platz im künftigen Armee-Museum finden würde. Bis heute hat sich kein *Palmach*-Offizier zu der »heiligen« Tat bekannt. Manche schreiben sie gar Jizchak Rabin zu.

Eine historische Würdigung des Ereignisses evoziert noch immer widersprüchliche Reaktionen. Als der Dokumentarfilm »Altalena« der Filmemacherin Ilana Tzur im April 1995 in der Knesset vorgeführt wurde, flammten die alten Animositäten erneut auf. Arie Nahemkin, ein ehemaliger Minister, der der *Palmach*-Einheit angehörte, die das Schiff versenkte, wurde ausgebuht, als er trotzig erklärte, daß er es wieder tun würde, wenn er einen Befehl dazu erhielte.

Trotz aller Widersprüche ist die »Altalena« das Symbol eines entstehenden demokratischen Israel. Hinsichtlich des israelisch-palästinensischen Konfliktes könnte es auch für die palästinensische Politik von Bedeutung sein, wenn man in der Lage wäre, sie als historisches Beispiel einer Art Selbstabrüstung zu verstehen, die durch einen starken Willen zur Demokratie motiviert war. Im jüdischen Palästina gab es schon lange vor 1948 vorstaatliche demokratische Strukturen – in Palästina sind sie bis heute nicht existent.

Die internen Machtkämpfe hatten für die Palästinenser stets Vorrang vor dem nationalen Interesse, das zur Gründung eines Staates führen sollte. Kein Palästinenserführer hat bis heute erklärt, daß er einen Bürgerkrieg riskieren würde, um die Terroristen zu entwaffnen. Dies hatte aber Ben-Gurion gewagt, um das Primat der Armee *Zahal* als einziger bewaffneter Formation des Landes zu sichern. Es gibt noch keinen palästinensischen Führer, der den Willen und die Kraft hätte, dem islamistisch oder anders orientierten Terror Paroli zu bieten. Einen palästinensischen Staat aber wird es nur geben, wenn es ein weithin akzeptiertes staatliches Gewaltmonopol gibt.

# VII. YAD VASHEM – DEN OPFERN, RETTERN UND WIDERSTANDS- KÄMPFERN ZUM GEDÄCHTNIS

## DIE GEDENK- UND FORSCHUNGSSTÄTTE YAD VASHEM

In der Nacht des 8. Dezember 1941 wurde die jüdische Bevölkerung Rigas in die Todeslager deportiert. Auch den
81jährigen Historiker Simon Dubnow schleppte die Gestapo
aus seinem Haus. Der russisch-jüdische Gelehrte hatte 1922
Rußland verlassen und war nach Berlin gezogen, wo er sein
Opus magnum, die 10bändige »Weltgeschichte des jüdischen
Volkes«, geschrieben und veröffentlicht hatte. Nach der
Machtergreifung hatte er in Riga Zuflucht gesucht. Kurz bevor der Hochbetagte in jener Dezembernacht erschossen
wurde, rief er den Leidensgenossen zu: »Jidn, schreibt un varschreibt alzding!« – »Juden, schreibt und zeichnet alles auf!«
Bereits während der Verfolgungen und unter Lebensgefahr
begannen Juden mit dem Sammeln und Sichern wichtiger Dokumente. Viele hingen auch deshalb noch mit aller Kraft am
Leben, weil sie der Welt von den Verbrechen berichten wollten. Dieser Gedanke beseelte auch mich, als ich im April 1945
in einem amerikanischen Feldlazarett aus der Bewußtlosigkeit
aufwachte. Ich hatte die Konzentrationslager und die Todesmärsche überlebt. Ich wollte, daß die Welt von dem, was
ich erlebt hatte, erfuhr. Ich sollte vierzig Jahre brauchen, um
über das Erlittene erstmals öffentlich sprechen zu können. Es
war der 27. Januar 1985, der 40. Jahrestag der Befreiung von
Auschwitz. Die Stadt Frankfurt hatte zusammen mit *Aktion
Sühnezeichen* an diesem Tag einen Schweigemarsch durch die
Stadt organisiert. Er begann am Denkmal für die Opfer der
KZ nahe der Paulskirche. An einigen Stationen in der Innen-

258

stadt sprachen ehemalige KZ-Häftlinge. Ich sollte an der Endstation, auf dem Alten Judenfriedhof, sprechen. Als der Zug den Friedhof erreichte, war es bereits dunkel. Sehr deutlich empfand ich die beinahe gespenstische Atmosphäre, die über der Szene lag. Immer mehr Zuhörer drängten durch das schmale Tor auf den Friedhof. Aber ich sah sie nicht mehr. Erinnerungen und Gedanken schwirrten durch meinen Kopf. So begann ich in der Dunkelheit, die mich seltsam umfangen hielt, und in der Gemeinschaft der Toten, die mir wohl nun aufmerksam zuhörten, zu sprechen. Mühsam und nur mit Hilfe einer Taschenlampe konnte ich die Sätze meines Manuskriptes ablesen. Ich zitierte einen Bericht der Alliierten über die Befreiung von Auschwitz, ich schilderte die Zustände, die die Soldaten in den Lagern vorgefunden hatten. Zum Schluß rezitierte ich ein Gedicht des Schriftstellers Hans Sahl, der vor den Nazis ins Exil flüchten mußte: »Wir sind die Letzten / Fragt uns aus. / Wir sind zuständig.« Dieser 40. Jahrestag der Befreiung von Auschwitz war auch für mich befreiend. Endlich hatte ich öffentlich Zeugnis abgelegt und meine Zuständigkeit erklärt.

Spät wieder zur Sprache gekommen, wollte ich meine Stimme nun auch für all diejenigen erheben, die den Nazi-Terror nicht überlebt hatten. Und ich wollte zeigen, daß wir uns nicht wie Lämmer auf die Schlachtbank hatten führen lassen. In mühsamen Recherchen begann ich die Geschichte des jüdischen Widerstandes zu erforschen und aufzuschreiben.

Oftmals hatten die jüdischen Widerstandskämpfer und Partisanen nur eine einzige Spur hinterlassen: in den Akten, und das heißt in der Sprache der Täter, in denen ihr Schicksal entstellt und unkenntlich geworden war. Wie im Bericht des berüchtigten SS- und Polizei-Generals Fritz Katzmann aus Lemberg. Unter dem Datum des 30. Juni 1943 ist dort zu lesen: »[...] die jüdischen Banditen machten in allen Fällen von ihren Schußwaffen Gebrauch und wurden sämtlichst erschossen.« Wer waren die, die da »sämtlichst« erschossen worden waren? Hatten sie Namen, Alter, Gesicht, Familie und Beruf? Woher stammten sie und woher hatten sie ihre Schußwaffen? Als ich mit meinen Nachforschungen begann, waren die Akten der Täter bereits gut ausgewertet. Wichtiger aber waren mir die Zeugnisse ihrer Opfer.

Unter dem Namen *Oneg Schabat*, Freude am Schabat, versammelte sich im Warschauer Ghetto eine Gruppe von Schriftstellern, Lehrern und Geistlichen um den Historiker Dr. Emanuel Ringelblum. Die Mitarbeiter von *Oneg Schabat* erforschten im Untergrund die Geschichte der polnischen Juden unter der deutschen Besatzung. Ihre samstäglichen Arbeitssitzungen tarnten sie als traditionelle, gesellige Schabat-Nachmittage. Nach und nach entstand unter der Leitung Ringelblums ein großes Geheimarchiv, das die Verfolgung der Juden unter deutscher Besatzung, die Ereignisse im Ghetto, die Deportationen und den jüdischen Widerstand umfassend dokumentierte. Mitarbeiter Ringelblums leiteten die Beweisstücke über den Massenmord mit Hilfe des polnischen Untergrundes nach London weiter, um die Weltöffentlichkeit zu alarmieren. Abertausende von Dokumenten – Ausweise, Korrespondenzen, amtliche Verlautbarungen, Lebensmittelkarten, aber auch Fotos, Schulaufsätze, Zeichnungen – wurden gesammelt und in metallenen Kisten und Milchkannen an verschiedenen Stellen im Ghetto vergraben. Von den etwa 50 Mitarbeitern des Untergrundarchivs überlebten nur wenige. Die meisten von ihnen starben entweder im Warschauer Ghetto oder in den Gaskammern des Vernichtungslagers Treblinka. Ringelblum selbst, der 1943 mit seiner Familie noch bei polnischen Helfern untertauchen konnte, wurde im März 1944 in seinem Versteck entdeckt und wenige Tage später, zusammen mit seiner Familie, in den Ruinen des Ghettos erschossen. Ein Großteil der Sammlung, die als Ringelblum-Archiv bekannt wurde, überlebte aber den Krieg und wurde 1946 und 1950 aus den Ghettotrümmern geborgen. Heute befindet sich diese bedeutende Dokumentation im *Jüdischen*

*Historischen Institut* (ŻIH) in Warschau. Dort verbrachte ich 1992 eine ganze Woche, um Dokumente und Fotos für eine Ausstellung über den jüdischen Widerstand in Europa auszuwählen, die ich für das Jüdische Museum in Frankfurt konzipierte und die dort im Mai 1995 eröffnet wurde. Unter den Bildern fand ich auch sehr eindrückliche Zeichnungen einer im Ghettoaufstand gefallenen Künstlerin, die mich in ihren Motiven und ihrer Darstellungsweise an den Zyklus von Goya »Los Desastres de la Guerra« erinnerten.

Auch das 1941 gegründete *Jüdische Antifaschistische Komitee der Sowjetunion* (JAFK), dessen Führung im August 1952 nach einem Geheimprozeß hingerichtet wurde, schuf ein großes Dokumentationszentrum. Im Auftrag des JAFK wurde 1947 in Moskau das von Ilja Ehrenburg und Wassili Grossman redigierte »Schwarzbuch« über den Genozid an den sowjetischen Juden gedruckt, aber noch vor seinem Erscheinen aufgrund ideologischer Vorbehalte der sowjetischen Behörden wieder eingestampft. Im Januar 1992 erhielt dann Ilja Ehrenburgs Tochter Irina eine Korrekturkopie des lange Zeit von der Zensur verbotenen Buches. Ihrer Bitte folgend, übernahm ich die Herausgeberschaft einer ersten unzensierten und kommentierten Ausgabe, die dann 1994 in deutscher Sprache erschien. Der Massenmord an den Juden und der jüdische Widerstand in der Sowjetunion waren – trotz einer Fülle von Forschungsarbeiten zur Schoa – bis dahin noch nicht hinreichend genug und zudem meist nur aus den Akten der Täter beschrieben worden. Mit dem gegen viele Widerstände verfaßten »Schwarzbuch« lag nun eine der wichtigsten Quellensammlungen endlich in unzensierter Form vor.

Das heute noch existierende, in Paris ansässige *Centre de Documentation Juive Contemporaine* (CDJC) wurde bereits 1943, während der Besatzungszeit, von Isaac Schneersohn in Grenoble gegründet.

Das Zentralkomitee der befreiten Juden in der amerikanischen Besatzungszone rief 1946 in München die *Zentrale*

*Jidische Historische Komissje* (ZJHK) ins Leben. Beauftragte
der Kommission sammelten in allen deutschen DP-Lagern
Zeugenaussagen und Dokumente über die Verfolgung und
den jüdischen Widerstand, die teilweise im jiddischsprachigen Journal der Kommission, *Vun letztn churban*, veröffentlicht wurden. *Churban* bedeutet im Hebräischen Zerstörung.
Die Begriffe Holocaust und Schoa wurden damals noch nicht
verwendet. Ich, der wie so viele verstummt aus den Lagern
gekommen war, bewunderte damals diejenigen, die unmittelbar nach den schrecklichen Ereignissen imstande waren, ausführlich über das Erlittene zu berichten. Aufmerksam las
ich ihre Berichte. In dieser Zeit begann ich auch, die Veröffentlichungen zur Schoa systematisch zu sammeln. Heute
befinden sich in meiner Bibliothek längst vergriffene Titel aus
den 40er und 50er Jahren, die ich für meine Arbeit intensiv
nutze. Mit den Jahren und der Ausweitung meiner For-
schungsfelder ist diese Bibliothek angewachsen. So finden
sich in ihr Bücher zum Spanischen Bürgerkrieg, zur Geschichte der russischen und der polnischen Juden sowie Publikationen über die Juden in Frankfurt und über die jüdische
Sozialbewegung.

Als im Dezember 1948 die meisten DP-Lager in Deutschland aufgelöst wurden, brachte man die Bestände der Mün-
chener Kommission nach Jerusalem: 2550 Berichte von
Überlebenden aus 12 Ländern, 1000 Fotos aus den besetzten
Ländern, NS-Dokumente aus Dachau und München, Lieder
aus Lagern und Ghettos und vieles andere. Dieses Konvolut
bildete den Grundstock des späteren Yad-Vashem-Archivs.

Erschüttert durch die Nachrichten aus Europa, schlug
Mordechai Shenhavi bereits 1942, als die meisten Juden Europas noch am Leben waren, in Jerusalem vor, den jüdischen
Opfern der nationalsozialistischen Greuel ein Denkmal zu errichten. Es sollte den Namen Yad Vashem erhalten – nach Je-
saja 56, 5: »... denen will ich in meinem Hause und in meinen
Mauern ein Denkmal *(Yad)* und einen Namen *(Shem)* geben;

das ist besser als Söhne und Töchter. Einen ewigen Namen will ich ihnen geben, der nicht vergehen soll.«

Da Israel in den ersten Nachkriegsjahren um seine Unabhängigkeit und Existenz kämpfen und gleichzeitig noch Hunderttausende von Einwanderern aufnehmen mußte, beschloß die Knesset erst am 15. August 1953, über acht Jahre nach Kriegsende, einstimmig den Bau einer Holocaust-Gedenkstätte.

Die Gedenk- und Forschungsstätte Yad Vashem liegt auf dem *Har Hazikaron*, dem Berg des Gedenkens. Auf dem Areal befinden sich heute verschiedene Bauten: mehrere Mahnmale, die Gedächtnishalle, das historische Museum mit der ständigen Ausstellung von Fotos, Dokumenten und Gegenständen, die Kunsthalle, das zentrale Archiv, die Bibliothek und das Holocaust-Forschungszentrum.

Der bekannteste Gebäudekomplex ist die Gedächtnishalle, die wohl jeder der jährlich eineinhalb Millionen Besucher aufsucht. Im Boden sind die Namen der größten Konzentrations- und Vernichtungslager eingelassen. Im Mittelpunkt der Halle steht das Ewige Licht der jüdischen Liturgie, *Ner Tamid*. Hier finden alle staatlichen Zeremonien, wie etwa die zum Schoa-Gedenktag, *Jom Haschoa*, am 27. Nissan des jüdischen Kalenders, statt.

In der »Halle der Namen« sind über drei Millionen Namen, etwa die Hälfte der Opfer, auf Gedenkblättern, im computerisierten Dokumentationssystem gespeichert. Eine kleine Synagoge erinnert an die vielen zerstörten jüdischen Gebetshäuser. Das Auschwitz-Denkmal hat die Form eines Krematorium-Schornsteins, auf dem die Nummern von Auschwitz-Häftlingen eingraviert sind.

Ein riesiges Schwert aus Stahl inmitten von sechs Granitblökken, die einen Davidstern bilden, symbolisiert den bewaffneten Kampf der Juden. Die Inschrift, die in fünf Sprachen, darunter auch Jiddisch, verfaßt ist, lautet: »Ruhm den jüdischen Soldaten und Partisanen, die gegen Nazi-Deutschland gekämpft haben«.

An der einen Seite des großen Warschauer-Ghetto-Platzes sind auf einer roten, die Ghettomauern symbolisierenden Ziegelsteinwand zwei eindrucksvolle Bronzereliefs Nathan Rapoports angebracht: »Ghettoaufstand«, eine Kopie des Warschauer Denkmals, das in dramatischer Pose die bewaffneten jüdischen Frauen und Männer zeigt, und »Der letzte Weg«, der die Greuel der Massendeportationen anschaulich macht: Frauen, Kinder und Alte bilden den Zug der Verzweifelten und Wehrlosen auf dem Weg in die Vernichtungslager. Das andere Ende des Platzes wird von dem Denkmal für die Opfer der Vernichtungslager, einer gewaltigen Skulptur Nandor Glids, beherrscht.

Auf einer großen, haushohen Metallspirale vor dem Verwaltungsgebäude befindet sich das Symbol und Signet Yad Vashems: Sechs konische Leuchter sind zur Erinnerung an die sechs Millionen jüdischen Opfer angeordnet.

Etwa eineinhalb Millionen jüdische Kinder kamen im Holocaust um. An sie erinnert die 1987 errichtete Kindergedenkstätte. In einem unterirdischen Raum sind Kerzen aufgestellt, deren Flammen durch Spiegel mehrfach reflektiert werden. Der Besucher sieht inmitten der Dunkelheit ein scheinbar unendliches Lichtermeer. Im Hintergrund hört er geflüstert die Namen, das Alter und den Geburtsort der ermordeten Kinder. Eine Ausstellung dokumentiert zudem den Alltag der Kinder während der Schoa.

Unterhalb der Gedenkstätte befindet sich das »Tal der Gemeinden«, das an die zerstörten jüdischen Gemeinden Europas erinnert. Das Areal ist in verschiedene, durch Steinmauern abgegrenzte Bezirke unterteilt, die die Zentren jüdischen Lebens im Vorkriegseuropa repräsentieren. Die Namen der jüdischen Gemeinden sind, ihrer Größe und Bedeutung entsprechend, in die hohen Felsblöcke eingemeißelt.

An einem Abhang ragt eine kurze Gleisstrecke mit einem Reichsbahnwaggon in den Himmel, die an die Transporte in die Vernichtungslager erinnert.

Die Denkmäler von Yad Vashem, so unterschiedlich ihre Formsprache auch ist, berühren in ihrer Symbolkraft jeweils unmittelbar. Einer Erläuterung scheinen sie nicht zu bedürfen.

Von Anfang an war Yad Vashem aber nicht nur nationale Gedenkstätte, sondern auch Forschungszentrum. Mit seinem Archiv, der Bibliothek und dem Forschungsinstitut ist Yad Vashem heute eine wissenschaftliche Einrichtung, die ihresgleichen in der Welt sucht. So befindet sich im Archiv die größte Sammlung an Dokumenten und Zeugenaussagen zur Schoa: etwa 55 Millionen Blätter, über 100 000 Fotos, dazu noch Videos und andere Bilddokumente. Darunter finden sich Zeugenaussagen der Überlebenden, persönliche Dokumente der Opfer wie Briefe, Ausweise und Erinnerungen: Tagebücher von Kindern und Jugendlichen, von den todgeweihten Häftlingen der Sonderkommandos in den Vernichtungslagern, Aufzeichnungen der Widerstandskämpferinnen und -kämpfer, Erinnerungen von Partisanen, Soldaten und von Ghettobewohnern. Diese Bestände, die durch Abertausende Kopien der Archivbestände in Moskau, Warschau und anderen Forschungszentren wie auch viele persönliche Archive, z.B. das von Ilja Ehrenburg, erweitert sind, bieten wichtige, z.T. noch unausgewertete und unveröffentlichte Quellen. Der Bibliothekskatalog verzeichnet weit mehr als 80 000 Titel.

Die Arbeit der Forschungsstätte stellt sich nicht zuletzt in einer umfangreichen Publikationsliste dar. Über 300 Bücher wurden bis heute veröffentlicht. Das Bulletin des Instituts, das seit 1957 als Jahrbuch *Yad Vashem Studies* in englischer und hebräischer Sprache erscheint, ist innerhalb der internationalen Holocaust-Forschung ein wichtiges Publikationsorgan, in dem Studien namhafter Autoren veröffentlicht werden.

Zudem werden in Yad Vashem wissenschaftliche Konferenzen zu Themen wie Historiographie des Holocaust, Rettung der Juden oder jüdischer Widerstand, veranstaltet; die Tagungsbände bieten neben Forschungsergebnissen auch wichtige Dokumente und Quellen.

Neben der Erforschung und Veröffentlichung historischer Dokumente gehört auch die Veranstaltung von Fortbildungsseminaren zur Aufgabe der Gedenkstätte. Kurse für israelische Schüler und Soldaten, für Lehrer aus dem In- und Ausland werden regelmäßig angeboten. Neben Lehrveranstaltungen in englischer, französischer, polnischer, spanischer und russischer Sprache werden auch Kurse in deutscher Sprache angeboten, die sich eines regen Zuspruchs erfreuen.

Dem Yad-Vashem-Archiv verdanken wir die Beseitigung des Ungleichgewichts zwischen den Millionen NS-Akten, die bereits von vielen Forschern ausgewertet wurden, und den Dokumenten der jüdischen Opfer und Gegner der Nazis, die zwar z. T. erforscht, aber noch nicht genügend bekannt sind. Die ersten Darstellungen der Schoa mußten sich noch auf die Dokumente der Täter stützen.

Yad Vashem wurde als autonome staatliche Körperschaft gegründet, die sich bis heute des höchsten Ansehens sowohl der gesamten Bürgerschaft Israels als auch des Auslands erfreut. Dies hat sie auch dem Engagement ihrer Mitarbeiter, den Wissenschaftlern und Mandatsträgern, zu verdanken. Viele von ihnen lernte ich während meiner unzähligen Forschungsaufenthalte in Yad Vashem kennen und schätzen; mit einigen schloß ich Freundschaft.

Leitender Historiker, Vorstandsmitglied des Forschungsinstituts und Mitherausgeber der *Yad Vashem Studies* ist derzeit Professor Dan Michman, der mit richtungsweisenden Forschungen und Publikationen zur Schoa hervorgetreten ist. Seine Vorgänger waren Yehuda Bauer und Israel Gutman, der Nestor der Holocaust- und Widerstandsforschung. Im Alter von 20 Jahren nahm dieser als Mitglied der jüdischen Kampforganisation ŻOB am Aufstand im Warschauer Ghetto teil. Später überlebte er die Vernichtungslager Majdanek und

Auschwitz, wo er sich am Aufstand des Sonderkommandos durch das Hineinschmuggeln von Sprengstoffen aus der Munitionsfabrik *Union* beteiligte. Er überlebte, wie ich, den Todesmarsch im Januar 1945. Nach dem Krieg emigrierte Gutman nach Palästina, wo er, seinen zionistischen Idealen folgend, lange Zeit in einem Kibbuz lebte. Spät holte er die versäumte Hochschulbildung nach und wurde Professor für Neuere Geschichte in Jerusalem. Israel Gutman, Autor vieler Bücher und Aufsätze, konnte zahlreiche Historiker für sein Lebenswerk, die »Enzyklopädie des Holocaust«, gewinnen, die ab 1989 in hebräischer, englischer und deutscher Sprache erschien.

Jizchak Arad, auch er Autor vieler historischen Studien, war jahrelang Vorstandsvorsitzender von Yad Vashem. Als 17jähriger organisierte er eine Partisanengruppe, die 1943 aus dem Ghetto Swięciany (Litauen) in die Wälder ausgebrochen war. Er nahm an allen Kämpfen der Partisanen, auch am sogenannten Schienenkrieg, teil. Im Juli 1944 konnte er seine Heimatstadt befreien. Später organisierte er die illegale Auswanderung aus Osteuropa, 1947 ließ er sich in Palästina als Pilot ausbilden und war einer der ersten Flieger der israelischen Luftwaffe. Wegen einer Sehschwäche mußte er diesen Dienst quittieren, so daß er im Unabhängigkeitskrieg 1948/49 an der Jerusalem-Front kämpfte. Später leitete er die Erziehungsabteilung der Armee.

Als man den Bau Yad Vashems 1953 beschloß, war das Hauptanliegen, eine Gedenkstätte für die sechs Millionen jüdischen Opfer des Holocaust zu errichten. Das Gründungsgesetz von Yad Vashem sah aber zudem bereits die Ehrung der nichtjüdischen Retter der Juden, der *Zadikej umot haolam*, der »Gerechten der Völker«, vor. Wen das zuständige staatliche Komitee – unter Vorsitz des jeweiligen Präsidenten des Obersten Gerichts Israels – als Gerechten auswählt, der darf einen Baum in der »Allee der Gerechten« pflanzen. Anschließend wird ihm in einer feierlichen Zeremonie die Urkunde und Medaille mit der Aufschrift »In Dankbarkeit. Das jüdische Volk. Wer ein Leben rettet, rettet die ganze Welt« verliehen.

Die ersten Bäume wurden am 1. Mai 1962 von drei Gerechten gepflanzt. Seitdem sind über 18 000 Retter, oftmals postum, geehrt worden. Ich halte diese Menschen für die großartigsten Helden unserer Zeit. Sie riskierten ihr Leben und oftmals auch das ihrer Familien, um anderen zu helfen. Aber sie taten noch mehr, denn sie kämpften – inmitten feindlich gesinnter Nachbarn – zugleich auch gegen die zunehmende Barbarisierung ihres Landes. Diese Gerechten der Völker sind für mich das Salz der Erde. Und so möchte ich einige von ihnen kurz vorstellen:

Der polnische Offizier Jan Karski arbeitete während des Krieges als Geheimkurier zwischen der polnischen Exilregierung und der militärischen Untergrundbewegung in Polen. In den Jahren 1942/43 informierte er die polnische, britische und die amerikanische Regierung über das Warschauer Ghetto und die systematische Vernichtung der Juden; was jedoch ohne Folgen blieb.

Henryk Iwanski, auch er Mitglied des militärischen Widerstands in Polen, lieferte vor Ausbruch des Aufstandes Waffen und Munition an die Kämpfer des Jüdischen Militärverbandes ŻZW im Warschauer Ghetto. Während des Aufstandes kommandierte er einen Entlastungsangriff gegen die SS, bei dem er seinen Sohn und seinen Bruder verlor. Mehrmals kehrte er in das Ghetto zurück, um Verwundete zu bergen und außerhalb der Ghettomauern zu verstecken.

Die Rettungstaten Oskar Schindlers und Berthold Beitz' sind mittlerweile bekannt. Bis heute weitgehend unbekannt ist dagegen Hermann F. Gräbe, der 1965 in Yad Vashem geehrt wurde. Gräbe war seit dem Herbst 1941 in der Ukraine als Bauunternehmer tätig und beschäftigte auf seinen Baustellen rund 2 000 Arbeiter; die meisten davon waren Juden. Nachdem er zufällig Zeuge einer Massenexekution geworden war, entschloß er sich, so viele Juden wie möglich vor der SS zu retten. So besorgte er seinen jüdischen Arbeitern Geld und Papiere und sicherte ihnen über sein weitverzweigtes Baustellensystem Fluchtmöglichkeiten. Als Gräbe im Sommer 1942 von der geplanten Liquidation des Ghettos in Rowno erfuhr, setzte er erfolgreich eine lebensrettende »Sonderbehandlung« seiner jüdischen Arbeiter durch. Als einziger Deutscher sagte Gräbe bei den Nürnberger Prozessen gegen die SS-Einsatzgruppen aus. Als »Vaterlandsverräter« beschimpft und bedroht, flüchtete er 1948 aus Deutschland in die USA. Noch zum Zeitpunkt seiner Ehrung in Yad Vashem denunzierte der *Spiegel* ihn als Lügner. Ohne je wieder nach Deutschland zurückgekehrt zu sein, starb Hermann Gräbe 1986 in Amerika.

Georg Ferdinand Duckwitz, während des Krieges als deutscher Diplomat in Kopenhagen, alarmierte den dänischen Widerstand über den bevorstehenden Abtransport der Juden nach Auschwitz, so daß alle Juden Dänemarks nachts mit Fischerbooten in das sichere Schweden gebracht werden konnten.

Im Sommer 1940 stellte der portugiesische Generalkonsul in Bordeaux, Aristides de Sousa Mendes, mit Hilfe seiner Familie 30 000 Visa für Juden aus, ohne die sie nicht in das sicherere Spanien hätten ausreisen können. Zur Strafe wurde der mutige Diplomat von seiner faschistoiden Regierung entlassen. Für seine Rettungstat wurde er erst 1986, nach seinem Tod, von Staatspräsident Mario Soares mit dem Freiheitsorden ausgezeichnet.

Auch Chiune Sugihara, der japanische Konsul in der damaligen litauischen Hauptstadt Kaunas, stellte 1940, entgegen der ausdrücklichen Weisung seiner Regierung, Visa für 6 000 Juden aus und besorgte ihnen sogar sowjetische Transitvisa nach Wladiwostok, die eine Flucht der Verfolgten nach Kobe, Japan, ermöglichten. Von dort emigrierten viele in die USA, nach Kanada, Südamerika, Australien oder Palästina. Sugihara wurde 1947 vermutlich wegen seines eigenwilligen Handelns in Litauen aus dem diplomatischen Dienst entlassen.

Der Italiener Giorgio Perlasca, der an der Seite Francos im Spanischen Bürgerkrieg gekämpft hatte, rettete mit einer lebensgefährlichen Köpenickiade das Leben von über 3000 Juden in Budapest. Nach der Abreise des spanischen Botschafters Angel Sanz Briz, der mehrere Schutzhäuser für Juden eingerichtet hatte, übernahm Perlasca im November 1944 eigenmächtig, ohne Wissen der spanischen Regierung, die Geschäftsführung der Botschaft. Er sorgte dafür, daß die Juden auch weiterhin mit provisorischen spanischen Pässen versorgt und auf diese Weise bis zur Befreiung geschützt wurden.

Die Geschichte eines anderen, muslimischen Gerechten möchte ich hier etwas ausführlicher schildern. Sie wurde mir von Maurice Soriano, dem inzwischen verstorbenen Vorsitzenden der jüdischen Gemeinde auf Rhodos, erzählt. Nach dem Sturz Mussolinis im Juli 1943 und dem Waffenstillstand von Marschall Badoglio eroberte die Wehrmacht im September 1943 Rhodos und alle anderen ostägäischen Inseln, die seit 1912 unter italienischer Verwaltung gestanden hatten. Das Schicksal der Juden der Inseln Rhodos und Kos lag nun in den Händen von Generalleutnant Ulrich Kleemann, Befehlshaber der Sturm-Division Rhodos. Im Juni 1944 trafen auf Rhodos ein: Anton Burger, Lagerkommandant von Theresienstadt, als Beauftragter Eichmanns, der Gestapooffizier Lindemann sowie der jüdische Denunziant Recanati. Alle Juden der Inseln Rhodos und Kos wurden auf ihre Anordnung hin am 17. Juli 1944 unter dem Vorwand ihrer Umsiedlung auf eine andere, kleinere Insel des Archipels versammelt. Man forderte sie – angeblich zur Deckung ihres Lebensunterhalts – auf, Schmuck und alle anderen Wertgegenstände mitzubringen. Drei Tage lang blieben die Juden ohne Essen und Trinken auf dem Sammelplatz.

Der angesehene Erdölimporteur Maurice Soriano alarmierte seinen italienischen Prokuristen, um den wahren Bestimmungsort der im Hafen wartenden Frachtschiffe zu erkunden. Als er erfuhr, daß die Schiffe nach Piräus auslaufen sollten, was die Deportation nach Auschwitz bedeutete, wandte er sich hilfesuchend und mit dem Hinweis, daß seine Frau Victoria türkische Staatsangehörige sei, an den türkischen Generalkonsul auf Rhodos, Ülkümen Selahattin. Der junge Konsul intervenierte unverzüglich bei Generalleutnant Kleemann und bestand darauf, daß alle türkischen Staatsbürger, die sich unter den Gefangenen befänden, samt ihrer Familien unverzüglich freizulassen seien. Selahattin rettete mit der unwahren Behauptung, daß nach türkischem Gesetz auch Eheleute türkische Bürger seien, 42 jüdischen Familien das Leben. Alle anderen Juden wurden am 23. Juli 1944 über Piräus nach Auschwitz transportiert; von den 1 767 Deportierten überlebten nur 163. Selehattins Schützlinge wurden indes von den Deutschen gezwungen, mit Ruderbooten nach dem 18 Seemeilen entfernten türkischen Hafen Marmaris überzusetzen. Die Flüchtenden wären wegen des starken Seegangs ertrunken, wenn sie nicht von türkischen Motorbarkassen rechtzeitig aufgefischt worden wären. Ülkümen Selahattin wurde im Juni 1990 in Yad Vashem unter die Gerechten der Völker aufgenommen.

Nach jüdischem Glauben verhindern 36 unbekannte, anonyme Gerechte, die *Lamed Waw Zadikim*, durch ihre guten Taten den Zusammenbruch und die Vernichtung der Welt. Zu ihnen zählen gewiß die Gerechten von Yad Vashem. Und so soll und muß an sie erinnert werden – an diese Lichtgestalten inmitten der nazistischen Barbarei.

Es ist wichtig, daß man die Mutigen beim Namen nennt – nicht um das Verheerende der Schoa zu übertünchen, sondern um den Nachkommenden ein Vorbild zur Orientierung zu geben. Jeder Mensch hat Feigheit und Tapferkeit in seiner Brust, schändliche Schwäche, aber auch die Fähigkeit, sie zu überwinden. Die Gerechten der Völker, so unterschiedlich sie in ihrem Alter, in ihrem Beruf, ihrer Religion, ihrer Nationalität waren, standen mit ihren Taten für das Gute im Menschen ein.

271

Wer nach der Schoa noch leben will, muß an dieses Gute glauben können.

So hat die Klage um die Millionen Ermordeten, die Erinnerung an den heroischen Widerstand der jüdischen Kämpfer und die Würdigung der wenigen Gerechten in Yad Vashem ihre Stätte gefunden. In der Arbeit der Forschungs- und Gedenkstätte lebt heute Simon Dubnows Vermächtnis fort: »Jidn, schreibt un varschreibt alzding!«

## ANMERKUNGEN ZUM AUFSTAND IM WARSCHAUER GHETTO

Der Aufstand im Warschauer Ghetto, der am 19. April 1943 begann, war eines der spektakulärsten Ereignisse während des Zweiten Weltkrieges. Zum ersten Mal während der deutschen Okkupation erhob sich die Bevölkerung eines urbanen Zentrums in Europa zu einem heroischen, wenn auch aussichtslosen Widerstand. Der Aufstand ist ein Beweis für den Kampfeswillen der Juden, er dauerte länger als Blitzkriege gegen manche Staaten.

Das Gedenken an den Aufstand wird von zahlreichen Mythen überlagert und oft zur Instrumentalisierung von diversen Anliegen mißbraucht. Es ist an der Zeit, die zahlreichen Fehler, Unterlassungen und sogar historischen Unwahrheiten der Geschichtsschreibung zu korrigieren.

### Die Jüdische Kampf-Organisation ŻOB

Am 28. Juli 1942 wurde die *Żydowska Organizacja Bojowa* (Jüdische Kampforganisation, ŻOB) gegründet. Dem Kommandanten Mordechai Anielewicz gelang es, den traditionellen jüdischen Partikularismus zu überwinden und die antizionistischen und zugleich antikommunistischen sozialistischen Bundisten mit Kommunisten und Mitgliedern mehrerer linkszionistischer Organisationen in einem Kampfverband zu vereinigen. Die Mitglieder der rechtszionistischen Bewegung (Revisionisten) mit der Jugendorganisation *Betar* und dem Bund *Brit Hachajal* wurden nicht einbezogen, weil die ŻOB-Kämpfer sie als Faschisten betrachteten.

Vom 18. bis 23. Januar 1943 setzten sich die ŻOB-Kampf-gruppen und Bewohner des Ghettos gegen weitere Massen-deportationen zur Wehr. Als 200 deutsche Gendarmen, 800 lettische und litauische Faschisten sowie Einheiten der polni-schen Quislingpolizei am 18. Januar ins Ghetto eindrangen, wurden sie mit Schüssen und Handgranaten empfangen. Die mit Maschinengewehren bewaffneten und von gepanzerten Fahrzeugen und Geschützen unterstützten Gegner zogen sich nach den tagelangen Widerstandsaktionen zurück. Die Deportationen wurden vorerst eingestellt.

### Zur Darstellung des Aufstandes

Der Aufstand im Warschauer Ghetto zählt zu den am häufig-sten beschriebenen Ereignissen des Zweiten Weltkrieges. Seit 1945 wurden zahlreiche Bücher, Dokumentationen und hi-storische Untersuchungen, Filme und Hörspiele darüber ver-öffentlicht und ausgestrahlt. Auch die drei überlebenden Kommandomitglieder der ŻOB schrieben über den Aufstand. Der Bundist Marek Edelman veröffentlichte seinen Bericht *Das Ghetto kämpft* (Getto walczy) bereits 1945; die Bücher von Izchok Zuckerman (»Antek«) und Cywia Lubetkin wur-den in mehrere Sprachen übersetzt. Romanautoren wie John Hersey *(Der Wall)*, Leon Uris *(Mila 18)* erzielten Millionen-auflagen mit ihren Büchern. In fast allen Publikationen wird nur eine einzige Widerstandsorganisation mit großer Akribie und Genauigkeit dargestellt, die ŻOB.

Wer diese umfangreiche Literatur kennt, käme nicht auf den Gedanken, daß es noch eine weitere jüdische Kampforganisation im Warschauer Ghetto gab, den Jüdischen Militärverband *Żydowski Zwiazek Wojskowy* (ŻZW). Polnische Historiker ignorierten die rechtszionistischen ŻZW-Kämpfer jahrzehntelang. Ausnahmen bestätigen die Regel. Der Historiker, Offizier der *Armia Krajowa*, Judenretter und »Gerechte der Völker«, Władysław Bartoszewski, dokumentierte 1969 in seinem Buch *Ten jest z ojczyzny mojej* (Der ist aus meinem Vaterland) die Kämpfe des ŻZW und dessen christlicher Waffenkameraden. Auch Bernard Mark, Reuben Ainsztein, Dan Kurzman und der Autor beschrieben sie in ihren Büchern.

### Das zionistische Schisma

Die Gründe für die weißen Flecke in vielen Geschichtsbüchern sind ideologischer Natur. Die Revisionistische Partei hatte sich 1935 unter ihrem Führer Wladimir Jabotinsky auf einem Kongreß in Wien von der *Zionistischen Weltorganisation* abgespalten. Jabotinsky war ein charismatischer Redner, Publizist und Dichter, hatte die Jüdischen Legion aufgebaut, die im Ersten Weltkrieg unter General Allenby gegen die Türken in Palästina kämpfte, und gründete 1923 die rechtsgerichtete *Neue Zionistische Organisation.* Im Gegensatz zu den Linkszionisten forderten die Revisionisten einen souveränen wehrhaften Judenstaat in Palästina an Stelle der von der britischen Mandatsbehörde geduldeten »Heimstätte«. Viele Reserveoffiziere und Soldaten der polnischen Armee waren Anhänger der rechtszionistischen Bewegung und ihrer Jugendorganisation *Betar*.

## Der Jüdische Militärverband ŻZW

Sofort nach dem Ende der deutschen Kriegshandlungen in Polen 1939 organisierten sich in Warschau jüdische Offiziere und Soldaten der polnischen Armee im rechtszionistischen *Jüdischen Militärverband* ŻZW, der seine Aktivitäten auf den bewaffneten Kampf konzentrierte und sich auf das »letzte Gefecht« vorbereitete.

Bei der Verteidigung Warschaus im Jahr 1939 hatte Hauptmann Henryk Iwanski Seite an Seite mit seinem jüdischen Regimentskameraden, dem aus großbürgerlichem Milieu stammenden Oberleutnant David Moryc Apfelbaum, gekämpft. Sie wurden Freunde auf Leben und Tod. Iwanski befehligte das ultrageheime Sicherheitskorps der *Armia Krajowa* (Heimatarmee, AK), *Korpus Bezpieczenstwa* (KB). Er arbeitete als Verwalter des St.-Stanislaus-Hospitals für Infektionskrankheiten in Warschau, das die Deutschen wie die Pest mieden. Das Krankenhaus war daher eine ideale Schaltstelle für den bewaffneten Widerstand, für Rettungsaktionen und für Waffenhilfe. Iwanski fand christliche Pflegeeltern für jüdische Kinder, aber vor allem half er dem jüdischen Widerstand, den Kämpfern des ŻZW, tatkräftig.

David Apfelbaum war Kommandant des ŻZW, der Anfang 1943 bereits 400 bestens geschulte und bewaffnete Kämpfer zählte, darunter viele Frauen. Ihm zur Seite standen der Student Paweł Frenkel und der bekannte jiddische Journalist Arie Rodal.

## Die Bunker und Tunnel

Um eine sichere Verbindung nach draußen als wichtigste Voraussetzung für den Kampf und für den Transport des Nachschubs zu schaffen, baute der ŻZW als einziger Kampfverband im Ghetto mehrere Tunnel, so in der Okopowa-, Gęsia- und Lesznostraße. Ein Tunnel verband das Haus Nr. 4

in der Karmelickastraße im Ghetto mit dem Haus Nr. 5 vis-à-vis. Der größte und wichtigste Tunnel wurde in der Murano-wskastraße vom Haus 7 zum Haus Nr. 6, das außerhalb des Ghettos stand, gebaut. Beim Bau des 50 Meter langen und 1,20 Meter hohen Tunnels mußten große Mengen Zement und Eisen beschafft und verarbeitet werden. Unter dem Kommando des unermüdlichen Kämpfers Szlamek, der während des Aufstands fiel, schufteten 60 junge Betaris Tag und Nacht im Tunnel.

Der legendäre Kurier des polnischen Widerstandes, Jan Karski, kam im September 1942 durch diesen Tunnel zweimal ins Ghetto. Er wurde vom ŻZW-Soldaten David Landau ins Ghetto gebracht und wieder nach draußen geleitet. Wie Landau in seinen 1996 in Australien postum erschienenen Erinnerungen schrieb, tarnte er sich während des Aufstands mehrmals mit der Uniform eines SS-Offiziers. Jan Karski reiste im Oktober 1942 illegal über Berlin, Brüssel, Paris, Madrid und Gibraltar nach London, wo er der polnischen Exilregierung sowie Churchill und Eden von den schrecklichen Greueln in Warschau und den Massenmorden an den Juden berichtete. Als er später US-Präsident Roosevelt informierte, zeigte dieser nur mäßiges Interesse.

Der ŻZW verfügte dank der Kontakte mit Iwanski und seiner Organisation über eine ausgezeichnete Bewaffnung und militärische Infrastruktur. Die Feuerkraft der ŻZW-Waffen übertraf die der ŻOB um das Mehrfache. Der Ghetto-Historiker Emanuel Ringelblum stattete dem Hauptquartier des ŻZW kurz vor Ausbruch des Aufstandes einen Besuch ab. Auch er kam über den Tunnel in der Muranowska ins Ghetto. In seinen Aufzeichnungen heißt es: »Ich sah auch das Arsenal des ŻZW. Es befindet sich in einem verlassenen Haus in der Muranowskastraße 7, in einer 6-Zimmer-Wohnung im ersten Stock. Der Kommandoraum ist mit einem erstklassigen Radioempfänger ausgestattet, mit welchem man Nachrichten aus der ganzen Welt empfangen kann. Daneben sah ich eine

Schreibmaschine. Die Stabsoffiziere, mit welchen ich mich unterhielt, trugen ihre Waffen offen in Holstern. In einem anderen Raum sah ich viele Waffen an Haken an der Wand hängen, MGs, Gewehre, Handgranaten, Pistolen vieler Kaliber, Munitionsmagazine, deutsche Wehrmachtsuniformen, die während des Aufstandes gut genutzt wurden. Das Hauptquartier war so betriebsam wie jede andere militärische Kommandostelle. Es wurden Befehle an Posten und Kampfgruppen ausgegeben, Berichte über Geldkonfiszierungen von vermögenden Ghettobewohnern erstattet.«

Der ŻZW kaufte Waffen auf dem Schwarzmarkt und verließ sich nicht auf die Hilfe der polnischen Militärorgane der AK. Die Kurierinnen Zosia Rathajzer, Emilka Kosower, Ella Neuberg und weitere Frauen sorgten für die Verbindung nach außen. Die ŻZW-Soldaten verübten eine Anzahl von Attentaten auf SS-Männer. Sie liquidierten auch die von der Gestapo und vom Kollaborateur Gancwajch geführte Organisation jüdischer Spitzel und Provokateure, *Żagiew*. Diese wurden vom geheimen Feldgericht des ŻZW unter Rechtsanwalt Szulman zum Tode verurteilt und hingerichtet.

Die ŻOB und der ŻZW arbeiteten nicht ständig zusammen, doch am Vorabend des Aufstandes koordinierten sie ihre Aktionen. Mordechai Anielewicz teilte dem ŻZW bestimmte Orte für Kampf und Verteidigung zu. Die Kampfgruppen des ŻZW waren die am besten bewaffneten Einheiten des Aufstandes. Allein die Haupteinheit in der Muranowska verfügte über zwei schwere MGs, ein leichtes MG, acht Maschinenpistolen, 300 Granaten und Tausende von Geschossen.

Die Namen der ŻZW-Mitglieder lassen sich nur schwer ermitteln, weil von den etwa 400 Kämpferinnen und Kämpfern, denen sich während des Aufstandes viele andere anschlossen, weniger als zehn am Leben blieben. Von den gefallenen Gründern und Kommandanten des ŻZW, Apfelbaum und Frenkel, gibt es nicht einmal Fotos.

## Der Aufstand

Am 19. April um 5 Uhr früh führte SS-General Ferdinand von Sammern-Frankenegg seine Truppe, SS-Leute, ukrainische und baltische Hilfswillige, polnische Polizisten und jüdische Ordner als menschliche Schutzschilde, mit Panzern, Artillerie und Flammenwerfern ins Ghetto. ŻOB- und ŻZW-Kämpfer empfingen sie mit MG-Feuer, Gewehrschüssen, Granaten und Molotowcocktails. Auch »wilde« Kampfgruppen griffen heroisch den Gegner an. Es gab viele Tote und Verletzte unter den Angreifern. Drei Stunden später traf Frankenegg seinen Nachfolger, den SS-General Jürgen Stroop. Von Panik ergriffen, sagte er ihm: »Im Ghetto ist alles verloren, wir haben Tote und Verwundete.« Er wollte Sturzkampf-Flugzeuge anfordern, aber Stroop gönnte der Luftwaffe die »Ehre« nicht, die Juden Warschaus vernichtet zu haben, und befehligte von nun an die brutale Niederschlagung des Aufstandes.

Himmler schickte am 21. April 1943 um 1 Uhr morgens wegen des Fiaskos in Warschau folgendes Fernschreiben an die SS-Generäle Stroop und Krüger: »Die Durchkämmung des Ghettos in Warschau ist mit größerer Härte und Unnachsichtigkeit zu vollziehen. Je härter zugepackt wird, desto besser ist es. Gerade die Vorfälle zeigen, wie gefährlich diese Juden sind.«

Vier ŻZW-Gruppen verteidigten den großen Häuserblock am Muranowskiplatz und an der Muranowskastraße, der auch im Stroop-Bericht als Schauplatz der erbittertsten Kämpfe genannt wurde. Der Kommandant David Apfelbaum kämpfte in der Mila 10. In der Gruppe von Roman Weinstock kämpfte mit ihrem jüdischen Gefährten Mosche Kuperman auch die junge Polin Agnieszka Cybulska, die sich weigerte, ihren Freund zu verlassen, und mit ihm zusammen fiel. Im Zentralghetto, im Bürstenmacher-Gebiet – dort kämpfte auch der Dichter Władysław Szlengiel – und in den Rüstungswerken operierten weitere Einheiten der ŻZW.

Stroop schrieb in seinem Bericht, daß der Aufstand im Warschauer Ghetto am 16. Mai 1943 niedergeschlagen wurde, aber in Wirklichkeit wurde noch bis Ende Mai gekämpft und sogar bis Mitte Juli sporadisch Widerstand geleistet. Stroop gelang es nicht, den Aufstand militärisch zu besiegen. Nur durch den Einsatz von Panzern und Artillerie, die Sprengung *aller* Häuser im Ghetto – ein Viertel der Häuser in Warschau –, die Flutung der Kanalisation, Anwendung von Flammenwerfern und Gas konnten die Juden überwältigt werden.

Stroop zufolge wurden 56 065 Juden »erfaßt« und 7 000 davon im Ghetto getötet. Nach der Niederschlagung des Aufstandes transportierte man Tausende von Überlebenden in die KZ Majdanek, Trawniki und Poniatowa, wo sie in den ausgelagerten Rüstungsbetrieben arbeiten mußten. Im Rahmen der »Aktion Erntefest« wurden alle Häftlinge am 3. November 1943 ermordet und ihre Leichen verbrannt. Viele Juden verbrannten, ertranken in der Kanalisation oder starben in den unterirdischen Bunkern bei der Sprengung der Häuser. Von den wenigen tausend, die mit Unterstützung des Hilfsrates für Juden *Żegota* gerettet wurden, kämpften viele später im polnischen Aufstand von 1944 mit. Im Hilfsrat *Żegota* arbeiteten engagierte Sozialisten, Demokraten, Katholiken, darunter Władysław Bartoszewski, und zwei Juden mit. Sie wurden kollektiv von Yad Vashem geehrt.

### Die Fahnen und der ŻZW

Der AK-Offizier Kazimierz Moczarski saß als Regimegegner von 1944 bis 1956 in Warschau im Gefängnis. Fast sieben Monate lang war er Zellengenosse des zum Tode verurteilten Stroop. Die täglichen Gespräche mit ihm gibt er in seinem Buch *Gespräche mit dem Henker* wieder. Ein Kapitel des Bandes trägt die Überschrift »Flaggen über dem Getto«. Stroop erzählte Moczarski, daß ihn und die SS-Truppen die jüdische

279

blau-weiße und die polnische weiß-rote Fahne, die über einem hohen Gebäudes in der Muranowska wehten, im höchsten Maße erregt hatten. In jenem Haus befand sich das Hauptquartier der ŻZW. Mehrere SS-Männer ließen ihr Leben bei dem Versuch, die Fahnen herunterzuholen: »Die Fahnen erinnerten Hunderttausende an die Sache Polens, inspirierten und stachelten sie an und einten die Bevölkerung des Generalgouvernements, insbesondere Juden und Polen. ... Alle hatten das begriffen, Himmler, Krüger, Hahn. Der Reichsführer schrie ins Telephon: ›Hör zu, Stroop! Die beiden Fahnen müssen um jeden Preis herunter!‹ Den Preis bezahlte unter anderem der SS-Offizier Dehmke. Ein ŻZW-Scharfschütze hat eine Handgranate, die er gerade schleudern wollte, getroffen.«

Am 27. April 1943 unternahm Henryk Iwanski mit 18 Freiwilligen einen Entlastungsangriff auf die Ghettomauer. Apfelbaum war schwer verwundet worden, und Iwanski wollte ihn aus dem Ghetto hinaustragen, aber der Kommandant wollte seine Festung nicht mehr verlassen und starb kurz darauf. Auch Iwanskis Sohn Roman und sein Bruder Wacław fielen an diesem Tag, er selbst wurde am Bein verwundet. Sein zweiter Sohn Zbigniew kam im Mai ums Leben, als er half, Verwundete aus dem Ghetto zu tragen. Seine Frau Wiktoria steckte sich bei der Rettung einer Jüdin mit Tuberkulose an und litt lebenslänglich daran.

In Stroops Bericht vom 27. April heißt es: »Der Stoßtrupp unter Oberleutnant Diehl stellte eine Bande in einer Stärke von 120 Mann, stark bewaffnet mit Pistolen, Gewehren, LMG, Handgranaten, fest, die sich zur Wehr setzten. Es gelang, 24 Banditen im Feuerkampf zu erledigen, 52 Banditen wurden festgenommen ... Heute gelang es unter anderem auch, einen der Gründer der jüdisch-polnischen Wehrformation zu erfassen und zu liquidieren.« Im Bericht vom 8. Mai lesen wir: »Es gelang, den stellvertretenden Leiter der jüdischen militärischen Organisation ŻZW und seinen so genannten Stabschef zu fangen und zu liquidieren.«

Nach seiner Verhaftung im Jahr 1945 in Wiesbaden ver-faßte der Henker der Warschauer Juden in Sütterlinhand-schrift ein Protokoll, das in die Akten der Prozesse in Nürn-berg und in Warschau aufgenommen wurde. In diesem Dokument berichtet er auch über ŻZW-Kämpfer: »Sie wa-ren in einer so genannten Haluzzen-Bewegung, die glaube ich Betar genannt wurde, zusammengefasst.« Die Begriffe »Betar« und »ŻZW«, die in fast keinem Buch der Histori-ker des Aufstandes vorkommen, waren also Stroop bekannt. Er wurde im September 1951 in Warschau, am Ort seiner Verbrechen, gehängt.

### Ehrung der Ghettokämpfer und Partisanen

Am 19. April 1945, dem zweiten Jahrestag des Aufstandes, wurden auf Befehl des Oberbefehlshabers der polnischen Ar-mee, General Michał Rola-Żymierskis, 50 jüdische Ghetto-kämpfer und Partisanen postum mit den höchsten polnischen Orden ausgezeichnet. Die meisten von ihnen waren linkszio-nistische, bundistische und kommunistische Kämpfer und Parteifunktionäre. Anielewicz figuriert als Nr. 1 auf der Liste; ihm folgt Pinkus Kartin alias Andrzej Szmidt, ehemaliger Hauptmann der Internationalen Brigaden in Spanien, der nach Moskau repatriiert worden und im Dezember 1941 mit dem Fallschirm über Südostpolen abgesprungen war, um kommunistische Kader für den Widerstand in Polen zu rekru-tieren.

Anielewicz ist die zentrale Figur des Reliefs am Ghetto-Denkmal in Warschau, am Ort des historischen Kniefalls von Willy Brandt im Dezember 1970. Anielewicz' Porträt ziert Briefmarken von Polen, Israel und anderen Ländern. Marek Edelman erhielt 1993 den Weißen-Adler-Orden, das ist die höchste Auszeichnung, die die Republik Polen für besondere Verdienste um den polnischen Staat zu vergeben hat.

Im April 1963, zum 20. Jahrestag des Ghetto-Aufstandes, wurde Henryk Iwanski mit dem höchsten polnischen militärischen Orden *Virtuti Militari* ausgezeichnet. Im Oktober 1964 wurde ihm von Yad Vashem der Ehrentitel »Gerechter der Völker« verliehen.

Der ŻZW, dessen Kommandanten, Kämpfer und christliche Waffenbrüder sind bis heute die *underdogs* der Historiker und der Medien geblieben. Kein Soldat des ŻZW hat je eine polnische Ehrung erhalten.

### Marek Edelman heute über den ŻZW

Marek Edelman ist in der ganzen Welt bekannt geworden durch Hunderte von Interviews und Bücher, zum Beispiel von Hanna Krall. Er ist ein hochgeachteter, unabhängiger, kritischer Geist und ein vom Jaruzelski-Regime verfolgtes Mitglied der *Solidarność*. 1985 interviewte Anka Grupinska einige Teilnehmer des Aufstandes im Warschauer Ghetto, unter ihnen Marek Edelman. Ihr Buch *Im Kreis – Gespräche mit jüdischen Kämpfern* erschien 1993 auch in Deutschland. Eine erweiterte, 2000 in Warschau veröffentlichte Ausgabe enthält ein neues Interview der Autorin mit Marek Edelman. Im folgenden gebe ich einige Auszüge daraus wieder.

Zuerst fragte Edelman rügend, warum sie sich mit den ŻZW-Faschisten befassen wolle. Als sie die Namen von einigen ŻZW-Führern erwähnte, gab er vor, diese nicht zu kennen. Und als sie auf den Ringelblum-Bericht über den Stab des ŻZW in der Muranowska 7 hinwies, sagte er: »Das war eine Bande von Lastenträgern, Schmugglern und Dieben. Sie haben sich in diesem Haus eingeschlossen, haben ein bißchen herumgeschossen und sind am selben Tage geflüchtet. Es ist möglich, daß sie eine Fahne heraushängten, möglicherweise zwei … Wir wollten diesen ganzen *barachlo* [polnisches

Slangwort für Abfall; A.L.] nicht in die ŻOB aufnehmen, denn das wäre schrecklich.«

Frage: »Aber dieser ›Abfall‹ wollte kämpfen!« Antwort: »Vor allem wollten sie das Ghetto verlassen. Einige Leute haben dort herumgeschossen, sie haben angeblich eine Fahne herausgehängt. Ich weiß nichts darüber, es ist möglich. Und sie gingen hinaus. Sofort. Sie wurden getötet, weil sie sich mit unbekannten Leuten abgegeben haben. Wir haben keine Tunnel auf die andere Seite gebaut, und die hatten mehrere. Einer führte zur Muranowska. Die wollten nur raus aus dem Ghetto.«

Frage: »Sie hatten aber viele Waffen. Haben sie diese gesammelt, um zu flüchten?« Antwort: »Ich weiß es nicht, denn niemand hatte mit ihnen Kontakt. Rede nicht darüber, was sie dachten und was sie hatten, denn du weißt es nicht.«

Der ŻZW-Soldat Ryszard Wałewski ging in seinem ebenfalls veröffentlichten Bericht über »Die Schlacht um den Muranowskiplatz« ausführlich auf die »Flaggen über dem Stabsgebäude« ein. Wałewski leistete mehr als zwei Monate im Ghetto Widerstand. Leib Rodal, einer der Kommandanten des ŻZW, hatte ihm am 18. April 1943, dem Vorabend des Aufstands, gesagt: »Wir werden alle fallen, manche mit der Waffe in der Hand, andere als vergebliche Opfer. Aber es ist wichtig, daß das Gedenken an uns nicht verlorengeht; die ganze Welt soll erfahren, wie hoffnungslos, schwer und blutig dieser Kampf war.«

Am 23. April 1943 schrieb der Kommandant der ŻOB, Anielewicz, in einem Brief: »Mein Traum hat sich erfüllt. Es war mir vergönnt, den jüdischen Widerstand im Ghetto in seiner ganzen Größe und seinem Glanz zu sehen.«

Es ist zu hoffen, daß einige Strahlen dieses Glanzes auch auf die bisher unbekannt gebliebenen Helden des ŻZW fallen werden.

## ER IS A MENSCH –
## WŁADYSŁAW BARTOSZEWSKI

Władysław Bartoszewski ist ein geschätzter Vermittler zwischen Ost und West, zwischen der Republik Polen, der Bundesrepublik Deutschland, Österreich und dem Staat Israel, zwischen Deutschen und Polen, zwischen Christen und Juden. Er war ein mutiger Widerstandskämpfer gegen zwei menschenverachtende Diktaturen und rettete vielen polnischen Juden das Leben. Er ist ein »Gerechter der Völker«, ein leidenschaftlicher Humanist und bedeutender Historiker und Publizist. Als Senator, Botschafter und Außenminister war Bartoszewski ein Staatsmann von besonderem Rang.

Im Oktober 1986 erhielt er den Friedenspreis des deutschen Buchhandels. Im Mai 1995 war er der einzige Ehrengast der Knesset bei der Sondersitzung zum 50. Jahrestag des Kriegsendes. Als die Stadt Düsseldorf Bartoszewski im November 1996 den Heinrich-Heine-Preis verlieh, hielt sein enger Freund, mein Cousin Jean-Marie Kardinal Lustiger, die Laudatio. 1997 wurde er mit dem Großen Verdienstkreuz mit Stern des Verdienstordens der Bundesrepublik Deutschland ausgezeichnet. Mit der Verleihung des Internationalen Brückepreises der Europastadt Görlitz im Oktober 2002 wurden Bartoszewskis Verdienste um die deutsch-polnische Versöhnung gewürdigt.

Die glückliche Kindheit und Jugend ging für den 1920 geborenen Sohn katholischer Kaufleute mit den Luftangriffen auf Warschau Anfang September 1939 abrupt zu Ende. Am 19. September 1940 wurde er während einer Razzia verhaftet und drei Tage später im KZ Auschwitz als Häftling Nr. 4427 inhaftiert. Auf dem Appellplatz mußte er mit ansehen, wie ein Lehrer aus Warschau gefoltert und ermordet wurde. Dieses Erlebnis hat ihn für das ganze Leben geprägt. Das Polnische Rote Kreuz, dessen Mitarbeiter Bartoszewski war, konnte die Entlassung des Schwerkranken am 8. April 1941 erwirken. Er beschloß, Zeugnis über das Erlebte abzulegen. Im April 1942 erschien sein Bericht über Auschwitz in einer Broschüre der polnischen Widerstandsbewegung.

Im Sommer 1942 schloß sich Bartoszewski der katholischen Widerstandsorganisation *Front Odrodzenia Polski* (Front der Wiedergeburt Polens) an und wurde zum Chefredakteur der illegalen Zeitschrift der katholischen akademischen Jugend *Prawda Młodych* (Die Wahrheit der Jugend) ernannt. Kurz darauf wurde er als Soldat der geheimen *Armia Krajowa* (AK), des bewaffneten Arms der polnischen Exilregierung in London, vereidigt. Unter dem Decknamen »Ludwik« arbeitete er bis zum Herbst 1945 im Büro für Information und Propaganda des Generalstabs der AK mit. Zugleich organisierte er unter dem Decknamen »Teofil« Hilfe für polnische Häftlinge, sammelte Informationen für den Nachrichtendienst der Widerstandsbewegung und schrieb für die Untergrundpresse.

Władysław Bartoszewski gehörte auch zu den Begründern und Leitern der *Żegota*, des Hilfsrates für Juden. Zu diesem einzigen Gemeinschaftsverband von Juden und Christen in Europa hatten sich im Dezember 1942 fünf polnische und zwei jüdische Organisationen zusammengeschlossen. Die Mitglieder der *Żegota* bauten in Warschau, Krakau, Lemberg und anderen Städten ein Netzwerk auf, um 40–50tausend Juden vor der Verfolgung zu schützen. Sie stellten falsche Papiere (Geburtsurkunden, Taufscheine, Arbeitsbescheinigungen) aus, besorgten Unterkünfte und sorgten für monatliche Beihilfen von 15 Dollar, die das Überleben ermöglichten. Sie mußten gegen Spitzel, Erpresser, Denunzianten, die Polizei und die Gestapo ankämpfen. Der bedeutende Historiker Dr. Emanuel Ringelblum schätzte im Jahr 1943 die Zahl der in Warschau illegal lebenden jüdischen Familien auf 2–3tausend.

Vor allen jenen, die in Polen organisiert oder individuell Juden vor der Vernichtung bewahrten, habe ich den größten Respekt, denn nur in diesem Land stand auf das Verstecken von

Juden die Todesstrafe für alle Bewohner des betreffenden Hauses.

Kurz vor der Niederschlagung des Aufstands im Warschauer Ghetto sandten die Juden »aus dem Meer von Flammen und Blut« ihren polnischen Mitbürgern »brüderliche Grüße«: »Der Kampf geht hier um unsere und eure Freiheit. Es geht um die menschliche, gesellschaftliche und nationale Würde und Ehre von uns allen ... Lange lebe die Waffen- und Blutsbrüderschaft des kämpfenden Polen.«

Die Schriftstellerin Maria Kann – vor dem Krieg gehörte sie zur Leitung des Bundes polnischer Pfadfinderinnen – appellierte nach der Liquidation des Ghettos in der Broschüre *Na oczach świata* (Vor den Augen der Welt) leidenschaftlich an das Gewissen ihrer Mitbürger: »Die Welt schaut auf dieses Verbrechen, das schrecklicher ist als alles, was die Geschichte bisher erlebt hat, und – schweigt. Millionen wehrloser Menschen werden inmitten allgemeinen, unheimlichen Schweigens hingeschlachtet ... Das Blut Wehrloser schreit zum Himmel nach Rache. Wer nicht mit uns diesen Protest unterstützt – der ist kein Katholik.« Bartoszewski hat im Stab der AK den Druck und die Verbreitung von 2 100 Exemplaren der Broschüre mit befördert.

Auch am Erscheinen der im April 1944 von der polnischen Widerstandsbewegung veröffentlichten Anthologie *Z otchłani* (Aus dem Abgrund) hat er Anteil. Der Herausgeber Tadeusz Sarnecki wählte dafür elf Gedichte über das Märtyrertum der polnischen Juden aus, darunter Texte von Czesław Miłosz und Mieczysław Jastrun.

Am brutal niedergeschlagenen Aufstand im Sommer 1944 nahm Bartoszewski als Offizier und Chefredakteur der offiziellen Zeitung des Aufstands teil. Nachdem er im Februar 1945 in seine fast völlig zerstörte Geburtsstadt zurückgekehrt war, entfaltete er eine fieberhafte publizistische und historiographische Tätigkeit. Bis zum November 1946 publizierte er mehr als fünfzig Arbeiten über die Kriegszeit.

Über den Aufstand im Warschauer Ghetto hat Bartoszewski mehrere Bücher geschrieben, in deutscher Sprache
liegt vor *Das Warschauer Ghetto. Zeugenbericht eines Christen*. Mit Maria Kann pflanzte er am 28. Oktober 1963 als
einer der ersten »Gerechten der Völker« einen Baum zu Ehren der *Żegota* in der »Allee der Gerechten« von Yad Vashem.
1991 wurde ihm die Ehrenbürgerschaft des Staates Israel verliehen. In der Urkunde heißt es: »Sie entzündeten während
der Finsternis der Nazi-Ära wieder das Licht der Huma-
nität.«

Der nach London geflüchtete polnische Dichter Antoni
Słonimski schrieb 1943 das Gedicht *Ten jest z ojczyzny mojej*
(Der ist aus meinem Vaterland). Bartoszewski gab seinem
Opus magnum, das er mit Zofia Lewin herausgab, diesen Titel. Das 1100seitige, 1966 in Krakau erschienene Werk enthält
Hunderte von Dokumenten, Protokollen, Zeugenaussagen
von Geretteten und Rettern, Berichte von individuellen und
kollektiven Rettungsaktionen, eine ausführliche Bibliographie und ein Personenregister mit 4500 Namen. Das mir von
Bartoszewski mit einer persönlichen Widmung überreichte
Exemplar verwahre ich wie eine Reliquie in meiner Bibliothek, denn das Leben vieler der dort erwähnten Menschen ist
einzig durch dieses Buch bezeugt – ein Grabspruch, wo es
kein Grab gibt.

Acht Jahre später erschien ein weiteres großes Werk des ge-
wissenhaften Chronisten: *1859 Dni Warszawy* (1859 Tage
von Warschau). In dieser Dokumentation mit zahlreichen
Faksimiles von amtlichen Mitteilungen und Artikeln aus der
konspirativen Presse werden auf 800 Seiten der Krieg, die Kapitulation und Besatzungszeit, der Ghettoaufstand und die 63
Tage des Warschauer Aufstandes geschildert.

Bartoszewski zitiert in seinen historischen Publikationen
auch Gedichte polnischer Autoren. Viele von ihnen schufen bewegende Werke über die Tragödie der verfolgten und
ermordeten Juden ihres Landes. Władysław Broniewski,

Dichter und Offizier des 2. Polnischen Armeekorps im Bestand der 8. Britischen Armee unter General Anders, schrieb 1943 die Elegie *Żydom Polskim* (Den polnischen Juden):

> Man muß es wie in Granit in Polens Gedächtnis hauen:
> uns eint vergossenes Blut, gemeinsame Kampfgewitter,
> verbrüdern Hinrichtungsmauern, Lagerzäune voll Grauen,
> und jedes Grab ohne Namen, und jedes Gefängnisgitter.
> *Übertragung von Karl Dedecius*

Für ein freies Polen und für den Sieg über Nazideutschland sind viele polnische Juden gemeinsam mit ihren christlichen Kameraden gefallen. Während des Zweiten Weltkrieges wurden Tausende, darunter auch hohe Militärführer, nach der Gefangennahme von Deutschen oder stalinistischen Henkern ermordet. General Bernard Mond, Kommandeur der 6. Krakauer Infanteriedivision, kämpfte bis zur letzten Stunde gegen die Wehrmacht; er kam in deutsche Kriegsgefangenschaft. 800 jüdische Offiziere der polnischen Armee wurden in Katyn und Starobielsk umgebracht, unter ihnen der Oberste Militärrabbiner Polens, Baruch Steinberg, und Oberst d.R. Jan Nelken aus Warschau.

Später kämpften viele jüdische Soldaten der polnischen Armeen im Verband der britischen und der sowjetischen Streitkräfte. Juliusz Hibner, im Spanischen Bürgerkrieg Stabsoffizier der 13. Internationalen Dąbrowski-Brigade, nahm als Regimentskommandeur in der 1. Kościuszko-Division an der Schlacht von Lenino im Oktober 1943 teil, wurde verwundet und erhielt die höchsten Tapferkeitsorden. Auf allen Schauplätzen des Zweiten Weltkrieges, in Ost-, West- und Südeuropa wie auch in Afrika und im Nahen Osten, gibt es polnische Soldatenfriedhöfe. Auf den meisten von ihnen stehen auch Grabsteine mit dem Davidstern.

An der Verteidigung ihrer Heimat haben sich die jüdischen Bürger Polens, im Gegensatz zu Juden in anderen europäischen Ländern, seit jeher aktiv beteiligt. Oberst Berek Joselewicz nahm am Aufstand von General Kościuszko von 1794 mit einem von ihm gegründeten und kommandierten jüdischen Reiterregiment teil. Der Dichter Adam Mickiewicz plante im Pariser Exil die Gründung einer Jüdischen Legion zum Kampf gegen Rußland. Juden nahmen auch an der polnischen Erhebung von 1830 teil. Im Aufstand von 1863 verteidigten die Juden Warschaus ihre Stadt in eigenen uniformierten bewaffneten Formationen. Der Warschauer Oberrabbiner Ber Meisels war geistiges Oberhaupt der jüdischen Aufständischen.

Im Ersten Weltkrieg kämpften und fielen für die Freiheit Polens jüdische Freiwillige in den Legionen des Generals Piłsudski.

Selbst das »gemeinsam vergossene Blut« konnte den Terror der roten Schergen in Polen nicht verhindern, dem auch Władysław Bartoszewski zum Opfer fiel. Mehr als sechs Jahre – vom November 1946 bis zum April 1948 und vom Dezember 1949 bis zum August 1954 – verbrachte der ehemalige Auschwitz-Häftling, Held der *Żegota* und des Warschauer Aufstandes, in kommunistischen Gefängnissen. Kann man sich eine größere Niedertracht seitens der polnischen Staatssicherheit *Bezpieka* vorstellen?

Als General Jaruzelski im Dezember 1981 den Kriegszustand ausrief, wanderte die Elite Polens in die Gefängnisse und Lager. Bartoszewskis Freunde von der Leitung der *Solidarność*, die Intellektuellen Bronisław Geremek, Tadeusz Mazowiecki und der Schriftsteller Andrzej Szczypiorski teilten mit vielen anderen sein Schicksal.

Die Staatsorgane reagierten nicht auf die internationalen Appelle wie den von Heinrich Böll zur Befreiung der Internierten. Zu den Feiern des 39. Jahrestages des Ghetto-Aufstandes am 19. April 1982 kamen mehrere jüdische Delegationen nach Warschau. Als der Vorsitzende des Weltverbandes der jüdischen Widerstandskämpfer und Partisanen, Stefan Grajek, mit der sofortigen Abreise seiner Delegation drohte, falls Władysław Bartoszewski nicht freigelassen werde, öffneten sich für diesen wenige Tage später die Tore der Haftanstalt. Insgesamt 2545 Tage, fast acht Jahre seines Lebens, hatte er in Lagern und Gefängnissen verbracht. Bartoszewski gab seinen Erinnerungen den Titel *Es lohnt sich, anständig zu sein*. Ein bemerkenswertes Fazit, das zeigt, wie unbeirrt Bartoszewski an seinen humanistischen Maximen festhielt. Die Juden haben ihn nicht vergessen und werden ihn nie vergessen.

Nach der Freilassung setzte Władysław Bartoszewski seine publizistische und wissenschaftliche Arbeit fort. Zwölf Jahre lehrte er Zeitgeschichte an der Katholischen Universität Lublin. Er führte die antisemitischen Erscheinungen im Nachkriegspolen auf die Nichtthematisierung und die fehlende Auseinandersetzung mit dem Holocaust zurück. Auch deshalb mahnte er immer wieder, das Schicksal der Juden und insbesondere den Holocaust als Teil der nationalen Geschichte zu betrachten. Inzwischen wird die Geschichte der polnischen Juden nicht nur in Oxford, Jerusalem und Tel Aviv erforscht, sondern auch in Warschau an der Universität unter Professor Jerzy Tomaszewski und im Jüdischen Historischen Institut, das Feliks Tych leitet. Władysław Bartoszewski hat sich an den wissenschaftlichen Symposien der genannten Universitäten beteiligt und für ihre Jahrbücher Beiträge verfaßt.

1981 richteten in Warschau 21 Persönlichkeiten aus Kultur und Wissenschaft einen Appell an ihre Mitbürger, sich mit den als antizionistisch getarnten antisemitischen Kampagnen der Kommunisten auseinanderzusetzen. Die ehemaligen Widerstandskämpfer Jan Karski, Michał Borwicz, Simon Wiesenthal und Jerzy Lerski forderten 1983 in der in Paris erscheinenden Emigrantenzeitschrift *Kultura* Polen und Juden auf, das Gespenst des gegenseitigen Mißtrauens und der Diskriminierung zu vertreiben.

Heute leben in Polen nur noch 8–10tausend Juden. Für die

Verständigung zwischen ihnen und seinen Landsleuten hat Bartoszewski viel getan. Im Juli 2000 hielt er in Warschau die Trauerrede am Grab von Władysław Szpilman, dem »Pianisten« aus dem Ghetto, dessen Leben und Überleben Roman Polanski verfilmt hat.

Władysław Bartoszewski ist nicht nur ein hochverdienter polnischer Patriot, sondern auch ein leidenschaftlicher Europäer. Als Historiker, Schriftsteller und Außenminister hat er die Idee des vereinten Europa immer wieder ins Bewußtsein gerufen. In seinem im Jahr 2000 erschienenen Buch *Kein Frieden ohne Freiheit* diskutiert er diese Vision ausführlich und geht auch auf den Beitritt Polens zur Europäischen Union ein.

Władysław Bartoszewski genießt überall auf der Welt höchste Anerkennung. Dieses persönliche Vertrauenskapital hat er seiner geliebten Heimat geschenkt, für deren Belange er im Krieg wie im Frieden kämpfte. In den Jahren der braunen und der roten Diktatur hat er seine Grundsätze der »Solidarność«, der Solidarität, nie preisgegeben. *Er is a mensch* – sagt man auf jiddisch über einen Helden, der auch in unmenschlichen Zeiten am Ideal der Menschlichkeit festhält.

### UNBESUNGENE HELDEN
Rede zum Holocaust-Gedenktag am 27. Januar 2004
im Landtag des Saarlandes

Der 27. Januar war für mich bereits ein wichtiger Tag des Erinnerns und Gedenkens, bevor er 1996 in der Bundesrepublik zum offiziellen deutschen Gedenktag für die Opfer des Nationalsozialismus erklärt wurde. Seit 1985 habe ich im In- und Ausland bei vielen Veranstaltungen am Jahrestag der Befreiung des Konzentrations- und Vernichtungslagers als Gastredner und Zeitzeuge mitgewirkt.

Am 27. Januar 2000, dem 55. Jahrestag der Befreiung von Auschwitz, versammelten sich Staatspräsidenten, Regierungschefs, Delegierte und geladene Gäste aus 47 Staaten zum »Stockholmer Internationalen Forum über den Holocaust«. Deutschland wurde von Bundeskanzler Schröder und vom damaligen Staatsminister für Kultur, Michael Naumann, vertreten. Als Ehrengast der schwedischen Regierung referierte ich dort über den jüdischen Widerstand im besetzten Europa. Die Regierungsvertreter unterzeichneten die »Stockholmer Erklärung«, in der sie sich zu der gemeinsamen Verpflichtung bekannten, der Opfer des Holocaust zu gedenken und diejenigen zu ehren, die Widerstand gegen ihn geleistet haben. Seither haben weitere europäische Staaten einen jährlichen Holocaust-Gedenktag eingeführt. Die Maxime der Erklärung, »Das öffentliche Gedenken an die Opfer, die ihr Leben gelassen haben, und die noch unter uns weilenden Überlebenden zu achten und das gemeinsame menschliche Streben nach gegenseitigem Verstehen und nach Gerechtigkeit zu bekräftigen«, ist jedoch keineswegs Allgemeingut.

### Die Verleugner und Relativierer

Wir, die Überlebenden von Auschwitz, die wieder ein jüdisches Leben in Deutschland aufbauten und dadurch Hitlers Traum von einem judenreinen Deutschland zerstörten, sehen uns heute mit folgender Situation konfrontiert: Von mehreren Seiten wird durch falsche Behauptungen und Desinformation versucht, die Singularität von Auschwitz in Frage zu stellen. Es werden auch Analogien zwischen den Verbrechen des Stalinismus und des Nazismus konstruiert, die den Holocaust relativieren sollen. Die über 80 Jahre alten antisemitischen Klischees der Nazis über die angebliche Schuld der Juden an allen möglichen Verbrechen werden mit der Zeit nicht wahrer. Wer sie noch heute verbreitet, verläßt den Konsens, daß weder Deutsche noch Juden gegenseitige kollektive Schuldzuweisungen erheben sollten und dürfen. Als deutscher Staatsbürger mache ich mir über diese Entwicklung Sorgen und frage: Sind dies nur zeitweilige oder eher dauernde und tiefgreifende Veränderungen unserer Gesellschaft? Zu den Menschen, die uns das Leben in diesem auch unserem Lande durch ihre Unterstellungen und Anschuldigungen beschweren, gehören der rechte Historiker Nolte und seine Adepten v. Bieberstein und Hohmann, die sich gegenseitig loben und zitieren, der Auschwitz-Keulenschwinger Walser, der Hochstapler Wilkomirski, der Mitbegründer der RAF und heutige Neonazi Mahler, der Volkssänger Theodorakis, der Historiker Ted Honderich, die Auschwitzleugner Leuchter aus den USA, Zündel aus Kanada, Irving aus England, Faurisson aus Frankreich, diverse Alt- und Neonazis, mörderische Islamisten sowie Verfasser von extrem rechten und extrem linken Postillen und, und, und …

### Offene Fragen

Bis heute ist es ungeklärt geblieben, warum die Amerikaner und Briten Auschwitz nicht bombardiert haben, obwohl sie über die dort betriebenen Massenmorde informiert waren. Am 19. Januar 2004 wurden Archivfotos von Auschwitz, die von Aufklärungsflugzeugen der britischen Luftwaffe aufgenommen wurden, im Internet veröffentlicht. Warum hat die sowjetische Luftwaffe, deren Flugplätze seit dem Sommer 1944 nur wenige Flugminuten von Auschwitz entfernt waren, die Todesfabriken nicht bombardiert?

Zwischen November 1944 und Mai 1945 wurden mehr als 250000 KZ-Häftlinge auf über hundert Todesmärschen durch ganz Deutschland getrieben. Abertausende sind verhungert, in Scheunen verbrannt oder erschossen worden, Abertausende starben kurz nach der Befreiung. Warum haben

Zeithistoriker diese Konvulsionen des untergehenden Dritten Reiches und die letzten schrecklichen Verbrechen der Nazis bis heute nicht erforscht?

## Die Judenretter

An jedem der Holocaust-Gedenktage, an denen ich bisher teilnahm, sprach ich über einen besonderen Aspekt des Geschehens. Lange Zeit wurde nur der propagandistische und militärische Widerstand herausgehoben, zu Lasten des Rettungswiderstandes. Deshalb ist es wichtig, über die fast unbekannten deutschen Judenretter, die »unbesungene Helden«, zu berichten. Wir sprechen von außergewöhnlichen Menschen in Deutschlands dunkelsten Jahren und Tagen, die in der großen Massenhysterie der damaligen Zeit ihre humane Gesinnung nicht verloren haben und Mut hatten, ihrem Gewissen zu folgen, und dafür die schwersten Konsequenzen ertragen mußten. Viele von ihnen haben dies mit der Verachtung ihrer Volks- und Zeitgenossen, mit ihrer Freiheit und mit ihrem Leben bezahlt. Diese »unbesungenen Helden« hat die furchterregende Brutalität des NS-Regimes nicht von ihren Rettungstaten abhalten können.

Die Rettungstaten von Oskar Schindler und von Berthold Beitz sind bekannt. Unbekannt ist dagegen Hermann F. Gräbe, der in Polen viele Juden rettete und schon 1965 in Jerusalem geehrt wurde. Weil er vor dem Nürnberger Gericht als einziger deutscher Zeuge der Anklage aussagte, wurde er von einem Nachrichtenmagazin angegriffen und mußte seinen Lebensabend in den USA beenden. Georg Ferdinand Duckwitz hat als deutscher Diplomat in Kopenhagen den dänischen Widerstand über den bevorstehenden Abtransport der Juden nach Auschwitz alarmiert. Alle Juden Dänemarks wurden nachts mit Fischerbooten nach Schweden in Sicherheit gebracht.

Der deutsche Industrielle Eduard Schulte informierte unter Einsatz seines Lebens jüdische Organisationen und die Alliierten über die Massenmorde in Auschwitz. Seine Warnungen hatten keine Folgen, denn die Alliierten waren ewig lange Zuschauer oder eher Wegschauer beim Mord an Juden, an Sinti und Roma, an Polen und Russen.

Von den 550 000 bis 1933 in Deutschland lebenden Juden wurden 165 000 ermordet, den anderen ist die Flucht oder die Auswanderung gelungen. Im September 1944 lebten in ganz Deutschland nur noch etwas mehr als 14 000 Menschen, die nach den Rassegesetzen Juden waren. Unzählige deutsche Juden bestimmten selbst die Art und den Zeitpunkt ihres Todes, indem sie Selbstmord begingen. Etwa 10 000 Juden in Deutschland beschlossen, sich der Deportation in die Vernichtungslager durch das Untertauchen in die Illegalität zu entziehen, um zu überleben. Etwa 7 000 Juden versuchten dies in Berlin. Sie nannten sich selbst »U-Boote«, etwa 1 416 von ihnen überlebten im Untergrund.

Im Auftrage des Zentrums für Antisemitismusforschung in Berlin wurden bis heute rund 3 000 Namen von Frauen und Männern ermittelt, die an der Rettung von Juden in Berlin beteiligt waren. Aber dies ist nur ein Teil, denn viele Retter sind längst verstorben und blieben bis heute unbekannt. Unbekannt sind auch die nicht geglückten Rettungsversuche. Man braucht nicht viel Phantasie, um sich vorzustellen, welche Tragödien sich dabei abgespielt haben, von den Konsequenzen für die unglücklichen Retter ganz zu schweigen.

### Judenretter in Frankfurt

Die Historikerin Beate Kosmala hat über eine Retterfamilie in Frankfurt geforscht, die fast ohne Beispiel geblieben ist. Der Arzt Dr. Fritz Kahl gehörte zu denjenigen, die die verfolgten Frankfurter Juden von Anfang an unterstützten. Zu

Kahls Patientenkreis gehörten die jüdischen Schwestern Eva und Tuschi Müller. Mit einem ausländischen Paß waren sie zunächst noch sicher. Als sie 1941 von der Deportation bedroht waren, wandten sich an ihren Arzt um Hilfe. Dr. Kahl entschied sich spontan dafür, seine Patientinnen bei sich aufzunehmen.

Robert Eisenstädt, der 23jährige Verlobte von Eva Müller, wurde im Mai 1942 mit seiner Familie in das Vernichtungslager Majdanek bei Lublin deportiert. Es gelang ihm zu flüchten, aber er wurde von der polnischen Polizei aufgegriffen und den deutschen Behörden übergeben. Er gab an, daß er bei einem Arbeitertransport von Minsk nach Deutschland verlorengegangen sei, und bekam dann sogar eine Fahrkarte nach Breslau. Von dort schlug er sich nach Frankfurt am Main durch, wo er schwerkrank bei seiner Braut ankam.

Die Familie Kahl war bereit, auch den KZ-Flüchtigen aus Majdanek auf dem Dachboden ihres Hauses in der Blanchardstraße zu verbergen. Die Flucht in die Schweiz war der einzige Ausweg aus der, auch für die Retter, lebensgefährlichen Situation. In einer kühnen Aktion gelang es Dr. Kahl, die entsprechenden Dokumente zu beschaffen. Ein Frankfurter Polizeibeamter besorgte für Eisenstädt einen gefälschten Paß. Die Ehefrau Margarete Kahl, die das Bodenseegebiet gut kannte, begleitete die Flüchtigen auf der Bahnfahrt von Frankfurt ins Schweizer Grenzgebiet und wies ihnen den Weg. Zu Fuß gelangten sie am 21. Februar 1943 unbemerkt auf Schweizer Boden. Robert Eisenstädt wurde zunächst im Schweizer Arbeitslager interniert, aber wegen seines katastrophalen Gesundheitszustandes bald wieder entlassen. Im Juli 1943 wurde die Tochter Maria Adina als staatenloses Kind in Basel geboren. Erst Ende Dezember 1943 konnten Eva und Robert heiraten. 1947 wanderte die Familie Eisenstädt in die USA aus.

*Judenretter in Wehrmachtsuniform*

Zu berichten ist auch von einer besonderen Gruppe von Menschen, von Judenrettern in Wehrmachtsuniform. Mehrere Militärhistoriker sind unter Leitung von Professor Dr. Wolfram Wette der Frage nachgegangen, ob es auch Soldaten gab, die Juden gerettet haben. Es galt, in den Archiven der Wehrmacht Soldaten zu finden, die ihre humane Einstellung auch unter schwierigsten und gefährlichen äußeren Bedingungen nicht verloren haben. Peter Steinkamp stellte eine Liste von rund 1000 Soldaten zusammen, die vielleicht in Frage kämen. Es waren Männer, die sich dem Vernichtungskrieg und dem rassistischen Mordprogramm widersetzten oder gar zu Helfern und Rettern wurden. Die Ergebnisse der Recherchen wurden in dem 2002 erschienenen Buch *Retter in Uniform* veröffentlicht.

Zu den dort gewürdigten Männern gehört u. a. auch Oberleutnant Heinz Drossel aus Berlin, den ich heute zu meinen lieben Freunden zählen darf. Er rettete während eines kurzen Fronturlaubs in Berlin mehrere Juden.

Ich bin froh, daß ich als einziger Nicht-Militärhistoriker zur Mitarbeit an diesem Projekt eingeladen wurde und einen Beitrag über den Feldwebel Anton Schmid beisteuern konnte. Schmid wurde 1900 in Wien geboren und diente ab 1940 als Leiter der Versprengten-Sammelstelle der Wehrmacht in Wilna. Im Zeitraum von wenigen Monaten, vom Spätsommer 1941 bis zum Januar 1942, vollbrachte er unglaubliche Heldentaten. Er transportierte mit seinen Wehrmachtslastwagen mit Marschbefehlen, die er selbst ausstellte, bis zu 300 Juden aus Wilna nach Weißrußland und rettete ihnen damit vorerst das Leben.

Anton Schmid wurde im Januar 1942 verhaftet. Das Kriegsgericht in Wilna hat ihn am 25. Februar 1942 zum Tode verurteilt; das Urteil wurde am 13. April 1942 durch Erschießen vollstreckt. Feldwebel Anton Schmid starb einsam. Er konnte weder auf die Solidarität einer politischen Gruppierung hoffen noch des ehrenden Andenkens der Nation sicher sein, deren Uniform er trug. Er verdient allgemeine Bewunderung.

Die Forschungsgruppe um Wolfgang Wette hat bereits einen zweiten Band über die Judenretter in Uniform mit dem Titel *Zivilcourage* vorgelegt. Darin wird u.a. Major Karl Plagge aus Darmstadt gewürdigt, der militärische »Oskar Schindler«, der als Chef des Heeres-Kraftfahrparks in Wilna viele Juden rettete.

An die deutschen Judenretter, die für mich das Salz der Erde sind, soll und muß erinnert werden. Diese Lichtgestalten inmitten der Nacht der nazistischen Barbarei bilden das unbezahlbar teure moralische Kapital des deutschen Volkes, mit dem aber oft sträflich nachlässig umgegangen wird.

Ihr Beispiel sollte uns alle, aber vor allem die junge Generation, inspirieren, nicht wegzuschauen, wenn Unrecht geschieht und die Hydra der Unmenschlichkeit wieder ihren Kopf erhebt. Ihre Namen und ihr Gedenken seien gesegnet und unvergessen.

# VIII. DIE WEGE DER ERINNERUNG

Ist nicht über den Holocaust schon längst alles gesagt, wieder und wieder gesagt worden? Kann man, fragt mancher, der des öffentlichen Gedenkens überdrüssig ist, dieses schreckliche Ereignis nicht endlich ad acta legen und vergessen?

Und haben wir, die Überlebenden, auch heute noch die Pflicht, Zeugnis abzulegen? Sollte man uns statt dessen nicht vielleicht ein Moratorium gewähren, damit wir uns von den Leiden und der Last der Erinnerung erholen und endlich ein normales Leben führen können? Sollten wir also die Aufgabe an andere – Historiker, Pädagogen oder Politiker – delegieren, sollten wir sie an die nächste Generation vererben, oder sollten wir die Jüngeren damit nicht behelligen?

Wir, die Überlebenden der Schoa, die noch im Alter Traumatisierten, können, selbst wenn wir wollen, die Greuel nicht vergessen – niemals, nicht für einen einzigen Tag. Das unterscheidet uns.

Die Leugnung der Naziverbrechen und die ungeheure Trivialisierung und Relativierung des Holocaust treffen uns persönlich und reißen die nie verheilenden seelischen Wunden immer wieder auf. Wir empfinden unser Überleben oft als Schuld, nicht als Glück. Und wir wissen häufig nicht, wie wir damit umgehen sollen. Seit der Befreiung werde ich in regelmäßigen Abständen von diesen Schuldgefühlen gegenüber denen, die die Lager nicht überlebten, geplagt. Leidensgenossen wie Jean Améry oder Primo Levi, mit dem ich noch wenige Wochen vor seinem Freitod telefonierte und korrespondierte, konnten diese Last des Überlebens nicht mehr aushalten. Ich habe in diesen Verzweiflungstaten immer den späten Sieg der Mörder gesehen, die bis heute von keinen Gewissensbissen geplagt werden. »Ihr Gewissen war rein; sie haben es nie benutzt«, lautet ein verzweifelt-sarkastischer Aphorismus Stanisław Jerzy Lec'.

Unerträglich sind mir auch die Fehl- und Vorurteile, denen ich überall begegne: die These etwa von dem nicht vorhandenen jüdischen Widerstand und die Beschuldigung, daß die Juden, die sich nicht zur Wehr setzten, an ihrem Schicksal mitschuldig seien. In meinen Büchern – »*Schalom Libertad!*« – *Juden im Spanischen Bürgerkrieg*; *Zum Kampf auf Leben und Tod! – Das Buch vom Widerstand der Juden 1933–1945* und zuletzt im *Rotbuch: Stalin und die Juden* – bin ich diesen Anschuldigungen entschieden entgegengetreten.

Haben wir nach alldem also das moralische Recht, die anderen zu zwingen, sich unsere Leidensgeschichten anzuhören? Sollten wir nicht doch lieber schweigen, endlich Ruhe geben? Jahrzehntelang bestimmte dieses Schweigen mein Zusammenleben mit anderen Menschen.

Es lag oft nicht an uns, den Überlebenden, daß viele Geschehnisse lange unbekannt blieben. Viele Jahre fragte niemand danach, wie es mir in den Lagern ergangen war. Es war damals ein Gebot der Selbstachtung und Würde, daß ich ungefragt über die Verbrechen nicht sprechen würde. Wie mir ging es auch anderen, von denen viele schließlich ihre Erinnerungen mit ins Grab nahmen.

»Das Vergessen«, so lautet der bekannte Spruch Baal Schem Tows, »führt in die Verbannung; das Geheimnis der Erlösung liegt in der Erinnerung.« Finde ich in der Erinnerung Erlösung?

So gingen und gehen wir die Wege der Erinnerung – mühsam gegen das eigene Vergessen, aber vor allem gegen das der anderen ankämpfend. Denn noch immer gibt es Lücken in der Erforschung der Schoa. So ist die Geschichte der Todesmärsche, vermutlich weil es so wenige Dokumente der Täter gibt, bis heute nicht hinreichend systematisch dargestellt worden.

Die Historiker scheinen offenbar keine Eile zu haben. Unsere Zeit aber drängt. Denn wir, die letzten Überlebenden dieser Märsche, werden nicht ewig Auskunft geben können.

Aber wenn wir uns erinnern, wie und wovon sollen wir sprechen? Sollen wir nur die dunklen Seiten des Lagerlebens ausleuchten oder auch von der Freundschaft, der Hilfe und der manchmal aufopfernden Kameradschaft erzählen?

Wie kann man, wie sollte man der Opfer gedenken, um sie der Vergessenheit zu entreißen? Sollten und können wir sie in Opfergruppen scheiden? Sollten wir uns nur an unsereins erinnern: Juden an Juden, Kommunisten an Kommunisten, oder sollten wir in unser Gedenken alle einbeziehen, die unser Los teilten?

Es sind grundsätzliche Fragen, die meine Arbeit auch heute noch begleiten. Wie soll man sich erinnern: individuell oder kollektiv, öffentlich oder privat? Kann man überhaupt aller Opfer gedenken, oder sollte man nicht besser die Schicksale einzelner Menschen darlegen? Welchen Stellenwert haben die Aussagen der Opfer? Kann man sich auf ihr Gedächtnis verlassen? So viele Zeugnisse der Opfer warten noch immer in den Archiven darauf, daß sie endlich gelesen werden. Für mich waren und sind meine historischen Recherchen, weil sie den Toten einen Namen, eine Geschichte und eine Stimme geben, immer auch eine späte, notwendige Form des Widerstands gegen die Vernichtungslager und die Massengräber.

Schon während der Verfolgungen fanden viele Juden die Kraft, über die Ereignisse in den Ghettos und Lagern zu berichten. Sie versuchten, die vielfältigen Geheimhaltungsvorschriften der Nazis zu durchbrechen, um die restliche Welt über die ungeheuren Verbrechen zu informieren und um die Alliierten zu veranlassen, die Vernichtungslager zu bombardieren. Viele Häftlinge setzten dabei ihr Leben aufs Spiel. Fast immer waren diese Opfer umsonst, denn die Nachrichten über die Massenmorde hatten keine Konsequenzen.

Viele Häftlinge schrieben ihre Erlebnisse in den Lagern auf. Mancher Augenzeugenbericht über das KZ Langenstein, in dem auch ich inhaftiert war, erschien später erfreulicherweise sogar in Buchform und in verschiedenen Sprachen. Meinen Lagerkameraden, allen voran Bernard Klieger, Paul le Goupil, Roger Leroyer, Alberto Berti, Miervaldis Berzin, Ivan Ivanji, H.G. Adler, zolle ich dafür meinen höchsten Respekt. Ich selbst war damals körperlich zu geschwächt, um mir Notizen machen zu können. Vieles habe ich daher unwiderbringlich vergessen, und so bin ich in manchem auf das Gedächtnis meiner Kameraden angewiesen. Ihre Berichte und Aufzeichnungen dienen mir als Gedächtnisstütze, und dafür sage ich ihnen tausendmal Dank.

Um eine Wiederholung dieser Greuel zu verhindern, stellten sich viele der Überlebenden gleich nach dem Krieg der Pflicht, Zeugnis abzulegen. Vor staatlichen und anderen Kommissionen zur Untersuchung der Naziverbrechen sagten sie aus. Ihnen verdanken wir Tausende von wertvollen Dokumenten, die in Warschau, Jerusalem, Washington und Moskau lagern und dort zum Teil auch heute noch auf ihre Auswertung warten.

Hunderte von uns haben als Zeugen der Anklage in Kriegsverbrecherprozessen ausgesagt. Es waren oftmals peinigende Wochen und Monate. Manchmal wurden die Zeugen, wie im Auschwitz- und Majdanek-Prozeß, von den Verteidigern der Nazischergen wie die eigentlichen Schuldigen behandelt. Die juristische Verfolgung der NS-Verbrechen war angesichts der Millionen Opfer oftmals ein Hohn.

Ich selbst wurde im Rahmen eines Prozesses zu Hause richterlich befragt. In einem anderen Verfahren hätte ich aussagen können und wollen. Angeklagt war ein besonders brutaler SS-Mann des KZ Blechhammer, der unter uns Häftlingen nur als Tom Mix bekannt war. Wie der Revolverheld aus dem amerikanischen Western, nach dem wir ihn benannten, hatte er stets zwei Pistolen und eine Peitsche bei sich. Das

Verfahren gegen ihn wurde, aus Gründen, die mir nicht bekannt sind, eingestellt.

Auf dem Mahnmal in Bergen-Belsen ist ein Zitat aus dem Psalm 38, 18 eingemeißelt: »... mein Schmerz ist immer vor mir.« Die Wege der Erinnerung waren und sind für mich nur mühsam zu gehen, aber solange ich lebe, werde ich in meinem Gedächtnis behalten: die Opfer ohne Unterschied ihrer Herkunft und Religion, die mutigen Retter und vor allem meine Kameraden aus dem KZ Langenstein, die die Stunde der Freiheit nicht mehr erlebten. Sie alle sind der Grund, warum ich auch weiterhin – mit »Schmerz und Zorn«, wie es bei Katzenelson heißt – Zeugnis ablegen werde.